Dominique Manotti

Hartes Pflaster

Roman

Über dieses Buch

Eines Morgens entdeckt die Polizei in einer Pariser Schneiderwerkstatt den leblosen Körper einer zwölfjährigen Thailänderin. Nicht weit davon entfernt werden einige Plastiksäckchen mit Heroin aus dem Iran gefunden. Zur gleichen Zeit nimmt eine Gruppe türkischer Arbeiter einen langwierigen Kampf gegen die französische Verwaltung auf. Während die Illegalen für die Legalisierung ihres Aufenthalts demonstrieren, vertiefen sich in der Türkei die gesellschaftlichen Grabenkämpfe: Links- und Rechtsradikale liefern sich erbitterte Auseinandersetzungen.
Kommissar Daquin, der ein erotisches Verhältnis zu Soleiman, seinem wichtigsten V-Mann unterhält, leitet die Untersuchungen. Da sind zum einen europaweit agierende Zuhälterringe in den einschlägigen Etablissements im Viertel Saint-Denis und zum anderen die Geheimnisse der Diplomatie des Mittleren Ostens, von denen die Waffenhändler profitieren.
Ausgehend von einem Mord Anfang der 80er Jahre im Pariser Viertel Sentier, stellt dieser *roman noir* einen unmittelbaren Bezug zur Gegenwart und Geschichte her.

Über die Autorin

Dominique Manotti unterrichtet Wirtschaftsgeschichte des 19. Jahrhunderts. Sie war lange Zeit in der Gewerkschaft CFDT aktiv. *Hartes Pflaster (Sombre Sentier)* ist ihr erster Roman. 1995 wurde er auf dem Festival in Vienne mit dem Preis *Sang d'Encre* für den besten französischen Kriminalroman des Jahres ausgezeichnet. 1996 gewann er den Preis des Festivals in Saint-Nazaire.

Dominique Manotti

Hartes Pflaster

Mit einem Interview mit
Dominique Manotti

Aus dem Französischen von
Ana Rhukiz

Assoziation A

Titel der französischen Originalausgabe:
Dominique Manotti, Sombre Sentier, Éditions du Seuil, mai 1995.

Deutsche Erstausgabe

Dieses Buch erscheint im Rahmen des Förderprogramms des französischen Außenministeriums, vertreten durch die Kulturabteilung der französischen Botschaft in Berlin.

Die Reihe Noir wird herausgegeben von:
Elfriede Müller, Frieder Törtgen, Alexander Ruoff

Berlin, Hamburg, Göttingen, Oktober 2004:

Assoziation A
Gneisenaustr. 2a
10961 Berlin

Tel.: 030 - 695 82 971
Fax: 030 - 695 82 973

e-mail: assoziation-a@t-online.de
www.assoziation-a.de

Satz: ar
Titelgestaltung: kv
Druck: Winddruck Siegen

ISBN 3-935936-30-3

In diesem Roman ist fast alles fiktiv: die Personen, die Handlung und deren unerwartete Wendungen. Jede Ähnlichkeit mit Tatsachen oder Personen, die wirklich existiert haben, wäre rein zufällig. Historisch belegt sind die Pressezitate und die sozialen Verhältnisse, von denen sie Zeugnis ablegen; insbesondere jene im Pariser Viertel Sentier im Frühjahr 1980 und der Kampf der türkischen Arbeiter für ihre Aufenthaltsgenehmigungen.

D.M.

Prolog

Libération, 15. Januar 1980:

»Das Heroin kommt neuerdings aus dem Iran, aus Pakistan und Afghanistan. Im vergangenen Jahr wurden im Iran 1.500 Tonnen Rohopium produziert. Nach der Veredelung des Opiums in diesen Ländern – vor allem in der Türkei – wird es auf dem Landweg nach Westeuropa gebracht. Aber Vorsicht, dieses Heroin hat im Unterschied zur mexikanischen Produktion einen Reinheitsgehalt von 20% (anstatt von bisher 3,5%). In Deutschland gab es im Jahre 1979 bereits 600 Drogentote durch eine Überdosis mit diesem neuen Stoff.«

Das Mädchen ist da. Kindlich, aber mit stumpfen Blick sitzt es vollkommen nackt auf dem Rand dieses großen weißen Bettes, mitten im Zimmer, umgeben von Spiegeln. In einer Ecke steht ein antiker Lehnsessel aus der Zeit Ludwigs des XV. und weiter hinten ein Kühlschrank, nicht größer als ein Tisch. Darauf Wassergläser, Sektschalen, Weingläser und anderes.

Sie wippt leicht mit den Beinen, während sie singt. Ein Mann kommt herein. Auch er ist nackt. Sie betrachtet ihn aufmerksam, schätzt ihn ab. Er ist um die 45 Jahre alt, Stiernacken, fett, mit kleinem Hintern und dünnen Beinen, ein wenig kahlköpfig, aber dafür eine echt rot behaarte Brust. Sie lacht ihn an und macht eine Handbewegung in seine Richtung. Mit gierigem Gesichtsausdruck stürzt er auf den Kühlschrank zu, so als würde er beim Langsamerwerden das Gleichgewicht verlieren. Er öffnet ihn und schenkt sich großzügig einen Whisky ein: »Willst du trinken, Kleines?« Er erhebt das Glas in ihre Richtung. Die Geste ist etwas zu schwungvoll, er verschüttet den Whisky auf den dichten weißen Teppich. Ohne ein Wort zu sagen, schüttelt sie den Kopf, immer noch lächelnd. Er trinkt, lässt das Glas auf den Teppich fallen, geht auf sie zu und lässt sich lachend auf das Bett fallen. Sie dreht ihn auf den Bauch und setzt sich auf seinen Rücken. Im Vergleich zu ihm wirkt sie unglaublich zerbrechlich.

Sie beginnt ihn, schnurrend wie eine Katze zu massieren, um einen Rhythmus zu finden. Er lässt sie gewähren, brummt vor Vergnügen und ermutigt sie: »Streichle deinen lieben Papa«. Sie legt sich auf ihn und beißt ihm in den Hals, knabbert an seinen Ohren. Er wälzt sich gemächlich hin und her, gibt einige kaum vernehmbare Laute von sich und krallt seine Finger in den Teppich.

Sie dreht ihn auf den Rücken. Er sieht zufrieden aus. Behutsam massiert sie sein Glied. Der Mann stützt sich auf seine Ellenbogen. Er betrachtet den kleinen Körper, der Mühe hat, das Gleichgewicht zu halten. Er dreht sich zu den Spiegeln und lacht hinein. Er grunzt. Sie ist still, ganz für ihn da. Sie konzentriert sich voll auf ihre Aufgabe. Der Gesichtsausdruck wird aufmerksamer, das Lächeln ein wenig starr. Sie lauert auf die Reaktionen des anderen, wartet ab.

Plötzlich fühlt sich der Mann beobachtet. Er scheint wie aus einem langen Schlaf zu erwachen, aber seine Augen wirken glasig. Das Mädchen lässt ihre Hände langsam nach oben auf die Männerbrust gleiten und beginnt zaghaft, ihn zu zwicken. Sein anfängliches Grunzen schlägt in ein missbilligendes Stöhnen um. Er richtet sich auf. Sie fällt rücklings auf das Bett. Panische Angst ergreift ihn. Seine Augen sind weit aufgerissen. Er schreit: »Sie wird mich töten!« Die Hände vor den Augen, krümmt er sich zusammen, dann tritt er mit den Füßen nach dem Mädchen. Sie fragt: »It's a game?«, noch immer lächelnd, jedoch ein wenig verängstigt. Sie weicht seinen Fußtritten aus und versucht ihn zu beruhigen, indem sie ihn wieder auf das Bett zurückschiebt, seine Brust und Schultern streichelt. »Remember I'm your baby.« Aber er schreit wieder: »Werde nicht größer, werde nicht größer!« Dann packt er sie am Hals, schüttelt sie, wirft sie auf das Bett und drückt zu, fester und fester. »Du wirst mich nicht kriegen!« Sie wehrt sich ein wenig, nicht sehr, wird von der Masse seines Körpers förmlich erdrückt. Sie kann nicht mehr schreien. Ein, zwei Minuten, dann wehrt sie sich überhaupt nicht mehr.

1

Montag, 3. März

7.00 Uhr, Métrostation Sentier

Hinten im *Café-Tabac*, gegenüber der Métrostation, eine dicht zusammengedrängte Gruppe von ungefähr fünzehn Türken und fünf oder sechs Franzosen. Alle trinken Espresso, die Franzosen essen Croissants. Auf einem Tisch zwei dicke Stapel Flugblätter, lachsfarbenes Papier, mit Schreibmaschine getippt, hastig kopiert, Vorderseite auf Französisch, Rückseite auf Türkisch.

Das Komitee zur Verteidigung der Rechte der Türken in Frankreich ruft die türkischen Arbeiter vom Viertel Sentier auf, am 3. März ihre Arbeit niederzulegen und sich um 12.00 Uhr an der Métrostation Sentier zu versammeln, um für Aufenthaltsgenehmigungen und bessere Arbeitsbedingungen zu demonstrieren.

Sie stehen dicht gedrängt um einen Stadtplan von Paris. Soleiman lässt kleine Fünfergruppen bilden, vier Türken um einen Franzosen. Jede Gruppe erhält eine Liste mit Straßennamen, die sie abarbeiten sollen. Einige notieren die Namen auf einem Stück Zeitungspapier oder der Zigarettenschachtel. Ein Hauch vorrevolutionärer Stimmung – wie kurz vor 1917 – liegt über der Szene.

Alle stehen auf – Getöse – und finden sich draußen auf dem Platz wieder. Es wird ein schöner Tag werden. Das Gefühl, sich ins absolut Unbekannte zu stürzen, aber das darf man nicht zeigen; so tun, als sei man sich sicher.

Soleiman übernimmt die Führung einer Gruppe und begibt sich in die Rue d'Aboukir, eine Journalistin der *Libération* in seinem Schlepptau. Er ist groß, schlank, hält sich sehr gerade, fast ein wenig steif, er hat ein eher längliches Gesicht, hohe Wangenknochen, eine schmale spitze Nase, unglaublich große blaue Augen, kastanienbraunes, zerzaustes Haar und einen dunklen Teint. Die Türken hören ihm zu, die junge Journalistin schaut ihn an. In jedes Gebäude hineingehen, die Namen auf den Briefkästen lesen, diejenigen mit türkischen oder jugoslawischen Konsonanten notieren. Hochgehen. In den alten Wohnhäusern sind die Hausflure dunkel und die Treppenhäuser verwinkelt. Auf jeder Etage der Lärm von Nähmaschinen. Soleiman klopft an die Tür. Der Meister oder einer der Arbeiter öffnet. Die Diskussion verläuft entweder auf Türkisch oder Französisch. Guten Tag. Wir sind vom Verteidigungskomitee der Türken in Frankreich. Wir wollen mit Ihnen über Streiks und Versammlungen für die Legalisierung der türkischen Arbeiter sprechen. Der, der die Tür aufhält, dreht sich in Richtung Werkstatt: »Was haltet ihr davon? Lassen wir sie herein? Ja ... Ja ...« Während des gesamten Vormittags bleibt nicht eine Tür verschlossen.

Enge Werkstätten, wenig beleuchtet, überheizt, Appreturgeruch. Aber eine herzliche Atmosphäre. Von irgendwo unten sind laut Nachrichten und Musik zu hören. Man unterhält sich, man scherzt. Ab und zu kommt ein Cousin vorbei, um Hallo zu sagen, oder ein Arbeiter geht nach unten, um eine Partie Flipper zu spielen.

Als Soleiman und seine Gruppe eintreten, werden die Maschinen angehalten, man drängelt sich um die Tische, Kaffee wird herumgereicht, der Meister mischt sich in die Diskussion mit ein. Der Streik scheint noch in weiter Ferne. Aber Mittags im Sentier sieht es vielleicht schon anders aus. Soleiman lässt ein paar Flugblätter da. Die Gruppe bricht wieder auf, eine Etage tiefer, das nächste Gebäude.

Boulevard St. Denis, dann Rue du Faubourg-Saint-Martin: Die Häuser werden weiträumiger, die Werkstätten besser beleuchtet, besser belüftet. Hinter den Haussmannschen Fassaden befinden sich auf einigen Hinterhöfen noch echte Fabrikwerkstätten, auf allen Stockwerken wird Bekleidung hergestellt, ganz oben die Unterkünfte der Arbeiter. Es sind Frauen mit Schleier und langen Röcken, die die Tür öffnen. Soleiman weiß nicht, was er zu ihnen sagen soll. Er würde es zweifelsohne unpassend finden, wenn sie mit auf die Straße gehen würden.

Die Gruppe geht hinauf bis zur Rue Belleville. Einige sehr baufällige Gebäude, schäbige Flure, erbärmliche Werkstätten, oft nicht einmal eine Tür, stattdessen ein großer Karton, um den

Eingang zu versperren, aber überall der gleiche Empfang. Die Gruppe ist erschöpft, es ist schon warm an diesem Vormittag. Immer öfter eine Pause in den Bistros (hier weiß jeder Bescheid), in denen die Arbeiter Soleiman schon von sich aus nach Flugblättern fragen. Sie müssen gehen, um gegen 12.00 Uhr wieder an der Métrostation Sentier zu sein.

Auf den Straßen, die hinunter zum Platz führen, treffen sich kleine Gruppen von Aktivisten, aufgekratzt von dem Empfang, der ihnen bereitet wurde. Zusammen erreichen sie den Platz. Niemand da. Nach alledem hätte man darauf gefasst sein müssen. Die Tür der Werkstatt öffnen, zuhören, ja, aber raus auf die Straße gehen, wenn man keine Papiere hat ... das wäre zuviel verlangt. Aber der Kampfgeist ist ungebrochen, zumal sie an Rückschläge gewöhnt sind. Soleiman stellt die Lautsprecheranlage auf. Einige rote Stofftransparente werden entrollt, um den Ort der Veranstaltung zu markieren und einzugrenzen. Es ist schön, dieses leuchtende Rot in der Sonne. Soleiman beginnt zu sprechen, auf Türkisch. Er erzählt vom Leben im Verborgenen, wie man sich als Tourist mit Fotoapparat verkleiden muss, von der Angst, wenn man einen Bullen auf der Straße sieht – sie überwinden, einfach weitergehen – von den Durchsuchungen, den Nächten auf der Polizeiwache, der Abschiebehaft. Schluss damit. Das wollen wir nicht mehr. Wir sind hier, wir arbeiten, wir wollen eine Aufenthalts- und Arbeitserlaubnis. Unsere Würde.

Auf dem Platz beginnen sich die umliegenden überfüllten Cafés schließlich zu leeren. Die Männer hören zu, diskutieren miteinander, betreten den Platz der Versammlung. Zögerlich nähern sich kleine Gruppen von den Nebenstraßen dem Geschehen, nach und nach werden es immer mehr. Um 13.00 Uhr haben sich mehr als 2.000 Arbeiter auf dem Platz versammelt. Der Verkehr in der Rue Réaumur ist lahm gelegt. Nicht ein Bulle in Sichtweite. Es ist unglaublich. Die Arbeiter besetzen die Straße und niemand kommt, um sie davonzujagen. Die Männer skandieren *Yasasin grevi*, es lebe der Streik. Aufenthalts- und Arbeitserlaubnis. Die Megaphone werden herumgereicht, jeder will etwas sagen. Soleiman zittert in der Sonne. Mit ganzer Kraft hat er diesen Moment herbeigesehnt, aber nicht daran glauben wollen und nun, da es soweit ist, kann er es nicht fassen. In diesem schwindelerregenden Moment, in dem die Massen wirklich zu existieren beginnen, nicht nur abstrakt, wo es vielleicht möglich wird ... die Welt von Grund auf zu verändern.

Keiner weiß, wie mit einer solch unerwartet großen Menschenmenge umzugehen ist. Obwohl die Bullen nicht da sind, können sie jederzeit auftauchen. Nicht hier bleiben, zu verwundbar. Aber die Menschen wollen nicht auseinandergehen. Soleiman lässt vorsichtig die Transparente in Richtung Gewerkschaftshaus tragen. Dort wird man sich über die laufenden Verhandlungen mit der Regierung informieren, sich einnisten. In Sicherheit sein. Der Demonstrationszug setzt sich sehr vorsichtig in Bewegung. Sie ist beeindruckend, die dicht gedrängte Gruppe dunkelhäutiger, schnauzbärtiger Männer, ganz in grau gekleidet. Pausenlos skandieren sie Parolen auf Türkisch, klammern sich an die langen roten und stummen Transparente.

16.00 Uhr, Kommissariat des 10ten Arrondissements

»Kommissariat im 10ten. Hallo, ich höre.«

»Ist da die Polizei?« (starker ausländischer Akzent).

»Ja.«

»Kommen Sie schnell, ich habe eine Leiche entdeckt, eine Frau, in meiner Werkstatt.«

Thomas und Santoni betreten das Portal der Hausnummer 43, in der Rue du Faubourg-Saint-Martin. Linker Treppenaufgang, dritte Etage. Natürlich kein Fahrstuhl. Die Tür ist halb geöffnet. Sie klopfen an. Ein Mann kommt sofort zur Tür, sehr aufgeregt.

»Polizei. Haben Sie uns gerade angerufen?«

»Ja. Kommen Sie herein.«

Drinnen, im dunklen Eingang, ungefähr zwanzig rote Pluderhosen aus Baumwolle, auf dem Boden ausgebreitet. Der Mann hebt sie hoch. Darunter der Körper eines sehr jungen Mädchens, fast noch ein Kind, asiatischer Typ, vollständig nackt, auf dem Rücken. Thomas kommt näher, beugt sich über sie. Kein Zweifel, sie ist tot. Er versucht, einen Arm zu bewegen.

Mit Sicherheit mehr als vierundzwanzig Stunden her. Bläuliche Flecken am Hals. Vermutlich Würgemale. Er blickt genauer hin. Mit bloßen Händen.

»Sie haben sie gefunden?«

»Ja« (nervös).

»Santoni, ruf die Kripo an.«

Thomas wirft einen Blick in die Wohnung. Der Eingang ist zugestopft mit Stoff- und Plastikrollen. Ein Flur trennt zwei große Zimmer, beide ziemlich hell, zum Hof gelegen. In den zwei Zimmern fünf große Holztische, am Boden befestigt, verdreckt und verschmiert, ungefähr zwanzig stabile Stühle aus Metall, große Neonröhren an der Decke, elektrische Kabel hängen überall herunter. Und zwei alte Nähmaschinen, ziemlich abgenutzt. Auf der anderen Seite des Flures eine Küche. Weiße Fliesen, Spüle mit warmem und kaltem Wasser. Kühlschrank, Herd, Ablage. Alles ist von blendender Sauberkeit. Nicht ein Teller steht herum. Thomas wirft einen kurzen Blick in den Kühlschrank. Er ist voll mit Gemüse, Käse und Getränken. Unter der Spüle der Mülleimer, er ist geleert und ausgewaschen. Hinter der Küche zwei dunkle Kammern, vermutlich ein ehemaliges Badezimmer und ein Abstellraum.

Dann lenkt er seine Aufmerksamkeit wieder auf Bostić, den Mann, der sie angerufen hat. Er ist Jugoslawe, Mieter der Wohnung und der Meister der Werkstatt.

»Wann haben Sie die Leiche gefunden?«

»Als ich die Werkstatt geöffnet habe, heute Nachmittag.«

»Warum nicht heute Morgen?«

»Wegen des Streiks. Ich habe die Leiche dort unter den Hosen gefunden. Ich habe die Arbeiter nach Hause geschickt und die Polizei angerufen. Ich habe nichts angefasst.«

Thomas brummt vor sich hin.

Wenig später kommen die Inspektoren der Kripo an und nehmen die Sache in die Hand. Spezialisten, ein Richter, Fotos von der Leiche, Abtransport ins Leichenschauhaus. Thomas gibt die Aussagen von Bostić weiter, ohne Kommentar.

»Was haltet ihr von dem da?«

»Ich würde ihn gerne in Gewahrsam nehmen. Sie werden ihn dann morgen wieder zur Verfügung haben, wenn Sie wollen. Und wir, wir werden ihm ein paar Fragen stellen über seine Werkstatt. Illegale Arbeiter, das ist sicher. Ein Jugo, wir riskieren nichts.«

»Einverstanden. Sonst noch was?«

Thomas schaut Santoni an.

»Von mir nicht. Und von dir?«

»Auch nicht.«

Nachdem Bostić in Untersuchungshaft genommen ist, wendet sich Thomas wieder an Santoni.

»Was hältst du davon, Kollege?«

»Er hat die Leiche schon heute Morgen gefunden, als er die Werkstatt geöffnet hat.«

»Einverstanden.«

»Das lässt ihm etwa acht Stunden Zeit.«

»Ungefähr.«

»Bevor er uns angerufen hat, hat er seine Maschinen verkauft, damit wir sie ihm nicht beschlagnahmen.«

»Immer noch einverstanden.«

»Eine typische Werkstatt für das Sentier, durchschnittlich verdreckt. Aber nicht die Küche. Hast Du gesehen, wie blitzblank sie ist? Bei dieser Art von Arbeit trinken und futtern die Arbeiter doch ununterbrochen. Selbst wenn sie gut geführt ist, ist es selten so aufgeräumt.«

»Also, was machen wir?«

»Wir gehen zurück und versuchen festzustellen, was sauber gemacht und was weggeworfen wurde. Und kein Wort zu den Genies von der Kripo.«

Im Haus gibt es eine Concierge, Kittel über einem unförmigen Kleid, Filzpantoffeln. Nach zwei Bieren und einer Viertelstunde stockender Konversation erfahren Thomas und Santoni, dass Bostić tatsächlich morgens gegen 10.00 Uhr gekommen ist, um die Müllsäcke abzustellen. Zwei blaue Säcke.

Ein altes Laken auf dem Boden im Hof, unter der Treppenhausbeleuchtung. Die zwei Männer ziehen ihre Jacken aus, krempeln ihre Ärmel hoch und entleeren den ersten der drei

Mülleimer des Wohnhauses. Alle drei Minuten das Licht wieder einschalten. Die Müllsäcke einen nach dem anderen öffnen. Den Hausmüll sortieren, die Stoffreste, die Zeitungen, die leeren Flaschen. Da sie nicht wissen, wonach sie suchen, müssen sie umso sorgfältiger vorgehen. Zum Glück, vielleicht. Wenn man weiß, wonach man sucht, kann man schnell in einen Justizirrtum hineinschlittern, hat mir mein Chef gesagt, als ich mit diesem Beruf angefangen habe. Hier jedoch, keine Gefahr.

Die Concierge kommt ab und zu vorbei, um einen Blick zu riskieren. Erster Mülleimer, nichts. Die losen Abfälle wieder zurück. Zweiten Mülleimer auf das Tuch ausleeren. Erster Sack, nichts. Zweiter Sack, nichts. Dritter Sack, wie in den anderen Säcken, ein Inhalt, der aus der Küche von Bostić stammen könnte: Kaffeesatz, Pappteller, Einpackpapier, altes Brot. Und zwei feste Plastiktütchen, in der richtigen Größe, durchsichtig und leer. Thomas richtet sich wieder auf. Entlang der Schweißnähte ein sehr feiner Staub von weißem Pulver. Sehr behutsam nimmt er etwas davon auf seinen Zeigefinger, kostet es mit der Zungenspitze. Er lächelt Santoni zu. Tatsächlich. Heroin.

21.00 Uhr, Villa des Artistes

Es ist schon dunkel. Soleiman geht schnell, Avenue Jean-Moulin, stürzt in einen Hauseingang, betritt murrend die Villa. Dritter Pavillon rechts, in einem Wirrwar von Grünpflanzen die große Fensterscheibe eines Ateliers, weiße Vorhänge, erleuchtet. Eine Lampe brennt oberhalb der Eingangstür. Er klingelt zweimal, drückt die Tür auf, geht hinein und schließt hinter sich ab. Ein großer Raum, überall Lampen, Leder, Holz, ein Zwischengeschoss im Halbdunkel. Ein Mann, geschäftig in einer kleinen Küche, ganz hinten im Zimmer, hinter einem Holztresen. Die Küche sehr modern, gefließt in Ockertönen. Der Mann ist etwa fünfunddreißig Jahre alt, hat ein eher schönes, kantiges Gesicht, breite Schultern, vom Typ Stürmer, dritte Reihe im Rugby, braune Augen, braune Haare. Bekleidet mit Jeans und Polo-Shirt, barfuss.

»Na also. Bravo! Eure Versammlung war ein Erfolg, sie hat

alle Erwartungen übertroffen. Meine Leute haben das nicht erwartet, und sie wussten wirklich nicht, was sie machen sollten.«

»Wir haben abgemacht, dass du dich da nicht einmischt und dass du mir freie Hand lässt.«

»Aber ich mische mich ja gar nicht ein. Ich beglückwünsche dich.«

»Lass' mich in Ruhe. Auf deine Glückwünsche kann ich verzichten.«

»Ist ja gut. Lass uns arbeiten. Du hast eine Menge Leute gesehen. Also, hast du etwas für mich?«

»Vielleicht Rue du Faubourg-Saint-Martin, in der Nähe des Boulevards. Links oben gibt es einen türkischen Imbiss. Ein ganz kleiner Laden mit einem Tresen direkt zur Straße hin. Die Kurden sagen, dass dort mit Drogen gehandelt wird.«

»Ich weiß, welchen Laden du meinst ... Morgen werde ich ihn unter Beobachtung stellen lassen. Vielleicht haben wir endlich eine erste Spur, nach fast einem Monat ohne Ergebnisse. (Während er aus der Küche kommt:) Es ist fertig, deck den Tisch.«

»Ich bleibe nicht zum Essen. Ich muss noch Freunde treffen.«

»Soleiman! Red' keinen Blödsinn. Du wirst besuchen, wen du willst, aber später. Du isst mit mir zu Abend, denn ich habe Lust mit dir zu vögeln, nachdem wir gegessen haben und nicht vorher. (Und mit einem genüsslichen Lächeln:) Du musst deine finstere Miene nicht den ganzen Tag vor dir hertragen. Nicht, dass es mich stören würde, im Gegenteil, es gibt mir das Gefühl, dich zu bedrängen, und das erregt mich.«

2

Dienstag, 4. März

8.00 Uhr, Rue du Faubourg-Saint-Martin

Daquin ist in einem Café, genau gegenüber von dem Imbiss, der gerade aufgemacht hat, auf Beobachtungsposten gegangen. Ziemlich schlicht. Es ist nur ein enger und dunkler Schlauch mit einem ebenso langen Tresen, einem winzigem Schaufenster zur Straße, das jetzt wegen des schönen Wetters ganz geöffnet ist. Keine Tische, keine Stühle. Drei Männer sind hinter dem Tresen beschäftigt. Weiter hinten eine Tür und eine Durchreiche zur Küche hin. Ein unaufhörliches Kommen und Gehen der Gäste, auf den ersten Blick alles Türken. Sandwiches, Salat, Kaffee, Tee, Raki, Bier. Niemand scheint lange zu bleiben. Falscher Tipp?

»Noch einen Kaffee, bitte.«

Nachdem die Hektik des Vormittags vorüber ist, nun ein eher ruhiges Publikum. Die Gäste, die am Tresen stehen, unterhalten sich länger. Ab und zu geht jemand nach hinten in den Laden, hinten am Tresen vorbei und von dort in die Küche, dann kommt er wieder. Überprüfen, ob man daraus vielleicht Rückschlüsse ziehen könnte.

10.00 Uhr, Passage du Désir

Daquin geht zu Fuß bis zum Sitz des Kommissariats des 10ten Arrondissements, Passage du Désir. In einem ziemlich schmutzigen Durchgang befindet sich ein kleines Backsteingebäude. Dort haben sich in der dritten und letzten Etage Daquin und seine Truppe in einem zum Büro umfunktionierten Versammlungsraum für die Dauer ihrer Untersuchung eingerichtet. Eine kleine, eigens dafür einberufene Gruppe, zusammengestellt vom Chef des Rauschgiftdezernats, verfolgt die Spur eines möglichen »türkischen Drogennetzes«, einem Tipp der deutschen Polizei folgend. Ein großes helles Zimmer unter dem Dach, ausgestattet mit zwei Metallschreibtischen, einen für Daquin und einen für seine Inspektoren, zwei Sessel von guter Qualität, sechs Stühle, ein runder Tisch, zwei Schreibmaschinen, zwei Telefone, eine kleine Spüle, ein Kocher, eine Kaffeemaschine. Auf der einen Seite zwei große Fenster mit Blick zum Hof, auf der anderen Seite eine Glastür, die zu einem hellen und ruhigen Flur führt. Eine Behelfsunterkunft, aber durchaus angenehm.

Seine beiden Inspektoren warten auf Daquin. Attali und Romero sind sich sehr ähnlich. Sie sind zusammen in einem Sozialbau in Belle-de-Mai, einem Arbeiterviertel im Norden von Marseille, aufgewachsen. Sie sind gleich alt, Mitte Zwanzig, und tragen beide Windjacke, Jeans und Turnschuhe. Aber im Gegensatz zu Romero war Attali ein braver Junge, Klassenbester, hat die Inspektorenaufnahmeprüfung auf Anhieb bestanden. Er wollte schnellstens Geld verdienen, um seine Mutter und seine Schwestern unterstützen zu können, die in großen Schwierigkeiten steckten. Er sieht ernsthaft, nett und eher langweilig aus. Romero aber bewegte sich von Anfang an im Grenzbereich zur Kriminalität. Ein schöner Kerl, ebenmäßiges Gesicht, tiefschwarze Haare. Er weiß um seine körperliche Ausstrahlung. Er hat zur selben Zeit wie Attali die Inspektorenaufnahmeprüfung absolviert, aus bloßer Herausforderung und vielleicht mit dem geheimen Wunsch, sich aus dem Staub zu machen. Nach drei Jahren Berufserfahrung ist es das erste Mal, dass sie zusammen ein Team bilden, seit einem Monat unter Daquin. Als dieser hereinkommt, sind sie gerade dabei, »Schiffe versenken« zu spielen.

Daquin wirft ihnen einen enttäuschten Blick zu, macht sich einen Kaffee und dann:

»Ich habe Arbeit für Euch. Ganz in der Nähe, unten in der Rue du Faubourg-Saint-Martin ist ein türkischer Imbiss zu überwachen. Das ist ein Tipp von einem meiner V-Männer. Vom Auto aus unmöglich. Wenn wir einige Tage dort bleiben müssen, werden wir sofort auffallen. Man müsste eher versuchen, ein Fenster, vielleicht im Wohnhaus gegenüber zu finden. Kümmert euch um die Sache. Ich will nicht unbedingt von allen Gästen Fotos, aber von denjenigen, die in den Laden gehen und hinter dem Tresen verschwinden. Schaut bei Meillant, Kommissar vom

10ten Arrondissement, vorbei. Er weiß über unsere Gruppe Bescheid. Er ist mit dieser Ecke seit über zwanzig Jahren vertraut. Er kennt sich aus und kann euch sicher weiterhelfen.«

Als die zwei Inspektoren fort sind, vertieft sich Daquin in die Zeitungen. Er ist überzeugt, dass ein Teil der Lösung des Problems dort unten, in den Herkunftsländern zu finden ist, und wenn man die Drogenhändler hier festnehmen will, muss man erst einmal verstehen, was dort passiert. Der Machtantritt von Khomeni, der immer wieder für Unruhe sorgt, die amerikanischen Geiseln in Teheran, Rechts- und Linksradikale in der Türkei, die sich gegenseitig massakrieren mit mindestens zwanzig Toten pro Tag auf beiden Seiten und jetzt auch noch die sowjetische Intervention in Afghanistan. Die Zeitungslektüre nimmt einige Zeit in Anspruch.

10.00 Uhr, Pfarrgemeinde St. Bernard

Hier hat das Komitee für die Verteidigung der Rechte der Türken in Frankreich ein Domizil gefunden. Ein kleines fensterloses Büro hinten im Pfarrgebäude, das neben der Kirche steht.

Heute, ein Tag nach der Demonstration, ist hier die Hölle los.

Die engen und dunklen Flure des Erdgeschosses sind überfüllt mit Türken, die gerade Mitglieder des Komitees geworden sind. Jedes neue Mitglied lässt Soleiman einen anonymisierten Fragebogen ausfüllen. Wie viele Stunden Arbeit pro Tag im Moment? Und wie viele außerhalb der Saison? Die Löhne? Wann und warum wurde der Arbeitsplatz gewechselt? Die Familie? Seit wann in Frankreich? Die Unterkunft? Wer ist der Eigentümer, wer der Vermieter? ... Vier dicht beschriebene Seiten, auf Türkisch und Französisch. Die Männer sitzen überall herum, in den Fluren, im Hof, und füllen mit äußerster Aufmerksamkeit ihre Fragebögen aus. Und wer weiß, vielleicht nützt es ja doch was? Soleiman liest sie alle noch einmal durch, diskutiert mit jedem, erklärt und ergänzt, wenn die Fragen schlecht verstanden worden sind. Er ist für sie da, aufmerksam. Er, der niemals hinter einer Nähmaschine gesessen hat, der in Paris von Anfang an entweder von den Einkünften als Fotograf für Touristen am Fuße des Eiffelturms oder als mobiler Verkäufer von Popcorn und Kastanien gelebt hat, wird nun Experte für Fragen im Arbeitsrecht in der Bekleidungsbranche. Man erzählt sich, dass im Sentier bereits ein Handel mit Mitgliedsausweisen begonnen hat. Vom Verteidigungskomitee für 16 Francs gekauft, werden sie in den Werkstätten bis zu einem Preis von 100 Francs an jene, die nicht rausgehen wollten oder es nicht gewagt hatten, weiter verkauft. Für die Türken wird es das erste offizielle Papier in Frankreich sein. Man erzählt auch, und das stimmt zweifellos, dass Männer in der U-Bahn bei einer Ausweiskontrolle ihre Mitgliedsausweise gezeigt haben und dass die Bullen sie durchgelassen haben.

Das kleine fensterlose Büro platzt langsam aus allen Nähten. Alle Flure des Erdgeschosses stinken nach kaltem, starkem Tabak, das Linoleum ist mit Zigarettenkippen und Brandlöchern übersät. Der Andrang ist so groß, dass Warteschlangen eingerichtet werden mussten, mit Hinweisschildern auf Türkisch. Die Toiletten sind zum Kotzen. Die kleine ruhige Kantine ist in Beschlag genommen worden, Kaffee zu jeder Tageszeit, total verraucht.

Der Pfarrer und die anderen Gemeindeangehörigen igeln sich in ihren Büros ein. Das Zusammenleben wird schwierig werden.

Die Verhandlungen mit dem Kabinett des Staatssekretärs für Immigranten werden morgen beginnen. Das Verteidigungskomitee wird daran teilnehmen. Soleiman wird einstimmig als Vertreter des Verteidigungskomitees gewählt. Daquin vergessen, durchatmen. Soleiman geht raus, Mädchen anmachen auf den Boulevards.

19.00 Uhr, Rauschgiftdezernat

»Wir haben endlich erste Spuren. Aber es gibt einige Punkte, die wir nicht vernachlässigen sollten. Darüber möchte ich mit Ihnen reden, denn sie tauchen nicht im schriftlichen Bericht auf.«

»Ich höre, Théo. Ich habe alle Zeit der Welt, meine Frau ist in den Skiurlaub gefahren, ich bin also Strohwitwer, genau wie Sie. Einen Whisky?«

»Nein, danke. Einen Wodka, wenn Sie einen haben. Als Sie vor einem Monat meine Gruppe zusammengestellt haben, war das Ziel klar. Eine sehr lockere, sehr mobile Gruppe, um erste Spuren ausfindig zu machen. Sie haben mir versprochen, die Gruppe analog zu unseren Fortschritten aufzustocken beziehungsweise einige Fälle des Pariser Rauschgiftdezernats, die bereits zu den Akten gelegt wurden, wieder aufzurollen. Gilt das noch?«

»Ja, das gilt immer noch.«

»Gut. Wir haben während des letzten Monats praktisch nichts gefunden. Die Überprüfungen der von den Deutschen übermittelten Namen und Daten hat rein gar nichts ergeben. Entweder sind die betreffenden Jungs gar nicht in Frankreich oder, was wahrscheinlicher ist, wir haben keinen Nachweis ihrer Anwesenheit. Folglich hat Attali alle Polizeiakten nach Fällen von Überdosis in den letzten drei Monaten in Paris und Umgebung durchgesehen, um herauszufinden, ob eine auffällige Häufung von Fällen im Vergleich zum normalen Konsum zu konstatieren ist und dabei eventuelle Dealer ausfindig gemacht werden können. Gute Idee, viel Arbeit, totaler Flop. Übrigens zeigen unsere Statistiken, im Gegensatz zu denen der Deutschen, keinen alarmierenden Anstieg von Drogentoten durch Überdosis auf. Wahrscheinlich ist das türkische Heroin noch nicht im Umlauf. Zweite Arbeitsschiene: die Nase in die türkische Community der Gegend stecken. Romero hat sich bei den Arbeitern von Citroën-Aulnay herumgetrieben. Sie sind sehr isoliert, leben sehr abgeschottet, ohne Kontakt zur französischen Bevölkerung. Also, unwahrscheinlich. Und ich habe mir das Sentier vorgenommen. Ich kenne dieses Viertel überhaupt nicht, aber ich hatte so ein Gefühl: mitten in Paris, eine steigende Zahl von Immigranten. Das sind keine bäuerlichen Analphabeten, und sie werden weder von unserer Polizei noch von unseren Einwanderungsbehörden kontrolliert. Zeitgleich formiert sich eine Bewegung dieser türkischen Arbeiter aus der Bekleidungsbranche, um Papiere zu erhalten. Ich weiß nicht, ob Sie die Geschichte in der Presse verfolgt haben.«

Der Chef macht eine vage Geste, die absolut nichtssagend ist, und schenkt sich einen doppelten Whisky ein. Daquin ertappt sich dabei, wie er sich fragt, ob das, was er dem Alten erzählt, diesen wirklich interessiert. Dieses Gefühl von Mutlosigkeit gar nicht erst hochkommen lassen und fortfahren.

»Siebzehn Türken befinden sich seit dem 11. Februar im Hungerstreik. Dieser Streik wird von Linksradikalen unterstützt. Unseren deutschen Kollegen zufolge sind die Drogen in der Hand der Rechtsextremisten, wie Sie sich erinnern werden. Mich haben vor allem die Hungerstreikenden interessiert. Ich habe Fotos machen lassen und unsere türkischen Kollegen um Berichterstattung über diese Leute gebeten. Aus ihren Beschreibungen habe ich einen Jungen ausgewählt, der mir – sagen wir mal – ›empfänglich‹ erscheint. Er ist ohne Papiere und unter falschem Namen hier. In der Türkei ist er als Mitglied einer sehr aktiven linksradikalen Gruppierung registriert. Seit November 1979 wird er in Istanbul wegen Mordes an einem Rechtsradikalen und unmittelbar danach wegen Mordes an einem Polizisten, der auf seine Verfolgung angesetzt war, gesucht. Und das ist noch nicht alles. Im Alter zwischen achtzehn und zwanzig Jahren ist er mehrmals wegen Prostitution in den Touristenvierteln Istanbuls von der Polizei festgenommen worden.«

Ein Blick durch sein Glas in Richtung Chef. Aha, es interessiert ihn. Daquin würde fast schwören, dass er gelächelt hat, aber er zieht es vor, dieses Lächeln und das, was es bedeuten könnte, zu ignorieren.

»Er schien mir genau derjenige zu sein, der dem Profil entspricht, nach dem ich gesucht habe. Also haben wir eine Schlägerei in seinem Stammlokal provoziert und ungefähr zwanzig Jungs eingebuchtet und sie auf mehrere Polizeiabschnitte verteilt. Am darauffolgenden Morgen kam mein junger Mörder zu mir ins Büro. Dort habe ich ihn vor die Wahl gestellt: Entweder er lässt sich etwas einfallen, wie er an Tipps über Drogen im Sentier herankommt, oder ich schiebe ihn direkt in die Türkei ab. Das hat nicht sofort geklappt. Also habe ich hinzugefügt, dass das Drogennetz von türkischen Rechtsradikalen kontrolliert wird. Wenn er mir Hinweise liefert, werde ich gegen sie ermitteln und während dieser Zeit kann er mit seinen Kumpels machen, was er will: die Legalisierung der Sans Papiers … ist mir egal. Ich habe noch ein paar Bemerkungen dahingehend gemacht, was passieren würde, wenn seine Kumpels davon erführen, dass er sich prostituiert hat. Und ich habe ihm erzählt, dass die türkische Polizei uns Fotos geschickt hat, was nicht wahr ist, und dass ich die besseren Karten habe. Gestern hat er mir einen ersten Tipp gegeben, der vielleicht von Bedeutung sein könnte. Romero und Attali sind dran. Das also zu unserer ersten Spur. Aber heute Morgen kamen mich zwei Inspektoren des Kommissariats in der Passage du Désir besuchen. Eine Leiche ist gestern in einer Schneiderwerkstatt im Sentier gefunden worden, ein junges Mädchen zwischen zwölf und dreizehn Jahre alt, Thailänderin, anscheinend hat sie sich prostituiert. Und in derselben Werkstatt wurden zwei Päckchen Heroin von sehr reiner Qualität entdeckt, genau die, nach der wir suchen. Schätzungsweise ein Kilo. Das könnte der Beginn einer zweiten Spur sein.«

»Brilliante Arbeit, mein lieber Théo, und in einer absoluten Rekordzeit. Nun, was sind Ihre Forderungen?«

»Zuerst einmal wollte ich Sie, im Interesse meines V-Mannes, von seinen derzeitigen Aktivitäten auf Seiten der türkischen Arbeiter in Kenntnis setzen. Und dann die Leiche in dieser Werkstatt. Der Meister der Werkstatt ist in Untersuchungshaft, die sich allerdings dem Ende nähert, und die Geschichte gehört von nun an der Kripo. Ich würde jedoch gerne die Untersuchungen dieses Mordfalles behalten, weil er wahrscheinlich mit dem Drogenhandel zu tun hat. Dann möchte ich zur Verstärkung meiner Gruppe die zwei Inspektoren des Kommissariats des 10ten Arrondissements überstellt bekommen. Sie haben uns zu diesem Treffer verholfen und schon sehr viel Einsatz gezeigt. So könnten wir gewinnen.«

»Das ist eine vernünftige Forderung. Für Ihren Typen werden wir die Untersuchungshaft noch eine Weile verlängern und was den Rest angeht, gebe ich Ihnen morgen die offizielle Antwort, aber was mich betrifft, ich bin einverstanden. Ich muss Ihnen auch sagen, dass die Gruppe aus Marseille total gescheitert ist. Trotz der, sagen wir mal, ›beharrlichen‹ Tipps der Amerikaner. Und trotz der vielversprechenden Anfänge. Sie erinnern sich doch noch an die Beschlagnahmung der sechs Kilo Morphium aus den Autoreifen eines Armeniers im Dezember letzten Jahres? Seitdem nichts mehr, unmöglich eine erste Spur zum Ring zu finden. Wir haben soeben die Gruppe aufgelöst. Daquin, geben Sie nichts auf den äußeren Eindruck, glauben Sie mir, ich habe Ihnen mit größter Aufmerksamkeit zugehört. Ich schätze Ihre Arbeitsweise.«

3

Mittwoch, 5. März

8.00 Uhr, Rue du Faubourg-Saint-Martin

Attali übernimmt die erste Schicht zur Überwachung des Imbisses, der gerade aufmacht. Sie benutzen die Wohnung eines Polizeibeamten des 10ten Arrondissements, seit gut 15 Jahren in Pension. Meillant, Kommissar im 10ten, hat sie miteinander bekannt gemacht. Dritte Etage, schräg gegenüber vom Laden. Zwei winzige Zimmer, aber mit zwei großen Fenstern zur Straße hin, Möbel aus massivem dunklem Holz, eine kleine Küche, Bad und WC: Alles, was man heute so hat. Attali ist tief in einen Voltaire-Sessel versunken, vor dem Fenster ist das Teleobjektiv auf den Imbisseingang gerichtet, wirklich sehr bequem. Der Alte, mit einem vom Alkohol aufgedunsenen roten Gesicht, schlurft in Filzpantoffeln im Zimmer umher. Er sei überglücklich, ihnen einen Gefallen tun zu können, sagt er. Er hat Milchkaffee und Croissants hingestellt. Und dann, ohne jede Vorankündigung, Pastis. Attali mag ein noch so standfester Trinker sein, ein Pastis bereits nach dem Milchkaffee, das überrascht ihn dennoch. Aus der Küche dringt schon der Geruch des Mittagsessens: Schafsragout mit Bohnen.

Fotos nur von denen, die aus dem schmalen Gang im Inneren des Ladens kommen. All die anderen zu fotografieren, die vor dem Laden stehen bleiben, wo sowieso immer großer Andrang ist, würde keinen Sinn machen.

Der Alte schwatzt über den kulturellen Verfall des Viertels. Früher war alles besser, jetzt sind überall nur noch Ausländer, man versteht ja niemanden mehr. Der Auslöser des Fotoapparats klickt mit einer gewissen Regelmäßigkeit.

10.00 Uhr, Rue Saint-Denis

Hat man die Chance, an der Sache dranzubleiben, müssen Ergebnisse her. Eine kleine zwölfjährige thailändische Prostituierte fällt nicht einfach aus heiterem Himmel erwürgt und nackt in eine Schneiderwerkstatt des Sentier.

Aus dem Bericht des Gerichtmediziners geht hervor, dass das Mädchen nach ihrem Tod transportiert wurde. Soweit so gut, aber wo ist sie getötet worden? Eine Prostituierte. Santoni kennt sich auf dem Gebiet aus. Er geht in einen Sexshop. Hinter der Kasse ein pickeliger junger Mann mit Brille. Er sieht nicht von der Zeitung auf. Einige Kunden, ausnahmslos Männer, schlendern zwischen den Regalen hin und her, verstohlene Blicke, rote Wangen, die Hände in den Taschen, aber nicht wirklich entspannt. Santoni zückt seinen Ausweis und ruft mit lauter Stimme: Polizei! Er geht auf den Typen mit der Brille zu, der vor Angst zusammenzuckt und ihn erschrocken ansieht. Als er die Kasse erreicht und sich umschaut, ist niemand mehr da.

»Siehst du, so einfach ist das, deinen Laden kaputt zu machen.«

»Warum tun Sie das, Inspektor?«

»Um dich ein bisschen auf Trab zu bringen, Schwuchtel. Ein Thaimädchen, zwölf Jahre alt, eine Prostituierte, wurde hier in der Nähe umgebracht (er legt ein Foto der Toten auf den Tisch). Thomas und ich wollen wissen, wer sie ist und wer die Tat begangen hat. Ihr solltet ein Interesse daran haben, es herauszufinden, wenn nicht, werden wir gezwungen sein, uns selbst ein wenig umzuschauen. Das heißt, du wirst mich hier öfter sehen, als dir lieb ist: Durchsuchungen, Festnahmen, Verhöre. Die ganze Palette. Nicht besonders gut fürs Geschäft. Das ist dir doch klar?«

»Inspektor, ich habe nie von diesem Mädchen gehört.«

»Du kannst dir sicher denken, dass mir das nicht reicht. Streng dich an! Steck das Foto ein, es wird dir helfen. Du kannst mich zur Mittagszeit bei Mado erreichen.«

Santoni geht, ohne sich noch einmal umzudrehen. Die Straße ein bisschen weiter aufwärts, im Eingang eines schmalen, dreckigen und sehr dunklen Flures eine black Beauty, wie sie schöner nicht sein kann: um die Zwanzig, superkurzer roter Stretchrock und passend dazu ein hautenger und so knapp gehaltener Pulli, dass man den Bauchnabel sehen kann. Santoni lächelt, fasst ihr unter den Rock, schiebt ihren Slip beiseite und kneift ihr in die Möse, ungefähr so, wie früher die Großväter ihren Enkeln in die Wange gezwickt haben.

»Hallo Schneewittchen! Wo ist deine Freundin?«

»Oben. Aber gehen Sie nicht hoch. Sie ist beschäftigt.«

»Hau ab!«

Er stößt sie beiseite und geht die sehr steile Treppe hinauf, den Flur entlang, holt einen Schlüssel aus seiner Tasche und öffnet ohne zögern die letzte Tür links. Kleines Zimmer mit Fenster zur Straße, links die Waschgelegenheit, rechts ein großes Bett, überall Spiegel, sowohl an der Decke als auch an den Wänden. Eine Blondine, ausgestreckt auf einem Tisch am Fußende des Bettes, die Beine baumeln herunter. Der Freier dreht sich um, zu Tode erschrocken.

»Polizei« (Santoni zeigt seinen Ausweis). »Ziehen Sie sich an und hauen Sie ab. (Die Blondine sitzt immer noch auf dem Tisch. Eine echte Blondine, eher zierlich, aber mit Riesenbrüsten und rosafarbenen Brustwarzen.) Und du ziehst dich auch an! Dich schnappe ich mir.«

Der Freier ist längst fort. Wahrscheinlich ist er gerade dabei, sich im Flur Hemd und Hose zuzuknöpfen.

»Warte, soviel Zeit muss sein. Lass mich zwischen deinen Brüsten kommen.«

Und Santoni, noch in der Tür stehend, lässt seine Hose herunter. Nachdem sich das Mädchen gewaschen und angezogen hat, reicht ihr Santoni das Foto der kleinen Thailänderin und gibt ihr noch einige Informationen.

»Du hast genau zwei Stunden Zeit, dich umzuhören. Ich gehe zu Mado Mittagessen. Sollte ich bis zum frühen Nachmittag nichts von dir hören, sitzt du abends im Knast. Kalter Entzug. Sagt dir das was?«

Etwa zur selben Zeit sieht sich Thomas, begleitet von fünf Polizisten, in einem der zwei thailändischen Restaurants in der Nähe um Auffallen und mit Härte vorgehen. Umgeworfene Tische und zerschlagenes Geschirr. Ein Paar Ohrfeigen für den Besitzer, das Personal an die Wand gestellt, einen jungen Koch ohne Papiere aus seinem Versteck unter einem Tisch in der Küche hervorgezogen, Handschellen angelegt und am Garderobenständer neben dem Eingang angekettet.

Passanten bleiben neugierig stehen.

»Kennen Sie dieses Mädchen? (Foto der Toten). Ein Mädchen aus ihrem Land. Wir wollen wissen, wer sie ist und woher sie kommt. Liefern Sie uns die Informationen und wir geben Ihnen Ihren Koch zurück. Wenn nicht, wird er morgen abgeschoben und Sie haben die Steuerfahndung am Hals.«

Thomas und Santoni nennen das »Bäumchen schüttel dich«.

12.00 Uhr, Rue Faubourg-Saint-Martin

Nach dem vierten Pastis isst Attali das Schafsragout vom Teller auf seinen Knien und trinkt dazu eine Flasche Cahors, ohne sich vom Fenster wegzubewegen. Er sieht nur Türken, die in den Imbiss gehen. Kaffee mit Cognac. Attali hofft, dass diese Überwachung nicht allzu lange dauern wird. Der Alte hält seinen Mittagsschlaf. Attali macht ebenfalls ein Nickerchen. Nachdem er aufgewacht ist kommt der Alte zu Attali, schaut sich um, interessiert sich für die Technik, fragt. Was für eine Nervensäge, denkt Attali, aber er muss freundlich bleiben.

»Warum fotografieren Sie nur den Imbiss?«, fragt ihn der Alte.

»Weil wir uns für die Leute interessieren, die dort arbeiten. Wollen Sie, dass wir etwas anderes fotografieren?«

»Wissen Sie, der Laden nebenan (Nähmaschinenbedarf und Zubehör), hat denselben Besitzer. Sie sind entweder in dem einen oder in dem anderen Laden, das hängt von der Tageszeit ab.«

»Woher wissen Sie das?«

»Die sind schon seit mehreren Monaten hier, also hatten wir Zeit, sie zu beobachten, der Wirt vom Bistro unten und ich. Über einen Flur, da hinten, gehen sie von einem Laden in den anderen. Das spricht sich herum.«

Attali fotografiert murrend weiter.

Mado ist eine Institution im Viertel. Eine ehemalige Prostituierte, die mit viel Engagement in die Gastronomie gewechselt hat. Thomas betritt die Bar, in der bereits ihr ehemaliger Zuhälter und heutiger Ehemann sitzt, betäubt vom Alkohol und leicht verdientem Geld. Schon lange ist er zu nichts mehr zu gebrauchen, aber Mado ist eine Frau mit Herz und Verstand. Thomas grüßt sie höflich, schiebt den roten Vorhang beiseite, der das Restaurant von der Bar trennt. Mado ist um die Fünfzig, eine falsche Blondine, überdimensioniert in jeder Hinsicht, wie in den Filmen von Fellini, stark geschminkt, sie trägt einen kurzen schwarzen Rock, ein rosafarbenes Oberteil aus Angorawolle und an Fingern, Armen und Hals jede Menge Ringe, Armbänder und Halsketten. Ein Yorkshireterrier auf ihrem linken Unterarm schmiegt sich an ihre Brust, sie läuft zwischen den Tischen hin und her, um das Decken der Tische im Auge zu behalten.

Thomas legt beide Hände auf ihren großen und festen Po. Ein Vorgeschmack auf das, was noch kommt.

»Hallo Großer! Einen Tisch für nachher? Hier bitte zwei Bestecke.«

Sie stellt ein Kärtchen mit der Aufschrift »Reserviert« auf einen Tisch. Dann nimmt sie ihn am Arm und schlendert zur Wohnung, die genau über dem Restaurant liegt. Mado schläft immer noch mit ihren »seriösen« Kunden, aber sie lässt sich nicht mehr von ihnen bezahlen. Sie lädt sie wie selbstverständlich zum Essen ein, nachdem sie die Beine breit gemacht hat. Eine Entschädigung? Niemand denkt auch nur im Traum daran, dieses Angebot abzulehnen. Und Thomas schon gar nicht, der die fülligen Blonden bevorzugt und den Mado in dem Glauben lässt, dass er kein gewöhnlicher Liebhaber sei. Sie ist raffiniert, hat Erfahrung und denkt, dass es besser ist, sich gut mit der Polizei zu stellen.

Um 13.00 Uhr geht Thomas runter ins Restaurant, wo er sich mit Santoni verabredet hat. Mado kommt vorbei und setzt sich für ein paar Minuten an ihren Tisch. Das ist der Moment, um das Geschäftliche zu besprechen. Das hätte sie Thomas zuvor im Schlafzimmer nicht gestattet. Ein zwölfjähriges Thaimädchen, eine Prostituierte, ermordet in der Nacht von Freitag auf Sonnabend, deren Leiche man in einer Schneiderwerkstatt in der Rue Faubourg-Saint-Martin gefunden hat. Sagt ihr das etwas? Nein, überhaupt nichts. Habt ihr schon im Viertel herumgefragt? Den ganzen Vormittag? Na, vielleicht kommt etwas raus. Ich werde mal schauen, ob ich etwas erfahre. Ein paar wiegende Schritte zwischen den Tischen und Mado verschwindet galant hinter der Bar.

Sie ist eine wichtige Person im Viertel. Jeder weiß, dass sie mit der Polizei spricht, aber nur innerhalb bestimmter Regeln und festgesteckter Grenzen. Sie ist eine unverzichtbare Informationsquelle und wird von allen respektiert.

Nach einigem Hin und Her kommt Mado wieder zu ihnen zurück und gibt dem Kellner ein Zeichen: zwei Kaffee und zwei Cognacs für die Herren.

»Über das Mädchen nichts. Aber es gibt in der Gegend Leute, die mit Thailand zusammenarbeiten und möglicherweise etwas auf dem Kerbholz haben. Eine so genannte Veranstaltungsagentur, Ballett Aratoff, Rue des Petites-Ecuries. Sie organisieren Revuen, aber ihre eigentliche Beschäftigung scheint die Zusammenarbeit mit »spezialisierten« Reisebüros zu sein, die die Organisation von Rundreisen durch die Bordelle Bangkoks übernehmen.«

»Ist das unlauterer Wettbewerb durch Standortverlagerung ins Ausland? Danke Mado, für den Tipp.«

»War mir ein Vergnügen, dich wiederzusehen, mein Großer.«

16.00 Uhr, Rue Faubourg-Saint-Martin

Romero kommt zum Schichtwechsel. Attali empfängt ihn leicht schwankend. Diskrete Beratung, während der Alte in die Küche geht. Die Entscheidung ist gefallen: Es sind alle zu fotografieren, die die zwei Läden verlassen. Alles weitere besprechen wir morgen mit dem Kommissar.

Attali geht. Durch die Toreinfahrt gelangt er in den Hinterhof des Wohnhauses. Zahlreiche Schneiderwerkstätten auf jeder

Etage, ein Höllenlärm. Ein kleiner Plausch mit der Concierge, Mitte Fünfzig und überglücklich, endlich wieder mit einem Franzosen reden zu können, das fehlt ihr sehr, verstehen Sie? Es gibt also zwei Läden mit zwei Namen und zwei Verwaltern, die aber einen gemeinsamen Briefkasten haben. Die Post holt mal der eine, mal der andere ab. Aber wissen Sie, es würde mich wundern, wenn es sich dabei um etwas wichtiges handeln würde …

Mit sicherem Schritt kehrt Attali wieder auf die Straße zurück. Dennoch fühlt er sich betrunken. Unmöglich in so einem Zustand zu Hause aufzutauchen. Seine Mutter würde ihm was erzählen. Er bringt die Fotos ins Labor und entschließt sich, ins Kino im Quartier Latin zu gehen und sich dort einen alten Krimi anzusehen, um die ganze Aufregung des Tages abzustreifen.

4

Donnerstag, 6. März

8.00 Uhr, Passage du Désir

Die Nerven liegen blank. Das ist immer so, wenn eine Untersuchung losgeht. Danach kümmert man sich so gut es geht um die Routine und die Zufälle. Auf seinem Schreibtisch findet Daquin ein Paket mit Fotos von Attali. Gute Arbeit.

Thomas und Santoni treten ein. Vorstellung, Hände schütteln. Enge Mitstreiter von Meillant, Daquin weiß Bescheid. Thomas und Meillant haben sich während der Résistance kennen gelernt und sind 1945 zusammen als einfache Polizisten in den Polizeidienst eingetreten. Aber Thomas wollte oder konnte nicht Kommissar werden. Er ist und bleibt Inspektor. Das hat ihn verbittert und es ist diese Spur von Bitterkeit, die seine ganze Persönlichkeit durchzieht. Santoni hat eine klassische Laufbahn absolviert, ist weniger ambitioniert und zufrieden mit der Rolle als treue rechte Hand Meillants. Die beiden ähneln sich, um die Fünfzig, Bauch, Schnurrbart. Typisches Bullengehabe, eine Mischung aus Jovialität und Überheblichkeit. Daquin wirft einen Blick in den kleinen Spiegel über dem Waschbecken. Den Unterschied wahren.

Jetzt gehört der Jugo uns. Informationsaustausch. Verhörtaktik absprechen. Er wird auspacken. Los geht's.

Der Jugo wartet im Büro von Thomas und Santoni, mit Handschellen gefesselt und am Heizungsrohr angekettet. Er sitzt auf dem Boden. Thomas zwingt ihn mit einem Fußtritt aufzustehen und setzt ihn ohne Rücksicht auf den Stuhl, die Hände auf dem Rücken und an die Stuhllehne gefesselt. Er zieht seinen Gürtel aus seinem Hosenbund und schnallt eine Wade am Stuhlbein fest, das gleiche mit dem anderen Bein und dem Gürtel seines Kollegen. Daquin bemerkt, dass es an den entsprechenden Stellen bereits Löcher in den Gürteln der beiden gibt, die genau dafür vorgesehen zu sein scheinen. Er sagt aber nichts.

Die beiden Männer machen das nicht zum ersten Mal, soviel ist klar. Sie ziehen die Stühle heran, jeder von ihnen setzt sich ganz dicht an eine Seite des Jugos. Daquin bleibt hinter seinem Schreibtisch. Santoni gibt ihm ein Zeichen, die obere Schublade zu öffnen. Er öffnet sie und sieht zwei sorgfältig eingewickelte Plastiksäckchen mit Heroin.

»Gut. Kommen wir zur Sache. Damit eins klar ist: Wir nehmen dir keine deiner gestrigen Aussagen ab. Wenn du nicht sofort mit dem rausrückst, was du weißt, und zwar schnell, dann hast du eine Anklage wegen Mordes und sexuellen Missbrauchs an einer Minderjährigen am Hals. Die Zeichen für Kanaken wie dich stehen schlecht. Deine Chancen, da wieder rauszukommen sind minimal. Hast du das kapiert?«

Er nickt mit dem Kopf.

»Wann genau hast du die Leiche gestern in deiner Werkstatt gefunden?«

»Gegen 16.00 Uhr.«

Keine Zeit, den Satz zu beenden. Er bekommt zwei Tritte gegen das Schienbein und schreit auf. Eine Ohrfeige von rechts. »Schrei nicht so, du wirst noch unseren Ruf ruinieren.« Eine Ohrfeige von links. »Antworte mit: Ja, Herr Inspektor, wenn mein Kollege mit dir redet.« Der Jugo ist völlig verwirrt. Gestern, als ihn die Kriminalpolizei verhört hat, ging es zweifelsohne weniger gewalttätig zu, mit einem solchen Empfang hat er nicht gerechnet. Er versucht, den Kopf zu drehen, um zu sehen, wer der dritte Mann im Hintergrund ist, hat aber keine Zeit. Thomas packt ihn an den Haaren und dreht ihm den Kopf nach rechts, während ihm Santoni erneut zwei Tritte gegen sein Schienbein verpasst.

»Schau uns an, Arschloch! Es gehört sich nicht, den Leuten, mit denen man redet, nicht ins Gesicht zu sehen. Nun wirst du ordentlich auf meine Frage antworten: Wann genau hast du die Leiche gestern in deiner Werkstatt gefunden?«

»Um 7.00 Uhr morgens.«

Die drei Bullen schauen sich kurz an: Das ist kein harter Brocken. Ist auch besser so.

»Und warum hast du nicht sofort beim Kommissariat angerufen? Was hast du zwischen 7.00 Uhr morgens und 16.00 Uhr nachmittags gemacht?«

»Ich habe meine Maschinen verkauft.«

»Warum?«

»Damit man sie mir nicht beschlagnahmt.«

»Und warum sollte man sie dir beschlagnahmen?«

»Weil ich Arbeiter ohne Papiere beschäftigt habe, und ich dachte, dass die Polizei dahinterkommt.«

Inspektor Thomas streicht ihm beharrlich übers Kinn.

»Schön zu hören, das jemand die intellektuellen Fähigkeiten der Polizei zu schätzen weiß, gerade in der heutigen Zeit.«

Der Jugo sieht aus, als würde er gleich anfangen zu heulen.

Die Stimme des Kommissars, noch immer im Hintergrund:

»Und du hast die Küche sauber gemacht.«

In einem sehr ruhigen Ton, fast gleichgültig. Im gleichen Moment holt er aus seiner Jacke einen dicken Siegelring hervor, den er sich in aller Ruhe auf den Ringfinger der rechten Hand steckt. Der Jugo sagt nichts. Erneut eine Ohrfeige von Santoni.

»Antworte, hast du deine Küche geputzt, ja oder Scheiße?«

»Nein, ich habe meine Küche nicht sauber gemacht.«

Der Kommissar verlässt seinen Beobachtungsposten und schlägt ihm mit dem Handrücken mit voller Wucht ins Gesicht. Der Stuhl kippt nach hinten und der Jugo mit ihm. Beim Fallen stößt er an die Schreibtischkante. Aus seiner linken Augenbraue rinnt Blut.

»Hör mir gut zu, Arschloch. Die Leute vom Labor haben uns gesagt, dass deine Küche bereits am Montag gründlich gereinigt wurde und dass du in der Werkstatt gewesen bist. Es gibt Zeugen.«

Bei diesem Schlag fängt der Jugo an zu heulen, immer noch am Boden, der Kommissar genau über ihm. Das Blut läuft in seine Haare.

»Ja, vielleicht habe ich die Küche gereinigt, ich erinnere mich nicht mehr genau.«

»Streng Dich an! Warum hast du die Küche geputzt?«

Im selben Moment packt er den Jugo am Kragen, hebt mit der anderen Hand den Stuhl auf und hält ihm die zwei Plastiksäckchen unter die Nase. Der Jugo schreit auf vor Entsetzen. Die Sache ist zu Ende, keine allzu harte Angelegenheit, bleibt nur noch, das Geständnis aufzunehmen.

Seine Idee war es nicht. Einer seiner türkischen Arbeiter. Er hat die beiden Säckchen gestern gegen 6.00 Uhr morgens mitgebracht. Beide sind sie in die Werkstatt gegangen, ohne dass ihnen etwas aufgefallen wäre. Der Türke hat sie in der Küche geöffnet und kleine Mengen à 50 Gramm abgewogen, die er in die Taschen von etwa zwanzig roten Hosen eingenäht hat, die zuoberst auf dem Haufen lagen. Diese Hosen mussten dann unter die Hosen gepackt werden, die für die Auslieferung vorgesehen waren. Als er die restlichen Hosen einpacken wollte, entdeckte er die Leiche.

»Und die Auslieferung, wie läuft die normalerweise ab?«

Normalerweise beliefert er fünf Hersteller. Der Türke hat ihm eine Liste mit Namen zusammengestellt, deren Reihenfolge er zu befolgen hatte: Es waren an die zwanzig Läden, die er mit den Drogen in den Hosen beliefern musste.

»Und du hast sie beliefert, bevor du die Leiche gemeldet hast?«

»Ja.«

Ein mit Mühe hervorgebrachtes Ja. Er erwartete eine erneute Ohrfeige, die blieb jedoch aus. Noch hatte er das Spiel nicht ganz verstanden.

»Erzähle!«

»Ich gehe in den Laden hinein, die rote Hose gut sichtbar auf meinem Arm. Jemand empfängt mich. Ich sage: ›Ich bringe das Modell.‹ Er nimmt die Hose entgegen und sagt: ›Danke, ich werde später zahlen‹. Das ist alles. Ich gehe wieder hinaus.«

»Du bekommst kein Geld?«

»Nein.«

»Wer bezahlt dich?«

»Der Türke.«

»Wieviel?«

»5.000 Francs.«

»Die Liste mit den Läden?«

Der Jugo versucht sich zu erinnern, zögernd zählt er die Namen der zwanzig Läden der Hersteller auf, die über das ganze Sentier verstreut sind.

»Und nun Name und Adresse des Türken!«

Der Jugo nennt einen Namen – Celebi –, eine Adresse – Rue du Faubourg-Saint-Martin, Nummer 25 –, aber er deutet an, dass sie vermutlich nicht stimmt. Er hat ihn vor zwei Wochen im Café *Gymnase* auf dem Boulevard getroffen und ihn eingestellt. So läuft das hier bei den Türken in der Regel ab: Man trinkt zusammen einen Kaffee im *Gymnase*, die Chefs der Werkstätten kommen dazu, man diskutiert und macht Geschäfte. Anschließend geben sie einem eine Adresse, aber es ist niemals die richtige. Jedenfalls werden sie immer in bar bezahlt.

»Würdest du ihn wiedererkennen?«

Zögern. Der Jugo ist sich nicht sicher. Ein zaghaftes Ja.

Santoni zeigt ihm die Fotoserie, die Attali und Romero gemacht haben, Daquin beobachtet ihn. Bei einem Foto sieht er auf und zu Daquin hinüber.

»Das ist er.«

»Sicher?«

»Sicher.«

»Kannst du das bezeugen? (Der Jugo hat Angst). Hör mir gut zu. Wir werden dich erst als Zeuge befragen, wenn wir das ganze Netz gefasst haben. Zu diesem Zeitpunkt wirst du weder der einzige noch der wichtigste Zeuge sein, und die anderen werden alle im Knast sitzen. Du hast also nicht viel zu befürchten. Wenn du bezeugst, dass dieser Türke die Säckchen in deiner Küche an jenem Montag, den 3. März, präpariert hat, werden wir unsere Anschuldigung wegen Drogenhandels gegen dich fallen lassen. Solltest du nicht aussagen, müssen wir aber jemanden finden, der verantwortlich für die Heroinpäckchen in deiner Küche ist. Du verstehst, was ich meine? Gut. Jetzt scheinst du zu verstehen, worauf ich hinaus will. Ich werde also meine Frage wiederholen: Wirst du gegen diesen Türken aussagen, wenn wir dich danach fragen?«

»Ja.«

Daquin fährt ihm sanft über die Haare. So ist es viel besser.

»Nun zu einer anderen Sache. Du bist kein Franzose. Wer ist dein Geschäftsführer?«

»Ich bin nur der Meister. Ich habe keine Firma. Ich arbeite für Anna Berić. Sie macht die Bestellungen, die Zahlungsanweisungen und die Lohnabrechnung fertig.«

»Wer ist diese Anna Berić?«

»Eigentlich ist sie Jugoslawin. Sie gehört im weitesten Sinn zur Familie.«

»Wie lange arbeitest du schon mit ihr zusammen?«

»Sehr lange. Mindestens fünf Jahre.«

»Wo kann man sie erreichen?«

»Sie wohnt Rue Raynouard 21, in Paris.«

Daquin gibt dem Bullen an der Tür ein Zeichen:

»Nehmen Sie ihn mit und sagen Sie im Knast Bescheid, dass er einverstanden ist auszusagen, und dass man ihn vernünftig behandeln soll.«

19.00 Uhr, Villa des Artistes

Daquin wartet auf Soleiman und bereitet das Essen vor. Es gibt Gemüsesuppe mit Käse aus Savoyen, einen Tomme. Dieser leichte Käse ist selbst in Paris eine Rarität, deshalb konnte Daquin nicht widerstehen. Und Bündner Fleisch. Er hat heute Abend keine große Lust zu kochen. Er darf nicht vergessen, Soleiman zu fragen, ob er Schweinefleisch isst.

Er hört Nachrichten im Radio, ist aber mit den Gedanken woanders. Der Leiter des belgischen Rauschgiftdezernates wurde gerade des Drogenhandels bezichtigt. Lustig. Die amerikanischen Geiseln in Teheran sind dem Revolutionsrat übergeben worden … Viel Glück, Jungs! Hinter den Fensterscheiben beginnt es zu regnen.

Als die Nachrichten vorbei sind, klingelt es zweimal. Soleiman kommt herein, macht die Tür hinter sich zu. Unbeweglich steht er da, mit düsterer und sorgenvoller Mine, tropfenden Haaren, bis auf die Knochen durchnässt in seinem abgewetzten Pullover. Er zittert vor Kälte.

»Los, beweg dich ein bisschen! Nimm ein heißes Bad, dort oben sind Handtücher und mein Bademantel. Und rasier dich, du siehst furchtbar aus mit deinem Dreitagebart. In einer Viertelstunde ist das Essen fertig!«

Soleiman geht hoch. Er hat den Mund nicht aufgemacht.

Im Bad, nach der Dusche, in einem blauen Bademantel mit

dünnen schwarzen Streifen, der ihm viel zu groß ist, betrachtet er sich im Spiegel und beginnt sich zu rasieren.

Er sieht sich wieder im Büro von Daquin, in die Enge getrieben, versucht trotzdem, einen klaren Kopf zu bewahren, was nicht einfach ist. Wenn es wirklich die Rechtsradikalen sind, die mit Drogen handeln … und kein anderer Ausweg. Er hört noch Daquin, der mit ihm ein Treffen in seiner Wohnung ausmacht: »Bevor du kommst, rasier deinen Schnurrbart ab, ich mag keine Männer mit Schnurrbart.« Er hat eine Weile gebraucht, bis er begriffen hatte. Selbstmordgedanken. Und dann der Schock: ausgerechnet jetzt, wo sich im Sentier etwas tut und die Leute anfangen, ihm zu vertrauen. Aber was soll's, Daquin ist nicht sein erster Mann im Bett. Die Augen schließen. Die Dinge geschehen lassen. Abwarten.

Er trocknet sich vorsichtig die Lippen ab. Unglaubliches Verlangen, eine zu rauchen. Aber Daquins Anweisung war unmissverständlich: »Keine Zigaretten bei mir zu Hause! Der Geruch von kaltem Tabak ist mir zuwider.«

Bei Tisch isst Soleiman schweigend. Er macht immer den Eindruck, als wäre es ihm völlig egal, was er isst. Daquin beobachtet ihn während des ganzen Abendessens. Er wartet gelassen auf das, was Soleiman zu berichten hat. Kurz vor dem Kaffee kommt er damit heraus.

»Seit zwei Tagen vertrete ich das Verteidigungskomitee bei den Verhandlungen, die im Ministerium stattfinden (Daquin sagt nichts und schaut ihn weiter an). Ist das alles? Du sagst nichts dazu?«

»Soleiman, hör mal, das sind deine und nicht meine Angelegenheiten.«

»Wirst du sie denn nicht anrufen, um ihnen zu sagen, dass ich ein Mörder bin?«

Daquin schaut ihn ungläubig an.

»Was erzählst du da? Willst du dir selbst Angst einjagen? Komm!« (Er steht auf).

Sie trinken Kaffee.

Eine Couch mit einem niedrigen Tisch. Sie setzen sich nebeneinander auf die Couch. Auf dem Tisch ein Stapel Fotos.

»Schau dir die Fotos aufmerksam an und sag mir, ob du darauf Leute wiedererkennst!«

»Wo sind die gemacht worden?«

»Das sage ich dir später.«

Soleiman geht die Fotos nacheinander durch. Nicht alle Fotos sind von guter Qualität.

»Dieser Typ hier ist einer der drei Hauptverantwortlichen des Vereins der Erleuchteten Arbeiter.«

»Erzähle!«

Daquin legt das Foto zur Seite. Soleiman erklärt ... die Faschisten in der Türkei, die Grauen Wölfe ... die Unterwanderung der Arbeitsimmigranten ... die Morde an linken Politaktivisten in Deutschland. Dieser Verein hat sich in einem Büro in der Rue Château-d'Eau niedergelassen, das war im November letzten Jahres.

Sie arbeiten mit der CFT in Aulnay zusammen. Daquin hat alles in sein Notizbuch geschrieben.

»Weißt du, wie er heißt?«

»Ja. Hassan Yüçel.«

»Und weiter?«

Zwei andere Fotos werden zum ersten gelegt. Bei einem der Abzüge spürt Daquin eine plötzliche Spannung, ein unwillkürliches Zucken. Aber Soleiman tut so, als wäre nichts. Wenn er mir nichts sagt, dieses Arschloch, lasse ich ihn hochgehen. Noch ein paar Fotos. Dann hält Soleimann inne, fängt noch einmal von hinten an, nimmt noch einmal das Foto, bei dem er vorhin gezuckt hat, zeigt mit dem Finger auf eine Person, etwas verschwommen, im Hintergrund.

»Ich bin nicht ganz sicher.«

Daquin atmet erleichtert auf. Es hätte ihm nicht gefallen, Soleimann hochgehen zu lassen.

»Könnte man das vergrößern und schärfer kriegen?«

»Ja. Das machen wir morgen. Aber sag mir dennoch, wer es sein könnte. Dann werden wir es morgen bestätigen lassen.«

»Ich glaube, es ist Ali Agça.«

»Wunderbar. Sagt mir überhaupt nichts.«

Soleiman lehnt sich zurück, erhaben.

»Ich kenne ihn aus Istanbul. Er ist genauso alt wie ich, vielleicht ein oder zwei Jahre älter. Er war Student der Wirtschaftswissenschaften an der Universität, an der ich auch studieren wollte. Er war einer der Grauen Wölfe und ein echter Profikiller.«

(Lächeln). »Und du, du warst auch ein Killer, aber weder ein echter noch ein Profi? (Soleiman verzieht das Gesicht). Nun erzähl schon weiter.«

»Er hat mehrere Leute umgelegt, immer nach demselben Muster: auf offener Straße, aus unmittelbarer Nähe, mitten ins Herz. Er wurde festgenommen wegen Mordes an dem Chefredakteur der linksliberalen Zeitung *Milliyet* im Jahre 1979. Fast zur selben Zeit, als ich die Türkei verlassen habe, ist er aus dem Gefängnis in Istanbul ausgebrochen. Und wenn er jetzt hier ist, dann um Leute wie mich umzubringen.«

»Hast du Angst?«

Soleiman steht genervt auf. Seit Jahren lebt er mit diesem Gefühl der Angst im Bauch. Bei seiner Familie, in seinem Dorf und schließlich auch in Istanbul. Angst auch, als er an jenem Abend die Straße entlangging, auf der Yeniçeriler Cadesi, die Waffe in der Tasche, um den Mann zu treffen, den er töten wollte. Aber was weiß schon ein Bulle wie Daquin davon?

»Ich habe keine Angst vor diesem Faschistenschwein und du kannst mich mal.«

»Setz dich wieder hin. Ich hör schon auf. Ich habe alles notiert. Schau dir die anderen Fotos an!«

Soleiman sieht sich die anderen Fotos unaufmerksam an. Er erlebt erneut diesen Alptraum: der zusammenbrechende Mann und er, wie er losrennt; der Bulle, der ihm mit gezogener Waffe den Weg versperrt, wieder schießt er einfach los, zweimal und rennt in die pechschwarze Nacht, irrt durch die engen Gassen der Altstadt von Istanbul, stundenlang, so kommt es ihm jedenfalls vor. Daquin bringt ihm einen Kaffee.

»Entspann dich ein bisschen und hör mir zu. Die Fotos wurden vor dem Imbiss gemacht, von dem du mir erzählt hast. Wir haben alle fotografiert, die in den Laden gegangen sind, aber nicht die Gäste draußen. Ein jugoslawischer Dealer, den wir festgenommen haben, hat ausgesagt, einen Türken auf diesen Fotos wiederzuerkennen, der ihm die Drogen geliefert hat. Da, das ist er! (Daquin zieht ein Foto aus dem Stapel). Ein gewisser

Celebi. Du hast in derselben Serie vier Typen von den Grauen Wölfen wiedererkannt. Daraus schließe ich zweierlei. Erstens: Dein Tipp war gut, es gibt einen Zusammenhang zwischen den Drogen und diesem Imbiss. Zweitens bestätigt es sich, dass Drogen und Rechtsradikale ebenfalls zusammengehören. Für dich ist das eine gute Nachricht, oder etwa nicht? Du kannst dich also etwas entspannen.«

Soleimann lässt sich in die Couch zurückfallen, die Augen geschlossen.

»Ich bin fix und fertig.«

»Sol, du wirst die Nacht hier verbringen, du kannst bei diesem Unwetter und in deinen abgerissenen Klamotten unmöglich wieder losgehen. Morgen Vormittag werde ich nachsehen, welche Sachen ich dir geben kann. Los, gehen wir schlafen.«

5

Freitag, 7. März

8.00 Uhr, Passage du Désir

Alle Fotos, die in den vergangenen zwei Tagen gemacht wurden, liegen ausgebreitet auf dem Tisch. Daquin, Attali und Romero ordnen sie chronologisch dem Imbiss und dem Laden für Nähmaschinenbedarf zu.

Ein Mann kommt herein, blond, rundlich, weißes Hemd, dunkler Anzug, Krawatte, Aktenkoffer und Hornbrille. Er stellt sich vor: Lavorel, Finanzabteilung.

»Wir warten schon auf Sie. Mein Chef hat uns gestern über Ihren Besuch hier unterrichtet. Möchten Sie einen Kaffee?«

»Sehr gern.«

Er scheint überrascht.

Daquin geht zur Kaffeemaschine und macht für alle Kaffee. Dann widmet er sich wieder den Fotos. Inzwischen sind sie sortiert.

»Erster Laden: nur Türken oder Assimilierte. Zweiter Laden: gemischteres Publikum. Wir vermuten, dass der erste Laden zur Unterstützung des Versorgungsnetzes dient und im Moment für uns zu gefährlich ist. Den rühren wir erstmal nicht an. Die Sache ist zu ernst und wir haben zu wenig Beweise. Der zweite könnte dem Vertrieb dienen, was bedeuten würde, dass mehr Franzosen als Türken daran beteiligt sind. Dort werden wir genauer suchen. Ihr zwei werdet euch in dieser Ecke umsehen. Nehmt euch jemanden vor, der diesen Laden verlässt und wie ein Dealer aussehen könnte. Haltet ihn fest und durchsucht ihn etwas weiter weg und so unauffällig wie möglich. Ist es tatsächlich ein Dealer, bringt ihr ihn her. Solltet ihr keine Drogen finden, entschuldigt ihr euch. Und seht euch vor, dass euch keine Panne passiert. Viel Glück!«

Daquin und Lavorel bleiben allein zurück.

»Haben Sie meinen Bericht über Bostić gelesen?«

»Ja.«

»Kennen Sie sich ein bisschen in der Szene im Sentier aus?«

»Überhaupt nicht. Seit drei Jahren bin ich bei den Finanzen und beschäftige mich mit Insiderdelikten an der Börse. Dass ich überhaupt hier bin ist, scheint mir das Ergebnis eines Kompromisses von ganz oben zu sein. Die einen wollen unbedingt, dass im Sentier gründlich aufgeräumt wird, damit man nicht denen das Feld überlässt, die für die Legalisierung der Sans Papiers kämpfen. Andere halten das für Blödsinn und wollen einen Bereich nicht durcheinanderbringen, der gut läuft und nicht ohne die Sans Papiers funktionieren würde. Also haben sie sich darauf geeinigt, jemanden zu beauftragen, der keine Ahnung hat und der sich sehr wahrscheinlich darin verirren wird. Das bin ich.«

»Und Sie? Was halten Sie davon?«

»Ich bin hier, um etwas herauszufinden. So sehe ich jedenfalls meinen Beruf als Bulle, und ich kann Ihnen versichern, dass ich mir den Arsch aufreißen werde, um etwas zu finden.«

»Ungewöhnlich das von einem Schlipsträger zu hören.«

»Ich bin nicht immer Schlipsträger gewesen.«

»Ach so. Und was haben Sie gemacht, bevor Sie in der Finanzabteilung waren?«

»Ich war ein Halbstarker.«

Schweigen.

»Ich meinte: Was haben Sie bei der Polizei gemacht, bevor Sie in die Finanzabteilung gewechselt sind?«

»Das ist mein erster Posten.«

»Ist es vermessen, Sie zu fragen, warum Sie bei der Finanzabteilung sind?«

»Nein. Überhaupt nicht. Ich hatte schon immer einen Hass auf die – wie Sie sagen – Schlipsträger und ich hatte keine Lust, auf die Kleinkriminellen in den Vorstädten einzudreschen.«

»Sie werden merken, dass die Hersteller oder Meister der Werkstätten im Sentier nicht unbedingt Schlipsträger sind.«

»Wie werden sehen.«

»Wir haben Ihnen einen kleinen Arbeitsplatz eingerichtet, gleich neben diesem hier. Ich hätte gern, dass Sie mich auf dem Laufenden halten. Zunächst möchte ich wissen, wer die Besitzer der zwei Läden in der Rue Faubourg-Saint-Martin, 5 sind.«

9.00 Uhr, Rue des Petites-Ecuries

Schon sehr früh morgens hat Santoni einen R4-Kleintransporter, der an den Seiten und hinten Spiegelfenster hat und als Beobachtungsposten ausgestattet ist, genau vor dem Schaufenster des Aratoff Balletts geparkt und sich halbwegs bequem mit Zigaretten und Dosenbier darin eingerichtet. Um 9.00 Uhr schließt eine korpulente Frau das Büro der Agentur auf, geht hinein und setzt sich links hinter den Empfangstresen. Santoni sieht nicht, was sie macht. Gegen 10.00 Uhr kommen ein Mann und eine Frau in die Agentur. Sie sind nicht durch die Eingangstür von der Straße gekommen. Um 12.30 Uhr verlässt die korpulente Frau den Laden und schließt hinter sich die Tür ab. In den Räumen ist niemand mehr. An diesem Vormittag ist kein einziger Kunde gekommen.

Santoni streckt sich und verlässt seinen Beobachtungsposten. Ihm tut alles weh. Er folgt der Frau. Fünfzig Meter weiter: eine Brasserie. Sie setzt sich an einen winzigen Tisch auf der Terrasse. Santoni geht ebenfalls hinein und findet genau neben ihr einen freien Tisch. Sie bestellt ein Steak mit Pommes und ein Glas Rotwein. Santoni betrachtet sie genauer. Eine fette Gans, jenseits der fünfzig, kastanienfarbene, kurze und von der Dauerwelle geschädigte Haare, große Brüste, die schlaff auf ihrem dicken Bauch liegen, geschwollene Beine und Füße. Eine kleine weiße Bluse, ein marineblauer Faltenrock. Und zwischen ihren Brüsten ein Kreuz und ein Medaillon der Jungfrau von Lourdes, das an einer Goldkette hängt. Man könnte meinen, eine Schülerin von Sainte-Marie de Neuilly vor sich zu haben, die im Laufe der Zeit verarmt und hässlich geworden ist. Gegen 13.30 Uhr steht die fette Gans auf, geht ein Stück zu Fuß bis zum Square Montholon. Santoni findet das eine gute Idee.

12.25 Uhr, Rue du Faubourg-Saint-Martin

Attali und Romero schlendern um den Laden mit dem Nähmaschinenbedarf herum. Von Zeit zu Zeit eine kleine Pause im Café gegenüber. Sie sind auch zum Alten hinaufgegangen, um ihm Hallo zu sagen und sie haben ihm versprochen, ihn auf dem Laufenden zu halten. Nun fragen sie sich, wie man wohl einen Dealer erkennen könnte. Keine Schnitzer … Seit zwei Stunden schon schaffen sie es nicht, sich zu entscheiden. Es ist bereits Mittag. Das Mittagsessen steht langsam an. Genau in diesem Moment kommt eine schicke junge Frau vorbei, ungefähr fünfundzwanzig, nicht älter. Sehr schlank, halblange Haare, ein fast tänzelnder Gang. Ein Gehabe wie ein Mannequin, denkt Romero, obwohl er sich da kaum auskennt. Sie geht gelassen und mit der Gewissheit, dass ihr alle nachblicken, die Rue Faubourg-Saint-Martin hinunter und tritt, ohne zu Zögern oder ihren Schritt zu verlangsamen, in den Nähmaschinenladen ein.

Romero und Attali schauen sich an. Auch wenn sie nicht unbedingt wissen, wie ein Dealer auszusehen hat, so wissen sie doch, ein hübsches Mädchen zu schätzen. Auf jeden Fall ist es amüsanter, sich mit ihr zu beschäftigen, als mit einem fertigen Junkie um die dreißig. Als sie zehn Minuten später wieder rauskommt, folgen sie ihr mit gehörigem Abstand, jeder auf einer Seite des Bürgersteigs und so unauffällig wie möglich. Sie geht die Straße wieder hinauf, schlägt dieselbe Richtung ein, aus der sie gekommen ist, und biegt nach links, ohne sich zu beeilen, in die Passage Brady ab. Es ist schönes Wetter, sie trägt einen sportlichen beigefarbenen Trench über dem Rock und einen ebenfalls beigefarbenen Pullover. Dazu eine braune Tasche von Vuitton. In der Passage Brady angekommen, nehmen die zwei Bullen vorsichtig ein bisschen mehr Abstand. Sie geht in die Rue d'Enghien.

Die Straße ist um diese Zeit menschenleer und Romero stellt fest, dass sie weit genug vom Laden entfernt sind, um die Sache angehen zu können. Er vergewissert sich kurz, dass sie alleine sind, nähert sich der jungen Frau, fasst mit der linken Hand ihren Ellenbogen und zeigt ihr mit der rechten seinen Dienstausweis. Er schiebt sie in einen Hauseingang. Attali folgt ihnen.

»Polizei. Wir suchen nach Drogen. Sie wurden in Begleitung eines bekannten Drogenhändlers gesehen. Ich werde gezwungen sein, Sie zu durchsuchen, um festzustellen, ob Sie im Besitz von Drogen sind oder nicht.«

Die junge Frau protestiert vehement und wehrt sich mit aller Kraft. Sie tritt ihn gegen das Schienbein, um sich zu befreien. Romero stürzt sich mit seinem ganzen Gewicht auf sie und schiebt sie wieder in den Hauseingang zurück, der dunkel und dreckig ist. Attali gibt ihm ein Zeichen, dass er die Eingänge kontrolliert.

Während er ihr das Gesicht an die Mauer drückt und die Hände gewaltsam auf den Rücken dreht, filzt er sie. Zuerst die Tasche. Das Mädchen wehrt sich weiterhin energisch. Romero schüttet den Inhalt der Tasche auf den Boden, ein Durcheinander von Taschentüchern, Lippenstiften, Puderdosen, Geldmünzen … Er gibt Attali ein Zeichen, der schnell den Inhalt des Portemonnaies und der Puderdose untersucht. Nichts. Er packt alles wieder in die Tasche und nimmt wieder seinen Platz am Eingang ein. Ein Blick nach hinten zu Romero. Er weiß, dass sie auf dem besten Weg sind, einen fatalen Fehler zu begehen, sagt aber nichts.

Romero hält mit der einen Hand die Fäuste des Mädchen fest, während er mit der anderen ihren Körper abtastet, indem er sie mit den Schultern und seinem ganzen Körpergewicht gegen die Mauer drückt. Nichts in den Manteltaschen. Nichts in den Schuhen. Er fährt ihre Beine hoch, auch nichts in den Strumpfhosen. Eine Beule unter dem Gummi ihres Slips, zwischen den Pobacken. Er reißt ihr den Slip herunter, ein Säckchen mit weißem Puders liegt vor seiner Nase. An die zwanzig Gramm. Erregung. Vergnügen an der Eroberung? Die Berührung des Mädchens? Er hat den unmissverständlichen Eindruck, dass sie sich viel weniger wehrt. Ist sie willig? Dunkelheit im Treppenaufgang. Und Attali, der nur eins zu sagen weiß: Beeil dich, beeil dich … Romero drückt seinen Körper gegen den ihren, öffnet mit der einen Hand seine Hose und schiebt mit der anderen ihren Rock hoch. Stöhnen vor Lust. Attali ist hin und hergerissen zwischen Verlangen und Unsicherheit.

Das Mädchen befreit sich.

»Du kannst das Päckchen behalten, aber du lässt mich laufen. Wenn nicht, werde ich dich wegen Vergewaltigung verklagen. Du weißt, dass ich das beweisen kann.«

»Attali, die machen wir dingfest, schnell, bleib da nicht stehen.«

»Das wirst du bereuen, du Schwein!«

Die Hände in Handschellen auf dem Rücken, jeweils ein Inspektor an jeder Seite, gehen sie schnell bis zur Passage du Désir. Romero und Attali wechseln kein Wort.

13.25 Uhr, Passage du Désir

Romero schiebt das Mädchen in Daquins Büro, nimmt ihr die Handschellen ab und befiehlt ihr, sich hinzusetzen, während Attali das Päckchen mit dem Puder auf den Schreibtisch legt. Romero gibt einen kurzen Bericht ab, wobei er nicht näher auf Einzelheiten eingeht. Daquin hört ihm zu und sieht dabei auf die blauen Flecken an den Handgelenken und die Schrammen in ihrem Gesicht. Sie setzt sich aufrecht hin und sagt zu Daquin:

»Ihr Scheißbulle hat mich, unter dem Vorwand mich durchsuchen zu wollen, vergewaltigt. Er hat mich gegen eine Mauer gedrückt, mir halb die Handgelenke gebrochen und mich vergewaltigt. Ich verlange eine medizinische Untersuchung.«

Daquin in eiskaltem Ton:

»Sie möchten also Klage erheben, Mademoiselle? (Einige Sekunden vergehen). Ich bin mir ehrlich gesagt nicht sicher, ob das die beste Lösung ist. Es ist ein gefährliches Spiel, das Sie treiben, und Sie werden doch nicht wirklich erwartet haben, dass man Ihnen da mit Samthandschuhen begegnet? Wenn Sie Klage gegen meinen Inspektor erheben, was Ihr gutes Recht ist, werde ich Sie augenblicklich wegen Drogenhandels einbuchten. Mein Inspektor wird versetzt werden, aber Sie, Sie werden für mindestens vier Jahre in den Knast wandern. (Er schaut sie einen Augenblick lang an.) Ich bin davon überzeugt, dass Sie damit einverstanden sein werden, wenn Ihnen Romero 100 Francs gibt, was natürlich nicht Ihren üblichen Preisen entspricht, aber in Anbetracht der Umstände, werden Sie ihm einen guten Preis machen. (Das Mädchen wird rot.) Romero stecken Sie 100 Francs in die Manteltasche von Mademoiselle! Gehen wir zu den wichtigen Sachen über. Attali notieren Sie. Ihr Name, Ihr Alter?«

»Virginie Lamouroux, fünfundzwanzig Jahre alt.«

»Wo wohnen Sie?«

»Bei einer Freundin.«

»Lassen Sie uns Zeit sparen. Wenn ich Ihnen eine Frage stelle, will ich eine genaue Antwort, ist das klar? Wo wohnen Sie?«

»Bei einer Freundin. Mademoiselle Sergent, Rue de Belzunce, 10.«

»Beruf?«

»Mannequin.«

»Drücken Sie sich genauer aus!«

»Mannequin in der Prêt-à-porter-Branche. Ich arbeite für verschiedene Arbeitgeber, im Moment jedenfalls.«

»Namen, Adressen.«

»Im letzten halben Jahr habe ich für alle Großen der Prêt-à-porter-Branche gearbeitet, angefangen von Naf Naf oder René Dhéry bis hin zu Julie La Tour und Jules und Julie.«

»Worin besteht Ihre Arbeit?«

»Das wichtigste ist, die Modelle vorzuführen, auf Bestellung oder manchmal auch für einen Großeinkäufer. Das ist wichtiger als die Kollektionen.«

»Und der Käufer behält das Mannequin den ganzen Abend lang?«

»Das geht Sie nichts an.«

Sie hat nicht einmal Zeit, ihren Satz zu beenden, da hat ihr Daquin schon, ohne aufzustehen, eine runtergehauen. Schockiert:

»So läuft das halt.«

»Und wie viel verdienen Sie in diesem Fall?«

»Warum interessiert Sie das so? Das hat doch nichts damit zu tun.«

Die zweite Ohrfeige sitzt noch besser. Daquin hat sich die Mühe gemacht aufzustehen. Virginie Lamouraux stöhnt.

»Überlegen Sie nicht, antworten Sie! Wie viel kriegen Sie dafür?«

»So geht das nicht. Es gibt keine Tarife. Das ist eine Branche, in der viel übers Bett läuft. Nach der Präsentation, hast du frei, lass uns den Abend zusammen verbringen, könntest du mir nicht eine Freundin von dir schicken? … So halt. Manche geben Geld. Die anderen glauben, wir machen das zum Vergnügen.

Die Mädchen, die nicht ins Bett steigen, kriegen keine Aufträge, das ist alles.«

Daquin setzt sich wieder hin.

»Sehr gut. Kommen wir nun zu den Drogen. Romero, werfen Sie einen Blick auf die Arme und Unterschenkel von Mademoiselle Lamouroux. Ich bezweifele, dass Sie vorher Zeit hatten, dies zu tun. Einstiche?«

»Nein.«

»Also, wie konsumieren Sie ihre Drogen?«

»Wer sagt Ihnen denn, dass ich Drogen nehme?«

Daquin erhebt sich, sichtlich in Rage. Er geht um den Schreibtisch herum, zieht sie brutal an den Haaren und dreht ihren Kopf nach hinten.

»Schauen Sie mich an und hören Sie endlich mit diesen Kindereien auf! Mit fünfundzwanzig bereits Dealerin und Nutte. Was und wie konsumieren Sie also?«

»Heroin. Ich rauche es (sie gibt es nur widerwillig zu).«

»Erzählen Sie!«

»Pulver. Man erwärmt es mit einer Kerze in einem Schälchen aus Silber. Es karamelisiert und erzeugt Rauch, man setzt sich mit einem Tuch über dem Kopf darüber und atmet ihn ganz langsam, ganz langsam und tief ein. Das löst eine Wahnsinnsempfindung aus und ist nicht gefährlich, nicht wie fixen. Ich habe nie an der Nadel gehangen. Ich habe Angst vor Spritzen.«

»Das ist ungewöhnlich. Wer hat Ihnen das beigebracht?«

Sie zögert. Daquin kommt näher.

»Das kommt aus dem Iran, die Iraner auf ihren Abendveranstaltungen. Ich kenne ihre Namen nicht.«

»Abendveranstaltungen?«

»Ja, in der Prêt-à-porter-Szene trifft man Gott und die Welt. Und sehr unterschiedliche Leute. Organisierte Abende von diesem oder jenem.«

»Und Heroin gehört dazu?«

»Es gehört nicht unbedingt dazu, aber es ist auch nicht gerade selten. Heroin und einiges andere auch. Erzählen Sie mir nicht, dass Sie das nicht gewusst haben.«

»Wer hat Ihnen die Adresse von der Rue Faubourg-Saint-Martin gegeben?«

»Die Adressen der Ausstatter wandern hin und her. Diese Adresse habe ich vor zwei Wochen bekommen. Ich war zum ersten Mal dort.«

»Wer hat sie Ihnen gegeben? Sie haben meine Frage nicht beantwortet.«

»Daran kann ich mich nicht mehr erinnern.«

Daquin steckt sich demonstrativ seinen Siegelring auf und hebt die Hand.

»Vielleicht Lestiboudois, ein Geschäftsmann, mit dem ich an jenem Abend ausgegangen bin. Ich hab' ihn nicht mehr wiedergesehen.«

Daquin durchquert das Büro ohne etwas zu sagen. Und dann:

»Ich werde Sie freilassen. Für den Moment jedenfalls. Sie werden mir eine kurze Erklärung unterschreiben. Sie haben Paris nicht zu verlassen, mir vorher mitzuteilen, wenn Sie ihren Wohnort wechseln, und sich ab nächsten Montag jeden zweiten Tag, morgens um 9.00 Uhr beim Kommissariat des 10ten Arrondissements zu melden.«

»Und wenn ich nicht unterschreibe ?«

»Nehme ich Sie fest, auf frischer Tat ertappt sozusagen.«

Kurzes Nachdenken.

»Ich unterschreibe.«

»Romero, begleiten Sie Mademoiselle Lamouroux nach unten!«

Der Kommissar wartet auf seine Rückkehr, ohne etwas zu sagen, rutscht auf seinem Sessel hin und her.

»Romero, eines möchte ich gern von Ihnen wissen. Haben Sie sie, bevor oder nachdem Sie die Drogen gefunden haben, vergewaltigt?«

»Danach.«

»Ist Ihnen bewusst, dass ich Ihnen Hénin-Liétard erspart habe, oder sind Sie etwa noch stolz auf sich?«

»Ich bin nicht stolz auf mich.«

»Gut. Fassen wir zusammen. Romero, machen Sie mir bis morgen früh einen Bericht über die Festnahme von Virginie Lamouroux fertig, aber erwähnen Sie nichts, was dem Ruf unserer Truppe schaden könnte. Ich werde ein Protokoll der Vernehmung erstellen. Sie beide führen die Ermittlung über dieses Mädchen weiter. Meiner Meinnung nach ist sie mit allen Wassern gewaschen und sie hat uns nichts von dem gesagt, was sie weiß. Obwohl sie wahrscheinlich nicht allzu viel weiß. Sie werden damit beginnen, sie zu beschatten, was nicht einfach sein wird, und setzen Sie sie notfalls unter Druck, wenn Ihnen nicht besseres einfällt. Entweder packt sie aus oder die Leute aus der Szene ergreifen die Initiative. Unsere Aufgabe ist es, zu beobachten und Informationen einzuholen. An die Arbeit, Inspektoren! Geben Sie sich Mühe, gehen Sie effizient vor und halten Sie sich ein bisschen mehr an die Spielregeln.«

14.00 Uhr, Rue des Petites-Ecuries

Santoni steigt wieder in den Transporter, wo Thomas schon auf ihn wartet. Er hatte heute Morgen der Hausverwaltung bereits einen Besuch abgestattet. Dort fand er einen sehr genauen Plan des Wohnhauses mit den Namen aller Mietparteien. Die Namen waren zum Teil sogar mit Bemerkungen versehen. Thomas hat sich Notizen gemacht. Santoni wirft einen Blick darauf.

»Monsieur und Madame Bernachon, alias Artaoff. Ohne Zweifel waren es die beiden, die ich heute Morgen gesehen habe. Sie wohnen genau über der Agentur. Wenn du mich ablöst, wirst du es ja mitkriegen. Ich mache eine Runde durchs Haus.«

Ein ganz normales Haus für diese Gegend. Im Eingangsbereich die Wohnung der Concierge, die jedoch um diese Zeit nicht da ist. Kein Fahrstuhl. Santoni geht die Treppen hinauf. Zwei Wohnungen pro Etage. Roter Teppich bis zur fünften. In der sechsten Etage die ehemaligen Dienstmädchenzimmer, WC auf halber Treppe. Niemand auf dem Flur. Santoni schaut sich mit dem Plan in der Hand die zwei Zimmer genauer an, die den Bernachons gehören. Starke Schlösser, aber nicht kompliziert. Anscheinend ist zur Zeit niemand zu Hause. Er geht wieder nach unten und wirft einen Blick in die Keller. Findet leicht den Eingang. Wunderbare Kellergewölbe auf zwei Etagen. Nur schwach beleuchtet und ziemlich dreckig. Manche Keller haben noch ganz alte Türen mit Holzlatten, durch die man durchsehen kann, andere wiederum sind ganz geschlossen. Er sucht auf dem Plan nach dem Keller der Bernachons. Eine neue Tür, aus Holz, solide, dieselben Schlösser wie bei den Dienstmädchenzimmern. Da er Zeit hat, geht er noch ins zweite Untergeschoss, durchquert den Flur, und inmitten dieser verschiedenen Türen findet er eine, die mit der Tür der Bernachons identisch ist. Neu, aus Holz, dieselben Schlösser. Hat das etwas zu sagen? Er schreibt sich die Nummer des Kellers auf.

15.00 Uhr, Rue Saint-Maur

Lavorel will Ergebnisse und zwar schnell. Gilt es, etwas zu beweisen? Und wenn ja, wem?

Die kurze Unterredung mit Bostić hat genügt, um Namen und Adressen der beiden jugoslawischen Arbeiter herauszukriegen, die schon seit mehreren Jahren für ihn arbeiten. Es sind die einzigen beiden von ungefähr zwanzig, die offiziell bei ihm beschäftigt sind.

Ein Haus in der Rue Saint-Maur, voll mit Jugoslawen. Eine ziemlich heruntergekommene Treppe, aber eine kleine, sehr saubere Wohnung in der zweiten Etage. Eine Frau, mittleren Alters mit Kopftuch.

»Madame Jentić? (Sie hebt den Kopf). Monsieur Jentić?«

Sie gestikuliert, um zu sagen, dass er nicht da ist. Sie spricht kein Wort Französisch oder tut zumindest so, als würde sie kein Französisch können. Lavorel fragt die Nachbarn, vergeblich. Schließlich willigt die Bäckerin unten im Haus ein, zu dolmetschen.

»Polizei. Ich würde Ihnen gern ein paar Fragen stellen. Sie haben nichts zu befürchten, weder Ihr Mann noch Sie selbst (sie glaubt ihm nur halb). Besitzt Ihr Mann Lohnabrechnungen? (Kopfnicken.) Kann ich die sehen?«

Sie reicht ihm ein dickes Paket mit Lohnabrechnungen in einem Briefumschlag. Sozialabgaben vieler Jahre, Monat für Monat, die absolut regelmäßig zu sein scheinen: Name des Unternehmens, Stempel, Berechnung der Abzüge, die zu zahlenden Steuern, alles vorhanden. Der Lohn liegt klar über dem gesetzlichen Mindestlohn. Lediglich der Name der Firma wechselt alle drei Monate mit der immergleichen Bemerkung: »Eintragung ins Handelsregister ist beantragt.«

Lavorel macht sich Notizen. Er steckt drei Lohnabrechnungen ein, während Madame Jentić wegsieht. Er bedankt sich bei ihr. Kein Grund zur Beunruhigung, alles bestens. Er wird im Handelsregister nachsehen. Alle drei Monate eine neue Firma. Verwalterin: Anna Berić.

Sandwich und Bier. U-Bahn bis zur Einwanderungsbehörde, um zu prüfen, ob die Sozialabgaben geleistet wurden. Keine dieser Firmen hat jemals auch nur einen Centime überwiesen. Weder den Arbeitgeber- noch den Arbeitnehmeranteil. Normal: Eine Firma hat drei Monate Zeit, um die Sozialabgaben zu überweisen. Wenn es sie aber nach drei Monaten nicht mehr gibt ... Wenn man den Lohnabrechnungen von Jentić glauben kann, geht das nun schon seit Jahren so. Freitag Nachmittag: Behördengänge sind zwecklos, es ist niemand mehr da.

16.00 Uhr, Kommissariat des 10ten Arrondissements

Attali sucht den diensthabenden Polizisten auf.

»Ab nächste Woche Montag muss sich hier alle zwei Tage eine junge Frau melden. Virginie Lamouroux. Tatverdächtig in einer Drogengeschichte.«

»Virginie Lamouroux? Warten Sie. Ich glaube, ich habe da etwas für Sie (er beugt sich über ein großes Heft). Schauen Sie mal. Ich habe es doch gewusst. Am Mittwoch, den 5. März, hat ein gewisser Robert Sobesky, Hersteller von Prêt-à-porter-Mode, wohnhaft in der Rue de Paradis, 20, das Verschwinden von Virginie Lamouroux, Mannequin, ebenfalls wohnhaft in der Rue de Paradis, 20, gemeldet.«

6

Sonnabend, 8. März

8.00 Uhr, Rue de Belzunce, 10

Romero rüttelt Attali wach, der beinahe auf dem Treppenabsatz eingeschlafen wäre.

»VL kommt runter. Jetzt sind wir an der Reihe. Du nimmst dir die Freundin vor. Ich schnappe mir VL.«

Attali geht langsam die Treppe hinauf. In der ersten Etage trifft er auf Virginie Lamouroux, grüßt sie, ohne ein Wort zu verlieren, und steigt weiter hinauf. Sie ist überrascht, hält an, um etwas zu sagen, schaut auf die Uhr und geht weiter nach unten. Sie verlässt das Haus und da, auf dem Bürgersteig, genau vor der Ausfahrt, trifft sie auf Romero.

»Guten Tag, Mademoiselle. Würden Sie bitte ihre Tasche öffnen! (Er deutet auf die leichte Reisetasche, die sie über der Schulter trägt.) Ich muss sicher gehen, dass Sie keine Drogen bei sich haben.«

Virginie Lamouroux ist wie vor den Kopf gestoßen. Hat er das Recht dazu? Was soll ich machen?

Da hat Romero schon die Hand ausgestreckt und reißt ihr die Tasche von der Schulter. Kein Widerstand. Er beginnt systematisch zu suchen, und legt dabei wenig Wert auf Diskretion. Passanten beobachten die Szene. Die Reisetasche enthält alles, was eine junge elegante Frau braucht, die übers Wochenende wegfährt. Er gibt ihr die Tasche zurück.

»Danke. Bis bald.«

Er geht wieder ins Haus zurück. Virginie Lamouroux bleibt einen Augenblick lang wie angewurzelt stehen und macht sich dann auf den Weg. Vor der nächsten Straßenecke schaut sie zurück. Niemand. Biegt ein. Wartet. Immer noch niemand. Geht über die Straße und biegt die nächste links ein. So geht sie schnellen Schrittes zum Taxistand auf dem Platz an der Ecke zur Rue de Lafayette und dem Park der Saint-Vincent-de-Paul-Kirche. Romero ist dort schon auf seinem Posten. Er sieht, wie sie sich noch ein letztes Mal umdreht und in ein Taxi steigt, das sofort los- und und an ihm vorbeifährt. Er notiert das Kennzeichen, dann geht er wieder Richtung Rue Belzunce, 10.

Vor der Haustür Attali:

»Sie ist letzten Freitag bei ihrer Freundin angekommen. Vorher hat sie mit einem gewissen Xavier Sobesky zusammengelebt, Rue de Paradis, 20. Und sie ist in der Zeit vom Sonnabend, den 1. März, früh morgens bis Mittwoch Abend unvorhergesehen verreist, ohne zu sagen, wohin.«

Während sich Romero darum kümmert, das Taxi von Virginie Lamoroux wiederzufinden und festzustellen, wo sie ihr Wochenende verbringen wird, versucht Attali herauszukriegen, wohin sie die fünf Tage gefahren ist. Wenn sie mit dem Zug oder dem Auto gefahren ist, unmöglich. Falls sie aber das Flugzeug genommen hat, dann habe ich eine Chance ... vorausgesetzt, dass sie unter ihrem Namen und nicht last-minute geflogen ist. Mit Orly anfangen. Wenn ich etwas herausfinde, werde ich schneller bei mir zu Hause in Antony sein. Die Listen der Fluggesellschaften durchgehen. Mehrere Stunden Arbeit, ohne Ergebnis. Es ist drei Uhr nachmittags. Scheißjob. Roissy. Und dort ziemlich schnell: Sonnabend 7.43 Uhr, Continental Airlines, Zielort New York, Virginie Lamouroux. Rückflug Mittwoch, 22.17 Uhr.

14.00 Uhr, Passage du Désir

Anna Berić ist weit mehr als nur eine kleine Buchhalterin. Der Betrug mit der Sozialversicherung, den sie im Sentier aufgezogen hat, dauert schon seit Jahren an. Daquin legt Lavorels Bericht wieder beiseite. Fast ganz im Sessel versunken, die Beine auf dem Tisch, nippt er an seinem Kaffee.

Und in einem ihrer Werkstätten eine Leiche und Drogen. Wie weiter vorgehen? Ich kann die zwanzig Personen, deren Namen mir Bostić gegeben hat, überwachen lassen. Ich kann alle Türken auflisten, die in den Imbiss gehen und sie verfolgen lassen. Ich kann eine Liste der Werkstätten von Anna Berić aufstellen und sie durchsuchen lassen, alle Hersteller überwachen, von denen mir VL erzählt hat. An die zehn Bullen, an die hundert Stunden Arbeit, letztendlich für magere Ergebnisse. Im besten Fall greifen wir ein paar Dealer auf, wenn es gut läuft. Die Hersteller, die Bostić angegeben hat, wissen wahrscheinlich gar nichts von dem Mann, der in ihrer Boutique herumhängt und auf den Lieferanten der roten Hosen wartet. Die Türken werden dann von heute bis morgen aufhören, in diesen Imbiss zu gehen, und verschwinden von der Bildfläche. Und VL hat mir vielleicht sonst was erzählt. Ich muss das Problem ganz anders angehen. Ich halte die Verbindungen zwischen den rechtsradikalen Türken und dem Drogenhandel für stark genug, dass sie in der Lage sind, ihre Strukturen auf die Politik zu übertragen. Und die politischen Kreise sind ja bekannt. Wer könnte mich darüber informieren? Er nimmt den Hörer zur Hand.

»Hallo Lenglet? Daquin. Wie geht's? Ich brauche dich. Ich möchte mit jemanden sprechen, der vertrauenswürdig ist und die rechtsradikale Szene wirklich gut kennt. Kein Problem? Montag, 13.00 Uhr, bei Pierre, Place Gaillon. Ich hab's notiert.«

Er schaut auf die Uhr. Es ist 15.00 Uhr und bis zum Abendessen um 20.00 Uhr, zu dem er von Freunden am Square de l'Alboni eingeladen ist, hat er nichts weiter zu tun.

Square de l'Alboni? Aber das ist ja genau neben der Rue Rayonouard! Auf dem Plan nachsehen. Fünf Minuten zu Fuß. Und genau, er hat noch niemanden gefunden, der die Wohnung von Anna Berić überwacht. Die Versuchung ist zu groß, als dass er ihr widerstehen könnte, aber eigentlich hat er auch nie wirklich versucht, dieser Art von Verlangen zu widerstehen. Er wählt die Nummer von Anna Berić. Anrufbeantworter: »Anna Berić ist im Moment nicht zu Hause. Bitte hinterlassen Sie eine Nachricht nach dem Signalton.« Er nimmt einen Schlüsselbund und den Dietrich aus einem der Schubfächer seines Schreibtisches, steckt sie in die Jackentasche und geht los: U-Bahn bis Passy.

Er ruft noch einmal bei Anna Berić an, wieder der Anrufbeantworter. Geht ein bisschen ums Haus herum. Sehr bürgerlich, sehr friedlich, ein Sonnabendnachmittag eben. Er geht ins Haus und direkt auf die Conciergeloge zu: Madame Berić? Fünfte links. Die Concierge, vor dem Fernseher sitzend, hat sich nicht einmal die Mühe gemacht, ihn anzusehen. Wirklich einfach. Er geht zu Fuß hoch, langsam, um das Geschehen im Haus im Blick zu behalten. Er trifft niemanden, die Leute benutzen den Fahrstuhl. Er kommt in der fünften Etage an. In der Wohnung rechts hört er die Wiederholung eines Rugbyspiels vom Fünfnationenturnier im Fernsehen. Es ist 16.00 Uhr, um diese Zeit ist es wenig wahrscheinlich, dass er von Nachbarn auf dem Flur gestört wird. Er zieht seinen Schlüsselbund heraus. In drei Minuten ist die Tür geöffnet. Niemand ist die Treppe hochgekommen, der Fahrstuhl ist nur einmal bis in den sechsten Stock gefahren.

Er tritt ein, schließt sorgfältig die Tür hinter sich. Herzklopfen, alle Sinne angespannt. Stille. Halbdunkel. Zuerst macht er eine kurze Runde durch die Wohnung, wie auf Zehenspitzen. Ein großes Wohn- und Esszimmer und ein Schreibtisch an der Wand. Ein Badezimmer ohne Fenster, ein Zimmer und eine Küche mit Blick auf die Straße. Dienstbotentür in der Küche, abgeschlossen, aber der Schlüssel liegt oben auf. Aufschließen, um sich einen Fluchtweg offen zu halten, falls jemand kommen sollte. Sich die Wege zu dieser Tür von allen Zimmern aus merken. Und jetzt, an die Arbeit!

Unbeweglich in der Mitte des Zimmers, versucht er sich die Persönlichkeit dieser Frau vorzustellen, die hier lebt, und genießt den Augenblick: Gefahr und heimliches Vergnügen, von dem niemals jemand erfahren wird. Er öffnet alle Schubfächer und Schränke. Davon gibt es reichlich. Die Kleidungsstücke sind sorgfältig eingeräumt, viel Seide, klassische Kostüme, Kleider, manche sehr oft getragen. Eines fasziniert ihn besonders: hauteng, karminrot mit viereckigem Ausschnitt, einfach und doch von ungewöhnlicher Ausstrahlung. Ein Kleid, das er zu kennen glaubt. Eine Brünette braucht ein solches Kleid. Kaum Hosen. Reichlich Unterwäsche. Auch hier viel Seide. Er gleitet vorsichtig mit der Hand über den Wäschestapel. Ihre gesamte Unterwäsche riecht nach einem guten und unaufdringlichen Parfüm, das er nicht einzuordnen vermag. Unten im Schrank Schuhkartons, ungefähr dreißig. Manche sind leer. Unten in einem anderen Schrank ein Koffer aus Stroh, sorgsam geflochten, die Ecken aus Leder, ein Schloss aus Kupfer. Daquin greift nach dem Koffer und hebt den Deckel hoch: Der Koffer ist leer. Er dient vielleicht als Korb für die schmutzige Wäsche. Auf dem Bett sehr hübsche Bettwäsche von Descamps. Gewiss ist sie dunkelhaarig, groß und schlank. Sie ist ohne Zweifel mit Sorgfalt geschminkt: ein großer Schminktisch, ein Arsenal an Kosmetika. Und sie ist fortgefahren, er spürt es: einige leere Bügel, keine Zahnbürste im Bad ...

Daquin geht ins Wohnzimmer. Die Stoffrollos sind heruntergelassen, aber die Fensterläden nicht geschlossen. Er vermutet einen Balkon, der parallel zum Zimmer verläuft und einen überwältigenden Blick auf das südliche Paris bietet. Er bleibt wie angewurzelt stehen und atmet vorsichtig durch. Er verspürt in dieser Wohnung einen unüberbrückbaren Gegensatz zwischen der Raffinesse der Kleidung und der Art der Einrichtung: geschmacklos und gleichgültig. Ein großer Tisch aus hellem Holz, Stühle drum herum, eine Stoffcouch mit zwei passenden Sesseln, ein niedriger Holztisch, der dem anderen gleicht: billiges Mobiliar, kein bisschen Stil. Sie lebt nicht in dieser Wohnung und lädt auch niemanden ein.

Er geht ins Arbeitszimmer. Sehr einladend. Auch dort Flügeltüren, Balkon und Paris dahinter. An den drei Wänden Regalreihen aus hellem Holz; von oben bis unten voll mit Büchern. In der Mitte des Zimmers ein großer englischer Schreibtisch, die Deckplatte aus grünem Leder, dahinter ein passender Sessel und vor dem Fenster ein kleiner Zweisitzer aus rotem Leder. Hier lässt es sich bestimmt gut arbeiten. Er nähert sich der Bibliothek: französische und russische, englische und amerikanische Romane aus dem 19. Jahrhundert. Klassische griechische Tragödien, arabische und persische Dichter in zweisprachigen Ausgaben. Alles ordentlich sortiert. Auf dem Schreibtisch »Kinder der Gewalt« von Doris Lessing. Daquin pfeift durch die Zähne. Nimmt erst ein Buch, dann ein anderes, öffnet sie, blättert darin herum, stellt sie wieder an ihren Platz. Wenig Staub. Das ist keine unbenutzte Bibliothek. Persische Dichter? Ziemlich selten. Und trotzdem mehr als dreißig Titel im Regal. Er öffnet eines nach dem anderen. Und da, eine zweisprachige Anthologie, persische Hofdichtung, er liest ein Datum, 27. Januar 1958, eine Widmung, »Eine unvergessliche Begegnung«. Unterschrieben »O«. Neugierde. Ein Gefühl von Eifersucht? Er steckt das Buch in die

Innentasche seines Blousons. Wird es ihm Glück bringen?

Die zwei letzten Regalreihen sind leer. Leer ebenfalls oder fast, die Schubfächer des Schreibtisches. Wenn es hier jemals nennenswerte persönliche Dokumente gegeben hat, so sind sie jetzt nicht mehr da. Lavorel wird andere Sachen finden müssen. Die Wohnung ist extrem ordentlich und sauber und nirgendwo gibt es Fotos. Nicht ein Andenken, keine alten Briefe, alte Schlüssel, irgend was? Die Dame hat zweifellos ein schwieriges Verhältnis zu ihrer Vergangenheit.

Daquin geht ein wenig in der Wohnung umher. Er ist sich nicht mehr sicher, wonach er eigentlich sucht. Er schafft es nicht, sich auf den Weg zu machen: Die einbrechende Nacht in der Wohnung einer abwesenden Frau fasziniert ihn. Aschenbecher überall, selbst auf dem Rand der Badewanne, sie scheint eine starke Raucherin zu sein. Alle sind ausgeleert und gereinigt. Zwei große Werbeaschenbecher aus Porzellan. Daquin schreibt auf: »Hostellerie du Bréau, Barbizon.«

In der Küche nichts besonderes, in den Schränken nichts, was auf eine gute Köchin hinweisen würde. Dennoch muss er über eine Tatsache schmunzeln: Sie benutzt denselben Kaffee wie er. Sich daran erinnern. Er wird ihr einen Kaffee anbieten, wenn sie in seinem Büro vor ihm sitzt. Es ist fast 19.00 Uhr. Er muss gehen. Er ist nicht mehr ausreichend konzentriert, nicht mehr auf der Lauer, das kann gefährlich werden. Die Küchentür wieder schließen, vor dem Hinausgehen sorgfältig auf alle Geräusche draußen achten, die Tür hinter sich zuziehen, die Treppe hinuntergehen, die Unaufmerksamkeit der Concierge abwarten, was nie sehr lange dauert, und langsam auf die Straße gehen. Dort ein bisschen in der Abendfrische bis zur Seine schlendern und wieder bis zum Square de l'Alboni hinaufgehen. Ein erfreulicher Tag.

7

Sonntag, 9. März

10.00 Uhr, Deauville

Eine geräumige Wohnung mit Blick aufs Meer. Zwei Polizisten klingeln. Nichts. Sie klingeln wieder. Ein Mann um die Fünfzig öffnet im Bademantel die Tür. Verstört und überrascht zugleich, Polizisten vorzufinden.

»Guten Tag. Wir haben im Auftrag des Pariser Rauschgiftdezernates zu überprüfen, ob Mademoiselle Lamouroux hier ist.«

Der Mann dreht sich zu Virginie, die eingehüllt in ein Badehandtuch wie versteinert in der Mitte des Wohnzimmers stehen bleibt.

»Man fragt nach dir, meine Liebe (ironisch und ein wenig verächtlich).«

Virginie kommt näher.

»Mademoiselle, Sie hätten ihren Ortswechsel beim Pariser Rauschgiftdezernat melden müssen. Vergessen Sie nicht, morgen spätestens um 9.00 Uhr im Kommissariat des 10ten Arrondissements zu erscheinen. Danke, mein Herr, und entschuldigen Sie die Störung. Einen schönen Sonntag noch.«

12.00 Uhr, Villa des Artistes

Daquin geht nach Hause, um seine Sachen zu wechseln. Er hat einen angenehmen Abend bei seinem Freund, einem Fernsehproduzenten, und eine ganz nette Nacht mit einer kleinen, blonden Schauspielerin verbracht, die ganz hingerissen von ihm war und unbedingt wissen wollte, wie ein Kommissar, ein echter dazu, so im Bett ist. Sie war so betrunken, dass er sich nicht einmal sicher ist, ob sie sich überhaupt noch daran erinnert.

Nachricht auf dem Anrufbeantworter, Soleimans Stimme: »Ich versuche, dich zu erreichen, ruf mich zurück.« Kein Datum, keine Uhrzeit.

Daquin ruft die einzige Nummer an, die er von ihm hat: die vom Verteidigungskomitee. Beim zweiten Klingeln hebt Soleimann ab. Stimmengewirr im Hintergrund, vermutlich Türkisch.

»Ich habe mehrmals bei dir angerufen, du warst die ganze Nacht nicht zu Hause.«

Daquin lacht laut auf:

»He! Ist das etwa eine Eifersuchtsszene? (beleidigtes Schweigen). 10.00 Uhr heute Abend bei mir?«

»Gut.«

Als Sol ankommt, ist Daquin bereits auf der Wohnzimmercouch eingeschlafen. Grummelnd öffnet er ein Auge. Sol bedeutet ihm, dass er ins Badezimmer hinaufgeht. Als er in einem ganz neuen weißen Bademantel in seiner Größe wieder herunterkommt, den Daquin für ihn auf den Badewannenrand gelegt hatte, ist Daquin wieder aufgestanden und trinkt Kaffee. Er hat eine volle Kaffeekanne vor sich auf den Couchtisch gestellt.

»Ich habe dir Lasagne gemacht, sie ist im Backofen. Ich habe schon zu Abend gegessen.«

Soleiman nimmt sich seinen Teller und Besteck und setzt sich neben Daquin auf die Couch.

»Was ist denn mit dir los? Hast du dich geprügelt?«

Daquin hat eine geschwollene Oberlippe und eine Schramme auf der linken Wange.

»Ja und Nein. Ich habe heute Nachmittag Rugby gespielt. Wir waren die Unterlegenen und haben während des ganzen Spiels gelitten. Denn die Jungs von der Gegenseite waren Halbstarke ...«

»Ich habe wichtige Informationen.«

»Na, dann los!«

Soleimann holt aus der Bademanteltasche vier Fotos hervor, die ihm Daquin gegeben hatte. Auf der Rückseite Namen, Abkürzungen, Daten. Die vier Männer sind fast zur selben Zeit angekommen, im Sommer 1979. Sie haben alle Papiere, Aufenthalts- und Arbeitserlaubnis. Drei von ihnen wurden Vorstandsmitglieder des Vereins der Erleuchteten Arbeiter, als sich dieser im September gegründet hat. Im Januar dann, als die Läden eröffnet wurden, haben sie das Vereinsbüro verlassen, um sich um deren Verwaltung zu kümmern. Aber man sieht sie noch oft in den Räumen des Vereins. Sie haben ihre Aktivitäten nicht eingestellt, eher die Aufgaben genauer verteilt.

»Das bestätigt, was wir über die Verbindungen der Rechtsradikalen befürchtet haben. Und das gibt uns einen Anhaltspunkt, an dem wir weiter ansetzen können. Warum und wie haben diese vier Papiere erhalten? (Daquin lässt sich nach hinten in die Couch fallen und zieht Soleiman zu sich.) Komm ein bisschen her zu mir, ich bin sehr müde, ich habe Lust, zärtlich zu sein. Sag mir, von was und wo lebst du momentan?«

Soleiman reißt sich mit einem Schlag los und steht auf.

»Warum fragst du mich das? Um es in deine Polizeiberichte schreiben zu können?«

(Lächeln.) »Ach du lieber Gott, komm her. Sol, hier gibt es überhaupt keinen Polizeibericht über dich, und es wird auch nie einen geben. Ich werde nicht eine Zeile schreiben. Du gehörst mir und zwar mir allein. Ich stelle dir diese Frage lediglich, weil es mich interessiert. Und weil du schließlich mir gehörst, macht mich das in gewisser Weise verantwortlich.«

»Hast du keinen Bericht über mich verfasst?«

»Nein.«

Soleimann setzt sich wieder hin.

»Auch nicht mit einem Pseudonym?«

(Lächeln.) »Nein.«

»Wenn diese Angelegenheit zu Ende ist, wird niemand wissen, dass ich es war, der dir die Auskünfte gegeben hat, und ich werde wirklich frei sein?«

»Natürlich. Das habe ich dir doch vom ersten Tag an gesagt, oder?«

Wenn das mal wahr ist. Den Bullen misstrauen, sie sind zu allem fähig, aber dennoch möchte er daran glauben. Daquin berührt seinen Hals. Küsst ihn. Soleiman fühlt eine sonderbare Wärme in sich aufsteigen, die seinen Körper durchströmt, Benommenheit und Erleichterung zugleich. Das erinnert ihn genau an jenes Gefühl, das er hatte, als er Morphium nahm. Die Istanbuler Zeitungen haben sein Foto auf der Titelseite abgedruckt: Suche nach einem Doppelmörder. Die Angst und die

Beklemmung waren so groß, dass er sie nur mit Hilfe von Morphium aushalten konnte, das ihm sein Freund, ein Arzt, gegeben hatte, und zwar solange, bis er die Türkei mit den gestohlenen Papieren eines französischen Touristen verließ. Dieselbe Erleichterung, loslassen können. Alles dreht sich im Kopf.

»Jetzt wirst du mir hoffentlich sagen, wie du momentan lebst?«

»Ich möchte lieber nicht darüber reden.«

»Na gut, dann werde ich dir eben sagen, was ich vermute. Du hast nicht einen Centime mehr in der Tasche, weil du keine Zeit hast zu arbeiten, um Geld zu verdienen. Deine Kumpels vom Verteidigungskomitee haben nicht daran gedacht, dir einen Vorschuss zu zahlen. (Pause. Daquin fixiert Soleiman.) Oder aber, sie haben es dir vorgeschlagen, aber du hast aus Stolz abgelehnt, um ihnen nicht zu Dank verpflichtet zu sein. Du schläfst unter Brücken und verreckst fast vor Hunger.«

»Versuchst du gerade, mich zu demütigen?«

»Nein, überhaupt nicht.«

Daquin lässt seine Hand unter den Bademantel gleiten, streichelt ihn vom Kreuz bis zum Poansatz, Wiederholung derselben Bewegung, fast mechanisch.

»Lass dich ein bisschen fallen, Junge. Im Moment versuche ich dir nur zu helfen ...« (er redet sehr leise weiter).

Soleimann hat die Augen geschlossen. Sich nicht bewegen, nichts wünschen. Ich bin hier, weil ich nicht anders kann. Stimmt nicht. Stimmt nicht ganz. Wärme. Soleiman hört nichts mehr, versteht nichts mehr. Lässt los, Erleichterung. Er fühlt Tränen hinter seinen geschlossenen Augenliedern hochsteigen. Tränen ... wie lange schon nicht mehr ... aber eigentlich noch nie, nicht einmal während seiner Kindheit in Anatolien. Daquin streichelt ihn noch fester. Unendliches Verlangen.

8

Montag, 10. März

7.00 Uhr, Passage du Désir

Daquin nimmt sich ein bisschen Zeit, um zu arbeiten, bevor seine Inspektoren eintreffen. Die Post auf seinem Schreibtisch: Die Akte von Ali Agça, die er bei der türkischen Polizei angefordert hat, ist eingetroffen. Darin kommt ein einziger Mord vor, der an Abdi Ipecki, Chefredakteur von *Milliyet*, im Februar 1979. Weder etwas über den Tathergang, noch über die Vorgeschichte von Ali Agça. Auf frischer Tat gefasst, hat er den Mord gestanden. Eingesperrt im Zentralgefängnis von Istanbul, ist er im November 1979 ausgebrochen. Keine anderen Angaben. Seitdem dringend gesucht. Ein Foto liegt bei, sehr schlechte Qualität, schwierige Identifizierung. Daquin macht einen Umschlag fertig, steckt das Foto von Ali Agça hinein und jenes, das in der Rue Faubourg-Saint-Martin aufgenommen wurde. »Können Sie herausfinden, ob es sich um dieselbe Person handelt?« Adressat: Labor der Kriminalpolizei.

Die türkischen Kollegen sind diesmal auffallend kurz angebunden. Wenn die Akte von Soleiman nicht vollständiger gewesen wäre, hätte ich ihn niemals unter Druck setzen können.

Aufmerksame Zeitungslektüre.

Libération titelt: »Die nicht für möglich gehaltene Auferstehung der French Connection«. Der Journalist, der sich ganz gut auszukennen scheint, erwähnt die Rolle der Amerikaner bei der Wiederbelebung der Marseiller Route und schlussfolgert: »Man findet noch immer nicht die geringste Spur des Marseiller Heroins in New York«. Das Scheitern der Sondereinsatzgruppe des Rauschgiftdezernates ist also bekannt geworden. Aber die eigentliche Frage, die *Libération* nicht stellt, ist die folgende: Warum haben die Amerikaner Druck in Richtung Marseille ausgeübt? Und wer genau versteckt sich hinter dem vagen Begriff »Amerikaner« ?

8.00 Uhr. Als Romero und Attali eintreffen, macht Daquin gerade Kaffee. Um den Tisch herum Informationsaustausch. Anna Berić ist sicher eine wichtige Person, Lavorel ist an der Sache dran. Thomas und Santoni suchen weiter nach einer Spur rund um das Ballett Aratoff, das telefonisch abgehört wird. VL hat sich in New York aufgehalten. Weiter dran bleiben. Sobesky. Soll er verhört werden? Daquin meint: nicht sofort. Man muss erst einmal wissen, wohin man den Fuß setzt. Das wird Attalis Programm für heute sein.

»Und für Sie, Romero, habe ich etwas anderes. Hier sind vier Fotos mit türkischen Namen. Erkennen Sie sie wieder? Das sind die Fotos, die Sie gemacht haben. Mein V-Mann hat sie identifiziert. Diese Türken sind erst vor kurzem angekommen, ungefähr im Juli 1979, und sie haben ohne Probleme Papiere bekommen. Warum? Gehen Sie bei der Einwanderungsbehörde nachsehen, ob man etwas in den Akten finden kann, Unregelmäßigkeiten, was auch immer. Zwei Vorsichtsmaßnahmen mit auf den Weg. Erstens, Sie sprechen mit niemanden darüber, selbst nicht mit Thomas und Santoni. Die beiden sind in diesem Viertel zu Hause und mein V-Mann lebt dort. Ich möchte ihn schützen so gut ich kann und die Kollegen ebenfalls. Zweitens, ich will nicht, dass die bei der Einwanderungsbehörde wissen, woran Sie wirklich arbeiten. Bei Drogenangelegenheiten muss man mehr als vorsichtig sein. Was den Mord an der jungen Thailänderin betrifft, erfinden Sie eine Geschichte und bitten Sie um Amtshilfe.«

9.00 Uhr, Kommissariat des 10ten Arrondissements

Attali und Virginie Lamouroux stehen in einem überfüllten Raum am Schreibtisch.

»Was haben Sie von Sonnabend bis letzten Mittwoch in New York gemacht?«

»Woher wissen Sie, dass ich dort war?« (Sie ist erschrocken).

»Antworten Sie auf meine Frage!«

»Ferien.«

»Ein bisschen kurz.«

»Es stimmt aber. Ich hatte großen Liebeskummer wegen meines Geliebten und habe deshalb dringend eine Luftveränderung gebraucht.«

»Der Sohn von Sobesky?«

»Das wissen Sie also auch. Ja, der Sohn von Sobesky.«

»Und der Vater?«

»Ich arbeite für ihn, das ist alles.«

»Führen Sie das ein bisschen weiter aus!«

»Er stellt mich regelmäßig als Mannequin ein, das ist alles.«

»Warum hat er Ihrer Ansicht nach vergangenen Dienstag Ihr Verschwinden bei der Polizei gemeldet?«

»Das wusste ich nicht … weil ich seinen Sohn verlassen habe und ich, ohne ihm Bescheid zusagen, beim Termin nicht erschienen bin … könnte ich mir jedenfalls vorstellen. Er hat vielleicht an einen Unfall gedacht.«

»Warum haben Sie ihm nicht Bescheid gesagt?«

»Ich habe langsam die Nase voll von Ihren Fragen …«

Attali steht blitzartig auf und haut ihr eine über den Schreibtisch hinweg runter, ohne sie den Satz zu Ende sprechen zu lassen. Er versucht es zu machen wie Daquin, aber er fühlt sich dabei längst nicht so sicher. Auf dem Kommissariat verstummen die Gespräche. Alle schauen zu ihnen hin. Virginie Lamouroux rutscht auf ihrem Stuhl herum. Sie weiß offensichtlich nicht, welche Haltung sie einnehmen soll.

»Ich habe ihm nicht Bescheid gesagt, weil ich keine Lust dazu hatte … und auch weil … ich während ich mit seinem Sohn zusammen war, nicht aufgehört habe, mit den Kunden zu schlafen … ich hatte Lust dazu … wegen der Kohle und zum Spaß. Basta.«

Die Hälfte der Antwort hat sie wie eine Anschuldigung gebrüllt, aber sie hat geantwortet. Attali betrachtetet das als Pluspunkt. Deshalb macht er beharrlich weiter auf professionell:

»Geben Sie mir die Adressen der Leute in New York, die Ihre Anwesenheit in der Zeit vom 1. bis zum 5. März bestätigen können.«

Virginie Lamouroux holt ihren Kalender hervor. Gibt ihm fünf Namen.

»Ich werde es überprüfen. Bis Mittwoch, 9.00 Uhr, hier.«

11.00 Uhr, Rue des Petites-Ecuries

Thomas klingelt in der zweiten Etage des Gebäudes. Eine schwächliche alte Dame öffnet ihm die Tür.

»Madame, ich bin einer Ihrer neuen Nachbarn. Ich wohne im vierten Stock. Ich wollte Ihnen Guten Tag sagen und Sie um einen Gefallen bitten.«

»Kommen Sie herein, Monsieur« (gespannter Blick). »Und setzen Sie sich einen Augenblick« (sie hat Schwierigkeiten beim Gehen, hält sich an den Möbeln fest). »Möchten Sie einen Tee oder Kaffee? Um diese Zeit noch keinen Aperitif, vermute ich?«

»Nein, nichts. Das ist sehr nett von Ihnen.«

»Also, dieser Gefallen?« (Sie setzt sich ihm gegenüber.)

»Nun, die Wohnung, in der ich wohne, hat keinen Keller. Der Verwalter sagte mir, dass Sie mir vielleicht den Ihren vermieten könnten.«

»Das geht nicht, ich habe ihn bereits an Leute im Haus vermietet, an die Bernachons. Da ich nicht mehr hinuntergehen kann, nützt er mir nichts.«

»Wenn das so ist, entschuldigen Sie bitte die Störung…« (er steht auf).

»Ist das alles, was Sie wissen wollten, Herr Inspektor?« (Thomas, sehr verwundert.) »Wissen Sie denn nicht, dass Sie wie ein typischer Inspektor aussehen? Und außerdem, wie können Sie glauben, dass der Mieter im vierten Stock auszieht, ohne dass ich davon weiß? Aber seien Sie unbesorgt. Ich sage es nicht den Bernachons. Die kann ich nämlich nicht leiden. Also, jetzt können Sie mir unmöglich einen Kaffee ausschlagen.«

Thomas zieht seinen Trenchcoat aus, setzt sich wieder hin.

»Also, plaudern wir ein wenig, Sie können sie also nicht leiden …«

11.30 Uhr, Rue de la Procession

Die Unterlagen der Einwanderungsbehörde sind sehr gut archiviert. Man kann dort nach dem Namen, der Nationalität oder dem Ankunftsdatum in Frankreich suchen. Romero hat überhaupt keine Schwierigkeiten, die vier Türken zu finden. Sie sind alle auf Anfrage desselben Arbeitgebers gekommen. Herr Franco Moreira, Firma Morora, ein Unternehmen in Nanterre, das Rattengift herstellt. Ein kleiner Witzbold, dieser Moreira. Und ihre Akten wurden von ein und demselben Mitarbeiter der Einwanderungsbehörde bearbeitet, Dominique Martens. Genauso problemlos gelingt es ihm auch, die anderen Akten der Türken aus demselben Jahr wiederzufinden, und er entdeckt, dass von insgesamt zirka hundert Türken Martens für zweiundzwanzig zuständig war und diese alle bei Moreira in Nanterre arbeiten. Bleibt nur noch, sorgfältig alle Namen und Adressen der Unternehmen aufzuschreiben.

Danach wird er dem Geschäftsführer einen Besuch abstatten. Im Flur hört er die Kaffeelöffel gegen die Tassen schlagen, Bruchstücke von Gesprächen, die das Nichtstun übertönen.

13.00 Uhr, Place Gaillon

Während er das *Chez Pierre* betritt, sieht Daquin ganz hinten Lenglet mit einem Mann am Tisch sitzen. Sie unterhalten sich, trinken Champagner.

Eine gewisse Vertrautheit, die nicht täuscht: ehemalige Geliebte. Er geht auf sie zu. Die beiden Männer stehen auf. Lenglet stellt sie einander vor.

»Das ist Kommissar Daquin. Wir haben zusammen Politikwissenschaften studiert und haben in diesen drei Jahren alles miteinander geteilt, alles, außer das Bett. Théo, Charles Lespinois, ein langjähriger Freund, Anlageberater der Bank France-Méditerranée.«

Groß, schlank, vornehm und kultiviert. Äußerst reserviert. Er trägt einen grauen Dreiteiler, grau wie seine Haare und seine Augen: ein kaltblütiger Mensch. Daquin muss an Sol denken, warm, wild, lebendig. Lenglet und ich sind Freunde geblieben, weil wir nie auf demselben Terrain auf Beutejagd gegangen sind.

Alle drei setzen sich hin. Der Weinkellner füllt den Champagnerkelch von Daquin.

»Ich habe für dich bestellt, Théo.«

»Das hast du schon immer gern getan.«

»Das stimmt. Reden wir von den Geschäften. Charles ist ein großer Türkeiliebhaber. Und er kennt sich wie kein zweiter in der türkischen Politik aus.«

»Was wollen Sie wissen, Kommissar?« (Ruhige, gewichtige Stimme: ein Mann, der an Macht gewöhnt ist.)

Der Oberkellner serviert die Vorspeisen.

Daquin ist gespannt und achtet kaum auf sein Essen. Komplexe Dreiecksbeziehung. Dieser Lespinois hat nicht gerade das Aussehen eines auskunftsfreudigen und hilfsbereiten Menschen. Und Lenglet, der intelligenteste Mensch, den ich kenne, hat vielfältige Interessen im Nahen Osten. Er wendet sich an Lespinois:

»In Paris bin ich im Laufe einer Untersuchung durch Zufall auf eine Gruppe Türken gestoßen, die, so scheint es, den Grauen Wölfen nahe stehen. Ich kenne mich in der Türkei nicht aus. Es ist daher für mich schwierig, sie einzuordnen. Ich suche jemanden, der mir einige Anhaltspunkte geben kann.«

»Warum wenden Sie sich nicht direkt ans Außenministerium?«

Es ist Lenglet, der antwortet:

»Weil Théo genauso ist wie ich: Er kennt die Herren vom Außenministerium zu gut, als dass er ihnen vertrauen würde. Sie werden ihm nur das sagen, was für sie gerade von Nutzen sein könnte.«

»Ich auch. Ich werde Ihnen auch nur sagen, was meinen eigenen Interessen entspricht, und das wissen Sie sehr gut.«

»Ja, sicher. Aber deine Interessen sind um Vieles einfacher zu durchschauen als die des Außenministeriums! (Lenglet wendet sich an Daquin.) Die Bank France-Méditerranée hat in den sechziger Jahren weitestgehend den Anschluss in diesem Teil der Welt verpasst und die Parillaud Bank hat diese Chance genutzt. Jetzt setzt sie auf die aktuellen politischen Umbrüche, um wieder einen Fuß in die Tür zu bekommen. Auf Kosten von Parillaud, wenn es sein muss.«

Lespinois nickt zustimmend. Daquin entspannt sich etwas. Das Gebiet ist abgesteckt, mehr oder weniger. Lespinois schaltet sich ein:

»Die türkische extreme Rechte ist in einer legalen Partei organisiert, in der Partei der nationalen Bewegung von Turkesh, in deren Umfeld eine Unmenge bewaffneter und illegaler Gruppierungen agieren. Unter ihnen sind die Grauen Wölfe die bedeutendsten. Sie scheinen heutzutage sehr mächtig zu sein, denn sie bringen es fertig, eine bürgerkriegsähnliche Situation zu schaffen, zwanzig Tote am Tag, abgeknallt. Und sie unterwandern in großem Stil den Staatsapparat.«

»Was die Polizei betrifft, so hatte ich bereits Gelegenheit, mich davon zu überzeugen.«

»Aber sie haben schon verloren, weil sie überhaupt keinen Zusammenhalt besitzen. Ein Mischung aus säkularisierten Rechtsradikalen, mehr oder minder vom Faschismus beeinflusst, und von islamistischen antikemalistischen Bewegungen. Sie bieten also ein hervorragendes Experimentierfeld für alle wichtigen politischen Kräfte auf der einen und für die Mafia auf der anderen Seite. Mit wem soll ich anfangen?«

»Mit den politischen Kräften. Der Mafia werden wir in jedem Fall begegnen, könnte ich mir vorstellen.«

»Ein Teil der Armee unterstützt den Terrorismus der Rechtsradikalen, weil sie benötigt werden, um das Terrain vorzubereiten, wenn sie die Macht mit Gewalt wieder an sich reißen. Und die Russen benutzen die Rechtsradikalen, um eine Zone unter amerikanischem Einfluss zu destabilisieren. Und die Amerikaner ...« (nachlässige Geste seiner feinen Hände).

Daquin erinnert sich an jenes Jahr, als er mit dem FBI zusammengearbeitet hat.

»Wie immer alles beim Alten oder doch nicht?«

»Die Rolle der CIA vor Ort ist sehr ambivalent. Eine Abteilung setzt so genannte demokratische Parteien ein, die bis auf die Knochen korrumpiert sind. Eine andere Abteilung heckt mit Hilfe der Generäle eine Verschwörung gegen sie aus. Und dann gibt es einige mehr oder weniger isolierte Freischärler, die im terroristischen Flügel der Rechtsradikalen untertauchen. Wenn man die Unterstützung der USA hat, braucht man weder intelligent noch konsequent zu sein. Letztendlich steht man immer auf der Seite der Sieger.«

»Können Sie mir genaueres über diese Freischärler der CIA berichten?«

Der Oberkellner bringt das Hauptgericht und füllt die Gläser auf. Lespinois ist vollkommen in seinen Gedanken versunken, isst stillschweigend und trinkt aus seinem Glas. Dann nimmt er das Gespräch wieder auf, als hätte er die vorherige Frage überhört:

»Lenglet hat mir ein bisschen von Ihnen erzählt, Kommissar. Angeblich kochen und essen Sie sehr gern. Sie sollten wissen, dass die traditionelle türkische Küche sehr raffiniert ist. Das beste Essen in Istanbul finden Sie bei einem Amerikaner namens John Erwin. Er besitzt ein sehr schönes Holzhaus am Ufer des Bosporus. Einmal im Monat empfängt er dort ganz Istanbul. Im Jahre 1943, als er noch türkischer Staatsbürger war, hieß er Mehmet Erwin und war zwanzig Jahre alt. Als Hitler die Sowjetunion angegriffen hat, ist er in die Legion von Turkestan eingetreten und hat an der Seite der Nazis gegen den Kommunismus gekämpft, für den er einen irrationalen und fanatischen Hass empfindet. Einen Wahnsinnshass. Er ist den Sowjets knapp entkommen, ist in die USA geflüchtet, wurde mitten im Kalten Krieg amerikanischer Staatsbürger und ist schließlich als John Erwin in den fünfziger Jahren in die Türkei zurückgekehrt. Offiziell handelt er mit Leder und Häuten. Aber vor allem ist er ein Agent der CIA und führt den Kampf von 1943 bis 1945 mit anderen Mitteln weiter. Dementsprechend ist er all jenen freundschaftlich verbunden, die zu den türkischen antikommunistischen Rechtsradikalen gehören. Aber er hat dennoch eine ganz eigene Sicht auf die Welt. Er glaubt nicht an eine direkte militärische Konfrontation zwischen den USA und der UdSSR. Er träumt davon, dass die UdSSR von innen heraus auseinander bricht, eine Art Implosion, die sich vom Süden bis in den Norden hochzieht, ein Geschwür, das in den zentralasiatischen Republiken seinen Anfang nehmen wird. Und dieses Geschwür heißt Islam. Und dieser Mann, der eigentlich Atheist ist, unterstützt alle möglichen islamistischen Bewegungen in der Welt.«

»Der gerade begonnene Krieg in Afghanistan könnte Ausdruck dieser Bedrohung sein. Aber mit welchen Mitteln unterstützt er denn diese islamistischen Bewegungen? Innerhalb der

CIA findet sich keine Mehrheit dafür.«

»Das ist genau der Punkt. Vorher aber ein Wort zu den Beziehungen zwischen den Rechtsradikalen und der Mafia. Es war nicht immer so, dass beide auf symbiotische Art und Weise miteinander verbunden waren. Zuerst war es die Mafia, die die extreme Rechte mit Waffen ausgestattet hat. Sie haben ja keine Ahnung, Kommissar, wie viele Waffen sich in den Depots der Grauen Wölfe befinden. Selbst im Falle eines offenen Bürgerkrieges hätten sie mehr als genug. Vielleicht steckt da etwas Psychoanalytisches dahinter, so eine Art kollektiver und gewalttätiger Therapie. Die Waffen kommen aus der sowjetischen Einflusszone, über Bulgarien. Alle Schmuggler zwischen Ost und West nehmen letztendlich den Weg über Bulgarien, dessen Hauptdevisenquelle der Schmuggel ist, und über die türkische Mafia auf der westlichen Seite. Da ist es natürlich klar, dass Bulgarien zur Rückzugsbasis der türkischen Mafia geworden ist, ihr Refugium sozusagen. Da die Grauen Wölfe ausgezeichnete Kunden der Mafia sind, sind sie auch den Bulgaren willkommen. So wurden nach und nach die Fäden gesponnen und das erklärt zum Teil auch die sowjetische Unterstützung der türkischen Rechtsradikalen. Erwin findet diese Situation politisch gesehen gefährlich. Er will die extreme Rechte der Türkei unabhängig machen, mehr noch, er will die verschiedenen islamistischen Bewegungen aus ihrer Abhängigkeit von ihren sowjetischen Waffenlieferanten befreien. Seiner Meinung nach gibt es dazu nur ein einziges Mittel: den Drogenhandel. Das ist nicht gerade eine originelle Lösung des Problems. Der Libanon und auch Syrien haben es in diesem Teil der Welt schon probiert. Persönlich stört ihn das überhaupt nicht: Er raucht selber Opium und betrachtet den Drogenkonsum als Teil seines kulturellen Erbes. Er träumt von einem mächtigen Anbaugebiet in Zentralasien, kontrolliert von den Islamisten, um den antikommunistischen Krieg zu finanzieren. Und er baut auf die Türken, die die Basis für dieses Vorhaben bilden sollen, sagen wir, den technischen Rahmen, also die Anlagen zur Verfeinerung und die Netzwerke zur Verteilung und all das. Dabei beruft er sich auf die historische Rolle des Osmanischen Reiches, die türkische Gemeinschaft und so weiter.«

Wieder eine Pause. Lespinois scheint sich völlig in seine Erinnerungen oder seine Projekte vertieft zu haben. Dann erzählt er weiter:

»Wie Sie sich sicher denken können, ist Erwin ein unbeirrbarer Gegner, was den türkischen EU-Beitritt betrifft. Diesbezüglich wird er zahlreiche Unterstützer finden, selbst in den Reihen der CIA, aus vielfältigen Gründen wie Antikommunismus, Feindseligkeit gegenüber Europa und was weiß ich noch alles ... Und auch bei jenen, die schon einmal bei diesem Spiel im Goldenen Dreieck mitgespielt haben und mit Wehmut daran zurückdenken.«

Keinen Nachtisch, dafür Kaffee. Daquin schaut auf die Verzierungen, die sein Löffel in den Kaffee zeichnet. Nachdem sie den Kaffee getrunken haben, nimmt Lespinois den Faden wieder auf:

»Kein westliches Unternehmen kann sich heutzutage im Nahen Osten niederlassen, ohne auf die eine oder andere Weise an der Schattenökonomie mit Waffen und Drogen teilzunehmen, Kommissar. Die entscheidende Frage ist die nach der Wahl des Standortes und der Allianzen.«

14.00 Uhr, Finanzamt des 3. Arrondissements

Nachdem er sich die Ausstellungsräume von Sobesky angesehen, den sehr eigenen Stil seiner Klamotten, Jeans und seine Stickereien bewundert und sich schließlich vergewissert hat, dass er nicht vorbestraft ist, vertieft sich Attali in die Steuerakte vom vergangenen Jahr. Umfangreich. Er überprüft sie so gut es geht und bemerkt den regelmäßigen Eingang neuer und bedeutender Summen seit zwei Jahren: den Verkauf von Lizenzen in die USA an einen gewissen John D. Baker, ein New Yorker Hersteller. New York? Attali notiert es beiläufig.

Dann wirft er ein Auge auf den Schlussbericht: Es scheint alles zu stimmen, bis auf kleine Nebensächlichkeiten. Aktivitäten des Unternehmens der letzten Monate vor der Kontrolle: Über die Hälfte der Zusammenarbeit findet mit Fabriken statt. Der Rest läuft über Werkstätten im Sentier: sehr verstreut, viele verschiedene Namen, die nie lange bestehen. Ein bedeutender Partner, die SEB. Verwalterin: Anna Berić.

16.00 Uhr, Passage du Désir

Santoni hat mit den Bändern der abgehörten Telefongespräche des Aratoff-Balletts zu kämpfen. Einige uninteressante Gespräche. Die fette Alte hat ihre Mutter angerufen. Frau Bernachon plaudert mit einer Freundin. Herr Bernachon organisiert eine Bridgepartie für das Wochenende. Und dann drei Telefongespräche nach Thailand, auf Englisch. Und eine lange, ziemlich heftige Diskussion zwischen Frau Bernachon und einem Gesprächsteilnehmer aus München, auf Deutsch. Santoni versteht weder Englisch noch Deutsch. Übersetzer finden, das dauert seine Zeit.

Lavorel, abgespannt, der Dreiteiler zerknautscht, sieht dennoch zufrieden aus. Daquin hebt die Nase von dem Bericht, den er gerade schreibt, sieht ihn hereinkommen und sich, ohne ein Wort zu verlieren, hinsetzen.

»Ich habe Neuigkeiten, Kommissar. Fangen wir mit dem Einfachsten an. Den Läden. Der Pachtvertrag ist vorschriftsmäßig und notariell beglaubigt einem gewissen Darmon überlassen worden. Natürlich ein Strohmann, aber im Augenblick haben wir nichts gegen ihn. Aber hier ist eine Bezahlung per Scheck, gedeckt von der Hauptfirma, garantiert durch die Hinterlegung einer Geldreserve, ausgeführt am Vorabend durch einen Mittelsmann des Prokuristen in der Zypern- und Orientbank in Frankreich, einem gewissen Assadi, ein in Frankreich wohnender Libanese.« (Er hält inne.)

»Würden Sie so freundlich sein und mir erklären, was Sie da eben gesagt haben?«

»Die Zypern- und Orientbank steht im Zentrum jeden Waffenhandels im Mittleren Osten. Da dieser Name in diesem Kreislauf hier auftaucht, verleiht er den beiden Läden eine gewisse Bedeutung.«

»Gut. Das habe ich verstanden. Sie werden mir einen Bericht über diese Bank anfertigen. Und weiter?«

»Anna Berić. (Lavorel setzt eine genüssliche Miene auf.) Wir haben damit begonnen im Umfeld der Hersteller zu suchen: Aber die Werkstätten existieren nie lange, wir würden zu viel Zeit verlieren. Aber gut, alle Hersteller, jedenfalls alle, von denen wir Auskünfte erhalten konnten, haben mit Anna Berić zusammengearbeitet. Nach unseren Schätzungen kontrolliert sie mindestens fünfzig Werkstätten und das seit fünf oder sechs Jahren. Es handelt sich dabei um einen Betrug, der Millionen einbringen muss. Sie haben richtig verstanden: mehrere Millionen. Und die Hersteller stecken selbstverständlich mit drin. Sie können nicht über Jahre mit einer Firma arbeiten, die alle drei Monate ihren Namen ändert und die ständig kurz davor steht, sich ins Handelsregister ›eintragen zu lassen‹, ohne sich dabei Fragen zu stellen. Und genau da sollten wir ansetzen. Sicherlich haben sie die Gewinne mit Anna Berić geteilt. Sie hat einen riesigen Apparat zur Produktion von Schwarzgeld aufgebaut, mit dem das ganze Sentier versorgt wird. Aber ich habe keine Beweise. Die Buchführung der Hersteller ist in Ordnung. Ich brauche die Mitarbeit von Anna Berić, um die Hersteller richtig auffliegen zu lassen. Heute morgen haben wir bei ihr eine Hausdurchsuchung vorgenommen.«

Daquin zieht die Augenbrauen hoch.

»Sie hätten mir vorher Bescheid sagen müssen.«

»Im Rahmen der Untersuchung der Finanzabteilung …«

»Anna Berić ist zuallererst eine der möglichen Spuren, um die türkischen Drogen in Frankreich unter Kontrolle zu bringen. Fangen Sie also nicht wieder damit an oder ich schmeiße Sie sofort raus. Also, diese Hausdurchsuchung?«

»Die hat nichts ergeben. Wir haben nicht ein einziges Dokument gefunden. Und sie ist fortgefahren, ohne eine Adresse zu hinterlassen.«

Daquin lehnt sich in den Sessel zurück, lässt die Hände in den Schoss fallen und Ruhe einkehren. Lavorel zieht es vor abzuwarten.

»Diese Frau muss ich haben. Zunächst finden Sie heraus, wer sie ist. Eine Frau, die solche Tricks auf Lager hat, die zudem noch dauerhaft einträglich sind, und das in einer Umgebung wie dem Sentier, das kann nicht irgendwer sein. Sie hat eine Vergangenheit. Eine schwierige, ohne Frage. Haben Sie denn nicht bemerkt, dass es bei ihr weder Fotos noch sonst irgendwelche Andenken gibt?«

Daquin hat das in einem natürlichen Tonfall gesagt. Lavorel zögert.

»Nein, das habe ich nicht bemerkt.«

»Finden Sie diese Vergangenheit, Lavorel! Sie liefert Ihnen vielleicht einen Ansatzpunkt, wo Sie Anna Berić heute suchen müssen.«

22.00 Uhr, Pfarrgemeinde Saint-Bernard

Alle sind gegangen. Soleiman ist allein in dem kleinen fensterlosen Büro, das nach kaltem Zigarettenrauch stinkt. Müdigkeit, Angst, Einsamkeit. Eine Nacht noch. Rausgehen, laufen. Ein Bett finden. Oder dort schlafen, auf den Tischen des Verteidigungskomitees? Er setzt sich. Telefon, Direktverbindung zum Büro Daquins. Um diese Zeit wird er nicht mehr da sein. Es läutet nur ein Mal:

»Daquin am Apparat.«

Schweigen.

»Kann ich heute Abend bei dir vorbeikommen?«

Am Morgen danach, Soleiman öffnet die Augen. Daquin schon angezogen, fertig zum losgehen, küsst ihn auf den Hals.

»Ich lege dir den Schlüssel auf den Nachttisch. So ist es einfacher. Isst du Schweinefleisch?«

9

Dienstag, 11. März

9.00 Uhr, beim Zoll

Gibt es einen regelmäßigen Warenaustausch mit der Türkei oder Bulgarien, der dem Drogenhandel dienen könnte? Den ganzen Vormittag über Gespräche mit netten und kompetenten Zöllnern, die aber von Daquins Fragen ein wenig irritiert sind. Und nichts Interessantes.

Ich finde keinen Einstieg. Erst, wenn ich Genaueres habe, werde ich die Sache wieder aufnehmen.

10.00 Uhr, Cité

Santoni hört im Beisein der beiden Inspektoren und der Dolmetscher die Aufnahmen der Bernachons ab.

Auf Englisch: Herr Bernachon bereitet in zwei Wochen eine Reise nach Thailand vor. Er verabredet sich mit seinen Gesprächspartnern.

»Dieses Mal brauche ich keine Fotos, ich habe noch welche auf Lager … Ich würde gern zwei Pakete mit zurücknehmen (ein Zögern) … männlichen Geschlechts … Ja, ich weiß. Ich habe es noch nie gemacht. Aber ich habe eine Bestellung. Ich möchte zwei davon. Ist das möglich? … Nein, nicht zu diesem Preis. Wir werden darüber noch einmal vor Ort reden müssen. Und schließlich muss ich sie auch sehen.«

Auf Deutsch: Frau Bernachon antwortet einem Gesprächspartner, der aus München anruft.

»Ja, ich weiß, das Ballett ist nicht vollständig. Es fehlt eine Tänzerin. Ich habe darüber schon vergangenen Dienstag mit ihrem Geschäftsführer gesprochen. Ich lehne es nicht ab, die Verantwortung dafür zu übernehmen, aber ich lehne es ab, allein für den Gesamtverlust aufzukommen. Sie wissen ja, dass ich nur Vermittlerin bin. Ich gehe davon aus, dass ich mich in dieser

Sache korrekt verhalte. Ja sogar tadellos. Jawohl, tadellos.«

11.00 Uhr, Passage du Désir

Daquin öffnet die Glastür. Attali sitzt am kleinen Schreibtisch und überarbeitet seine Notizen, die er auf einem kleinen karierten Block gemacht hat. Romero arbeitet am Versammlungstisch. Alle beide schauen ihn erwartungsvoll an. Auf seinem eigenen Schreibtisch eine Nachricht vom Labor: »Bei der Person auf den beiden Fotos handelt es sich unbestreitbar um dieselbe Person.« Also war Ali Agça in Paris. Und ist es vielleicht immer noch.

»Kaffee?« (Ohne die Antwort abzuwarten, setzt er die Kaffeemaschine in Betrieb). »Und VL?«

»Sie war sehr überrascht und sichtlich verärgert, dass wir von ihrem Aufenthalt in New York wussten. Ich habe sie nach den Namen der Personen gefragt, die ihren Ausflug dorthin bestätigen können und sie hat sie mir gegeben (Attali schiebt seinen Block zu Daquin rüber). Aber ich habe vielleicht noch etwas Interessanteres. Erstens arbeitet Sobesky mit Anna Berić zusammen. Zweitens hat er einen Partner, und zwar in New York, einen gewissen Baker. VL hat mir zwar nichts von ihm gesagt, aber das hat nicht unbedingt etwas zu bedeuten.«

»Es gibt in der Tat also etwas, wo wir ansetzen können. (Denkpause.) Finden Sie die Adresse und Telefonnummer von Baker heraus. Wir werden ihn anrufen und sehen, was dabei herauskommt. Und Sie Romero?«

Dieser legt ihm eine Liste mit den Namen der Türken hin, die unter dem Deckmantel der Firma Morora nach Frankreich gekommen sind.

»Sie machen mir natürlich eine Kopie davon. Das scheint mir eine ausgezeichnete Spur zu sein. Machen Sie da weiter. Das Rauschgiftdezernat übernimmt die Überwachung der beiden Läden in der Rue Faubourg-Saint-Martin. Ich werde sie auch fragen, ob sie Sobesky überwachen und seine Telefongespräche abhören können. Sobald wir die Erlaubnis erhalten haben, muss einer von uns täglich die Gespräche verfolgen. Und bestellen Sie ihn für Donnerstag hierher, damit wir sehen, mit wem wir es zu tun haben. Nehmen Sie als Vorwand seine Vermisstenanzeige, die er auf dem Kommissariat des 10ten Arrondissements gemacht hat.«

Thomas telefoniert mit seinen Kollegen in München.

»Wir haben es hier in Paris mit einer Zuhältergeschichte zu tun. Könnt ihr uns helfen? Wer steckt hinter dieser Münchener Telefonnummer?«

Die Kollegen aus München rufen einige Minuten später zurück: einer der schicksten Nachtclubs von München. Tanzrevuen. Und Zimmer in der ersten Etage. Das ganze legal und vollkommen in Ordnung. Ein Eroscenter über dem Nachtclub.

»Tänzerinnen aus Thailand?«

»Ja, unter anderem. Das ist ziemlich exotisch.«

»Minderjährige?«

»Gewiss nicht. Ich sage es Ihnen nochmals, das alles ist legal.« (Pause.) »Das ist ein sehr gut besuchtes Lokal. Verstehen Sie?«

»Vollkommen. Danke.«

16.00 Uhr, Grands Boulevards

Virginie Lamouroux fühlt sich müde und abgespannt. Sie hat den ganzen Vormittag gearbeitet und noch nicht zu Mittag gegessen. Aber sie hat keinen Hunger. Keine Drogen, seitdem sie sich in den Klauen der Bullen befindet. Das wäre zu gefährlich. Es fehlt ihr, aber sie ist gezwungen durchzuhalten. Sie geht hinauf bis zu den Grands Boulevards, geht spontan in ein Kino, setzt sich in die vierte Reihe.

Sie ist die einzige im Saal. Sie streckt sich auf einem Sessel aus: sich entspannen, Ruhe finden. Kann sie sich noch aus der Klemme ziehen oder ist es schon Zeit, zu verschwinden? Jemand in der fünften Reihe, zwei Sessel rechts von ihr. Ein Blick aus dem Augenwinkel. Das ist der Bulle, der sie vergewaltigt hat. Da ist sie sich sicher. Wie ist das möglich? Niemand ist mir bis hierhin gefolgt. Das Herz pocht, die Hände zittern. Der Mann bewegt sich nicht, sagt nichts. Er ist einfach da, mit einer ungemeinen Präsenz, die den ganzen Saal hinter ihr ausfüllt. Sie erhebt sich schwankend und rennt hastig zur Toilette. Als sie nach einigen Minuten wiederkommt, schaut sie sich um. Er ist nicht mehr da. Zumindest sieht sie ihn nicht mehr. Sie setzt sich wieder hin, in die letzte Reihe. Und jetzt? Fluchtgedanken. Wie viele Tage habe ich noch?

16.00 Uhr, Passage du Désir

Attali am Telefon, Englisch mit starkem französischen Akzent, aber ganz passabel. Daquin hat den anderen Hörer genommen.

»Mister Baker bitte. Inspektor Attali am Apparat. Französische Polizei … Guten Tag. Inspektor Attali, Rauschgiftdezernat Paris. Ich hoffe, Sie nicht allzu sehr zu stören. Sie sind natürlich absolut nicht verpflichtet, zu antworten. Wir haben eine junge Frau auf frischer Tat verhaftet, die in kleinen Mengen Drogen verkauft hat. Sie heißt Virginie Lamouroux. Wir überprüfen ihren Terminkalender der vergangenen zwei Wochen. Sie sagte uns, sie sei von Sonnabend, dem 1. März, bis Mittwoch, den 5. März, in New York gewesen, um Urlaub zu machen und habe Sie dort getroffen. Können Sie uns das bestätigen?«

»Das ist richtig.«

Nachdem Attali aufgelegt hat:

»Und er? Ist er auch im Rennen?«

Daquin zuckt mit den Schultern.

Lavorel kommt erst gegen 20.00 Uhr wieder in die Passage du Désir, abgespannt und gereizt.

»Anna Berić wurde im März 1958 angeklagt, ihren Typen ermordet zu haben, einen Jugoslawen namens Javtić. (Er schaut in seinen Notizen nach.) Der Untersuchungsrichter, ein gewisser Parent, jetzt in Pension in Meung-sur-Loire, hat das Verfahren eingestellt, nachdem er die Zeugen vernommen hatte, zwei fliegende Händler vom Boulevard de la Villette, Scalfari und Rigault, und einen iranischen Studenten, Osman Kashguri …«

Daquin durchzuckt es. Die persische Dichtung, Januar 1958, ein unvergessliches Treffen, O. Derselbe?

»… der Polizeiinspektor, der die Untersuchung geleitet hat,

heißt Pierre Meillant.«

Pierre Meillant. Daquin schließt die Augen und lehnt sich in seinen Sessel zurück. Pierre Meillant, der Kommissar des 10ten Arrondissements. Im Jahre 1971 waren sie zusammen auf der Polizeihochschule und er hat ihn sofort gehasst. Arbeitersohn, ehemaliger Widerstandskämpfer, 1945 als einfacher Polizist in den Polizeidienst eingetreten, hat er alle Sprossen der Karriereleiter durch Beförderung und interne Auswahlverfahren erklommen. Erst Inspektor, dann, als er schon auf die fünfzig zuging, Kommissar: eine außergewöhnliche und zielgerichtete Karriere.

Er konnte weder Daquins Wohlstand und seine Herkunft als Sohn aus gutem Haus ertragen, noch die glänzenden Noten und die Tatsache, dass er schon mit 26 Kommissar wurde. Und seine Vorliebe für Männer, eine zusätzliche Freiheit, eine permanente Provokation. Es hat Daquin einige Selbstbeherrschung gekostet, eine Schlägerei zu vermeiden. Selbstbeherrschung, aber auch Wertschätzung, die er für Meillant übrig hat. Er ist ein sehr guter Bulle, der wirkliche Chef auf dem Kommissariat und in seinem Viertel, wo er seit mehr als zwanzig Jahren arbeitet. Ein Machtmensch und dementsprechend hat er eine Vorstellung von der Polizei, die ihm einen zusätzlichen Grund liefert, Daquin zu hassen, der an diesem Beruf eher den spielerischen Aspekt mag. Daquin öffnet wieder die Augen, während er tief einatmet. Lavorel ist immer noch da, unbeweglich, schmunzelnd.

»Die Frage lautet also logischerweise: Besteht die Verbindung zwischen Meillant und Anna Berić noch heute?«

»Mit Sicherheit.«

22.00 Uhr, Villa des Artistes

Daquin ist müde: ein langer und schwerer Tag. Soleiman anscheinend auch. Er lässt sich Zeit im Bad und hört Radio. Er betrachtet seine Füße auf dem Badewannenrand und erinnert sich an das erste Treffen mit Daquin in diesem Haus. Halb zu Tode geängstigt. Die Oberlippe brannte noch von der Rasur. Und Daquin überraschte ihn. Im Bett hat er nicht ein Wort gesagt. Autoritär und aggressiv. Hat sich Zeit gelassen. Genießer.

Genau in diesem Moment überkommt Soleiman ein seltsames Wohlgefühl.

»Beeil dich! Die Nudeln warten nicht.«

Spaghetti carbonara, das ist lecker und schnell gemacht. Keine Lust auf langes Kochen.

Daquin hat eine Kopie der Liste mit den zweiundzwanzig Namen, die Romero zusammengestellt hat, auf den Couchtisch gelegt, zusammen mit einem Stapel Fotos, die Attali und Romero gemacht haben.

»Ich lasse dir das alles da, das ist für dich. Die Liste wurde mit Hilfe der vier Namen, die du mir gegeben hast, erstellt. Sie alle haben ihre Papiere bei der Einwanderungsbehörde zu den gleichen Bedingungen erhalten und haben vermutlich alle im gleichen Unternehmen gearbeitet, das ihnen wahrscheinlich als Deckmantel dient. Finde heraus, wer sie sind, versuche Verbindungen herzustellen, die sie mit denjenigen haben könnten, die wir schon kennen, und wo sie sich aufhalten. Sol, ich habe vollstes Vertrauen zur dir. Wir untersuchen internationale Verflechtungen und ihre französischen Komplizen. Ich überlasse dir die gesamten Unterlagen der türkischen Seite. Glaubst du, das ist in zwei Wochen zu schaffen?«

Grunzen.

»Was heißt das?«

»Das heißt, ich bin einverstanden.«

10

Mittwoch, 12 März

7.00 Uhr, Nanterre

Romero gähnt. Schlecht geschlafen. Ein Scheißvorort: kleine Einfamilienhäuser, Ende des 19. Jahrhunderts erbaut, moderne Hochhäuser und industrielle Lagerhallen. In dieser Ecke sind es eher Lagerhallen und Sackgassen mit vielen Schlaglöchern. Aber um diese Zeit ist die Gegend belebt. Einige Arbeiter und LKW-Fahrer kommen hierher, um vor Arbeitsbeginn einen Kaffee oder Rotwein zu trinken. Das Café befindet sich genau gegenüber der Firma Morora. Einen besseren Beobachtungsposten wird man wohl kaum finden können.

»Einen Milchkaffee und ein Croissant, bitte!«

»Croissants gibt's nicht.«

»Ein Butterbrot? Na gut, einen Milchkaffee und ein Butterbrot.«

Gesprächsfetzen. Romero nimmt seinen Kaffee und setzt sich in die Nähe des Fensters, holt *Le Parisien* und einen Stift aus seiner Tasche, um das Kreuzworträtsel zu lösen. Die Renault-Kleintransporter von Morora fahren los. Nebenbei notiert er auf den Rand der Zeitung die Uhrzeit der Abfahrt. Hinter dem Steuer und auf dem Beifahrersitz der Kleintransporter sitzen Immigranten. Romero wettet, dass es keine Türken sind. Männer aus dem Maghreb vielleicht, aber keine Türken. Gegen 8.00 Uhr scheint das Tor definitiv geschlossen zu werden. Das Café hat sich geleert. Romero, noch etwas schläfrig, steht auf und schleppt sich Richtung Tresen. Der Wirt ist ein magerer Typ, ein Alkoholiker, der die Vierzig bereits weit überschritten hat.

»Chef, einen kleinen Weißen bitte! Ich brauche ein wenig Trost, denn mein Kumpel scheint mich versetzt zu haben. Leisten Sie mir Gesellschaft?«

Der Wirt füllt zwei Gläser.

»Ich bin Fahrer und Auslieferer«, fährt Romero fort, »und habe gerade meinen Job verloren. (Der Wirt schweigt immer noch.) Glauben Sie, es bringt etwas, wenn ich mich gegenüber mal vorstelle? Ich habe heute morgen eine ganze Menge Kleintransporter von dort wegfahren sehen.«

Der Wirt wirft einen flüchtigen Blick auf die andere Straßenseite.

»Bei Moreira? Nein, auf keinen Fall. Er beschäftigt nur Kanaken, und außerdem macht er keine Lieferungen.«

Romero hält das Glas in seine Richtung.

»Noch mal dasselbe für uns beide! Auf den Transportern steht ›Schädlingsbekämpfung‹. Was genau ist das für eine Arbeit?«

»Sie säubern die Müllschlucker, die Rohrleitungen der Kanalisation, Keller, also alle Orte, wo man Kakerlaken, Mäuse und Ratten findet. Nach allem, was ich gehört habe, ist es eine eklige Arbeit. Es ist sehr dreckig, und sie finden keine Franzosen, die es machen würden, und deshalb stellen sie Kanaken ein. Nur die beiden Abteilungsleiter sind Franzosen.«

»Wahrscheinlich sind diese Jungs keine netten Gäste, sie trinken nichts und bauen immer irgend einen Scheiß?«

Romero hält das Glas wieder in Richtung Wirt, der die dritte Runde einschenkt.

»Nein. Das würde ich nicht sagen. Diese Leute schuften wirklich und außerdem sind sie sehr zurückhaltend. Sie gehen niemals aus, sie leben dort, wissen Sie. Aber Moreira, der Chef dieser Hütte, hat eine Abmachung mit mir, dass die Jungs jeden Abend hier bei mir essen. Das kommt mir sehr gelegen, denn abends wäre ohne sie hier sonst nichts los.«

»Na, das ist aber ein langer Arbeitstag von 6.00 Uhr morgens bis spät in den Abend?«

»Um 20.00 Uhr ist alles vorbei. Und nachmittags mache ich eine Pause.«

»Und zahlen die Jungs auch ordentlich?«

»Das ist ein gutes Geschäft, Kollege« (verschmitztes Lächeln). »Moreira zahlt das und zwar alles zusammen, jede Woche, so ähnlich wie in einer Kantine, wissen Sie. Ich sage ja nicht, das ich mir nicht erlauben würde, ein bisschen draufzuschlagen.«

Vierte Runde.

»Sind es Algerier?«

»Nein, Marokkaner. Und außerdem alle aus demselben

Dorf. Sie sind alle zusammen gekommen.«

»Also gut, für mich ist da nichts zu holen. Haben Sie denn nicht einen Tipp für mich?«

»Versuchen Sie es in der Großbäckerei. Wenn Sie aus der Sackgasse kommen, biegen Sie nach links ab und dann die dritte nach rechts. Ich weiß, dass die dort einen großen Lieferservice haben.«

Romero bedankt sich, bezahlt und geht. Vier Gläser trockenen Weißwein und das vor 9.00 Uhr morgens, das wird ein ganz ordentliches Sodbrennen geben.

9.00 Uhr, Kommissariat des 10ten Arrondissements

Attali wartet in einer Vorhalle gegenüber dem Kommissariat des 10ten Arrondissements. Er sieht Virginie Lamouroux hineingehen und einige Minuten später wieder herauskommen. Er geht auf sie zu, nimmt sie ganz vertraut beim Ellenbogen und sagt zu ihr:

»Warum haben Sie mir nichts von Baker erzählt?«

Sie zuckt zusammen, kreidebleich, reißt sich von seinen Arm los und geht schnellen Schrittes davon. Attali lässt sie gehen.

9.00 Uhr, Rue des Petits-Hôtels

Die fette Gans schaut auf ihre Uhr, während sie die Büros der Agentur aufschließt. Sie bemerkt nicht, dass zwanzig Meter von ihr entfernt ein Polizeiauto parkt. Daquin, Thomas und Santoni überqueren die Straße, heften sich an ihre Fersen, holen ihre Ausweise hervor und strecken ihr den Hausdurchsuchungsbefehl entgegen.

»Polizei. Wir haben einen Hausdurchsuchungsbefehl.« (Die fette Ganz zuckt zusammen.) »Sind Sie allein hier?«

»Ja. Der Geschäftsführer und seine Frau sind nicht da.«

»Um diese Uhrzeit sind sie meistens noch zu Hause. Rufen Sie sie an. Sie werden nicht lange brauchen, sie wohnen gleich oben drüber.«

Die fette Gans ist beeindruckt und geht, ohne etwas zu sagen, telefonieren. Keine fünf Minuten später erscheinen der Geschäftsführer und seine Frau im Büro. Die drei Bullen sitzen um den niedrigen Tisch herum, nehmen die Neuankömmlinge ins Visier, ohne sich zu erheben. Er ist ein falscher Fuffziger: Das ist der Ausdruck, der Daquin gerade in den Sinn kommt. Klein, ein Rattengesicht, sehr hellhäutig, mit einer Stupsnase, graue Augen, wenig Haare, auch sie sind grau. Eine Art Albinoratte. Und sie? Russin: groß, gute Figur, blond, ein dickes Tuch um den Kopf gebunden, helles rosiges Gesicht, blaue Augen.

Sie stellen sich vor: Herr Bernachon, Geschäftsführer der Firma, Frau Irina Aratoff, seine Ehefrau, Choreografin (sie hat dem Ballett ihren Namen gegeben) und Frau Lilette Balland, Sekretärin.

»Darf man erfahren, worum es sich handelt?«

»Aber gewiss doch«, sagt Daquin, der immer noch nicht aufgestanden ist. »Wir untersuchen den Mord an einer jungen Thailänderin. Kennen Sie sie vielleicht?«

Daquin holt aus seiner Jacke das Foto der Toten hervor.

Irina Aratoff, mit hervorgestreckter Brust und leichtem Akzent, sagt sehr schnell:

»Nein, die kennen wir überhaupt nicht.«

»Wir dachten, es könnte sich vielleicht um eine Ihrer jungen Tänzerinnen handeln, diejenige, die zwischen Paris und München verschwunden ist. Wir werden also Ihre Räumlichkeiten durchsuchen müssen.«

Die drei Bullen stehen auf. Thomas geht zum Schreibtisch der Sekretärin, Daquin und Santoni zu den hinteren. Systematische und akribische Durchsuchung. Bei der Sekretärin Terminkalender, Verabredungen, Telefonlisten. Gut sortierte Aktenordner, Briefwechsel mit den Fluggesellschaften, viel Schriftverkehr mit den Nachtklubs in Zürich und in München, von Tänzerinnen ist die Rede, von Aufführungen, Verträgen.

»Sie kehren nicht wieder nach Thailand zurück, Ihre Tänzerinnen?«

»Doch, natürlich, aber wir kümmern uns nicht mehr um diesen Teil der Reise. Nachdem sie erst einmal in Deutschland oder in der Schweiz sind, sind es andere Agenten, die sie unter

Vertrag nehmen.«

Frau Aratoff zieht das »N« übernatürlich in die Länge. Daquin muss lachen.

Im Schreibtisch von Irina Aratoff Drehbücher, Noten, Kostümentwürfe, Bestellungen für die Ausstattung. Sie ist die Künstlerin des Trios. Bernachon hat sich Thailand vorbehalten: Adressenlisten und die Unterlagen von jeder Tournee. Die Liste der Tänzerinnen mit Kopien der Reisepässe und Visa von allen Tänzerinnen. Und die Choreografie von jeder Aufführung. Alles scheint in Ordnung zu sein. Die Mädchen sind – laut Reisepass – alle älter als 18 Jahre.

Das letzte Schreiben aus München weist darauf hin, dass nur fünf statt der sechs erwarteten Tänzerinnen am Zielort angekommen sind. Die Bezahlung wird also nur für fünf erfolgen. Eine Kopie der vom Ballett erhobenen Leistungen und den damit verbundenen Ausgaben und der Vorschlag, den Verlust durch zwei zu teilen.

»In den Unterlagen der letzten Tournee tauchen nur fünf Namen auf. Warum?«

»Wir haben die Karteikarte der sechsten nach München geschickt, als Zeichen unserer guten Absicht.«

Nun die Wohnung. Fünf Zimmer, sehr komfortabel, großer Fernseher, Videorekorder, viele verschiedene Haushaltsgeräte. Ziemlich schlechter Geschmack: eine große Bibliothek ohne Bücher, dafür dekoriert mit so genannten Kunstobjekten und einer falschen Likörbox mit Flaschen ohne Inhalt. Sonst nichts, gar nichts.

»Ich glaube, Sie haben noch zwei Dienstmädchenzimmer, oder?«

»Ja, wenn Sie mir folgen wollen …«

Alle gehen in den sechsten Stock. Zwei winzige Zimmer. Dort wohnen die Tänzerinnen während ihres Aufenthalts in Paris.

»Wir werden hier Fingerabdrücke nehmen«, sagt Daquin.

Aufgeräumt, wie die Zimmer sind, gibt es kaum ein Chance, irgend etwas zu finden.

»Würden Sie uns jetzt den Keller zeigen?«

Sie steigen in den Keller hinab. Die Gruppe hält vor der Tür

Nummer 29 an. Bernachon öffnet ihn: Weinflaschen, einige alte Möbel, zwei Ölbilder in schlechtem Zustand, Koffer. Thomas interessiert sich für den Inhalt der Koffer: Skikleidung in einem, die anderen sind leer. Dann dreht er sich zu Bernachon um.

»Wir sind hier fertig.«

Und wartet ab. Bernachon schließt ab und begibt sich zum Ausgang.

»He, und was ist mit dem anderen Keller?«

»Welchem anderen Keller?«

»Den Ihnen Ihre Nachbarin untervermietet hat, die 39. Öffnen Sie den bitte!«

Eine erste Regung bei den Künstlern.

»Wir haben keinen Schlüssel für diesen Keller. Wir benutzen ihn nicht.«

»Vielleicht hat die Concierge einen?«

»Fragen Sie sie. Wir wissen davon nichts.«

Die Concierge hat keine Kellerschlüssel. Aber sie nutzt die Gelegenheit, um zu fragen, was denn passiert sei. Überhaupt nichts, antwortet ihr Santoni, der eine große Zange aus dem Polizeiauto holt, das vor der Tür geparkt ist. Er kommt mit einem uniformierten Polizisten zurück, der sich angeboten hat, die Arbeit auszuführen, das verschafft ihm ein bisschen Abwechslung.

Keller, Nummer 39. Drei Schlösser. Einfache Arbeit. Einmal kräftig jedes der Schlösser zusammendrücken und die Tür geht auf. Der Keller ist voller Bücher. Die, die nicht in der Bibliothek stehen, denkt Daquin. Er nimmt eins davon und blättert es durch. Es ist ein Katalog mit thailändischen Kindern. Auf jeder Doppelseite ist ein anderes Kind abgebildet. Auf der linken Seite, die Daquin gerade ansieht: ein Foto, das die ganze Seite ausfüllt, ein Junge zwischen zehn und zwölf Jahren, nackt, zierlich, goldfarbene Haut und schwarze Haare, langer Pony, auf den Knien, die Hände auf den Rücken gebunden, der einem fetten Blonden mit Schnurrbart in den Dreißigern, der vor ihm sitzt, einen bläst, während ein anderer Blonder mit der gleichen Statur hinter dem Jungen hockt und ihn lachend von hinten fickt. Das ganze vor dem Hintergrund eines luxuriösen Swimmingpools. Die beiden Blonden sind braungebrannt, man sieht die weißen Stellen, die ihre Slips hinterlassen haben und den Anfang einer

Wulst über ihren Hüften. Auf der Seite gegenüber zwei Fotos desselben Jungen, noch immer nackt. Auf dem einen blickt er direkt ins Objektiv, wiegt ein wenig die Hüften, aufreizend. Auf dem anderen hat er die Augen verbunden und ist an einen Palmenstamm gefesselt, einer der beiden Blonden schlägt ihm mit einer Peitsche auf den Hintern und den Rücken, während der andere sich eine schöne Erektion verschafft. Unten auf der Seite ein Name, eine Adresse in Bangkok, eine Telefonnummer und der Preis.

Daquin schlägt den Katalog wieder zu und reicht ihn den Inspektoren. Er wirkt verschlossen. Diese Bilder setzen ihm sehr zu. Weitermachen mit dem Inventar. Es gibt eine ganze Reihe verschiedener Ausgaben dieses Katalogs, mit ebensolchen Fotos bestückt. In einigen Serien fehlen die Adressen und Preise. Das sind keine Kataloge mehr, sondern simple Sammlungen von Pornofotos. Es gibt Ausgaben, bei denen sowohl Jungen als auch Mädchen zu sehen sind, in anderen sind nur Mädchen abgebildet oder nur Jungs. Das ganze Arsenal umfasst an die tausend Bücher, alle an eine sehr spezielle pädophile, leicht sadomasochistische Kundschaft gerichtet. Es gibt ein Publikum dafür.

Im Flur Betroffenheit bei den Künstlern. Die Sekretärin sagt mit halblauter Stimme: »Die Eltern sollten besser auf ihre Kinder aufpassen.« Daquin haut ihr ohne jede Rücksicht mit voller Wucht links und rechts eine runter. Sie fällt auf den Hintern und fängt an zu kreischen. Die Concierge eilt die Treppe hinunter in den Keller, um der unglücklichen Dame zu helfen.

»Sie«, schreit Daquin sie an, »Sie nehmen schleunigst Ihre Beine in die Hand und machen sich wieder hoch in Ihre Scheissloge und kommen dort nicht wieder raus oder Sie werden wegen Mittäterschaft bei Mord und Vergewaltigung Minderjähriger eingelocht!«

Kehrtwendung und Verschwinden der Concierge. Die Sekretärin ist plötzlich ganz still. Daquin wendet sich an Thomas und Santoni.

»Ich weiß, es hilft nichts, aber es befreit.«

Thomas macht mit der Durchsuchung des Kellers weiter. Auf dem Haufen rechts, wenn man reinkommt, ein Karton mit Archivmaterial. Er macht ihn auf. Verschiedene Papiere.

Er stößt auf einen handgeschriebenen Brief, in dem der Absender Bernachon für die gute Qualität der Fotos dankt, die dieser ihm besorgt hat, und ihm 60.000 Francs für einen Jungen von höchstens zwölf Jahren bietet. Im folgenden beschreibt er selbstgefällig seine Vorlieben, das körperliche Vergnügen, nach dem er sucht, und was er mit dem Jungen vorhat. Insgesamt gibt es also in den Büros höchst offizielle Papiere und in einem Keller, den man in Sicherheit vor Neugierigen wähnte, die für ein Gerichtsverfahren wesentlichen Beweise. Und hier, inmitten der Briefe und Rechnungen, findet er einen Reisepass. Foto. Das ist der Reisepass der Toten. Alter: Zwanzig Jahre. Der Gerichtsmediziner sagte maximal zwölf Jahre.

»Diese drei Schweine, ab ins Kommissariat, und sorgt dafür, dass man sie voneinander trennt, damit sie von nun an überhaupt nicht mehr miteinander reden können. Wir schnappen uns ihre Kataloge und alle anderen Unterlagen. Bewacht die Räumlichkeiten, bis man sie hinter Schloss und Riegel gebracht hat. Ich komme nach, ich gehe zu Fuß zurück. Ich muss ein bisschen frische Luft schnappen.«

Daquin läuft schnell die Straße entlang. Schmerzhaftes Ziehen in den Schläfen. Sich neben Soleiman legen und an nichts mehr denken.

13.00 Uhr, Nanterre-La Défense

Nachdem er den ganzen Vormittag beim Finanz- und Sozialamt verbracht hat, findet Attali Romero vor einem Hot Dog und einem Bier. Die Firma Moreira scheint sauber zu sein: zweiundzwanzig Arbeiter, alle angemeldet, die Namen stimmen mit denen der Türken überein, die sie von der Einwanderungsbehörde haben. Die Löhne sind korrekt angemeldet und die Steuern bezahlt. Nichts auszusetzen.

»Nur ein einziger Punkt. Die Arbeiter, die ich heute Morgen gesehen habe, sind keine Türken sondern Marokkaner. Daran gibt es keinen Zweifel, ich habe mich den ganzen Vormittag in dieser Ecke herumgetrieben. Was ich gesehen habe, deckt sich mit allen Zeugenaussagen. Marokkaner?« (Langes Grübeln.)

»Wir könnten die Inspektoren vom Gewerbeaufsichtsamt besuchen gehen.«

»Du kennst sie nicht ... Im Allgemeinen geben die Inspektoren dort den Bullen niemals einen Tipp. Um die Wahrheit zu sagen, sie mögen uns nicht.«

»Solche Leute gibt es?«

»Die gibt es.«

14.00 Uhr, Passage du Désir

»Nehmen wir uns die zwei Frauen vor, den Mann werden wir uns nachher ansehen. Bringen wir die Sache schnell hinter uns. Ich habe Migräne.«

Irina Aratoff überlässt Thomas mitnichten das Feld. Kopf gerade, Rücken durchgedrückt: Haltung wie eine Ballerina. Daquin, der in einer Ecke des Büros sitzt, beobachtet sie, während er sich übers Kinn streicht.

»Ich sage es Ihnen gleich, ich weiß gar nichts über den Tod dieses jungen Mädchens.«

»Das werden wir sehen. Erklären Sie uns doch zunächst einmal Ihre Rolle in dem Unternehmen Ihres Mannes. Er dient als Vermittler der Bordelle in München und Zürich. Und Sie?«

»Die Nachtklubs mit denen wir zusammenarbeiten sind keine Bordelle. Sie veranstalten Tanzaufführungen auf sehr hohem Niveau. Und ich bin es, die die Musik auswählt, die Choreografie schreibt und mit den jungen Mädchen während ihres Aufenthalts in Paris probt. Meine Ballettaufführungen sind beim deutschen Publikum hoch angesehen.« (Und siehe da, Unmengen an Details, man kann sie gar nicht mehr stoppen.) »Ich habe Referenzen, ich war in der Truppe von Carolyn Carlson.«

Inspektor Thomas, ein bisschen überfordert mit der Vielzahl der Details, lässt sich von ihr den Namen buchstabieren und notiert ihn beiläufig.

Daquin verlässt unauffällig das Büro.

Eine Etage tiefer verschlägt es Lilette Balland die Sprache, als Santoni sie fragt, ob Bernachon die Mädchen fickt.

»Wie kann man so etwas auch nur vermuten? Monsieur Bernachon ist ein absolut korrekter Mann. Er liebt seine Frau. Niemals auch nur eine unpassende Geste oder Bemerkung in meinem Beisein.« (Zweifelndes Augenzwinkern von Santoni in Richtung Daquin.) »Die jungen Mädchen werden rund um die Uhr überwacht, wissen Sie. Madame Aratoff holt sie selbst vom Flughafen ab. Und während ihres Aufenthaltes in Paris leben sie dann in den zwei Dienstmädchenzimmern. Sie essen und proben den Tanz mit Madame Aratoff in der Wohnung ... Sie erhalten niemals Besuch und gehen nie aus.«

»Ein richtiges Kloster. Was Sie mir da eben gesagt haben, bedeutet also, dass allein Ihr verehrter Chef die Gelegenheit hatte, das Mädchen zu erwürgen.«

Daquin, begleitet von Thomas, setzt sich vor Bernachon. Er ist sich seiner schwierigen Lage sehr wohl bewusst. Daquin lächelt ihm zu.

»Wir haben die Sittenpolizei angerufen. Sie werden sich um Sie kümmern. Zuhälterei in besonders schwerem Fall. Freiheitsberaubung und Gewalt an Minderjährigen. Das Ganze ist nicht unsere Schiene. Wir hingegen, wir beschuldigen Sie des Mordes und des sexuellen Missbrauchs einer Minderjährigen. Habe ich Ihnen das nicht gesagt? Sie wurde vergewaltigt, entweder während oder kurz nach ihrer Ermordung.«

»Ich habe sie nicht getötet.«

»Das ist möglich. Aber um Ihnen die Wahrheit zu sagen, es ist mir egal. Ihr Reisepass war bei Ihnen. Ihre Freundinnen, die wir in München vernehmen werden, werden bestätigen, dass sie bei Ihnen gewohnt hat. Und Ihre Sekretärin, eine Perle der Ergebenheit, hat uns erklärt, dass die jungen Thailänderinnen niemand anderen zu sehen bekommen außer Ihrer Frau und Ihnen. Ihre Ehefrau ist eine Künstlerin. Sie behauptet, nicht einmal etwas von der Prostitution zu wissen. Außerdem wurde das Mädchen von einem Mann vergewaltigt: Man hat Sperma gefunden. Sie geben daher einen viel überzeugenderen Schuldigen ab als Ihre Frau.«

»Ich habe sie nicht getötet.«

»Erklären Sie das dem Schwurgericht.«

Daquin steht auf. Bernachon schweigt. Thomas übernimmt.

»Monsieur Bernachon, denken Sie einmal kurz nach. Sie haben nur eine Möglichkeit, eine Anklage wegen Mordes zu vermeiden, indem Sie uns sagen, wer am Abend des 29. mit dem Opfer zusammen war.«

Bernachon schafft es offensichtlich nicht, sich zu entscheiden. Daquin sammelt die auf seinem Schreibtisch ausgebreiteten Unterlagen ein. Thomas fährt fort:

»Wenn Sie sie an jemanden verkauft haben, so verschlimmern Sie damit nicht Ihre Lage, indem Sie uns davon berichten, im Gegenteil. Sie haben die Chance, der Mordanklage zu entgehen.« (Daquin begibt sich zum Ausgang.) »Reden Sie, sagen Sie, was Sie zu sagen haben, bevor der Kommissar diesen Raum verlässt.«

»Monsieur Simon.«

Daquin macht eine Kehrtwendung.

»Und weiter?«

»Von Zeit zu Zeit vertraue ich meine jungen Tänzerinnen vertrauenswürdigen Kunden an. Für den Abend.«

Daquin setzt sich wieder hin und öffnet die Akte erneut.

»Den 29. abends habe ich sie zu Monsieur Simon gefahren, der eine Firma leitet, *Simon Vidéo*, Boulevard de Strasbourg.«

»Was macht diese Firma? Dreht sie Pornofilme?«

»Keine Ahnung, ich habe ihn nie danach gefragt. Ich habe das Mädchen zu ihm gebracht, am Freitag um 20.00 Uhr. Ich bin am Sonnabend Morgen um 8.00 Uhr zurückgekommen, um sie dort wie vereinbart wieder abzuholen.«

»Und weiter?«

»Sie war nicht da. Simon sagte mir, dass er nicht wüsste, wo sie ist. Wir haben beide an eine Flucht gedacht. Simon hat mich entschädigt.«

»Wie viel?«

»20.000 Francs in bar.«

»Warum haben Sie den Reisepass behalten?«

»In ihrem Alter, ohne Papiere, in Paris, da glaubte ich, eine Chance zu haben, sie wieder zu bekommen. Und die Deutschen hätten sie ohne gültige Papiere nicht akzeptiert. Gültige Papiere sind sehr teuer.«

Daquin hat das Gefühl, als wäre sein Kopf in einem Schraubstock eingeklemmt. Er rechnet sich aus, dass er es noch ungefähr eine Stunde schaffen wird, wach zu bleiben, bevor er völlig zusammenbricht.

»Organisieren Sie morgen früh einen Besuch bei *Simon Vidéo*. Wir treffen uns um 8.00 Uhr wieder hier. Ich gehe nach Hause.«

21.00 Uhr, Villa des Artistes

Soleiman setzt sich neben Daquin, der ausgestreckt auf der Couch liegt, die Augen geschlossen, das Gesicht ganz bleich.

»Was ist denn mit dir passiert?«

»Migräne.« (Daquin lässt die Augen geschlossen, spricht sehr leise, zögerlich.) »In ein paar Stunden ist es vorbei.«

»Willst du, dass ich dir Medikamente besorge?«

»Nein. Nichts. Ich nehme niemals auch nur irgendein Medikament.«

»Willst du, dass ich gehe?«

»Nein. Bitte, geh nicht. Mach dir etwas zum Abendbrot und kümmere dich nicht um mich. Ich gehe nachher hoch und lege mich schlafen, wenn es vorüber ist, gegen ein Uhr morgens.«

Hinter den geschlossenen Augenlidern, in einem dunklen Blutrot, tauchen im Rhythmus seines Pulsschlags immer wieder Bilder von fettleibigen Männern und Kindern aus den Katalogen Bernachons auf.

Sehr spät in der Nacht legt sich Daquin erschöpft ins Bett, küsst Soleimans Schulter und schläft sofort ein, die Lippen auf seiner Haut.

11

Donnerstag, 13. März

9.00 Uhr, Boulevard de Strasbourg

Daquin betritt als erster *Simon Vidéo.* Die brünette Empfangsdame kommt ihm lächelnd entgegen. Sie ist groß, gut gebaut und entspricht dem gängigen Schönheitsideal. Aber das Lächeln dauert nicht an. Daquin hat entschieden hart durchzugreifen, zumindest, wenn sie ihm dumm kommt. Ihm folgen die beiden Inspektoren, die sofort ihre Schusswaffen ziehen. Die Sekretärin entsetzt, bewegungsunfähig.

»Polizei. Rufen Sie ihren Chef!«

Zwei Angestellte in dunklem Anzug und Krawatte, die eben noch plaudernd in einer Ecke saßen, schweigen plötzlich. Bedrückende Stille, die Inspektoren haben noch immer die Waffen in der Hand. Die Empfangsdame kehrt an ihren Schreibtisch zurück und drückt auf den Knopf der Sprechanlage.

»Monsieur Simon, Sie werden am Eingang verlangt … Polizei.«

Daquin geht sofort zur Tür mit der Aufschrift »Geschäftsleitung« und stößt sie mit voller Wucht auf.

»Komm raus da!«

Ein Zeichen zu den beiden Inspektoren, die Angestellten nutzen ihre Chance und flüchten.

Simon kommt heraus, um die Dreißig, sehr dynamisch und selbstbewusst. Schwarze Hose und Seidenhemd, darüber ein gelbes Jackett. Daquin denkt: Lavorel wäre bestimmt gerne dabei. Simon beginnt sofort, sich vehement zu verteidigen.

»Was geht hier vor, was sollen die Revolver … ein ordentliches Unternehmen … Sie nehmen mir meine Kunden weg, mein Ruf …«

Ist die Wut nur gespielt?

Daquin sehr förmlich:

»Wir ermitteln im Rahmen eines Mordes, der in der Nacht von Freitag, den 29. Februar, auf Sonnabend, den 1. März, begangen wurde. Wir haben gute Gründe anzunehmen, dass sich dieses Verbrechen hier ereignet hat. Also treffen wir unsere Vorsichtsmaßnahmen.«

Daquin gibt Thomas ein Zeichen, der drückt die Waffe in Simons Rücken. Auf einmal ist er still.

»Setz dich. *Simon Vidéo*, was darf man darunter verstehen?«

»Wir machen Videofilme für Unternehmen, aber vor allem bilden wir leitende Angestellte aus, damit sie lernen, vor einem Publikum und einer Kamera zu sprechen.«

»Drehst du Pornofilme?«

»Aber nein.«

»Kennst du dieses Mädchen?« (Foto des Thaimädchens.)

»Nein.« (Simon faltet die Hände.)

»Dennoch behauptet Bernachon, sie am Freitagabend, am 29. Februar, hierher gebracht zu haben. Und sie wurde in dieser Nacht ermordet.«

Simon hebt die Hände hoch und zuckt mit den Schultern.

»Ich kenne keinen Bernachon.«

»Zeig uns deine Räumlichkeiten!«

Thomas stößt ihn mit seiner Revolvermündung vorwärts. Eine Runde durch die Büros ist schnell gemacht, da es nur drei davon gibt, das von Simon und das Sekretariat (wo ist die Sekretärin? Die Empgangsdame: Ich mache die Büroarbeiten. Ich kümmere mich darum, wenn keine Kunden kommen). Das dritte Büro ist fast leer.

»Wir stellen es unseren Kunden zur Verfügung, die unsere Anlagen ganztägig mieten und ihre eigene Ausrüstung mitbringen.«

»Und du, hast du keinen Kameramann oder Techniker in deinem Betrieb?«

»Nein. Ich mache alles selbst. Und wenn es zuviel Arbeit gibt, rufe ich welche von außerhalb, die ich auf Honorarbasis bezahle.«

Und nun, die Studios. Daquin dreht sich zur Empfangsdame.

»Schließen Sie die Eingangstür ab und folgen Sie uns!«

Sie gehen die Wendeltreppe hinunter und gelangen in einen Vorraum, viereckig, ohne Fenster. Auf jeder Seite befindet sich eine verglaste Kabine, die jeweils mit einer Videokamera auf einem Stativ, einer Leinwand, Projektoren, Steckdosen und verschiedenen Kippschaltern ausgestattet ist. In der hinteren Kabine eine Tür. Daquin öffnet sie: Ein kleines Studio, alles tapeziert, Decke und Wände, mit Teppichboden ausgelegt, ein gespanntes weißes Tuch, das wie eine Kinoleinwand mit jeweils einer schwarzen Zierleiste an vier Seiten befestigt ist, an den Wänden sind zwei Projektoren angebracht. In der Mitte ein Tisch und ein paar Stühle.

»Ist das alles?«, fragt Daquin.

»Das ist alles.« (Simon ist in der Defensive.)

Thomas kennt sich etwas mit Videos aus. Er betritt die Kabine und schaut durch den Sucher.

»Wie schaltet man die Kamera ein?«

»Vom Tisch aus im Studio.«

Daquin stellt das Gerät an. Das Bild ist unscharf. Man hört das Summen des elektrischen Motors in der Kamera, die Kamera schaltet sich automatisch vom Tisch aus ein. Thomas untersucht die Kamera genau. Es scheint, als gäbe es zwei Möglichkeiten der Einstellung, aber die Kamera ist auf eine fixiert. Er bittet Daquin, die Kamera aus- und wieder einzuschalten. Diesmal ist kein Summen des Motors zu hören, aber die Einstellung erfolgt nach wie vor vom Tisch aus. Gut. Aber wozu dient die zweite Einstellung und wie löst man sie aus?

Thomas geht wieder in das Studio, nach hinten zur Wand gegenüber der Kamera, tastet, drückt auf die linke Zierleiste und siehe da, sie gibt nach und entpuppt sich als Trennwand einer Kulisse, die nun dreifach so groß ist. Hinter der Trennwand ein großes weißes Bett in der Mitte, ein Kühlschrank und ein Ohrensessel. An der Decke, genau über dem Bett und an den drei Wänden: überall große Spiegel. Am Kopfende des Bettes befindet sich ein Kippschalter, der es ermöglicht, die Kamera einzuschalten. Die Einstellung ist automatisch auf das Bett gerichtet. Alle vier Studios sind nach demselben Muster eingerichtet. Daquin dreht sich zu Simon.

»Eine sehr schlaue Vorrichtung. Erklär mir mal, wozu das alles dient.«

Simon ist sich seiner plötzlich nicht mehr so sicher. Die Rolle des glänzenden Unterhalters ist ausgespielt.

»Am Tag arbeiten wir im vorderen Teil des Studios.«

»Das habe ich mir schon gedacht. Und weiter?«

»Am Abend vermiete ich die Studios an Leute, die gerne ein Video als Andenken an ihre Schäferstündchen mit nach Hause nehmen möchten. Das ist nicht verboten. Man hat doch wohl das Recht zu vögeln, wie man will. Ich bin übrigens nicht der Einzige, der so denkt. Es gibt auch bei Ihnen Leute, die diesen Standpunkt vertreten. Und die nicht unbedingt Ihren Draufgängerstil schätzen.«

»Das werden wir noch sehen. Vergiss nicht, dass in einem dieser Studios eine junge Thailänderin im Alter von zwölf Jahren ermordet worden ist. Unsere Labore werden diese Studios ganz genau unter die Lupe nehmen, und selbst wenn du vorher gründlich aufgeräumt hast, garantiere ich dir, dass wir Spuren des Mordes finden werden. Und ein Mord, weißt du, der ist noch nicht erlaubt.«

Daquin fühlt wie Simon und auch die Empfangsdame zusammenzucken. Sich beeilen, sie mitnehmen und ausfragen, sie sind vernehmungsreif. Sie gehen wieder hinauf. Die Empfangsdame gibt den Eingang wieder frei. Daquin gibt dem Bullen, der draußen wartet, ein Zeichen.

»Ab jetzt will ich nur noch Leute von uns im Untergeschoss. Santoni, Sie bleiben hier und bringen alles, was irgendwie wichtig ist, ins Büro. Thomas kommt mit mir aufs Kommissariat.«

Im Polizeiauto, das sie zum Revier bringt, fühlt Daquin die Spannung zwischen dem Typen und dem Mädchen. Das ist schon fast die halbe Miete.

11.00 Uhr, Passage du Désir

Daquin vertraut Simon Thomas an.

»Verhör der härteren Gangart, aber schlagen Sie nicht über die Stränge. Haben Sie verstanden, er hat zweifelsohne seine Beschützer. Ich nehme das Mädchen.«

»Dein Vorname?«

»Christine.«

»Wie alt bist du?«

»Zweiundzwanzig Jahre.«

»Bist du die Geliebte von Simon?«

»Ja« (schwach und unsicher, sie fühlt sich sichtlich unwohl).

»Du wirst mir jetzt sehr genau zuhören, was ich dir zu sagen habe. Du kannst mich unterbrechen, wenn du etwas nicht verstanden hast, aber nicht, um mir zu antworten, jetzt nicht. Anschließend werde ich dich fünfzehn Minuten allein lassen, damit du in Ruhe nachdenken kannst. Ich fange also an. Du bist ein durchschnittliches Mädchen. Durchschnittlich hübsch, von durchschnittlicher Intelligenz, keine wirkliche Ausbildung und deine Familie hat vermutlich kein Geld, dich im Nichtstun zu unterstützen. Du suchst Arbeit und die ist schwer zu finden. Du bist ziemlich in Schwierigkeiten und schläfst mal mit diesem oder jenem. Und dann triffst du Simon. Er hat ein flottes Mundwerk und ist wohlhabend. Er verschafft dir Arbeit, er könnte vielleicht ein ganz passabler Liebhaber sein. Du vertraust ihm. Du bist schnell auf dem Laufenden, was seine verkappten Orgien anbetrifft, aber trotzdem oder gerade deswegen hast du den Eindruck, dass er fähig ist aufzusteigen und es zu ordentlich Kohle bringen wird. Du träumst vielleicht sogar vom Heiraten. Da Dreigroschenromane einen starken Einfluss auf dich haben, stellst du dir wahrscheinlich vor, wie es wäre, in ihn verliebt zu sein, und steigst voll und ganz in den Film ein. Du spielst die Heldin, die ihn aus den Klauen der Polizei befreit, ihr werdet heiraten und viele Kinder haben. Der Haken an der Sache ist nur der, dass das Ganze ganz und gar nicht so ablaufen wird … Erstens handelt es sich hier nicht um Orgien, sondern um einen Mord an einem Kind. Ich habe dir die Fotos von der Leiche mitgebracht, ich lasse sie dir da. Und auch den Autopsiebericht. Du wirst vielleicht nicht alles verstehen. Aber du kannst das Alter des Mädchens sehen, und dass sie noch nach ihrem Tod vergewaltigt worden ist. Bei einem Verbrechen dieser Art kannst du sicher sein, dass ihn alle seine Freunde und Geschäftspartner, kurz alle, die von seinen Machenschaften profitiert haben, fallen lassen werden. Sie sind zwar gern bei diesen mehr oder weniger legalen Veranstaltungen dabei, aber sie wollen doch nicht in den Mord an einer Minderjährigen und Prostitution verwickelt werden, das steht außer Frage. Kannst du mir folgen?«

Sie gibt ihm zu verstehen: Ja.

»Und du, die zweifelsohne nichts damit zu tun hat, du wirst dich aufgrund deiner romantischen Veranlagung da hineinreiten und dich wegen Beihilfe zum Mord im Knast wiederfinden. Wenn du da wieder rauskommst, wird Simon nicht mehr da sein. Und darüber hinaus wirst du auch keine Arbeit mehr finden. Und zwar immer wieder aus demselben Grund: Sex mit Kindern, und seien es thailändische, das gefällt den Leuten nicht. Verstehst du, worauf ich hinaus will?«

Sie nickt mit dem Kopf.

»Ich werde einen Kaffee trinken gehen. Du hast genau fünfzehn Minuten Zeit, um dir den Rest deines Lebens nicht zu versauen.«

Als Daquin wiederkommt, ist Christine kreidebleich. Er setzt sich sofort an die Schreibmaschine, die in einer Ecke steht und fragt sie nach Namen, Vornamen, Adresse …

»Wie funktioniert die Vermietung der Studios von Simon?«

»Ich kümmere mich nicht um alles. Aber ich weiß, das er einen festen Kundenstamm hat, so genannte Abonnenten, sie haben die Schlüssel von der Eingangstür und von den Studios.«

«Kommen die zu einer bestimmten Uhrzeit?«

«Nein. Ich glaube sie rufen immer vorher an, um einen Termin auszumachen. Am Telefon sagen sie ›Es geht um die Abonnementabende‹ und dann frage ich nicht weiter, sondern stelle sie direkt zu Raphaël durch.

»Raphaël ist der Vorname von Simon?«

»Ja.«

»Um wieviel Uhr verlässt du abends das Büro?«

»Ich warte auf Raphaël, wir gehen zusammen raus, fast jeden Abend. So gegen 18.00 oder 19.00 Uhr, das hängt von der Arbeit ab.«

»Wartet ihr nicht auf die Abonnenten?«

»Nein. Ich habe noch nie einen Einzigen gesehen.«

»Und am 29. abends … erzähle.«

»Wir haben auf Bernachon gewartet.«

»Kommt er öfter?«

»Nicht sehr oft, aber sagen wir mal … regelmäßig. Ich habe ihn bestimmt vier oder fünfmal gesehen.«

»Und dann?«

»Er ist mit einem Mädchen gekommen, so gegen 20.00 Uhr. Sie sah nicht wie eine Zwölfjährige aus.«

»Und weiter.«

»Er ist wieder fortgegangen und das Mädchen ist geblieben. Raphaël ist mit ihr ins Untergeschoss gegangen. Er ist wieder heraufgekommen in ... ich weiß nicht genau, so ungefähr nach zehn Minuten, und dann sind wir ins Kino gegangen.«

»Kannst du genauer sagen, wie lange er da unten war?«

»Ich hab mich gekämmt, Lippenstift nachgezogen, mich im Spiegel betrachtet und dann war er da. Ich hatte nicht das Gefühl, auf ihn gewartet zu haben.«

»Nun, ich sehe schon, womit du so deine Zeit verbringst. Na ja, nicht so wichtig. Wie hat Bernachon das Mädchen wieder abgeholt?«

»Das weiß ich nicht. Der folgende Tag war ein Sonnabend und ich arbeite Sonnabends nie.«

»Und Simon, ist er hingegangen?«

»Ja.«

»Um wie viel Uhr?«

»Um 8.00 Uhr.«

»Kommt Bernachon nur Sonnabends?«

»Nein, ich glaube nicht.«

»Und wie läuft es morgens ab?«

»Das weiß ich nicht. Ich bin nie vor 9.00 Uhr im Büro. Zu dieser Zeit habe ich noch nie eine Thailänderin gesehen.«

»Und Simon, geht er früher ins Büro?«

»Ja, öfters. Er hat viel zu tun, bevor die Kunden kommen.«

»Das kann ich mir gut vorstellen … Und du, hast du ihm niemals Fragen über seine Aktivitäten gestellt ?«

»Nein. Am Anfang wusste ich von nichts. Und dann hat er mir erklärt, dass er die Studios vermietet und dass ich ihm die diesbezüglichen Anrufe gleich durchstellen muss. Das ist alles. Und im übrigen sollte ich ihm einfach nicht mit irgendwelchen

Fragen auf den Wecker gehen.«

Daquin schreibt seinen Bericht zu Ende.

»Lies das noch einmal in Ruhe durch. Wenn es dem entspricht, was du mir gerade erzählt hast, unterschreibst du es. Wenn irgendetwas nicht stimmt, sag mir sofort Bescheid und wir ändern es um.«

Sie liest, aufmerksam. Wenig später.

»Okay. Ich unterschreibe.«

»Und nun, Mädchen, lass dir etwas gesagt sein: Mach dass du hier rauskommst, suche dir eine neue Arbeit, einen neuen Liebhaber und vergiss Simon, er ist es nicht wert.«

Zeugenaussagen von Bernachon und Christine. Simon ist ziemlich bald weich geworden. Und hat eine ganz hübsche Geschichte erzählt. Er hat mit einer kleinen Wohnung angefangen, die er in ein Studio umgewandelt hat, um Pornos zu drehen. Aber sehr bald wurde er von Geschäftsleuten angefragt, die ihre privaten Orgien filmen wollten. Er hat schnell begriffen, dass es einen äußerst rentablen Markt dafür gibt. Da er ein Mann mit vielen Talenten und Ideen ist, hat er nicht nur die vier Studios nach diesem Muster ausgestattet, sondern auch für dieses sehr spezielle Publikum einen Club aufgezogen. Fünfzig Mitglieder, die 2.500 Francs pro Monat bezahlen. Jedes neue Mitglied zieht ein Pseudonym aus einem Topf mit fünfzig Namen und erhält einen Schlüssel für den Laden und die Studios. Simon erklärt ihnen die Funktionsweise der Kameras. Kinderleicht: alles automatisch. Und dann ruft jedes Clubmitglied mit seinem Pseudonym an. Anonymität garantiert. Jeder bekommt ein Studio für einen Tag unter der Woche oder einen halben Tag an einem Wochenende, ganz wie er möchte. Man kann mit Freunden kommen unter der Bedingung, dass man nichts über die Funktionsweise der Studios sagt. Die Diskretion des Einzelnen garantiert die Sicherheit aller. Man kann Mädchen bestellen oder Jungs, aber da spielt Simon nur die Rolle des Vermittlers und wird nicht zusätzlich bezahlt. Die Entlohnung der Leistungen erfolgt direkt an die Prostituierten, außer bei den Thaimädchen, für die er das Geld an Bernachon überweist.

»Kommen wir auf die Thailänderinnen zurück. Wie lief das

ab?«

Bernachon brachte ein (oder mehrere) Mädchen mit, Simon hat sie in das Studio begleitet, sie hat sich ausgezogen und auf den Kunden gewartet. Simon legt ihre Kleidung in die Kamerakabine. Die Kunden schließen die Tür hinter sich ab, wenn sie wieder gehen. Das Mädchen verbringt dort die Nacht. Am nächsten Morgen, gegen 8.00 Uhr, holt Bernachon das Mädchen wieder ab, und Simon gibt ihr die Kleidung zurück. Aber als Simon an diesem Sonnabendmorgen gekommen ist, hat er weder das Mädchen noch ihre Sachen vorgefunden. Das Studio schien wie immer. Er dachte, der Kunde hat das Mädchen entwischen lassen, und er hat Bernachon für den Verlust entschädigt.

»Wie viel?«

20.000 Francs. Das schien ihm vernünftig. Er hat nicht im Traum an ein Verbrechen gedacht: Alle Abonnenten sind Leute »aus sehr gutem Hause«. Simon nimmt nicht jeden auf, sondern nur auf Empfehlung.

»Sie wissen also nicht, wer am Freitagabend mit dem Thaimädchen zusammen war?«

Nein. Simon weiß lediglich, dass an jenem Abend sein Abonnent Ikarus das Studio angemietet hat. Aber wer ist dieser Ikarus? Das kann er nicht sagen.

Daquin steht auf.

»Nehmen Sie die Aussage von Simon auf. Wir brauchen sowohl eine Liste mit den Pseudonymen aller Abonnenten als auch eine der ›Dienstleistenden‹, an die sie sich gewöhnlich wenden. Dann seine Bankkonten und die gesamte Buchhaltung des Clubs. Ansonsten glauben wir ihm kein Wort seiner krummen Geschichte und beschuldigen ihn des Mordes. Ich gehe jetzt, ich habe oben noch zu tun.«

Sobesky kommt über eine Stunde zu spät, aber er scheint sich dessen nicht einmal bewusst zu sein. Er geht auf Attali zu, der hinter einem großen Schreibtisch sitzt. Klein, kräftig, muskulös und Bauch. Eckiges Gesicht, helle Augen, Meckischnitt und grauer Vollbart. Offen und herzlich. Attali und Romero erheben sich von ihren Stühlen, um ihn zu empfangen, sie stellen sich vor und lassen ihn Platz nehmen. Daquin, hinter einem kleinen Schreibtisch, hat sich über einen Stapel Akten gebeugt. Attali fängt an:

»Wir haben Sie für 16.00 Uhr herbestellt (er schaut demonstrativ auf seine Uhr), um Ihnen einige Fragen zu stellen. Es geht um Ihre Vermisstenanzeige von Mademoiselle Lamouroux, die Sie am 4. März im Kommissariat des 10ten Arrondissements aufgegeben haben. Könnten Sie uns erklären, was Sie dazu bewogen hat?«

»Virginie ist mein Starmannequin, schon seit über drei Jahren (Sobesky ist verlegen, zögert etwas). Und seit einem halben Jahr die Freundin meines Sohnes. Sie hat bei ihm gewohnt. Am Freitag, den 29. Februar, hatten wir ein Familienessen mit einigen Freunden. Nach dem Abendessen haben sich mein Sohn und Virginie heftig gestritten und Virginie ist allein fortgegangen. Warum, weiß ich nicht. Xavier wollte es mir nicht sagen. Am nächsten Morgen bin ich mit ein paar Freunden nach Deauville gefahren. Montagmorgen hatte ich eine Vorführung für einen Großhändler. Virginie sollte es machen. Um 11.00 Uhr, niemand da. Das war das erste Mal in drei Jahren, dass sie mich versetzt hat. Meine Frau hat sie spontan ersetzt. Sie war auch mal Mannequin ... vor langer Zeit. Der Kunde geht – die Sache ist in die Hose gegangen – ich rufe meinen Sohn im Krankenhaus an, wo er Bereitschaftsdienst hat – er studiert Medizin –, und von ihm erfahre ich, dass er Virginie seit Freitagabend nicht mehr gesehen hat. Seitdem habe ich mir wirklich Sorgen gemacht. Im Laufe des Montags haben wir alle Freunde angerufen, die sie kennen, niemand wusste etwas. Also habe ich mich am Dienstag entschlossen, zur Polizei zu gehen.«

»Wissen Sie, dass Virginie Lamouroux wieder in Paris ist? Seit dem 5. März, um genau zu sein.«

»Ich habe es mir von einem befreundeten Hersteller sagen lassen.«

»Sie hat Sie also seitdem nicht wieder angerufen?«

»Nein.«

»Finden Sie das nicht ungewöhnlich?«

»Ja. Natürlich, aber was soll ich dazu sagen?«

»Wussten Sie, dass Virginie Lamouroux sich vom 1. bis 5. März in New York aufgehalten hat, bei Ihrem Geschäftspartner

Monsieur Baker?«

»Nein. Davon wusste ich nichts« (Sobesky sieht wirklich erstaunt aus).

»Weswegen, Ihrer Meinung nach?«

»Woher soll ich das wissen?«

»Kannte sie Baker schon lange?«

»Ich wusste nicht, dass sie ihn kennt.«

»Wie lange ist Baker schon Ihr Geschäftspartner?«

»Was haben diese Fragen mit meiner Vermisstenanzeige zu tun?«

Romero übernimmt:

»Nach Ihrer Rückkehr haben wir Virginie festgenommen, sie hatte eine recht große Menge Heroin bei sich.«

»Virginie?« (Seine Stimme wird schrill).

»Wussten Sie nicht, dass sie mit Drogen handelt?«

»Nein. Gewiss nicht. Ich mag Virginie sehr. Sie übt den Beruf des Mannequins nur übergangsweise aus, quasi um ihr Studium zu finanzieren. Sie will Museumskonservatorin werden.«

Attali und Romero stellen sich VL einen Augenblick lang als Museumskonservatorin vor. Schwierig.

»Sie hat bestimmt nicht wenige Affären gehabt, das ist normal für ein Mädchen in der heutigen Zeit. Aber die Vorstellung, sie könnte Drogen verkaufen ...«

»Genau deshalb versuchen wir, Aufschluss über ihr Verhältnis zu Baker zu erhalten.«

»Ich arbeite mit Baker seit anderthalb Jahren zusammen. Wir haben uns in einem Vorführsalon kennengelernt. Er hat mir einen Lizenzvertrag für die USA vorgeschlagen. Ich habe natürlich angenommen. Und das läuft gut. Ich habe Baker und Virginie niemals zusammen gesehen.«

Daquin, ohne sich vom Platz zu bewegen:

»Arbeiten Sie mit Madame Anna Berić zusammen?«

Sobesky dreht sich zu ihm, die Augenbrauen hochgezogen.

»Natürlich. Aber warum fragen Sie mich das?«

»Madame Berić ist zur selben Zeit verschwunden wie Virginie Lamouroux, mit dem Unterschied, dass sie noch nicht wieder aufgetaucht ist.«

»Aber welche Beziehung könnte zwischen den beiden Frauen bestehen?«

»Was weiß ich. Die Frage stelle ich Ihnen. Gibt es eine berufliche Verbindung?«

»Nein. Sie arbeiten auf sehr unterschiedlichen Gebieten. Meiner Meinung nach sind sie nicht einmal miteinander bekannt. Anna ist eine uralte Freundin. Sie ist in meinem Laden in den Beruf eingestiegen, als Änderungsschneiderin, zwanzig Jahre ist das etwa her. Anschließend, immer noch bei mir, hat sie alles gemacht: Mannequin, Verkäuferin, Vertreterin, Sekretärin. Ich habe ihr alles beigebracht. Und dann ging sie fort, um ihr eigenes Unternehmen aufzuziehen, vor zehn Jahren ungefähr. Seit dieser Zeit arbeite ich mit ihr zusammen. Und jetzt sagen Sie mir bitte nicht, dass sie auch Drogen nimmt, denn dann lache ich Ihnen ins Gesicht.«

»Wie ist Sie bei Ihnen eingestiegen?«

»Es war Kommissar Meillant, der sie mitgebracht hat. Zu dieser Zeit war er noch Inspektor. Sie saß in der Klemme und ihr musste geholfen werden. Und schließlich ist sie ganz gut da herausgekommen.«

»Kennen Sie Kommissar Meillant?«

»Ist der auch verschwunden?« (Lachen.)

»Nein, soviel ich weiß, nicht. (Daquin lacht ebenfalls.) Ich war einfach nur neugierig.«

Sobesky wird für einen Moment ernst und dann:

»Es gibt keinen Grund, Ihnen nicht auf ihre Fragen zu antworten. Ja, ich kenne Meillant schon sehr lange. Seit dem Frühling 1943, um genau zu sein. Ich war noch ein Kind. Jude. Er war kaum älter als ich. Er hat mir das Leben gerettet. Wir sind sehr eng befreundet. Aber jetzt möchte ich gern von Ihnen wissen, was Sie wirklich von mir wollen.«

Attali ergreift das Wort:

»Ganz einfach, Monsieur Sobesky, wir setzen Sie hiermit offiziell in Kenntnis, dass Virginie Lamouroux nicht verschwunden ist und Ihre Vermisstenanzeige damit zu den Akten gelegt wird. Wir bedanken uns bei Ihnen, dass Sie so bereitwillig auf unsere Fragen geantwortet haben.«

Sobesky steht auf und reicht den beiden Inspektoren die Hand, nicht ohne einen Blick zu Daquin zu werfen, der sich wieder hinter seinen Akten verschanzt hat, und verlässt das Büro.

Daquin steht auf, um Kaffee zu machen.

»Wie weit sind wir, Kommissar?«

»Um ehrlich zu sein, ich bin mir nicht sicher. Nur eine Sache ist klar: VL kennt Baker. Fragen Sie sie also, wie es sein kann, dass Sobesky davon nichts weiß.«

Bevor er das Büro verlässt, nimmt Daquin einen großen Umschlag aus Packpapier aus seiner Schreibtischschublade. Darin befinden sich zwei große Schwarz-Weiß-Fotos, zweifellos auf einem Cocktailabend aufgenommen. Auf beiden ist eine Frau mit ernstem Gesichtsausdruck zu sehen. Dazu eine Notiz von Lavorel: »Das ist Anna Berić.« Sie ist immer noch sehr schön. Eine große Brünette. Sie trägt das rote Kleid aus dem Schrank. Und zwei kleinere Fotos, wie Meillant das Kommissariat verlässt.

Meillant hat also nicht nur einmal den Weg von Anna Berić gekreuzt. Er hat ihr auch Arbeit verschafft. Es ist ziemlich unwahrscheinlich, dass sie sich ganz aus den Augen verloren haben. Zu schön, zu faszinierend. Und beide haben im Sentier zu tun.

12

Freitag, 14. März

9.00 Uhr, Kommissariat des 10ten Arrondissements

Attali wartet auf Virginie Lamouroux. Sie betritt die Wache, geht auf ihn zu, nickt mit dem Kopf und lächelt.

»Also, wo soll ich unterschreiben?«

Attali schiebt ihr das Formular unter die Nase. Sie unterschreibt.

»Mademoiselle, darf ich mir erlauben, Ihnen zu sagen, dass Sie heute morgen ganz hinreißend aussehen?«

»Danke, Inspektor, Ihr Kompliment freut mich aufrichtig.«

»Ich muss Ihnen nur eine Frage stellen (er steht auf, nimmt sie beim Arm, halb galant und halb zur Sicherheit, dass sie ihm nicht davonrennt). Wie ist es möglich, dass Sobesky nicht weiß, dass Sie Baker gut genug kennen, um ihm einen Besuch in New York abzustatten?«

Ein bisschen verstört durch diese Frage, aber doch nicht so, dass sie sich dadurch ihre gute Laune verderben lassen würde.

»Weil er denkt, er sei ein schlauer Typ, der weiß, wo es langgeht, dabei ist er nur ein eingebildetes Arschloch und außerdem noch naiv. Ich habe genug von ihm, von seinen kleinen Flittchen, von der Art und Weise, wie er mir an den Hintern fasst. Genug von ihm und seinem Sohn. Die können mich mal. Verstehen Sie das, Herr Inspektor?«

Attali ist hin und weg.

»Das verstehe ich sehr gut, Mademoiselle Lamouroux.«

Mit tänzelndem Schritt geht sie davon.

Romero, auf Posten am Ausgang des Kommissariats, nimmt ihre Spur auf, mit großem Abstand. Sie verschwindet in einem Hauseingang, Rue des Vinaigriers. Romero könnte schwören, dass sie die Hand zum Abschied in seine Richtung gehoben hat. Er geht schneller und betritt ebenfalls den Hauseingang. Viele Treppen, drei Hinterhöfe und zwei Ausgänge, einer zur Strasse und einer Richtung Passage … Nach ein paar Minuten muss er einsehen, dass ihm Virginie Lamouroux entwischt ist.

10.00 Uhr, Autobahn Richtung Süden

Nach einem gemütlichen Morgen, einem ordentlichen Fick mit Soleiman und Frühstück im Bett (Blinis mit crème fraîche, Kaviar und Kaffee), nimmt Daquin die Autobahn Richtung Fontainebleau. Es ist schönes Wetter und es ist gar keine schlechte Idee rauszufahren, um nicht an die Sauereien von Bernachon und Simon denken zu müssen. Wie viel springt für Simon letzten Endes dabei heraus? Fünfzig Abonnenten à 2.500 Francs, macht 125.000 Francs im Monat, ohne Steuern, Scheiße! ... Zusätzlich zu seinen offiziellen Einnahmen. Natürlich muss man die Summen noch abziehen, die er für seine Beschützer abdrückt, von denen bisher noch keine Rede war. Daquin fährt nicht sehr schnell, so kann er über vieles nachdenken. Und auf das innere Warnsignal hören, das ihm instinktiv sagt, dass es nicht mit rechten Dingen zugeht, wenn ihm um diese Zeit, wo wenig Verkehr herrscht und er nicht schneller als 110 Stundenkilometer fährt, dieser Citroën CX folgt. Ich werde mich vergewissern und tanken. Der Citroën fährt weiter. Aber nach zwei Kilometern ist der Citroën wieder hinter ihm. Daquin biegt bei Barbizon ab, hält auf dem Seitenstreifen, klappt eine Landkarte auseinander und tut so, als würde er etwas suchen, der Citroën fährt unterdessen an ihm vorüber. Er steigt wieder ein und fährt ebenfalls los. Jetzt ist er sich sicher. Einen Kommissar verfolgen lassen, das ist nicht ohne. Aber wer? Die Dealer? Andere Polizeieinheiten? Zum Beispiel die Leute, die die Marseiller Spur verfolgen? Wie reagieren? Solange ich nicht weiß, um wen es sich handelt, ist Vorsicht geboten. Ich warte ab und lasse es auf mich zukommen. Ich fahre trotzdem nach Barbizon.

11.00 Uhr, Gasthof Bas-Bréau

Die Herberge ist bezaubernd. Eine historische Fassade, dahinter diskret einige niedrige Gebäude neueren Datums, ein Garten voller Blumen und Farben. Ein wunderbarer Ort für Verliebte. Daquin kann sich Anna Berić vor diesem Hintergrund sehr gut vorstellen. Meillant schon weniger. Aber nach alledem, wer weiß, vielleicht verkennt er ihn. Er betritt die Bar. Englischer Stil. Keine Gäste, der Barmann ist allein, es ist auch noch früh am Morgen.

»Einen Kaffee bitte! (Er holt seine Dienstmarke hervor.) Es handelt sich nur um eine Routineuntersuchung zwei Personen betreffend, von denen wir annehmen, dass sie Gäste dieses Hauses sind.«

Fotos. Das Gesicht des Barmanns klärt sich auf, breites Lächeln.

»Natürlich, das ist Madame Berić. Eine schöne und charmante Frau, sehr höflich, nicht eine von den Nervensägen, wenn Sie wissen, was ich meine.«

»Ich kann es mir vorstellen. Kommt sie oft?«

»Ja, sie ist ein Stammgast. Ich kann Ihnen nicht genau sagen, wie oft, aber man sieht sie hier mindestens einmal im Monat.«

»Und ihn?«

»Ich kenne seinen Namen nicht. Aber er ist immer mit ihr zusammen hier. Meistens kommen sie getrennt und finden sich gegen 20.00 Uhr in der Bar ein, danach essen sie zu Abend und verbringen die Nacht hier. Am nächsten Morgen geht jeder wieder seiner Wege. Aber sie ist es, die immer bezahlt. Das ist lustig, oder? Dabei sieht er nicht gerade wie ein Gigolo aus.«

»Nein, nicht wirklich. Wann haben Sie sie das letzte Mal gesehen? So ungefähr?«

»Vor drei Wochen? Ich hoffe, sie hat keine ernsten Probleme?«

»Soweit wir wissen, nicht. Sie ist am Rande in eine recht komplizierte Angelegenheit verwickelt, in der ich sie als Zeugin verhören will. Vielen Dank für Ihre Mithilfe.«

Daquin bezahlt seinen Kaffee trotz der Proteste des Barmanns.

Ein kleiner Spaziergang, schlendernd die Hauptstrasse von Barbizon entlang: Malerateliers und Galerien, die die ganze Kleckserei ausstellen, und da erkennt er ohne Schwierigkeiten den Citroën wieder, der in einer kleinen Nebenstrasse geparkt ist. Er merkt sich das Kennzeichen, frühstückt gemütlich auf der Terrasse eines kleinen Cafés und liest Zeitung. Dann ohne weitere Umschweife Rückkehr in die Passage du Désir.

15.30 Uhr, Passage du Désir

Das Kennzeichen des Citroën CX überprüfen. Unter diesem Kennzeichen ist nur ein kleiner Renault registriert: Der Fahrzeughalter ist Lehrer, kein Diebstahl gemeldet. Also falsche Nummernschilder. Danach Soleiman anrufen. Er telefoniert von einem anderen Büro aus, man kann nie wissen.

»Sol, ich bin verfolgt worden, aber ich weiß nicht von wem. Also Vorsicht, komme mich nicht besuchen und versuche auch sonst nicht, mich zu erreichen, weder zu Hause noch im Büro. Ich rufe dich wieder an, sobald sich die Situation etwas geklärt hat. Sei vorsichtig. Geh nicht allein aus. Wahrscheinlich sind es Drogenhändler und diese Leute haben bekanntlich viele Möglichkeiten, um an ihr Ziel zu gelangen.«

Lavorel aufsuchen.

»Wie weit sind Sie?«

»Ich habe fast das ganze Netz der Hersteller rekonstruiert, die mit Anna Berić zusammenarbeiten. Wenn Sie es schaffen, sie hierher zu bringen, wäre ich in der Lage, die größte Operation wegen Steuerhinterziehung, die das Sentier je erlebt hat, durchzuführen. Ich kann Ihnen nicht garantieren, dass es Verbindungen zum Drogenhandel gibt, aber Schwarzgeld und weißes Pulver gehen oft Hand in Hand.«

»Meillant ist immer noch der Geliebte von Anna Berić. Und sie verheimlichen sehr sorgfältig ihre Beziehung. (Lavorel schaut Daquin an und wartet auf die Fortsetzung.) Sie werden sich mit Meillant treffen und ihn über das Sentier ausfragen. Er ist seit zwanzig Jahren in dieser Ecke zugegen und kennt alles und jeden. Also ist nichts dabei, ihn nach seiner Meinung zu fragen. (Daquin denkt kurz nach.) Sie können selbst Anna Berić erwähnen. Nach alledem wären wir armselige Bullen, wenn wir nicht auf sie gestoßen wären.«

»Was wollen Sie wissen, Chef?«

»Ich möchte wissen, wie Meillant heute drauf ist. Samurai oder Vorruheständler.«

Thomas und Santoni schwanken zwischen Siegestaumel und Mutlosigkeit. Simon hat ausgepackt, alles, die Listen, die Buchhaltung. Fünfzig Abonnenten. An die zwanzig leitende Angestellte großer Unternehmen, sechs Abgeordnete, zwei Senatoren, drei bekannte Anwälte, zwei Fernsehjournalisten und ein Kommissar der Sittenpolizei, der seit einem halben Jahr in Rente ist. Aber die Scherereien fangen damit erst an.

Sie haben ebenfalls die Pseudonyme für die Mieter am Freitag, den 29. Februar. Ikarus also für die junge Thailänderin. Achilles, Prometheus und Thesaurus für die drei anderen Studios. Daquin möchte am liebsten loslachen. Dazu dient die griechische Antike also heutzutage. Prometheus, um abzuspritzen und einen Joint zu rauchen.

Und auf der Liste der regelmäßigen »Dienstleistenden«: Virginie Lamouroux.

Schweigen.

»Ein Deckmantel, um zu dealen?«

Thomas zuckt mit den Schultern. Daquin überlegt laut:

»Wir werden in dieser Sache sofort und ganz offiziell die Sittenpolizei einschalten. Sollen die sich mit ihrem ehemaligen Kommissar befassen und der hypothetischen, aber wahrscheinlichen Protektion Simons. Wir hingegen werden uns nur auf den Mord konzentrieren. Und auf Virginie Lamouroux. Dieses Mal werden wir sie einknasten und uns ein wenig genauer anhören, was sie uns zu erzählen hat. Ansonsten, ganz klar, die Liste zur Hand nehmen und alle fünfzig Abonnenten, das ist ja nicht übermäßig viel, verhören, ihre Pseudonyme überprüfen, ihre Alibis, ihre Vorlieben hinsichtlich des Drogenkonsums und der Mädchen und herauskriegen, was sie über Virginie Lamouroux wissen. Aber dieser Kundenkreis wird mehrheitlich sowieso seine Mitgliedschaft in diesem Netz bestreiten. Wenn wir sie bedrängen, haben wir mindestens die Europäische Menschenrechtskommission am Hals, und wenn wir weiter machen, gar die UNO. Von unseren direkten Vorgesetzten ganz zu schweigen. Lassen Sie mir die Unterlagen da, ich werde sie lesen, den Bericht schreiben und zum Chef gehen.«

In aller Ruhe, im Sessel, Beine auf dem Tisch und mit einem Kaffee, liest Daquin aufmerksam die Liste mit den Abonnenten durch. Die Namen sind mit Maschine geschrieben, einer unter dem anderen. Hinter jedem Namen das Eintrittsdatum, die Daten der monatlichen Zahlungen, bar oder mit Scheck. Alles bis zum heutigen Tage. Am Rand haben Thomas und Santoni mit Bleistift einige Anmerkungen gemacht: Abgeordneter … Kommissar der Sittenpolizei bis 1979 … Journalist bei *Le Monde* … Und dazwischen drei Namen, die ihm etwas sagen: Osman Kashguri, Banker, Franco Moreira, Unternehmer, Thémistocle Lestiboudois, Unternehmer.

Kashguri. Schon wieder. Ein ehemaliger Kunde von Anna Berić, der ihr ein Alibi für den Mord an ihrem Typen gegeben hat. Ein Iraner. Die Iraner haben ihr beigebracht, Heroin zu rauchen, hat VL gesagt. Die türkische Droge kommt aus dem Iran. Es wird Zeit, Lenglet anzurufen, um Spuren zu Kashguri zu finden.

18.00 Uhr, Nanterre

Es ist Hauptverkehrszeit auf dem Lagergelände von Moreira, die Zeit, in der fast alle Kleintransporter zurückkehren.

»Gewerbeaufsichtsamt (Attali zeigt seinen Ausweis schnell einem überforderten Schichtleiter). Ist der Chef da?«

»Nein, Monsieur Moreira ist nicht da. Freitagabend ist er selten da.«

»Können Sie mitkommen? Ich werde den Betrieb in Ihrer Begleitung überprüfen. Monsieur …?«

»Janvier. Aber Sie müssen wissen, ich bin hier nicht wichtig, nur ein einfacher Lohnempfänger.«

»Das ist mir schon klar, Monsieur Janvier. Ich frage nur nach Ihrem Namen, um ihn ins Protokoll aufzunehmen.«

Die Jungs sind dabei, die Kleintransporter einzuparken und die Materialen und Produkte auszuräumen. Als sich herumgesprochen hatte, dass der Fremde da vom Gewerbeaufsichtsamt ist, tritt Totenstille ein und niemand bewegt sich mehr. Die Immigranten wissen zwar nicht genau, was das bedeutet, betrachten ihn aber dennoch als Gefahr. Janvier stellt die Arbeiter mit Namen vor, einen nach dem anderen. Attali schreibt sich die Namen auf und fragt nach dem Heimatland. Alle sind aus demselben Dorf, im marokkanischen Rifgebirge. Er fragt auch nach der Arbeitserlaubnis. Die Leute bekommen es mit der Angst zu tun.

»Das müssen Sie den Chef fragen. Wir sind da nicht auf dem Laufenden.«

»Sie haben Ihre Arbeitserlaubnis nicht bei sich?«

»Nein.«

»Und Ihre Aufenthaltsgenehmigung?«

»Auch nicht ...«

Die Luft ist zum Schneiden. Attali, finster, notiert das Fehlen der notwendigen Papiere, dann besichtigt er die Räumlichkeiten.

»Wo ist die Hausordnung angebracht?«

Janvier ist tatsächlich überrascht. Ist das notwendig?

Attali schreibt ins Protokoll: »Keine Hausordnung angebracht.« In der ersten Hälfte der Lagerhalle sind die Kleintransporter geparkt und die Werkzeuge und Maschinen sorgfältig eingeräumt. An den Seiten drei Werkbänke, um notwendige Reparaturen zu erledigen. Attali geht durch eine Tür, die sich in einer Trennwand befindet, und gelangt in den zweiten Teil der Lagerhalle. Gestampfter Boden und Wände aus Blech. Auf der linken Seite Doppelstockbetten, sechs Reihen mit jeweils vier Betten. Sechs Glühlampen hängen am Ende sehr langer Leitungen und spenden nur düsteres Licht. In der Ecke eine Reihe von Spinden, hinten an der Wand fünf Spülbecken, zwei Chemieklos ohne Trennwand, ein Kühlschrank, zwei Flaschen Butangas, ein großer Tisch und zwei Kanister, die als Hocker dienen. Obwohl alles sauber und an seinem Platz ist, sieht es heruntergekommen aus. Auf der rechten Seite der Lagerhalle sind ohne jede räumliche Trennung die chemischen Produkte, die das Unternehmen verwendet, dicht nebeneinander gelagert. Fässer, Flaschen, Kartons, alles in Reih und Glied und beschriftet. Attali notiert sich gewissenhaft alle Namen der Produkte in sein Notizbuch. Etwas abseits steht eine Reihe von Flaschen ohne Aufschrift. Er sieht sie sich genauer an:

»Was ist das?«

»Keine Ahnung, die werden nie benutzt.«

Janvier hat kein bisschen mit seiner Antwort gezögert.

Attali öffnet eine Flasche, ein sehr strenger Geruch breitet sich aus, den er sehr gut kennt: ... Das hätte er nun doch nicht erwartet.

»Steht das schon lange hier?«

»Das kann ich Ihnen nicht sagen. Ich glaube eher nicht.«

Attali geht wieder in den vorderen Teil der Lagerhalle zurück. Die Marokkaner haben sich inzwischen mit einem anderen Schichtleiter rund um eine Werkbank versammelt. Offensichtlich denken sie, dass sie alle sofort in den Knast abwandern und dann nach Hause zurückgeschickt werden. Not, Ehrverlust. Attali begrüßt den Schichtleiter und sagt ihm, dass er den Chef am Montag anrufen wird. Würdevoll verlässt er die Halle. Er hört, wie hinter ihm die Gespräche wieder aufgenommen werden. Er setzt sich an das Steuer des Dienstwagens, den er gegenüber vom Café geparkt hat. Hupen, um Romero zu rufen, der am Tresen sitzt. Der verabschiedet sich vom Wirt und steigt ins Auto seines Kollegen.

»Na, konntest du ihn davon überzeugen, dass wir Journalisten sind?«

»Ja, aber es hat sehr lange gedauert und war gar nicht so einfach. Er hat noch nie in seinem Leben einen Journalisten gesehen.«

»Zum Glück!«

20.30 Uhr, Passage du Désir

»Chef, die Masche ist genial. Moreira meldet zweiundzwanzig Arbeiter an, die er nicht einstellt, nämlich die Türken. Dafür lässt er zweiundzwanzig andere arbeiten, die er nicht anmeldet und die er auch nicht bezahlt, und das sind die Marokkaner.«

Attali ist geradezu euphorisch, wie ein Teenager, der einen guten Witz gerissen hat. Ein solches Verhalten ist man von Attali gar nicht gewohnt.

»Wie? Sie werden nicht bezahlt?«

»Nein. Da bin ich mir sicher. Er bringt sie unter, das muss man gesehen haben, und er sorgt für ihre Verpflegung, aber er bezahlt sie nicht. Sie kommen alle aus demselben Dorf. Moreira muss mit einem marokkanischen Großgrundbesitzer unter einer Decke stecken, der wahrscheinlich ihre Überfahrt organisiert hat und sich das teuer bezahlen lässt. Die Familien sind alle im Dorf geblieben. Für den Fall, dass ein Arbeiter auf die Idee kommt zu protestieren, verliert er schnell die Lust, wenn er daran denkt, was seiner Familie dort passieren könnte. Sein Unternehmen ist dem Anschein nach in Ordnung, niemand nervt ihn, weder die Steuerbehörde noch das Gewerbeaufsichtsamt. Die Türken, die zum Netz gehören, sind ebenfalls dem Anschein nach unbescholtene Arbeiter und der Chef macht den großen Reibach mit den Arbeitern, für die er nur die Sozialleistungen zahlt, jedoch keine Löhne. Im Unterschied zum Sentier, wo die Unternehmer eher die Löhne zahlen, dafür aber keine Abgaben …«

»Das ist mir zu viel Spekulation. Aber wir werden keine Zeit haben, dort weiter zu graben.«

»Das ist noch nicht alles. In den Werkstätten habe ich essigsaueres Kohlendioxyd gefunden, inmitten einer Palette anderer chemischer Produkte. Die Aktivitäten des Unternehmens sind ideal, um die chemischen Produkte unauffällig einzukaufen, die die Türken brauchen, um das Heroin zu veredeln, und die sie wahrscheinlich auf demselben Weg hier einführen wie die Drogen.«

»Damit können wir schon eher etwas anfangen. Wir werden also Moreira an seinem Arbeitsplatz und zu Hause abhören. Sie kümmern sich um beides. Es gibt was Neues von VL. Sie hängt in dieser verzwickten Prostitutionsgeschichte mit drin, in der sie die Vermittlerin spielt. Und schließlich sind auf der Liste auch Moreira und Lestiboudois zu finden. Es ist gut möglich, dass wir auf ein Verteilungsnetz unserer Droge gestoßen sind. Oder einer anderen. Aber diesmal haben wir genügend Beweise, um sie zum Reden zu bringen. Attali, finden Sie sie so schnell wie möglich, nehmen Sie sie fest und bringen Sie sie hier her, damit wir sie verhören können.«

Inzwischen ist es dunkel geworden. Absolute Stille in der Passage du Désir. Sich Zeit nehmen, um nachzudenken. Ich tappe noch immer total im Dunkeln, aber wenigstens habe ich einige Spuren. Moreira und der Aufbau des Netzes? VL, Lestiboudois, der Club von Simon und der Weiterverkauf? Anna Berić und das Eintreiben der Gelder? Aber nichts, was mich der Mafia und den türkischen Rechtsradikalen näher bringt. Außer vielleicht die Präsenz der Zypern- und Orientbank. Also bescheiden bleiben im Bericht.

Zuerst die konkreten Ergebnisse, die er von Attali und Romero erhalten hat: ein paar Worte zu Moreira und Martens, um den Antrag für die telefonische Überwachung durchzubekommen, und das so schnell wie möglich. Nichts über die angewandten Methoden, logisch. Dann Bernachon-Aratoff, das ist schon fertig. Alles über die Masche von Simon. Die Liste der Abonnenten. Gezwungenermaßen. Die Reaktionen aus den oberen Etagen werden nicht auf sich warten lassen. Die beiden Geschichten müssen im Verantwortungsbereich meiner Gruppe bleiben. Die Verwicklung von VL und Moreira zeigt, dass es Verbindungen zum Drogenhandel gibt. Nichts über den CX und eine eventuelle Beschattung. Was Anna Berić und Meillant betrifft, so bleibt das mein Geheimnis.

Fertig. Es ist bereits nach 23.00 Uhr. Müdigkeit. Den Bericht auf dem Nachhauseweg einwerfen. Und ehrliches Bedauern darüber, dort nicht Soleiman vorzufinden. An seinen schlafenden Körper unter der orangefarbenen Decke denken. Die bronzefarbene Haut und der viel dunklere, fast schwarze Schwanz. Es lohnt nicht, zu Hause zu Abend zu essen. Sauerkraut und Eisbein unterwegs in einer Brasserie tun es auch.

13

Sonnabend, 15. März

10.00 Uhr, Passage du Désir

»Wir werden zuerst mit einigen Geschäftsleuten und Politikern beginnen, die Reihenfolge spielt dabei keine große Rolle.«

Thomas und Santoni hören zu und machen sich Notizen, erleichtert, dass Daquin die Sache in die Hand nimmt.

»Wir haben nichts gegen einen Mann, der regelmäßig Nutten aufsucht, welcher Sorte auch immer. Also spielen wir erst einmal die Gutmütigen. Aber wir wollen Licht ins Dunkel bringen, was den Mord an diesem Thaimädchen angeht, der am 29. Februar abends von einem gewissen Ikarus begangen worden ist. Also, sie geben uns ihre Pseudonyme, sagen uns, was sie am 29. abends gemacht haben, was sie gesehen haben, als sie an jenem Abend im Club vorbeigekommen sind … vorausgesetzt, sie sind so liebenswürdig. Und beharrlich wie wir nun einmal sind, würden wir auch gern wissen, ob sie Virginie Lamouroux kennen, unter welchen Bedingungen sie sie getroffen haben, ob sie ihre Dienste in Anspruch genommen haben, um an andere Mädchen und Drogen heranzukommen … Wir werden telefonisch mit ihnen in Kontakt treten. Natürlich zwingt sie niemand, sich mit uns zu treffen. Aber wir können ihnen sagen, dass wir einen Sexualmord an einem Kind aufklären, und dass wir andernfalls gezwungen wären, eine Untersuchungskommission einzusetzen und sie als Zeugen vorzuladen, und dass wir in diesem Fall weitaus weniger diskret wären. Hier die Liste mit den Namen, die angerufen werden müssen. Alles klar? Dann an die Arbeit.«

Als er wieder allein ist, fängt Daquin mit Lestiboudois an. Er ist nicht zu Hause, sondern im Internationalen Club von Lys in Chantilly, wo er Golf spielt:

»Monsieur Lestiboudois ist gerade angekommen.«

»Geben Sie ihn mir. Kommissar Daquin am Apparat.«

Es reicht, dass er den *Club Simon* erwähnt, um mit ihm ein

Treffen zu vereinbaren. Um 13.00 Uhr im Clubhaus von Lys.

»Ich werde mit einem meiner Inspektoren kommen.«

»Ich werde Sie in der Halle erwarten. Sie bleiben natürlich zum Mittagessen. Ich werde sofort einen Tisch bestellen.«

Und nun Kashguri. Warum der Neugierde widerstehen, ihn kennen zu lernen? Kashguri steht im Telefonbuch und hebt beim ersten Klingeln ab.

»Monsieur Kashguri? Kommissar Daquin, Rauschgiftdezernat. Störe ich Sie?«

»Ich arbeite. Was wollen Sie von mir?«

»Wir haben gerade Monsieur Simon wegen Zuhälterei in einem besonders schweren Fall verhaftet. Sie stehen auf der Liste seiner Kunden.«

»Das ist nicht verboten.«

»Das weiß ich genauso gut wie Sie. Aber ich würde Ihnen gerne ein paar Fragen über diesen Privatclubs stellen.«

»Und wenn ich ablehne?«

»Dann beauftrage ich eine richterliche Untersuchungskommission, die Sie vorladen und befragen wird in einer sagen wir … weitaus offizielleren Art und Weise.«

»Gut. Ich sehe in meinem Terminkalender nach. Ich kann Sie nächsten Mittwoch treffen, 10.00 Uhr. Ich würde lieber zu Ihnen kommen. Wo muss ich mich hinwenden?«

»Ich würde Sie gern früher sehen.«

»Das wird nicht möglich sein. Abgesehen davon kommen Sie mit dem richterlichen Bescheid auch nicht schneller voran.«

Daquin lässt etwas Zeit verstreichen.

»Mittwoch 10.00 Uhr, örtliches Kommissariat des 10ten Arrondissements, Passage du Désir, Büro Kommissar Daquin. »

Er legt auf, starrt einen Moment bewegungslos auf den Apparat. Das wird nicht einfach werden.

13.00 Uhr, Rue Piat

Einen ganzen Vormittag in einem R5-Lieferwagen vor Martens Haus warten. Altes Gebäude, aber gut renoviert, genau gegenüber vom Park Belleville. Ohne Frage einer der schönsten Blicke auf Paris. Radio, Kreuzworträtsel, den ganzen Vormittag, verdammt langweilig. Martens geht zu Fuß. Anzug, Krawatte, nüchterne und klassische Eleganz. Ein paar Schritte weiter, an der Ecke Rue Piat, Rue des Envierges, betritt er ein Restaurant. Er wird wie ein Stammgast empfangen. Ein bereits reservierter Tisch am Fenster. Er bestellt eine Flasche Champagner. Da kommt eine bezaubernde junge Frau herein, schwarze Haare und dunkle Augen, ein offenes und lebendiges Gesicht. Sie zieht ihren langen grauen Mantel aus. Darunter trägt sie ein hautenges, superkurzes orangefarbenes Kleid. Romero pfeift anerkennend.

Ein Mittagessen mit reichlich Wein, offenbar sehr unterhaltsam. Und ich stehe draußen, friere und habe nichts zu beißen. Ist das wirklich der Job, den ich immer haben wollte?

Dann kommen beide heraus, Arm in Arm, und gehen wieder Richtung des Gebäudes. Dieser Typ ist ein Schwein und Glückspilz zugleich. Romero nutzt die Pause, um ein Sandwich zu essen.

13.00 Uhr, Chantilly

Mit Santoni im Dienstwagen Richtung Chantilly. Daquin braucht nicht lange, um zu merken, dass ihm jemand folgt. Es ist nicht mehr der CX, sondern ein Peugot 405. Die Beschattung ist viel diskreter als beim letzten Mal. Aber der Verkehr ist auch dichter. Daquin hält vor einem Kiosk an, notiert das Kennzeichen, als der 405 an ihm vorbeifährt. Dann fährt er weiter bis zum Club Lys, ohne sich weiter Sorgen zu machen. Santoni hat nichts bemerkt.

Ankunft im Club Lys. Daquin hasst Golfklubs. Kindheitserinnerungen kommen wieder hoch, all jene Wochenenden, an denen er diesem luxuriösen und pseudoenglischen Ambiente ausgesetzt war. Schluss damit. Denk an etwas anderes. Eine Migräne pro Woche reicht.

Lestiboudois hat sie gesehen und geht auf sie zu. Ein kleiner Mann mit weißen Haaren, liebenswürdig und ein wenig rundlich, elegant gekleidet mit einer beigefarbenen Weste aus

Wolle und Wildleder über einem braunen Sporthemd und einer dazu passenden Samthose. Er führt sie in den Speiseraum. Ein reservierter Tisch, etwas abseits nahe einer großen Fensterfront. Weiße Tischdecken. Erstklassiger Service. Aperitif? Daquin bestellt einen Margherita, Santoni einen Whisky, Lestiboudois ebenfalls.

Daquin setzt sich mit dem Rücken zur Fensterfront, um nicht die künstlich grüne Golffläche und die sorgfältig gekennzeichneten gelben Markierungen der Löcher sehen zu müssen. Er erinnert sich: Er war noch ein Kind, an jenem Sonntag an der Golfbar von Saint Cloud. Sein Vater saß in einem riesigen Ledersessel, trank Whisky und erzählte von der letzten Golfpartie, Schlag für Schlag und mit einer emotionalen Anteilnahme, die er ausschließlich für diesen Sport aufbrachte. Er hatte nur acht Schläge benötigt, er, der Sonntagsspieler, der normalerweise 15 bis 18 Schläge für ein Loch brauchte. Die Partie seines Lebens. Währenddessen befand sich seine Mutter unter dem Einfluss eines Tablettencocktails zwischen Leben und Tod. Als sie nach Hause kamen, war sie bereits tot. Und der kleine Théo hatte gedacht, dass sein Vater davon gewusst hatte. Deshalb hat er an jenem Tag so gut gespielt. Und ich, ich habe ihm als Alibi gedient.

Lestibudois legt seine Hand auf den Unterarm von Daquin.

»Alles bestens?«

»Alles bestens, Monsieur Lestiboudois. Um ganz offen mit Ihnen zu reden, es fällt mir nicht gerade leicht, mir Sie in diesem Zirkus vor der Kamera bei Simon vorzustellen.«

»Sie haben ganz recht. Ich habe mich niemals aufs Bett gelegt.«

Der Oberkellner kommt und bringt eine gemischte Grillplatte und dazu einen frischen Saumur.

»Erklären Sie uns doch, was es mit diesen monatlichen Zahlungen auf sich hat?«

»Ich bin Leiter der Außenhandelsabteilung einer großen französischen Kosmetikfirma …«

»Wir wissen Bescheid.«

»In dieser Stellung empfange ich ausländische Kunden aus aller Welt, mit denen ich sehr umfangreiche Verträge abschließe.

Paris hat einen gewissen Ruf. Wenn sie hier ankommen, wollen sie … (Zögern, Scham?) seien wir offen, sie wollen Ärsche. *Les Folies Bergères* oder das *Crazy horse* entspricht nicht mehr den heutigen Bedürfnissen unserer Kunden. Vielleicht denen von Außenhandelsvertretern von Chrysler aus Iowa oder dänischen Bauern, aber nicht von Leuten, mit denen wir verhandeln. Die speziellen Agenturen, die Callgirls zur Verfügung stellen – sehr hübsche Mädchen, mehrsprachig, in der Lage, unsere Kunden zu einem Abendessen zu begleiten oder zu anderen Veranstaltungen und anschließend mit ihnen zu schlafen – haben schon eher das Niveau, das Geschäftsleute wünschen. Wir machen auch davon Gebrauch. Aber der *Club Simon* ist eine geniale Idee, glauben Sie mir. Wir haben dort die tollsten Mannequins gefunden, die unsere Kunden manchmal sogar von Fotos aus Zeitschriften kannten und die wissen, wie man eine gewisse Natürlichkeit bewahrt. Und dann dieser geheime Ort, die Abonnenten, ein Pseudonym, ein Schlüssel, das alles ist sehr erregend. Und nicht zuletzt die Videokassette … Damit reisen sie dann hoch erfreut ab. Ein wirklich persönliches Andenken und kein Kitschfilm aus dem frivolen Paris. Einige sind bereits öfter gekommen und haben ihre eigene Videokassette wieder mitgebracht, auf der sie schon einen Vorspann erstellt haben. Ich denke, dass der *Club Simon* uns geholfen hat, ein paar wirklich große Verträge an Land zu ziehen. Eine gute Investition.«

»Zahlt das Ihr Unternehmen?«

»Natürlich. Inklusive der allgemein anfallenden Spesen. Ich begleite unsere Kunden dorthin, vergewissere mich, dass alles in Ordnung ist, und haue dann wieder ab.«

»Welches Pseudonym benutzen Sie?«

»Homer. Ich glaube, alle Pseudonyme sind mehr oder weniger der griechischen Antike entlehnt.«

»Gut, kommen wir zu den Mädchen, die sie dort treffen. Letztendlich sind es aber nicht nur Mädchen?«

»Nein. Nicht immer.« (Lestiboudois läuft rot an.)

»Bleiben wir bei den Mädchen. Wer spielt den Vermittler?«

»Simon hat uns die Adresse und Telefonnummer von einer gewissen Virginie Lamouroux gegeben. Ich rufe sie gewöhnlich einige Tage im Voraus an und sage ihr ungefähr, was wir brauchen, und sie kümmert sich dann um alles. Das lief immer prima. Und hat weitaus weniger gekostet als die klassischen Callgirlagenturen.«

»Wie führen Sie die Zahlungen aus?«

»In unserem Fall haben wir uns damit einverstanden erklärt, dass die Mädchen nichts von den Kunden erhalten, sondern ihre Rechnungen am nächsten Tag direkt an uns schicken, an die Firma. Ich überprüfe alles. Wenn es etwas zu beanstanden gibt, regle ich das mit Virginie. Ein tolles Mädchen, Kommissar. Na gut, es ist vielleicht eine sehr spezielle Tätigkeit, aber sie macht das, um ihr Studium zu finanzieren, wissen Sie?«

»Ja, ich weiß. Sie will Museumskonservatorin werden. Wie kontaktieren Sie sie?«

»Ich rufe sie an. Aber ich ereiche sie immer nur auf ihrem Anrufbeantworter. Sie ruft mich noch im Laufe des Tages zurück. Was den Zahlungsverkehr betrifft, so schickt sie mir ihre Rechnung und ich überweise die Summe an ihre Postadresse.«

»Und das gehört ebenfalls noch zu den allgemeinen Ausgaben Ihres Unternehmens?«

»Selbstverständlich.«

»Noch einige Nachfragen. Wer hat Sie mit dem *Club Simon* bekannt gemacht?«

»Monsieur Hershel, ein sehr bekannter Industrieller der Mikroinformatik. Ebenfalls ein Sektor, der stark vom Druck der ausländischen Konkurrenz betroffen ist.«

»Haben Sie manchmal den Dienst von jungen thailändischen Mädchen in Anspruch genommen?«

»Nein, ich glaube nicht. Das passt nicht in unser Pariskonzept.«

»Haben Sie am Freitag, den 29. Februar, ein Studio gemietet?«

»Nein, Kommissar. Wir mieten nur unter der Woche an. Am Wochenende kehren unsere Kunden nach Hause zurück.«

»Zu ihren Familien ...«

»So ist es. Zu ihren Familien.«

»Werden während dieser Abende Drogen konsumiert?«

»Nicht, dass ich wüsste. (Lestiboudois läuft wieder hochrot an.) Aber es ist nicht ausgeschlossen. Ich war nicht dabei.«

»Nun sagen Sie schon, es handelt sich doch nur um ein Privatgespräch.«

»Einige Kunden haben so etwas angedeutet. Sie haben mir gesagt, dass ihnen die Mädchen alle möglichen Substanzen besorgen könnten, je nachdem, was sie wünschen. Sie müssten nur danach fragen. Ich tat, als verstünde ich nichts davon.«

»Und auf den Rechnungen?«

»Da taucht es nicht auf.«

»Vielleicht nicht direkt, aber unter einem anderen Posten?«

»Na ja, gewisse Rechnungen sind höher als andere. Ich habe Virginie einmal deswegen gefragt, sie hat mir eine Liste der Produkte gegeben, die an jenem Abend von unseren Kunden bestellt worden sind.«

»Um welche Produkte handelte es sich?«

»Haschisch und LSD, an diesem Tag. Hören Sie, Kommissar. Ich bin mir bewusst, dass das Ganze weder sehr legal noch sehr moralisch ist. Aber wir befinden uns in einem wahren Wirtschaftskrieg, wir dürfen keine Schwäche zeigen angesichts der ausländischen Konkurrenz. Das würde bedeuten, dass Frankreich selbst schwach wird.«

»Geben Sie sich nicht so viel Mühe, Monsieur Lestiboudois. Wenn ich wollte, könnte ich die Argumente an Ihrer Stelle ausführen.«

Ein Eis, ein Kaffee.

»Danke für alles, Monsieur Lestiboudois.«

Rückkehr. Santoni fährt. Daquin auf dem Beifahrersitz.

Ruhe.

»Wenn ich das Lavorel erzähle, wird der seine wahre Freude daran haben. (Und ein paar Kilometer weiter:) Golfspieler sind zu allem fähig.«

Santoni ist perplex.

16.15 Uhr, Passage du Désir

»Chef, ich habe gute und schlechte Nachrichten. Mit welcher soll ich anfangen?«

»Fangen Sie damit an, mir einen Kaffe zu machen, Attali. Und dann zuerst die schlechte.«

»VL scheint unauffindbar. Sie hat nicht bei ihrer Freundin übernachtet, keine Nachricht hinterlassen und Sobeskys Sohn hat sie nicht wiedergesehen. Niemand seiner Angestellten hat seit gestern Mittag etwas von ihr gehört.«

»Darum kümmern wir uns morgen früh. Und die gute?«

»Die Einheit des Rauschgiftdezernats, die die Läden seit letzten Montag überwacht, hat ein dickes Paket Fotos dagelassen. Ich habe damit gearbeitet und sie mit den unseren verglichen. Ich habe eine Akte erstellt mit ungefähr dreißig Gesichtern, sozusagen der harte Kern, der die Läden frequentiert. Man muss sie nur noch identifizieren. Wir könnten mit den zweiundzwanzig Namen, die wir von der Einwanderungsbehörde haben, beginnen. Das kann unter Umständen lange dauern und wir müssen eine ganze Menge Leute befragen.«

»Das glaube ich nicht. Ich kümmere mich darum.«

»Die Kollegen vom Rauschgiftdezernat haben uns mitgeteilt, dass Freitag niemand von den Stammkunden, abgesehen vom Verwalter, seine Nase reingesteckt hat.«

»Gestern also? Schau mal einer an, das interessiert mich. Wir sollten sie bitten, die Überwachung bis Montag zu verlängern.«

»Glauben Sie, dass die Drogenhändler aufgehört haben, die Läden zu besuchen, nachdem sie von der Verhaftung von VL gehört haben?«

»Das ist gut möglich. Nichts weiter?«

»Doch. Der amerikanische Vertragspartner von Sobesky ist in Paris.«

»Na los, erzählen Sie schon!« (Daquin ist auf einmal sehr gespannt).

»Sobesky hat gestern Abend mit einem Hersteller telefoniert, mit dem er sich am Wochenende in Deauville verabredet hatte. Er hat ihm abgesagt, dass sein Vertragspartner aus New York unvermutet eingetroffen sei. Er isst heute mit ihm zu Abend.«

»Hat Baker ihn nicht angerufen?«

»Nein. Ich habe alles noch einmal abgehört. Keine Spur.«

»Donnerstag oder Freitag ist Baker in Paris. Freitag verschwindet VL. Die Läden sind aus dem Rennen. Besteht da ein

Zusammenhang?«

»Warten Sie, das ist noch nicht alles. Sobesky hat sich am Telefon aufs Heftigste mit seinen Vertretern gestritten, fast den ganzen Freitag lang. Sie wollen seine neue Kollektion von wetterfester Kleidung nicht übernehmen, die Preise seien zu niedrig, die Gewinnspanne nicht groß genug.«

»Interessant.«

»Diese Regenkleidung wird Ende des Monats geliefert. Sie kommt aus Rumänien.«

Rumänien: sechshundert Kilometer gemeinsame Grenze mit Bulgarien.

18.00 Uhr, Villa des Artistes

Taxi. Nach Hause, Sachen wechseln, ein Bad nehmen, ein bisschen lesen und sich dann mit Lenglet treffen. Mit einem Schlag kommen Müdigkeit und Erschöpfung hoch. Wahrscheinlich wird er verfolgt, und wenn er nach Hause kommt, wird Soleiman nicht da sein, und das ist sehr schade. Er öffnet die Tür und hält augenblicklich inne. Dann schließt er die Tür hinter sich, ohne Licht zu machen. Es riecht nach kaltem Rauch. Nicht stark genug, dass ein Raucher es bemerken würde, aber für ihn, der keine Zigarette bei sich duldet, besteht kein Zweifel. Ein Unbekannter ist hier gewesen und ziemlich lange geblieben, hat eine oder mehrere Zigaretten geraucht. Warum? Um Dokumente zu suchen? Hier gibt es nichts. Um Wanzen zu legen? Bomben? Wenn ich Licht anmache, könnten sie explodieren. Aber wenn ich kein Licht mache und gleich wieder weggehe, wird der Mann, der mich verfolgt und wahrscheinlich in diesem Moment im Hauseingang wartet, wissen, dass ich gewarnt bin. Und wenn es die Drogenhändler sind, verringern sich meine Chancen deutlich, sie dingfest zu machen. Daquin setzt sich hin, mit dem Rücken zur Wand und streckt den Arm Richtung Lichtschalter. Das Licht geht an.

Nichts passiert. Gut. Er setzt sich auf den Boden, atmet durch, versucht sich zu entspannen. Jetzt hat er Zeit zum Nachdenken. Jemand ist ihm auf der Spur. Um zu wissen, wie weit er mit den

Ermittlungen ist? Aber es gibt weitaus einfachere und unauffälligere Methoden sowohl für konkurrierende Polizeieinheiten als auch für die Drogenhändler. Oder vielleicht, um Druck auf ihn auszuüben und ihn auf die eine oder andere Weise zum Auspacken zu bewegen? Leute, die wissen, dass er schwul ist. Das sind nicht gerade wenig. Das ist gut möglich. Also platzieren sie Wanzen bei ihm. Das ist am wahrscheinlichsten. Aber dennoch unnötig, solch ein Risiko einzugehen. Ich werde mich nicht fortbewegen und morgen das Haus von Spezialisten durchsuchen lassen. Noch zwei Stunden, bis ich Lenglet treffe. Er versucht, es sich so bequem wie möglich zu machen. Aber nichts zu lesen zur Hand. Erinnerung an seinen Vater, wie mittags beim Golf. Autoritär und kalt. Er hat seinen Sohn niemals berührt. Kein Kuss, nicht mal eine Umarmung. Er zog Handschuhe an, wenn er mit seiner Frau schlief, seiner Mutter. Und meine Mutter, die sich mit Alkohol und Tabletten zudröhnte, um ihren Ehemann zu vergessen, meinen Vater. Die glücklichsten Momente seiner Kindheit, die endlosen Spaziergänge im Wald, in den Ferien bei seiner Großmutter. Und dann die Vergewaltigung im selben Wald, er war dreizehn Jahre alt. Das Jahr, in dem seine Mutter gestorben ist. Auf einmal ein beklemmender Gedanke: Ich habe keine Mittel, um Soleiman zu beschützen. Und ein Bild: der bronzefarbene Körper unter der orangefarbenen Bettdecke. Schlafend, leblos. Ich will nicht, dass du stirbst.

17.00 Uhr, Hippodrome de Vincennes (Pferderennbahn)

Martens am Lenkrand seines R5 fährt auf den Parkplatz, der den Eigentümern und den Trainern vorbehalten ist. Romero lässt ihm einen kleinen Vorsprung, dann zeigt er seine Dienstmarke. Der Kontrolleur zieht die Augenbrauen hoch, lässt ihn aber durch. In der Zeit, die er zum Einparken braucht, verliert er die Spur von Martens. Romero geht in die Vorhalle der Rennbahn und holt sich das Nachtprogramm, das in zwei Stunden anfängt. Im zweiten Rennen »Rheingold«, Eigentümer D. Martens. Er betritt den Bereich der Rennställe und findet die Pferde für das zweite Rennen. Und dort zwischen den zahlreichen Boxen sieht er Martens ganz aufgeregt, um einen sehr hübschen, kleinen rotbraunen Traber herumlaufen.

Als Romero zu ihnen stößt, drängen der Jockey und der Pferdejunge Martens gerade aus der Box.

»Gehen Sie aus dem Weg, Sie machen die Pferde ganz nervös. Los, gehen Sie einen trinken, wir sehen uns nach dem Rennen.«

Romero zögert nicht lange und packt ihm am Arm, nimmt ihn mit und sagt lachend:

»Na, so ist das halt. Kommen Sie, wir gehen einen trinken.«

Martens stützt sich auf seinen Arm und folgt ihm. Er will nicht ins Restaurant mit Panoramablick, er möchte lieber in der großen Halle bleiben, wo sich die Wettenden drängen, diese Anonymität gefällt ihm besser. Beide bestellen einen Pastis an der Bar im Erdgeschoss. Es herrscht ein ziemliches Gedränge, aber es besteht dennoch keine Gefahr, sich aus den Augen zu verlieren. Martens hängt sich an Romero ran, als gehöre dieser mit einem Schlag zur Familie.

»Wissen Sie, es ist das erste Mal, dass eines meiner Pferde in Vincennes läuft.«

»Haben Sie viele Pferde?«

»Nein, nur zwei. Sie werden in Orne, zweihundert Kilometer von Paris entfernt, trainiert. So bin ich gezwungen, große Strecken zurückzulegen, um sie zu sehen. Dennoch verpasse ich nicht eines ihrer Rennen. Und Sie?«

Ungenau bleiben, wie könnte er sonst seine Anwesenheit in der Bannmeile der Boxen erklären? Aber Frage und Antwort sind nicht wichtig. Martens interessiert sich ohnehin nur für seine Pferde und sich selbst. Romero bestellt die nächste Runde Pastis.

»Haben Sie schon Ihre Wette für das erste Rennen abgeschlossen?«

»Nein, noch nicht.«

»Na, dann machen Sie es schnell. Ich warte hier auf Sie und anschließend gehen wir gemeinsam auf die Tribüne.«

Romero hat noch nie gewettet, weder auf der Rennbahn noch im örtlichen Wettbüro im Kiosk an der Ecke. Er beobachtet die Leute, die vor ihm dran sind, und setzt zweimal zehn

Francs auf die 4 und die 11, zwei Pferde, die er zufällig gewählt hat. Und für das zweite Rennen fünfhundert Francs auf Sieg von »Rheingold«. Weniger geht nicht. Ob das als Spesen akzeptiert wird, ist eine andere Frage.

Sie gehen hoch auf die Tribüne. Martens ist ganz bleich, angespannt und wird immer schweigsamer. Romero ist von dem Spektakel gepackt. Die Scheinwerfer strahlen ein grelles Licht aus und das zu dieser Tageszeit. Die Jockeys kommen immer wieder an der Tribüne vorbei, mechanische Pferde, fliegende Pferde, verblüffende Starts. Und die aufbrausende Menge auf der Tribüne, die dann wieder leiser wird.

Es ist kalt. Die Pferde warten auf den Startschuss. Und los. Romero versucht die 4 und die 11 auszumachen, aber er kann sie nicht entdecken. Glücklicherweise ist der Speaker da, der das ganze Rennen begleitet und kommentiert. Betäubender Lärm kommt auf. Die 4 übernimmt die Führung, die Menge auf der Tribüne brüllt, die 4 gewinnt und die Tribüne ist im Nu leer. Bei Romero macht es klick und er dreht sich zu Martens: Ich habe gewonnen. Dünnes Lächeln von Martens: Glückwunsch.

»Sie sehen mir gar nicht gut aus. Ich lasse Sie jetzt nicht allein und hole mein Geld nachher ab.«

»Wissen Sie, für mich ist es wichtig, mein Pferd in Vincennes rennen zu sehen. Ich hätte nicht gedacht, dass es klappen könnte. Meine Farben auf diesem Platz. Aber wie Sie gesehen haben, ist die Bewertung nicht gerade gut.«

»Wie lange haben Sie die Pferde schon?«

»Fünf Jahre. Seit fünf Jahren stecke ich all meine Kohle und meine Wochenenden in die Pferde.«

Fünf Jahre mindestens fährt er schon diese Masche, denkt Romero. Die Pferde für das zweite Rennen sind bereits auf dem Feld.

»Rheingold« hat die Startnummer 5, grauer Jockeyumhang, orangefarbene Streifen und orangefarbene Jockeykappe.

Romero sieht das Mädchen vor sich: das Kleid, das sie zum Mittagessen trägt, dasselbe Orange und der graue Mantel. Ein Geschenk von Martens?

Die Pferde und ihre Jockeys sind startklar. Start von der gegenüberliegenden Bahn. Martens hängt sich an den Arm von

Romero. Der Speaker hat wieder seine gebetsmühlenartige Kommentierung aufgenommen. Die 5 verpasst den Start und verliert den Anschluss an die Gruppe. Romero ist überrascht: Herzrasen. Martens schwankt, brabbelt vor sich hin, spricht zu seinem Pferd, wie eine Mutter zu ihrem kranken Kind. Die Pferde rasen an der Tribüne vorbei. Betäubender Lärm von Pferdehufen und von der Tribüne. Die 5 verschwindet aus dem Blickfeld. Romero schafft es nicht, sie wiederzufinden. Da, auf der gegenüberliegenden Bahn ist sie, zieht nach außen. Letzte Runde: Die 5 entfaltet eine ungeheure Schnelligkeit, allein, ganz außen. Letzte Bahn rechts außen, der Speaker überschlägt sich, die 5 holt das vordere Feld ein, Spitzenleistung, mit wahnsinniger Geschwindigkeit erreicht sie die Ziellinie, passiert sie als Erste. Romero keucht und ist dermaßen hypnotisiert von dem Rennen, das die 5 hingelegt hat, dass er nicht einmal den Lärm auf der Tribüne hört. Er dreht sich zu Martens um, der kreidebleich auf der Bank sitzt. Er hat Tränen in den Augen.

»Entschuldigen Sie, aber mir ist schwindelig.«

Romero schaut ihn an: kein Wort mehr, sonst heult er los. Er fasst ihn unter die Arme und stellt ihn wieder auf die Beine.

»Wir müssen die Sieger empfangen gehen.«

Er stützt ihn beim Gehen.

Gedränge, Lachen, Umarmungen, Glückwünsche. Siegerehrung, Pokal. All das passiert ziemlich schnell. Der Jockey hat noch ein viertes Rennen, er hat kaum Zeit, sich um Martens zu kümmern. Der begleitet sein Pferd zur Box. Romero nutzt die Gelegenheit und lässt sich seinen Gewinn auszahlen, während das dritte Rennen beginnt. Er bekommt mehr als sein übliches Gehalt. Er findet, dass der Abend surrealistische Züge annimmt. Er rennt zur Pferdebox. Trifft dort auf Martens, der verliebt und jenseits von allem sein Pferd betrachtet. Es stimmt, es hat etwas, ein Pferd nach dem Rennen anzusehen: als hätte ihm die Kraftanstrengung nichts anhaben können.

»Kommen Sie, es ist vorbei. Das feiern wir.«

Martens kommt wieder zu sich.

»Einverstanden. (Zum Pferdejungen:) Sagen Sie dem Jockey, dass wir im Traber-Treff sind, für den Fall, dass er nach dem Rennen nachkommen will.«

Der Pianist spielt Jazz. Daquin setzt sich an den Tisch zu Lenglet, der ihn auf der roten Sitzbank korrekt im Anzug erwartet.

»Wie lief es heute am Quai?«

»So làlà. Momentan habe ich gerade die Nase voll von dieser muffigen Zentrale. Ich habe Lust, in den Mittleren Osten zurückzukehren, um in der ersten Reihe zu sitzen, wenn der Weltkrieg ausbricht, den uns Giscard für das neue Jahr angekündigt hat.«

»Glaubst du nicht daran?«

»Absolut nicht. So wenig wie du, könnte ich mir vorstellen. Ich erinnere mich daran, dass wir oft dieselben Analysen und Einschätzungen während unseres Studiums hatten.«

»Ja, aber das ist über zehn Jahre her. Ich habe vielleicht nicht mehr dieselbe Sicht auf die Dinge.«

»Steak tartare. Zweimal. Und einen frischen Beaujolais.«

»Hast du etwas über meinen speziellen Freund herausgefunden?«

»Ja, ich habe sogar eine ganze Menge herausgefunden. Aber Vorsicht, was den angeht. Geh die Sache nur an, wenn du absolut sicher bist, andernfalls bist du geliefert.«

»Stört es dich, wenn ich mir Notizen mache?«

»Überhaupt nicht, aber wie immer, von mir hast du es nicht. Beginnen wir von vorn. Er gehört zu einer der großen iranischen Familien von Großgrundbesitzern, die mit der Familie des Schahs verwandt ist. Er hat sein Studium im Ausland abgeschlossen und 1959 promoviert. Danach ist er in die USA gegangen und anschließend wieder in den Iran zurückgekehrt. Ab 1970 diente er als Vermittler für alle wichtigen Verhandlungen zwischen Frankreich und dem Iran, vor allem bei Eurodif. Er war es, der für den iranischen Beschluss verantwortlich war. Ich habe nicht die genaue Zahl parat, aber ich erinnere mich, dass es sich um mehrere Milliarden Francs gehandelt hat. Im Januar 1979 hat er Teheran verlassen, etwa zur selben Zeit wie der Schah, nur mit dem Unterschied, dass er nach Frankreich ging. Auf dem Flughafen wurde er von Regierungsmitgliedern empfangen. Das nur, damit du ein bisschen den Rahmen einschätzen kannst. Es scheint, als habe er noch viele Kontakte in den Iran, wo die politischen Auseinandersetzungen ziemlich komplex sind, zumal die iranische Zentralbank ihn zum Experten in einem Prozess bestimmt hat, den sie gegen die Bank of America anstrengt. Dort belaufen sich die Einsätze auf mehrere Milliarden Dollar. Er ist ebenfalls ›Berater‹ des parlamentarischen Untersuchungsausschusses über den Iran und Iran-Experte der französischen Regierung. Mit der Geiselnahme und der Erpressung der Amerikaner sowie der Kriegsdrohung und dem ganzen Rest momentan – ich brauche dir wohl nicht weiter auszuführen, was das bedeutet. Neben seinen mehr oder weniger offiziellen Tätigkeiten, für die er großzügig entlohnt wird, ist er – und das ist hier kaum bekannt – Handlungsbevollmächtigter der Zypern- und Orientbank für Europa und damit der Dreh- und Angelpunkt für jeden Waffenhandel im Mittleren Osten. Du kannst dir vorstellen, was das heißt. Das ist ein richtig mächtiger Mann.«

Daquin lehnt sich wieder zurück. Der Pianist geht das Stück *Blue Monk* an. Er trifft es nicht ganz, aber das macht nichts, es erinnert an die Großen. Ein Moment von immensem Glücksgefühl. Ein Feind, ein echter dazu. Eine Herausforderung, Gefahr.

Diesen Typen werde ich in den nächsten Tagen in der Hand haben.

Lenglet schaut ihn lächelnd an:

»Théo, eines Tages wirst du eins auf die Fresse bekommen.«

»Das ist nicht ausgeschlossen. Wenn ich mich davon wieder erholt habe, folge ich dir in den Mittleren Osten, und du stellst mich als Söldner ein.«

»Gehen wir so lange ein bisschen auf Jagd heute Abend?«

»Ich habe eher Lust, mich zu besaufen, aber ich begleite dich ein Stück.«

23.00 Uhr, Vincennes

Ein einfaches Bistro auf der anderen Straßenseite der Avenue Joinville. Pferdejungen, Jockeys, Trainer, Eigentümer, Spieler, diverse Betrüger, alles dreht sich ums Pferderennen. Martens kommt herein, gefolgt von Romero. Ein Gemurmel: Bei den Stammgästen ist er bereits bekannt. Er erreicht die Bar und ruft:

»Eine Runde für alle. Ich trinke auf mein Pferd ›Rheingold‹ und das zweite Rennen.«

Martens ist wieder der Alte, aber schon leicht betrunken. Romero weiß, wie er weitermachen muss. So wenig wie möglich trinken, dafür Martens maximal abfüllen und sich bereithalten, um ihn dann aufzulesen. Zwei Stunden in einem absolut überfüllten Bistro aushalten, inmitten eines unaufhörlichen Kommen und Gehens. Ihm ist schlecht, er hat nicht genug gegessen.

Und dann wird Martens plötzlich ohnmächtig. Die Aufregung, der Alkohol. Romero ergreift ihn schnell. Ich bringe ihn zu sich nach Hause. Niemand wundert sich darüber. Er trägt ihn bis zum R5. Frische Luft, ein paar Ohrfeigen und Martens kommt wieder zu sich, Romero hilft ihm beim Kotzen. Er nimmt sich aus seinen Taschen Auto- und Hausschlüssel, bevor er ihn in den R5 legt. Martens schläft während der Fahrt.

14

Sonntag, 16. März

1.00 Uhr, Rue Piat

Romero zieht den schlafenden Martens aus dem Auto. Kein Code am Hauseingang, nur eine Gegensprechanlage. Fahrstuhl, fünfter Stock. Tür öffnen, es funktioniert. Martens im Flur ablegen. Licht an und eine Runde durch die Wohnung machen: geräumig, gut ausgestattet, Küche, großes Wohnzimmer, Gästezimmer, vielleicht ein bisschen kalt. Im Eingangsbereich eine Wendeltreppe. Romero geht hinauf und findet dort verblüfft einen großen leeren Raum vor, eine riesige Fensterfront, die auf eine begrünte Terrasse zeigt, und von dort sieht man ganz Paris vom Montmartre bis zum Montparnasse. Um diese Uhrzeit ist die Stadt schwach beleuchtet, beeindruckend. Rechts neben der Treppe ein riesiges Bett und dahinter eine Badewanne mit zwei eingefassten Sitzplätzen. An der Wand Schränke und ein Waschbecken. Links von der Treppe ein Schreibtisch mit zahlreichen Schubfächern und einem Ausblick auf Paris, ein flacher Tisch und mehrere Kanapees. Romero öffnet ein paar Schubfächer. Dokumente, sorgfältig in Ordnern abgeheftet, versehen mit Namen und einer Nummer. Er blättert darin herum. Das hätte er nun nicht erwartet: eine Ablage, wie man sie in der Verwaltung lernt.

Romero geht hinunter, hievt den schnarchenden Martens über seine Schulter und trägt ihn keuchend bis ins Zimmer hoch. Martens schnarcht immer noch. Romero legt ihn aufs Bett und zieht vorsichtig seine Schuhe aus. Dann eilt er zum Schreibtisch, behält jedoch den Schlafenden im Auge. Martens verfügt über einen großen Vorrat von Aufenthalts- und Arbeitserlaubnissen, blanko, aber abgestempelt. Dazu das Verteilernetz: ausländische Botschaften ebenso wie wichtige französische Polizeibeamte. Keine Unternehmen. Nichts über Moreira. In der türkischen Botschaft gibt es einen gewissen Turgut Sener, der hundert Ausweise pro Monat kauft. Martens verkauft sie für 2.000 Francs das Stück. Genau in diesem Moment richtet sich Martens auf und brummt etwas vor sich hin. Romero geht rasch auf ihn zu, nur nicht zögern, zieht seinen Revolver und gibt ihm einen Hieb mit dem Revolvergriff hinters Ohr. Martens fällt wie ein Sack in sich zusammen. Romero vergewissert sich, dass er nicht tot ist, bevor er sich wieder dem Schreibtisch zuwendet. Morgen wird sich Martens höchstwahrscheinlich an nichts mehr erinnern.

Alle Akten durchsuchen und sich Notizen machen. Alles wieder an seinen richtigen Platz legen, um so wenig Spuren wie möglich zu hinterlassen. Es ist bereits fünf Uhr morgens, als Romero das Haus verlässt, nicht ohne noch einmal einen Blick auf das leuchtende Paris geworfen zu haben. Martens schläft den Schlaf der Gerechten. Licht ausmachen und die Schlüssel auf dem Boden vor der Eingangstür liegen lassen.

Romero geht nach Hause. Diese mittelmäßige Wohnung ... Zwei winzige Zimmer, Küche, Bad. Auf dem Hof Ruhe und Sonne, über ihm eine Fabrik für Pökelfleisch, ein toller Geruch, vor allem im Sommer. Er duscht lange, rasiert sich, wechselt seine Kleidung ... und findet das Bündel mit Scheinen in seiner Hose wieder. Die hatte er schon vergessen. Er legt sie sorgfältig in ein Schubfach seines Küchenschranks. Lust auf ein reichhaltiges Frühstück: Brot, Eier, Käse, Orangensaft und einen halben Liter Kaffee. Der Chef wird zufrieden sein und er, er hat sich wirklich gut amüsiert.

1.00 Uhr, Quartier de l'Opera

Eine Bar, tiefe Sessel, gedämpftes Licht, Klaviermusik, Begegnungen. Im Untergeschoss geht die Kontaktaufnahme rasch vonstatten. Lenglet geht schnell hinunter. Aber Daquin hat gar keine Lust, ihm zu folgen. In einen Sessel zurückgelehnt, in einer dunklen Ecke, nippt er an einem Cognac, die Augen halb geschlossen. Er wird trinken, bis die Nacht zu Ende ist, und an seine Mutter denken. Ab und zu lässt er seinen Blick schweifen. Wer ist es, der ihn überwacht? Vielleicht dieser Typ, um die Vierzig, der ein wenig verkrampft auf einem hohen Barhocker vor dem Tresen sitzt? Oder etwa einer von diesen charmanten

Jugendlichen, die die ganze Nacht lang an ihm vorüberziehen? Einer von ihnen setzt sich gegen Morgengrauen auf seine Knie.

»Na, mein Schöner, trinkst du allein?«

Daquin streicht ihm durch die Haare und küsst ihn auf die Stirn. Ein andermal vielleicht. Dann steht er auf. Geht schnell ins Untergeschoss Richtung Toiletten. Ein bekannter Schleichweg. Eine Tür mit der Aufschrift »Privat«, ein dunkler Gang, mehrere verschlossene Türen, am Ende eine andere Tür, eine Treppe, ein Hof, ein weiterer Hof. Und dann endlich eine Straße, die parallel zur Bar verläuft.

Der Tag bricht an. Es ist immer wieder hart, mit einem Schlag dem Licht ausgesetzt zu sein, nachdem man die ganze Nacht im Dunkeln getrunken hat. Dem Rausch erst gar keine Chance geben. Schnell bis zu den Les Halles laufen, die ganz in der Nähe sind. Telefonzelle, den Chef sprechen. Es ist 7.00 Uhr.

»Kommen Sie sofort vorbei!«

Taxi, entlang des Boulevards Malherbes bürgerliche Wohnhäuser, finsteres Viertel. Große Wohnung in der zweiten Etage, ruhig. Die Familie schläft wahrscheinlich noch. Der Chef führt ihn in die Küche, erfreuliche Überraschung: Ein kleines solides Frühstück erwartet ihn. Kaffee, Brötchen, Butter, Konfitüre, Orangensaft und Jogurt. Genau das Richtige, um diese Nacht zu verdauen. Daquin erzählt. Die Beschattung – mindestens zweimal ist ihm jemand gefolgt – und gestern der Besuch bei ihm zu Hause. Leute von uns oder Drogenhändler?

Dem Chef fällt die Kinnlade herunter. Eine Geschichte, die einen umhaut, zumal so unerwartet. Wem ist das zuzutrauen? Auf keinen Fall ein Risiko eingehen, nicht zulassen, dass auch nur irgendetwas einem seiner besten Kommissare zustößt.

»Ich werde mich persönlich um diese Angelegenheit kümmern. Lassen Sie mir Ihre Schlüssel da. Wir treffen uns heute Abend im Büro.«

Wenn Daquin nicht vollkommen verrückt geworden ist, wenn er wirklich verfolgt wird, wer ist es dann, der die Fäden zieht? Keine Ahnung.

Daquin lächelt Attali und Romero zu. Er fühlt sich kaum noch betrunken.

»Wer fängt an? Attali?«

»VL hat sich heute Morgen nicht auf dem Kommissariat blicken lassen.«

»Gut. An die Arbeit, Attali. Suchmeldung an alle Dienststellen. Und finden Sie mir alles über dieses Mädchen heraus: ihre Familie, ihre Freunde, ihre Kunden.«

Daquin dreht sich zu Romero, der ihm die Ereignisse seines Abends und seiner Nacht erzählt. Er fühlt das Interesse und das Vergnügen von Daquin und läuft zu Höchstform auf. Attali beneidet ihn.

»Martens verkauft an seine Interessenten echte Blankodokumente für 2.000 Francs das Stück. Die Sans Papiers zahlen dafür zwischen 5.000 und 7.000 Francs und erhalten sie mit ihrem Namen darauf. Das ist ein sehr einträgliches Geschäft. Aber ich glaube nicht, dass er direkt in Drogengeschäfte verwickelt ist. Sein Kundenkreis ist breit gefächert.«

Romero schiebt ihm seine Aufzeichnungen entgegen, die er letzte Nacht gemacht hat. Daquin überfliegt sie kurz.

»Kann dieser Martens Sie wiederfinden?«

»Mich wiedererkennen, ja, natürlich. Aber mich wiederfinden, unmöglich. Er weiß absolut nichts über mich, nicht einmal meinen Namen.«

»Er wird schnell merken, dass sein Schreibtisch durchwühlt worden ist, oder?«

»Nicht unbedingt. Ich habe die Akten einzeln herausgenommen und anschließend wieder genau an ihren Platz gelegt. Ich habe gut aufgepasst. Ich habe nur ein einziges Original mitgenommen.«

Und Romero legt ihm ein Blatt voll mit Zahlen und Daten auf den Schreibtisch. Jeden Monat zehn Blankoausweise. Einheitspreis 2.000 Francs. Daten der Lieferungen und Überweisungen. Adressat: Pierre Meillant. Daquin versucht gar nicht erst, seine Überraschung und seine Erregung zu verbergen.

»Romero, Sie haben wirklich das nötige Quäntchen Glück,

das einen guten Bullen auszeichnet. Natürlich kein Wort zu Thomas und Santoni, die Meillant nahe stehen. Und auf der türkischen Seite, was ist da herausgekommen?«

»Der Partner von Martens in der türkischen Botschaft, der ihm regelmäßig Ausweise abkauft, ist ein gewisser Turgut Sener. Das ist alles, was ich weiß. Die echten Ausweise der Türken, die uns erst auf die Spur von Martens und Moreira gebracht haben, scheinen nicht gekauft worden zu sein. Zumindest gibt es dafür keine Anhaltspunkte. Vielleicht handelt es sich dabei um ein Tauschgeschäft?«

»Wir müssen alles zusammentragen, was diesen Sener mit dem Sentier und den Drogen in Verbindung bringt. Wenn ich mich recht erinnere, haben Sie doch eine Kontaktperson in der Botschaft?«

»Ja, Kommissar.«

»Na, wunderbar, dann ist das genau der Moment, wo Sie ihn aktivieren können, wie unsere Leuchten vom Geheimdienst sagen würden.«

Romero fühlt sich nicht sehr wohl in seiner Haut. Aber es gibt nichts zu sagen. Vor zwei Monaten, als er anfing, mit Daquin zu arbeiten, hatte ihn eine Cousine angerufen: eine entfernte Verwandte (»Das ist die Enkelin der Schwester von einer unserer Urgroßmütter« – »Hör schon auf, ich kann dir nicht mehr folgen«) ist gerade in Frankreich gelandet. Sie ist Sekretärin in der türkischen Botschaft. Aha, interessant. »Sie möchte gern Franzosen treffen, ein bisschen ausgehen (um genau zu sein, ich habe den Eindruck, dass sie gern einen Franzosen heiraten würde, um der Türkei den Rücken kehren zu können, wohin sie keinen Fuß mehr setzen will).« Uhhh … Romero stellt sich sogleich eine vertrocknete olle Pflaume vor.

Seitdem hat er zweimal mit seiner entfernten Verwandten telefoniert, mehr aus professionellem Pflichtgefühl heraus, aber er hat sie niemals getroffen. Das Problem besteht im Großen und Ganzen darin, die telefonischen Kontakte zu vertiefen, ohne dass sie ihm zu nahe kommt. Ach was … ich werde es schon schaffen.

Neue Interviews mit den Abonnenten des Clubs von Simon. Der erste gesteht ohne Umschweife seine Zugehörigkeit zum Club, unter dem Pseudonym Minos (Minos, das würde auch gut zu einem Kindesmörder passen) und erzählt in etwa dasselbe wie Lestiboudois. Er ist im Ölgeschäft. Die arabischen Kunden haben die Abende im *Club Simon* sehr genossen. Gewöhnlich haben sie danach alle mitgenommen, Jungen und Mädchen, um die Nacht gemeinsam in den teuersten Nachtklubs von Paris zu beenden und dort in aller Öffentlichkeit ihre Videos zu zeigen, die sie gerade zuvor aufgenommen hatten. Sie waren sehr zufrieden mit ihrem Auftritt.

»Waren Sie dort?«

»Ich? Aber nein, niemals. Das hat man mir erzählt.«

Die Thailänderinnen: Niemals probiert, das ist nicht sehr pariserisch. Virginie Lamouroux kennt er nicht.

Der Zweite ist weitaus interessanter. Ein gewisser Lamergie, der in der Nahrungsmittelbranche tätig ist. Sein Pseudonym ist Thesaurus (Ah, sieh mal einer an!), und er gibt zu, dass er an den Abenden, die die Firma den ausländischen Kunden spendiert hat, immer teilgenommen hat. Die Dienste der Thailänderinnen hat er bereits mehrmals in Anspruch genommen. Als Daquin ihm mitteilt, dass es sich dabei um Mädchen im Alter zwischen zehn und vierzehn Jahren handelt, die wie Sklavinnen eingekauft und wieder an die Studios verkauft wurden, wo sie nackt eingeschlossen wurden, damit sie nicht abhauen können, scheint er nicht besonders schockiert zu sein und sagt dazu lediglich, dass er nicht auf dem Laufenden sei. Virginie Lamouroux kennt er gut, er hat sich in dieser Sache bereits mehrmals an sie gewandt.

Und am 29. Februar abends? Er holt seinen Terminkalender hervor. Genau, er war im Club, mit zwei Kunden und Mädchen, die Virginie Lamouroux besorgt hatte.

Namen? Estelle, Maud und Véronique, die anderen fallen ihm nicht mehr ein, aber er würde sie wiedererkennen.

Hat er an diesem Abend denn nichts bemerkt? Nein, der Abend endete ziemlich früh, gegen Mitternacht, schwierig, genauer zu sein. In der kleinen Halle im Untergeschoss hat er Virginie Lamouroux getroffen, die aus einer Filmkabine kam.

»Sind Sie sich dessen sicher?«

»Ja klar. (Er durchblättert seinen Terminkalender.) Das war das letzte Mal, dass ich im Club war. Ich habe Virginie Lamouroux gegrüßt, sie schien sehr gut drauf zu sein. Ich habe ihr vorgeschlagen, mit uns zum Abendessen zu gehen, aber sie hat abgelehnt.«

»War sie allein?«

»Ja.«

»Und erinnern Sie sich noch, aus welcher Filmkabine sie herauskam?«

Lamergie versucht noch einmal, sich in die Situation hineinzuversetzen.

»Ich kam aus dem hinteren Studio. (Daquin schaut schnell auf die vor ihm liegenden Notizen.) Virginie kam aus der Kabine, die sich gleich links am Fuße der Treppe befindet.«

Daquin wirft erneut einen Blick auf seinen Lageplan, aber er weiß schon Bescheid: Das ist das Studio, in dem sehr wahrscheinlich der Mord geschehen ist und das an Ikarus vermietet worden war.

Lamergie geht. Daquin flucht ein paar Mal lauthals und läuft im Büro hin und her und schlägt abwechselnd an die Wände, auf die Tische und Stühle: Wie konnte ich nur zulassen, dass dieses Mädchen abhaut? Lamouroux, verwickelt in einen Mord an einer Thailänderin ... Ich habe mich benommen wie ein frauenfeindlicher Idiot, ich unterschätze die Frauen eben immer noch.

Das ist genau der richtige Zeitpunkt, um am Sonntagmorgen in New York anzurufen. Es muss zwischen 10.00 und 11.00 Uhr sein, die Leute sind bereits aufgestanden, aber noch zu Hause. Daquin geht ins menschenleere Büro, ruft in New York an und trifft gleich beim ersten Versuch Franck Steiger zu Hause an. Ein sehr guter Freund, der für das FBI tätig ist. Sie haben ein Jahr lang in einer sehr heiklen Angelegenheit zusammengearbeitet und der Amerikaner ist ihm einen Gefallen schuldig.

»Steiger? Hier ist Daquin ... Ich brauche Ihre Hilfe. Kennen Sie Baker? Momentan leitet er eine große Prêt-à-porter-Bekleidungsfirma in New York und arbeitet intensiv mit dem Ausland zusammen.«

Schweigen auf der anderen Seite des Atlantiks. Und dann:

»Daquin, ich frage Sie nicht, warum Sie sich für ihn interessieren, aber kein Wort über diese Unterredung.«

»Selbstverständlich.«

»Er gilt als guter Bürger, der über jeden Verdacht erhaben ist. Er ist ein ehemaliges CIA-Mitglied. Von manchen wird er noch regelmäßig konsultiert, von uns oder von anderen.«

»Was verstehen Sie unter ›gilt als‹?«

»Nichts, was ich präzisieren könnte.«

»Eine letzte Frage: Wann hat er die CIA verlassen und was waren seine letzten Aufgaben?«

»Darüber weiß ich nichts. Kann ich Sie im Laufe des Abends zurückrufen? Nun, bei Ihnen ist es dann schon nachts.«

»Schicken Sie lieber ein Fax an den Sitz des Rauschgiftdezernats.«

»Ich werde in ein paar Monaten in Frankreich sein. Ich komme bei Ihnen vorbei.«

»Ich gebe Ihnen die Adresse von meinem derzeitigen Büro.«

»Passage du Désir ? Na hören Sie mal, von einer solchen Adresse kann man ja nur träumen ...«

14.00 Uhr, Paris

Erste Vollversammlung aller türkischen Mitglieder aus dem Sentier. Auf der Tagesordnung: Was tun nach zehn Tagen Verhandlungen angesichts der vom Ministerium getroffenen Entscheidung, ein Büro zu eröffnen, das eine Legalisierung unter bestimmten Bedingungen vorsieht, die aber nicht die Forderungen des Verteidigungskomitees berücksichtigt? Alle wissen, dass es eine heiße Diskussion geben wird. Bestenfalls würde eine Legalisierung, so wie sie von der Regierung vorgeschlagen wird, nur zehn bis zwanzig Prozent der türkischen Arbeiter betreffen. Um in Ruhe diskutieren und sicher vor den Lauschern des Geheimdienstes sein zu können, hat ihnen eine Gewerkschaft ihren ruhigen und gut ausgestatteten Versammlungsraum zur Verfügung gestellt: zweihundertfünfzig Sitzplätze. Und am Sonntag noch nicht ausgebucht. Der Saal füllt sich rasch: fünfhundert Personen, nur Männer, alle mit Schnurrbart. Hitzige Atmosphäre. Laute Geräuschkulisse, man muss schreien, um sich Gehör zu verschaffen. Und bald sieht man auch nichts mehr, da der Saal völlig verqualmt ist. Überall Schilder: Rauchen verboten. Überall Spuren von ausgedrückten Zigarettenstummeln auf dem Boden und auf den Stühlen. Im Eingangsbereich ein Kaffeeautomat. Die Mülleimer sind voll mit benutzten Plastikbechern, die auch sonst überall in der Halle und im Versammlungssaal herumliegen.

Auf dem Podium Soleimann, drei Franzosen, die die Vereinigung unterstützen und an den Verhandlungen teilnehmen, und ein türkischer Student, der sich bereit erklärt hat, für die Franzosen zu übersetzen. Soleimann eröffnet die Vollversammlung, indem er zugleich um die Bestätigung seiner Wahl als Generalsekretär bittet. Einstimmig durch Zuruf angenommen. Überwältigendes Glücksgefühl. Ich habe das erlebt, wenigstens einmal in meinem Leben. Er ruft die von der Vereinigung bei der Verhandlung vertretenen Positionen ins Gedächtnis der Anwesenden: Legalisierung aller Türken, die Arbeit haben. Die logische Schlussfolgerung daraus wäre daher die Zurückweisung der von der Regierung vorgeschlagenen Legalisierung. Enthusiastische Zustimmung. Der Student übersetzt wortgetreu.

Und nun, was machen wir jetzt? Die Vollversammlung wird mit vehement vorgetragenen und teilweise recht wirren Vorschlägen überschüttet.

Fangen wir wieder an zu streiken? Nicht einverstanden, wir verlieren Geld und der Regierung ist es egal.

Eine Demo? Wir haben schon mehrere organisiert, das reicht nicht mehr aus, wir müssen etwas anderes finden.

Der Student übersetzt immer noch.

Eine Bombe im Ministerium. Nicht sehr wirkungsvoll. Wir werden polizeiliche Maßnahmen lostreten und die Sympathie der Öffentlichkeit verlieren. Der Student übersetzt weiter.

In diesem Moment steht einer von den Schnurrbärtigen auf und unterbreitet ausführlich einen Vorschlag. Stille legt sich über den Saal. Um ihn herum erheben sich nach und nach mehrere Leute, zehn insgesamt. Donnernder Applaus. Soleimann ist kreidebleich. Der Student lehnt es schlicht und ergreifend ab, weiter zu übersetzen. Die Franzosen sind beunruhigt. Soleimann schlägt eine Unterbrechung der Sitzung vor und verlässt das Podium, um mit einigen Genossen zu diskutieren. Die Franzosen gehen herum, um sich das Gesagte übersetzen zu lassen: Die Vereinigung wird ihre Position noch einmal in Form einer Presserklärung bekräftigen und danach wird alle zwei Stunden ein Freiwilliger der türkischen Mitglieder von der ersten Etage des Eiffelturms springen. Ab Montag Mittag und so lange, bis die Regierung ihre Entscheidung zurücknimmt. Die Leute, die sich erhoben haben, sind die ersten Selbstmordkandidaten. Das versetzt die Franzosen vollends in Panik, da sie davon überzeugt sind, dass die Türken fähig sind, das tatsächlich zu tun.

Soleimann kehrt wieder auf das Podium zurück, die Versammlung wird fortgesetzt. Es gibt einen anderen Vorschlag: Morgen früh Boykott des vom Ministerium eröffneten Legalisierungsbüros. Kein Türke wird dort vorstellig werden, solange nicht die Position der Vereinigung die Basis der Legalisierung bildet. Und Soleimann verteidigt energisch seine Haltung: Das ist vielleicht weniger heldenhaft, aber realistisch und eine gemeinsame Aktion. Die Arbeiterklasse besticht durch ihre Solidarität und nicht durch Märtyrertum. Der Student übersetzt so weit er kann. Die Stimmung der Vollversammlung kippt. Soleimann erhält tosenden Applaus und die Entscheidung ist gefallen. Er ist schweißgebadet, seine Hände sind feucht. Einer der Franzosen zittert nervös.

Und jetzt den Boykott organisieren. Kleine Gruppen werden gebildet, um sogleich in die Bistros des Sentiers auszuströmen. Ungefähr fünfzig Mitglieder, darunter auch die Franzosen, haben sich für morgen früh vor dem Legalisierungsbüro verabredet, um, wenn notwendig, Leute vom Betreten abzuhalten.

Ende. Es ist 18.00 Uhr. Die Vollversammlung löst sich nur langsam auf, man geht ungern auseinander. Soleiman und die Franzosen gehen als Letzte aus dem Saal. Das Auge schweift über das hinterlassene Schlachtfeld, überall liegen Zeitungsfetzen, fettiges Papier, Plastikbecher und Zigarettenkippen herum. Es stinkt nach kaltem Rauch. Sie sind solidarisch in ihrer Angst:

Wenn der Boykott scheitert (und kann solch ein Boykott überhaupt Erfolg haben?), bleibt ihnen nur noch das Einsammeln der Leichen auf dem Champ de Mars, vor den Augen der herbeieilenden Touristen. Zumindest der ersten, bevor die Bullen alles abgeriegelt haben.

19.00 Uhr, Rauschgiftdezernat

Im verrauchten Büro herrscht eine gespannte Atmosphäre. Nicht wenig Leute sind versammelt: der Chef, sein Stellvertreter, ein Kollege von der Verbrechensbekämpfung, ein Repräsentant des Polizeipräsidiums, ein Techniker des Rauschgiftdezernats, ein Elektronikspezialist. Daquin kommt als Letzter hinzu. Zuerst ist er überrascht und dann amüsiert ihn die Versammlung.

Der Techniker liefert schnell eine »Zustandsbeschreibung«: im Erdgeschoss drei Mikros, versteckt in einem Möbelstück und verbunden mit einem draußen vergrabenen Aufnahmegerät, fast unmöglich, es ausfindig zu machen, wenn man nicht gezielt danach sucht. Im Zimmer der ersten Etage wurde eine Kamera im Sockel eines auf dem Schrank angebrachten Spotlights versteckt. Sie ist direkt auf das Bett gerichtet. Das war die Arbeit von Spezialisten, ausgestattet mit sehr gutem Material: eine sehr flache und leise Infrarotkamera, die sich einschaltet, sobald sich etwas in ihrem Blickfeld regt. Der Techniker hält inne.

»Was haben Sie mit dem Material gemacht?«

»Wir haben alles in diesem Zustand belassen und unsere Spuren wieder beseitigt.«

»Welche Abteilung könnte solches Material besitzen?«

»Die Mikros, jeder. Die Kamera meines Wissens nach, niemand. Auf jeden Fall habe ich ein Gerät diesen Typs noch nie gesehen.«

»Daquin, was meinen Sie?«

»Eine Möglichkeit wäre: Die Drogenhändler wissen, dass ich ihnen auf der Spur bin. Sie müssen etwas unternehmen. Indem sie mich verfolgen, indem sie Mikros verlegen, versuchen sie herauszukriegen, wie weit ich mit den Ermittlungen bin. Die Kamera ist eine andere Geschichte. Sie müssen gehört haben, dass ich schwul bin (Blick in die Runde), und haben sich wahrscheinlich vorgestellt, dass sie mich so erpressen, oder woanders Druck ausüben können, damit ich mich aus dieser Angelegenheit zurückziehe. Vieles ist denkbar. Es gibt aber noch eine andere Hypothese: Eine Einheit von uns will sich über das türkische Netzwerk auf dem Laufenden halten oder mit einer Erpressung eigene Ziele verfolgen.«

»Diese Hypothese weise ich zurück, im Moment jedenfalls. (Der Chef holt tief Luft.) Lassen wir alles, wie es ist. Wir lassen Ihr Haus ab morgen früh überwachen und werden die Monteure filzen, wenn sie dabei sind, die Geräte wieder auszugraben.«

Noch einige Überlegungen über die weitere Vorgehensweise und ihre praktische Umsetzung und alle gehen hinaus. Nur Daquin und der Chef bleiben zurück.

»Wenn es welche von uns sind, was ich nicht ausschließe, tippe ich auf die Spurensucher der Marseille-Amerika-Achse, die mit supermodernem Gerät ausgestattet sind. Wir werden es schnell feststellen. Auf die eine oder andere Weise werden sie wissen, dass wir was wissen, und niemand wird kommen und die Geräte herausnehmen. Wenn es die Drogenhändler sind, gibt es eine größere Chance, dass sie in die Falle gehen.«

Daquin in seinem Bett, allein unter der orangefarbenen Bettdecke, im Auge der Kamera. Der Wunsch, den sauren Geschmack auf der Haut von Soleiman wiederzufinden. Vergiss nicht, es ist ausgeschlossen, sich zu verlieben. Schade.

15

Montag, 17. März

7.00 Uhr, Métro Sentier

Eine kleine Gruppe Aktivisten aus Türken und Franzosen steht um Soleiman herum, wie vor zwei Wochen schon einmal. Angespannt und müde. Niemand hat geschlafen. Seit dem Ende der Vollversammlung haben sie das ganze Sentier in alle Richtungen durchkämmt, um den Leuten zu erklären, warum sie das Legalisierungsbüro der Regierung am heutigen Montag, den 17. März, boykottieren müssen. Für diejenigen allerdings, die den Anforderungen der Regierung entsprechen, ist es vielleicht ein bisschen zu viel verlangt, sich eine solche Chance entgehen zu lassen.

Soleiman aber setzt weiter »alles auf eine Karte«. Wenn der Boykott wirklich gelingen sollte, besitzt er definitiv die Führung im Sentier und behält weiter die Chance, die Forderungen Daquins zu erfüllen. Wenn der Boykott aber scheitert, ist er ruiniert und Daquin könnte weiter nach seinem Geschmack mit ihm sein Spiel treiben. Aber es scheint, als ob die Boykottidee Befürworter im Sentier gefunden hat. Vorwärts! Alle oder keiner. Gegen 2.00 Uhr morgens waren all jene, die am Café *Gymnase* vorbeikamen bereits auf dem Laufenden. Wenn der Boykott nicht schon ein breites Echo gefunden hätte, würden nicht überall Ordnungshüter herumschwirren.

Soleiman hat seit letzten Freitag nicht mehr geschlafen, seitdem ist er auch nicht mehr bei Daquin gewesen. Er hat seinen Lebensrhythmus dem der Vereinigung und der Cafés auf den Boulevards angepasst. Er schläft für einige Augenblicke auf dem Tisch oder in irgendeiner Ecke und schluckt Aufputschpillen, die ihm die Genossen vorbeibringen. Jeder im Sentier nimmt sie, um durchzuhalten, vor allem, wenn die Vorführungen in den Salons laufen und sie nicht selten mehr als vierundzwanzig Stunden an der Nähmaschine arbeiten. Die Pillen sind gut, denn sie bekämpfen den Hunger und dämpfen die Angst.

8.00 Uhr, Passage du Désir

Erste »Unterhaltung« mit einem Politiker: Caron, bretonischer Abgeordneter, erzkatholisch, von Anfang an im Club dabei. Nicht dasselbe Lied wie bei den Geschäftsleuten. Er hat ein informelles Gespräch mit der Polizei aus bürgerlichem Pflichtgefühl heraus akzeptiert. Aber sehen Sie denn nicht, dass es sich nur um niederträchtige Machenschaften handeln kann, mit dem Ziel, die Volksvertreter zu kompromittieren und mit ihnen die ganze Demokratie? Kein Beweis. Nicht die Spur einer Schecküberweisung oder einer anderen Zahlungsform, die ihn als Abonnenten überführen würde. Ich glaube also, dass es meine Pflicht ist, die Institution, der ich angehöre, zu schützen, und mache von meiner parlamentarischen Immunität Gebrauch und werde von nun an nicht mehr auf Ihre Vorladungen eingehen.

Kleine Arbeitsbesprechung mit Thomas, Santoni und den Kollegen der Sittenpolizei. Man wird sich heute Nachmittag noch mit Paternaud, einem radikalen Abgeordneten aus dem Südwesten, unterhalten, aber ich wette mit Ihnen, dass er genau das gleiche Lied singen wird. Das ist ihnen in Fleisch und Blut übergegangen. Wechseln wir also unsere Strategie. Es ist gut vorstellbar, dass gewisse Kunden regelmäßig die thailändischen Kinder missbrauchen und dass der Mord von einem von ihnen begangen worden ist. Stellen wir also eine Fotomappe zusammen, die wir den thailändischen Mädchen aus München und aus Zürich vorlegen und sehen wir, was dabei herauskommt. Mit ein bisschen Glück werden wir dadurch fünf oder sechs regelmäßige Nutzer ausfindig machen und diese können wir dann unter Druck setzen.

8.30 Uhr, Rue de la Procession

Furchtbar graues Wetter. Leichter Nieselregen. Ein wahrer Trauertag, dabei hatte der Frühling so herrlich angefangen. Schlechtes Zeichen? Die Gruppe richtet sich auf dem Bürgersteig vor dem Büro der Einwanderungsbehörde ein, rollt ein Transparent aus und wartet, tropfend und nicht sehr zuversichtlich. Die Büros machen um 9.00 Uhr auf. Um viertel vor Neun kommen einige Polizisten und drängen die Gruppe auf den Bürgersteig gegenüber ab. Kein Widerstand. 9.00 Uhr, die Türen des Büros gehen auf. Niemand, wirklich niemand ist da!!! Das ist kaum zu glauben. Um 10.00 Uhr kommt ein Türke die Rue de la Procession herauf und betritt das Gelände der Einwanderungsbehörde. Als er das Transparent sieht, geht er über die Straße und wendet sich an Soleiman, der ihm erklärt, warum sie das Büro boykottieren. Dem Mann leuchtet es ein und er entschuldigt sich für sein Kommen: Er hätte davon nichts gewusst, denn er war gestern nicht im Sentier. Er verabschiedet sich von allen und geht dann Richtung Métro. Auf dem Bürgersteig bricht ein wahrer Freudentaumel los. Die Franzosen umarmen sich, ein Türke hat Tränen in den Augen. Der Regen tut dem ganzen keinen Abbruch mehr.

Während des ganzen Tages kommen nur fünf Türken in die Rue de la Procession. Aber niemand betritt das Legalisierungsbüro der Regierung. Der Minister muss verhandeln, ja, er wird verhandeln. Wir werden morgen wiederkommen.

10.00 Uhr, Passage du Désir

Telefonanruf beim Zoll.

»Na, wie sieht es aus mit Sobesky und Rumänien? Haben Sie seit letzten Freitag etwas herausfinden können?«

»Ja. Es handelt sich um Regenmäntel, hergestellt in Rumänien. Ein beantragtes Transitvisum für fünftausend Artikel, die in Le Havre bereitliegen, Zielort New York, Firma Blue and Stripes, Verwalter John D. Baker. Datum: Ende März, der genaue Tag wird kurz vorher bestimmt. Und: im Anhang Import von zwanzigtausend Regenmänteln von Francimper, einer neuen Marke, erfunden von Sobesky. Entschuldigen Sie, aber die Akte ist uns letzte Woche durch die Lappen gegangen. Sie war bei den Transitanträgen abgelegt worden … Und dann haben wir bei Bulgarien gesucht …«

»Es geht eben nichts verloren. Wann werden Sie das genaue Datum wissen?«

»Wir müssten es die nächsten Tage erfahren.«

»Geben Sie mir sofort Bescheid. Und haben Sie noch etwas anderes in der Akte gefunden?«

»Der Transport ist durch die Gesellschaft Eurorientcar versichert, Sitz in München mit Außenstelle in Gennevilliers.«

10.00 Uhr, Avenue Jean-Jaurès

Romero hat sich aufs Bett gelegt. Er blättert in einem Comic, um sich die Zeit zu vertreiben. Er wartet auf den richtigen Zeitpunkt, um mit seiner entfernten Cousine in der türkischen Botschaft zu telefonieren. Ein volles Glas Whisky, um sich vorher ein wenig Mut anzutrinken. Klingeln.

»Ja.«

Er erkennt ihre Stimme.

»Guten Tag, Yildiz. Romero am Apparat.«

«Ah, Romeo das freut mich, von Ihnen zu hören. Ich glaubte schon, Sie würden mich nie wieder anrufen.«

Eine tiefe Stimme, ihren Akzent könnte man fast charmant nennen, wenn die Dame nicht die dumme Angewohnheit hätte, ihn Romeo zu nennen.

»Sind Sie allein in ihrem Büro?«

»Im Moment schon. (Mit einem Lachen:) Warum? Wollen Sie hier vorbeikommen?«

»Machen Sie sich doch nicht lustig über mich, Yildiz. Kennen Sie einen Turgut Sener?«

»Ja, sehr gut sogar, das ist der Attaché für Soziales in der Botschaft. Wir arbeiten in denselben Räumlichkeiten, im Nebengebäude des Boulevard Malesherbes. Wollen Sie, dass ich Sie miteinander bekannt mache?«

»Nein, ganz und gar nicht. Ich bin im Rahmen meiner Arbeit auf ihn gestoßen. (Schweigen.) Es wäre mir auch sehr peinlich, wenn er erfahren würde, dass ich etwas über ihn wissen wollte. (Romero hat das Gefühl in eine Sackgasse geraten zu sein.) Yildiz, haben Sie Lust, mit mir essen zu gehen? Es wäre einfacher, von Angesicht zu Angesicht über diese Angelegenheit zu reden.«

»Ich würde mich sehr freuen.«

»Heute abend, 20.30 Uhr im Hippopotamus, Boulevard des Italiens?«

»Ich werde da sein, Romeo.«

Romero legt auf, er fühlt sich gar nicht wohl in seiner Haut.

11.00 Uhr, Orléans

Attali, der in seiner Kindheit nur Algier und später Marseille und Paris kennen gelernt hat, fühlt sich in dieser provinziellen Ruhe und ohne Hektik einfach nicht wohl. Monsieur Lamouroux ist Apotheker in der Rue Jeanne d'Arc, der Hauptstraße von Orléans. Er wird ihn vielleicht später aufsuchen. Gleich hat er ein Treffen mit Madame Lamouroux, die ihn zu Hause erwartet, Boulevard de Verdun, ein paar Meter vom Bahnhof entfernt. Eine breite Straße, eingerahmt von Bäumen, geradezu menschenleer am Ende dieses regnerischen Vormittags. Ein großes Bürgerhaus, um die Jahrhundertwende erbaut, umgeben von einem kleinen Garten. Keine Klingel, stattdessen eine Glocke. Eine charmante Dame öffnet ihm die Tür und erwartet ihn auf der Eingangstreppe. Um die Fünfzig, strahlendes Lächeln, graue Haare, kleines braunes Kostüm mit rosa Bluse. Attali möchte sie am liebsten vor ihrer missratenen Tochter beschützen. Sie lässt ihn ins Wohnzimmer eintreten, hinter ihrem Lächeln wirkt sie beunruhigt. Sie hat seit einigen Tagen nichts mehr von ihr gehört, aber das ist doch nichts Ungewöhnliches, warum denn gleich die Polizei?

»Wie ich Ihnen bereits am Telefon sagte, suchen wir Ihre Tochter als Zeugin in einer wichtigen, aber auch gefährlichen Angelegenheit. Sie wohnt nicht mehr in ihrer Pariser Wohnung und hat seit Freitag niemanden mehr ein Lebenszeichen gegeben. Es ist durchaus möglich, dass sie versucht hat zu verschwinden, nachdem sie das Ausmaß der Angelegenheit, in die sie verstrickt ist, erkannt hat. Es wäre wirklich besser für sie, wenn wir es sind, die sie als Erste finden würden.«

»Um was für eine Angelegenheit handelt es sich denn?«

(Ganz kleinlaut.)

»Drogen und Zuhälterei mit Minderjährigen.«

»Virginie, ein so liebes und ernsthaftes Mädchen! Unsere einzige Tochter. Sie schreibt uns jede Woche. Und kommt uns ein- oder zweimal in der Woche besuchen.«

»Wann kam sie zum letzten Mal bei Ihnen vorbei?«

»Am 6. März, sie kam zum Abendessen und blieb bis zum nächsten Morgen.«

»Hat sie Ihnen von ihrer Reise ins Ausland erzählt, die sie gerade unternommen hatte?«

»Nein, gar nicht. Sie hat uns von ihrem Studium erzählt. Alles läuft sehr gut bei ihr, es sieht so aus, als würde sie es bald abschließen.«

Ihr Zimmer: an der Wand Blumentapete, Rosensträuße, an den Fenstern rosa Vorhänge, auf dem Bett, kein Doppelbett, eine rosa Tagesdecke mit Volants, Plüschtiere. Ein kleiner Schreibtisch aus Holz und Regale voller Bücher. »Märchen und Sagen« und Mädchenromane auf der einen Seite, Balzac in der Pléiade-Ausgabe, Stendhal und Flaubert auf der anderen Seite. Attali betrachtet sie verblüfft. Er erinnert sich an die Worte von Sobesky: Das war also keine Lüge. VL ist sowohl die nette Studentin aus der Provinz in diesem rosa Zimmer als auch eine drogenabhängige Kupplerin des *Clubs Simon*. Wenn sie ein Geheimnis hat, das spürt er, dann ist es hier zu finden, in diesem Mädchenzimmer, wohin sie am 6. März nach ihrem Aufenthalt in New York zurückgekehrt war.

»Madame, erlauben Sie, dass ich mich ein wenig in dem Zimmer Ihrer Tochter umsehe?«

»Aber natürlich, Inspektor. Aber machen Sie keine Unordnung. Ich lasse Sie allein. Ich werde das Mittagessen zubereiten. Sie werden doch zum Essen bleiben, Inspektor?«

Er fängt mit dem Schreibtisch an. Abhebungen von ihrem Konto, Filiale in Orléans. Ihre Einkünfte als Mannequin zwischen 6.000 und 7.000 Francs pro Monat, auf mehrere Überweisungen verteilt. »Sie lässt Modefotos machen und finanziert damit ihr gesamtes Studium. Sie bittet uns nicht um einen Centime.« Nichts weiter. Die Ausgaben einer jungen Frau in Paris. Ein paar ältere Briefe. Attali notiert die Absender. Ein kleines

Adressbuch: alle in Orléans und Umgebung. Attali schreibt sie sich dennoch auf. Nichts dem Zufall überlassen. Klassenfotos, zweifellos in den Ferien, ihr erster Flirt vielleicht. Nichts davon scheint ihr Leben in Paris zu beeinflussen.

Er dreht ihre Schreibtischfächer um, nichts ist darunter geklebt. Die Plüschtiere: Er untersucht sie einzeln, stülpt sie um, aber er findet nichts. Er hebt die Matratze hoch, klopft sacht die Wände ab und kommt sich dabei ein wenig lächerlich vor, öffnet die Fenster, zieht die Vorhänge beiseite, schaut in die Bücher und durchsucht ihren Nachttisch. Nichts.

Entmutigt setzt er sich aufs Bett. Streckt sich aus, wie für ein kleines Nickerchen, denkt nach. Stell dir VL vor, die hier schläft. Er streckt die Arme lang, schaltet die Nachttischlampe an. Die Lampe ist aus rosa Seide und macht ein sehr schönes Licht. Er schaut auf den Lampenfuß, ein Glaszylinder, in dem verschiedenfarbige Kugeln eingefasst sind. Er macht die Lampe wieder aus, nimmt die Glühbirne und die Fassung heraus und schüttet die Glaskugeln auf das Bett. Und siehe da, inmitten der Kugeln verteilt, einzelne Diamanten. An die zwanzig Stück. Irrtum unmöglich. Das Herz schlägt schneller. Sich einen Augenblick hinsetzen und nachdenken. Dann geht er aus dem Zimmer, beugt sich über das Treppengeländer, hört, wie Madame Lamoroux in der Küche im Erdgeschoss den Abwasch macht, und ruft sie schließlich herauf.

Sie kommt schnell die Treppe hoch. Sie sieht verängstigt aus. Er lässt sie eintreten, legt ihr die Hand auf die Schulter. Sie nimmt einen Diamanten in die Hand, schaut ihn an und dreht sich zu ihm um.

»Gehört das meiner Tochter?«

»Jedenfalls habe ich sie in der Nachtischlampe gefunden.« (Sie ist fassungslos.) »Madame Lamouroux, ich verstehe genauso wenig wie Sie, was diese Diamanten hier zu suchen haben. Wenn ich für ihre Begutachtung ein normales gerichtliches Verfahren einleiten würde, würde das nicht nur Zeit in Anspruch nehmen, sondern sich auch schnell herumsprechen. Das wäre sehr zum Nachteil für Ihre Tochter, wenn sie zurückkommt.«

»Ich möchte, dass mein Mann nichts davon erfährt.«

»Nehmen Sie die Diamanten und begleiten Sie mich nach

Paris. Wir werden einige Leute befragen. Sobald wir herausgefunden haben, was uns die Steine zu sagen haben, werden Sie hierher zurückkehren und ich werde meine Untersuchung fortsetzen. Das ist schneller und diskreter. Sind Sie einverstanden?«

»Wie viele Tage?«

»Keine Ahnung. Zwei maximal.«

»Geben Sie mir Zeit, um mich vorzubereiten. Wir fahren mit meinem Auto nach dem Essen los.«

15.00 Uhr, Villa des Artistes

Die Anweisungen sind klar. Heute, spätestens Morgen, wird sich ein Unbekannter bei Kommissar Daquin Eintritt verschaffen, etwa zehn Minuten bleiben und wieder verschwinden. Man lässt ihn machen und durchsucht ihn anschließend. Absolute Diskretion erforderlich. Die Aufgabe ist einfach, zumindest der Anfang. Der Wohnkomplex hat nur einen Eingang, nämlich den Torbogen des Gebäudes auf der Avenue Jean-Moulin. Das Haus von Daquin wird von der Treppe aus von Inspektor Conrad überwacht, zwei weitere Inspektoren auf der Straße warten auf seine Anweisungen, um mit der Durchsuchung zu beginnen.

Der Wohnkomplex ist sehr ruhig, fast wie ausgestorben. Ein eher kleiner Mann mit breiten Schultern und schwarzen kurzen Haaren geht durch den Torbogen, durchquert die Allee zwischen den Häusern und hält vor der Tür von Daquin an. Offensichtlich hat er die Schlüssel. Conrad geht unbemerkt in die Avenue Jean-Moulin, gibt wie ausgemacht den beiden anderen Inspektoren, Allard und Zanetta, ein Zeichen und kehrt wieder an seinen ursprünglichen Platz zurück. Beim Durchqueren des Torbogens hört er eine Frau schreien. Das scheint von Daquins Haus zu kommen. Er zieht reflexartig seine Waffe. Bloß nicht. Die Anweisungen waren deutlich: Auf keinen Fall darf »die Zielperson« merken, dass sie verfolgt wird. Er rennt los, hört, wie hinter ihm in dem Haus, das den Block dominiert, Fenster geöffnet werden. Die Eingangstür ist nur angelehnt. Ohne langsamer zu werden, stößt Conrad sie auf. Voll in Fahrt stolpert er über einen Körper, rutscht aus und fällt kopfüber hin. Als er wieder aufstehen will, wird er von einem Schlag auf den Kopf niedergestreckt. Er sieht lauter Sterne. Er konnte nicht einmal sehen, wer der Täter war. Als er endlich die Kraft findet, sich wieder zu erheben, sieht er neben sich den Körper einer Frau, die der Länge nach mit dem Gesicht auf dem Boden ausgestreckt liegt. Eine Blutlache breitet sich langsam um ihr Becken herum aus. Ein Stapel sauberer Wäsche ist ebenfalls auf den Boden gefallen. Ein weißer Bademantel saugt sich langsam mit Blut voll. Conrad rennt hinaus. Niemand ist zu sehen, weder innerhalb des Wohnkomplexes noch auf der Straße, wo Allard und Zanetta noch immer auf sein Zeichen warten.

16.00 Uhr, Passage du Désir

In Daquins Büro ein Fax von Steiger: B. ist offiziell 1975 ausgestiegen. Vor 1970 war er in Islamabad und von 1970 bis 1975 in Teheran. Zu dieser Zeit hieß er Edward Thompson.

Die Fotocrew kommt gegen 17.00 Uhr vorbei: niemand mehr im Imbiss. Ende der Überwachung. Zum Glück haben wir nicht dort angefangen, das Netz auffliegen zu lassen …

»Lavorel, Zeit für einen Kaffee. Sagen Sie mal, Ihre Chefs in der Finanzdirektion warten doch sicherlich ungeduldig auf Ihren schriftlichen Bericht?«

»Ich arbeite unter Hochdruck. Die Akten stapeln sich, bringen Sie mir Anna Berić und ich verschaffe Ihnen einen Prozess, der buchstäblich in die Annalen der Finanzdirektion eingehen wird.«

»Ich brauche Sie.«

»Daran zweifle ich nicht. Sie würden mir niemals einen Kaffee anbieten, wenn Sie meine Hilfe nicht benötigen würden.«

Daquin schmunzelt.

»Was soll das heißen, Lavorel? Soll das ein Vorwurf sein?«

»Aber nein, Kommissar, es handelt sich lediglich um eine Feststellung.«

»Das Unternehmen Eurorientcar, Hauptsitz in München

mit Außenstelle in Gennevilliers. Was können Sie darüber in Erfahrung bringen? Schnell, natürlich.«

»Ich habe es notiert, Chef.«

»Und nun zu Meillant. Haben Sie ihn gesehen?«

»Vorigen Freitag, ziemlich lange sogar. Er kennt sich wie niemand sonst im Sentier aus. Aber er wird mir nicht wirklich helfen können, da er zweifellos selbst mit drinsteckt oder jene schützt, die es tun.«

»Das weiß ich schon ... Noch einen Kaffee?«

Lavorel schiebt ihm die leere Tasse hin. Daquin steht auf und macht zwei Tassen Kaffee.

»Und er weiß Bescheid, dass er sich beeilen muss, wenn er weiter im Rennen bleiben will.«

»Führen Sie das ein bisschen genauer aus!«

»Er setzt auf den Erfolg der gerade laufenden Kämpfe für die Legalisierung der Türken. Das wird eine ganze Menge Änderungen in den Netzwerken und Kreisläufen, die in den sechziger Jahren etabliert wurden, mit sich bringen. Und außerdem beginnen die Chinesen langsam damit, sich dort niederzulassen. Meillant ist nicht gerade erpicht darauf, sich mit ihnen auseinandersetzen zu müssen.«

»Lavorel, verstehen Sie nun, worauf ich hinaus will?«

»Durchaus. Sie setzen auf Meillant, um Anna Berić zu kriegen. Das hängt davon ab, was Sie gegen ihn in der Hand haben, aber es könnte klappen.«

Telefon.

»Théo?«

»Ja, Chef.«

»Kommen Sie schnell zu sich nach Hause. Die Concierge aus Ihrem Wohnblock ist soeben in Ihrem Eingang niedergestochen worden.«

19.00 Uhr, Villa des Artistes

Die Concierge ist bei ihrer Ankunft im Krankenhaus ihren Verletzungen erlegen. Daquin sitzt verstört auf seiner Couch und fühlt sich nicht gerade wohl in seiner Haut. Er muss die Familie benachrichtigen, dabei weiß er nicht einmal, ob sie eine hat. Um ehrlich zu sein, kann er sich auch nicht einmal mehr genau daran erinnern, wie sie aussah. Das ist nicht gerade vorbildlich. In seinem Haus laufen Bullen und Spezialisten aufgeregt hin und her. Unerträglich. Ein heilloses Durcheinander. Er trinkt einen Kaffee nach dem anderen. Das Haus leert sich nach und nach. Bleiben noch der Chef des Rauschgiftdezernates, Conrad und die beiden beauftragten Inspekteure der Kripo. Daquin gibt einen aus. Alle setzen sich. Der Chef erklärt den beiden anderen Inspektoren der Kripo kurz und knapp, warum das Haus von Daquin überwacht wird, verbunden mit der Bitte, diese Tatsache nicht im schriftlichen Bericht zu erwähnen. Daquin fügt hinzu:

»Die Concierge hatte meine Hausschlüssel. Sie kam immer vormittags zum Arbeiten her, sie machte alles, den Haushalt, die Wäsche. Normalerweise kam sie nicht nachmittags, weil sie dann anderswo zu tun hatte, und das wussten die Mörder vermutlich. Aber heute ist sie wahrscheinlich um diese Zeit vorbeigekommen, um die saubere Wäsche zu bringen.« (Flash von Soleimans blutdurchtränktem Bademantel.)

Conrad hat nichts erkennen können. Der Mann war genau hinter ihm. Ein Kraftpaket vermutlich. Man muss die gesamte Nachbarschaft der umliegenden Häuser und Wohnblocks systematisch befragen. Fenster waren geöffnet, als die Concierge schrie. Vielleicht hat jemand den Mann fliehen sehen. Das ist die einzige Möglichkeit. Die Fingerabdrücke werden nichts bringen. Der Mann trug sicherlich Handschuhe. Den Autopsiebericht abwarten. Das Wesentliche, nämlich dass die Frau infolge eines Messerstiches starb, der sie vom Bauch an bis zum Brustbein aufschlitzte, wird der Bericht bestätigen. Aber vielleicht wird man auch etwas über die Art der Waffe und die Technik des Mörders erfahren können.

Daquin und der Chef unter sich. Daquin hat noch immer schlechte Laune.

»Den Inspektor Conrad können Sie gleich zur Marseiller Einheit schicken. Ich will ihn hier nicht mehr sehen. Ich bin derselben Meinung wie die Journalisten, die behaupten, dass man die Ausbildung der Polizisten von Grund auf erneuern sollte.«

»Théo, schenken Sie mir einen Whisky ein und wenn Ihr Groll vorüber ist, sagen Sie mir, wie wir weiter vorgehen sollen.«

»Ich glaube mittlerweile, dass wir die Hypothese, dass Kollegen in diese Angelegenheit verwickelt sind, verwerfen können ...«

»Das möchte ich doch sehr hoffen ...«

Daquin brummt vor sich hin, aber artikuliert seinen Unmut nicht.

»Nach einem solchen Schnitzer werden die Drogenhändler, falls es sich um sie handelt, aufhören, weiter Druck auf mich auszuüben. Das würde zu riskant für sie werden. Und um Sie in dieser Auffassung zu bestärken, hätte ich gern einen für jedermann sichtbaren bewaffneten Personenschutz an meiner Seite und ein Auto zur Observierung an den einschlägigen Orten. Ich hoffe, das es nicht lange dauern wird. Und man soll sicherstellen, dass ich nicht telefonisch überwacht werde, weder im Büro noch zu Hause.«

Nachdem der Chef aus dem Haus ist, sucht Daquin eine Telefonzelle auf, um Soleiman anzurufen. Es ist 10.00 Uhr abends. Keiner da. Er kehrt nach Hause zurück und legt sich schlafen, ohne noch zu Abend zu essen.

20.30 Uhr, Restaurant Hippopotamus

An der Bar stehend trinkt Romero einen Whisky und knabbert Chips. Seit heute morgen kann er ein schlechtes Gefühl nicht unterdrücken, wenn er an Yildiz denkt. Eine rätselhafte Mischung aus Neugierde, Unsicherheit und Schuldkomplexen. Pünktlich um 20.30 Uhr betritt eine Frau das Restaurant. Sie ist mittelgroß, aber auf Grund ihrer breiten Schultern, ihrer schmalen Hüften und ihrer langen Beine wirkt sie größer. Markantes Gesicht, hohe Stirn, große leuchtende Augen, sehr heller Teint, hohe Wangenknochen, eingerahmt von einer Pracht vollen kupferroten Haares, das im Stil des 19. Jahrhunderts hochtoupiert ist. Romero ist hin und weg. Sie schaut sich nach dem Glücklichen um, dem sie ihr Lächeln schenken wird.

»Sind Sie Romeo?«

Tiefe Stimme, Akzent ...

»Ja. Das heißt ich würde es gern sein.«

»Ich bin Yildiz.«

Ihm verschlägt es den Atem. Glücklicherweise kommt die Kellnerin, um sie zu ihrem Tisch zu bringen. Ein Cocktail des Hauses für Yildiz und noch einen Whisky für Romero. Die Grillplatte wird serviert. Yildiz fängt zuerst an zu erzählen, von Istanbul, vom schwierigen Leben der Frauen, von der Familie. Und von ihrer Schüchternheit, ihrer Einsamkeit in den letzten vier Monaten, seit sie in Frankreich ist ...

Das findet Romero etwas distanzlos. Sein Innenleben für sich behalten. Er versucht, einen Bezug zu seinem Beruf herzustellen: Polizeiinspektor, Finanzabteilung, eine schwierige Untersuchung über Drogenhandel im Textilgewerbe, die ihn schließlich auf die Spur von Turgut Sener gebracht hat.

»Mir fiel ein, dass Sie in der Botschaft arbeiten, und ich dachte, dass würde mir viel Zeit und Umwege ersparen, wenn Sie mir sagen könnten, was das für ein Typ ist, dieser Turgut Sener, und was man sich über ihn in der Botschaft erzählt ...«

Yildiz nimmt sich Zeit, ihn anzusehen, dass Kinn aufgestützt. Turgut Sener ist weder beliebt noch wird er von den Botschaftsangehörigen besonders geschätzt. Er ist Mitglied der nationalistischen Partei von Turkesh und dazu da, den Botschafter zu überwachen, der als zu moderat gilt. Er hat den Ruf, mit allem möglichen zu handeln und unter allerlei Vorwänden Geld von türkischen Arbeitern zu erpressen, die seine Dienste brauchen. Sie lächelt ihn an.

»Na, zufrieden?«

»Das kann man wohl sagen ... Verzeihen Sie mir meine Offenheit, aber warum hält sich der Botschafter einen solchen Schurken als Attaché?«

»Sie scheinen nicht allzu viel über die aktuelle Situation in der Türkei zu wissen. Turgut Sener wird so lange in der Botschaft bleiben, wie es die nationalistische Partei für notwendig hält.

Der Botschafter hat keine Wahl.«

Romero versucht, diese Information zu verarbeiten. Daquin wird schon wissen, was er damit anfangen soll.

»Noch ein Frage, Yildiz. Wenn er so ein Schurke ist, und jeder in der Botschaft das weiß, dürfte es Ihnen nichts ausmachen, wenn die französische Polizei sich für ihn interessiert?«

»Das kann man so sehen.«

»Könnten Sie mir einige Hinweise zu seiner Terminplanung geben? Im Gegenzug würde ich Ihnen all die kleinen Niederträchtigkeiten, die ich herausfinde – wenn ich sie herausfinde – erzählen.«

»Das könnte lustig werden.«

Und sie gibt ihm die Hand als Zeichen ihres Einverständnisses. Romero nimmt sie und zieht sie zu seinen Lippen. Diese Frau ist gefährlich. Und ich bin verliebt.

16

Dienstag, 18. März

8.00 Uhr, Passage du Désir

»Das Treffen mit dem Abgeordneten Paternaud hat, wie bereits vermutet, nichts ergeben. Er hat sich auf seine Immunität berufen, wie zuvor Caron. Mit der Fotomappe der Abonnenten geht es dagegen voran. Die Meisten sind bekannt, und ihre Fotos findet man in jeder Presseagentur. Die Mappe wird Mittwoch endgültig fertig sein.«

»Sehr gut. Santoni wird also am Donnerstag nach München fahren können. Ich übernehme es, den Kontakt zur schweizerischen und zur deutschen Polizei herzustellen. Santoni, versuchen Sie bis zu Ihrer Abfahrt herauszufinden, was diese Abgeordneten verbindet. Sie sind weder in derselben Partei noch aus derselben Region. Welche Beziehung besteht also zwischen ihnen?«

10.00 Uhr, Rue Cadet

Madame Lamouroux geht als erste die dunkle Treppe hinauf. Attali dicht hinter ihr. Das ist der dritte Diamantenhändler, dem sie seit heute Morgen einen Besuch abstatten. Erste Etage, schwere alte Tür, gesichert. Sie klingeln. Ein junger Mann um die Dreißig öffnet ihnen. Attali zeigt seinen Ausweis und erklärt: Eine Frau ist verschwunden und hat diese Diamanten zurückgelassen. Die Familie und die Polizei versuchen nun, sie zu identifizieren. Sie kommen in ein schmales Büro, schwach beleuchtet und schrecklich altmodisch. Sie warten lange. Madame Lamouroux versteht nicht mehr, was sie eigentlich hier soll.

Ein gebeugter und hinkender alter Mann kommt herein. Madame Lamouroux holt einen Umschlag aus ihrer Tasche, leert ihn auf ein mit schwarzem Samt bezogenes Tablett. Der Mann macht die Lampe an, steckt sich die Lupe ans Auge, rollt die Steine hin und her und dreht sie nach allen Seiten.

»Man hat mir gesagt, dass Sie von der Polizei sind.«

Attali reicht ihm seine Dienstmarke.

»Diese Frau ist die Mutter des Mädchen, das wir suchen.«

»Diese Steine kenne ich sehr gut. Ich habe sie verkauft. Alle.«

Foto von Virginie Lamouroux.

«Ja, an sie. Für ungefähr zwei Millionen.«

Madame Lamouroux fühlt, wie ihr die Tränen in die Augen schießen. Der Alte dreht und wendet behutsam die Steine.

»Dieser hier war der letzte, den ich an sie verkauft habe. 200.000 Francs. (Er öffnet ein Schließfach seines Schreibtisches und schlägt in einem riesigen Register nach.) Am 6. März. Sie hat bar bezahlt.«

14.00 Uhr, Boulevard Saint-Denis

Die großen Boulevards sind voller Menschen, denn es ist schönes Wetter. Menschen, die gerade zu Mittag gegessen haben, die an ihren Arbeitsplatz zurückkehren oder die einfach nur so durch die Straßen flanieren. Ein breitschultriger Mann, über 1,80 Meter groß, um die Fünfzig, gebräuntes Gesicht, dichter Schurrbart, kommt aus einem Café auf dem Boulevard Saint-Denis und geht gemütlich Richtung Faubourg-Saint-Martin. An einem Zeitungskiosk hält er an und kauft sich die *Hürriyet*, geht weiter und liest dabei die Titelseite. Ein junger, hagerer Mann in einem Blouson aus grauer Wolle lehnt am Kiosk, sieht den Mann vorbeiziehen, lässt ihm ein bisschen Vorsprung, um ihm dann, die Hände in den Taschen, zu folgen. Er gleicht seinen Schritt dem des anderen an und holt ihn ein, ohne aber den Rhythmus zu verlieren. Eine Beule in seiner Jacke. Der andere fühlt etwas an seinem Rücken, genau unter dem Schulterblatt. Er will sich umdrehen. Hört einen Champagnerkorken knallen. Explosion in seinem Kopf. Blutend bricht er auf dem Gehweg zusammen, kurz und schmerzlos getötet. Der junge hagere Mann geht an ihm vorbei und läuft mit der gleichen Regelmäßigkeit weiter bis zur nächsten Métrostation.

15.00 Uhr, Passage du Désir

Daquin erledigt sein Tagesgeschäft. Er kontaktiert seine schweizerischen und deutschen Kollegen. Einverständnis. Post folgt.

Ein Bericht über Eurorientcar, um deren Telefonüberwachung durchzukriegen und eine Beschattung durch die Kollegen vom Rauschgiftdezernat.

Er ruft Soleiman an. Heute Abend, bei mir. Keine Gefahr mehr. Ein Bulle vor der Tür. Das erkläre ich dir später. Gib nur Acht, dass er dein Gesicht nicht erkennt.

Telefon.

»Kommissar Daquin?«

»Am Apparat.«

»Hier ist Jurandeau, Kommissar im 2ten Arrondissement. Ein Mord auf offener Straße, an der Ecke Boulevard Saint-Denis und Sébastopol. Ich sage Ihnen Bescheid, weil es sich um einen Türken, den Meister einer Werkstatt, handelt. Und nachdem, was man mir erzählt hat, beschäftigen Sie sich momentan mit dem Sentier?«

»Ja, vollkommen richtig. Ich komme. Danke.«

»Wir treffen uns dort.«

15.30 Uhr, Boulevard Saint-Denis

Auf dem Bürgersteig des Boulevards haben die Bullen den Ort des Geschehens weiträumig abgesperrt und leiten die Passanten um. Mittendrin aufgeregte Zivilbeamte. Blitzlicht überall. Daquin zeigt seinen Ausweis, geht hinter die Absperrung. Er stellt sich Jurandeau vor, begrüßt die Kripo und erklärt, weshalb er hier ist. Die Fotografen der Kripo haben ihre Arbeit erledigt. Daquin hockt sich neben den leblosen Körper, der mit dem Gesicht nach unten auf dem Boden liegt. Ein großer Mann mit breiten Schultern. Ein Einschussloch unter dem linken Schulterblatt. Eine Blutlache breitet sich neben seinem Kopf auf dem Bürgersteig aus. In seiner rechten Hand hält der Mann eine türkische Zeitung. Daquin schaut auf den Titel. Ein sauber ausgeführtes Verbrechen. Kein Vergleich mit dem gestrigen Massaker bei ihm zu Hause. Man könnte meinen, es handele sich um eine Szene aus einem Film noir der anspruchsvolleren Sorte.

Er steht wieder auf und geht zu den Inspektoren der Kripo, die voll damit beschäftigt sind, Zeugen um sich herum ausfindig zu machen. Aber niemand will etwas gesehen haben. Und das ist durchaus möglich, denkt Daquin. Einer der Inspektoren nimmt sich die Zeit, ihm mitzuteilen, dass es sich bei dem Toten um einen gewissen Osman Celik handelt, Meister einer Schneiderwerkstatt in der Passage Brady. Er hatte Papiere bei sich, die offensichtlich in Ordnung waren. Gegen 14.00 Uhr ist er durch einen Revolverschuss in den Rücken aus nächster Nähe getötet worden. Die Waffe war wahrscheinlich mit einem Schalldämpfer versehen. Der Schuss muss das Herz zerrissen und den Tod augenblicklich herbeigeführt haben. Natürlich müsse man noch den Autopsiebericht abwarten. Ansonsten wisse man weder, wo er herkommt, geschweige denn, warum er abgeknallt worden ist.

»Kann dieser Mord mit Ihrer laufenden Untersuchung zu tun haben?«

»Nicht, dass ich wüsste. Das Einzige, was ich Ihnen dazu sagen kann, ist, dass mir dieser Name Osman Celik noch nie untergekommen ist. Für mich ein absolut unbeschriebenes Blatt. Das wird sicher nicht einfach für Sie werden.«

»Um ehrlich zu sein, wir hoffen sehr, Ihnen den Toten zuschieben zu können.«

»Nein, behalten Sie ihn bloß. Aber unterrichten Sie mich über den Stand der Dinge, vor allem, wenn Sie auf ein dickes Päckchen Heroin in seiner Werkstatt stoßen …«

Der Leichnam wird fortgetragen, die verschiedenen Polizeieinheiten verlassen ebenfalls eine nach der anderen den Tatort und der Bürgersteig gehört wieder den Fußgängern. Eine Brigade der Kripo befragt systematisch all jene, die zur Tatzeit in den umliegenden Läden zugegen waren, während eine andere die Werkstatt von Osman Celik aufsucht. Daquin verfolgt die Sache in entgegengesetzter Richtung und untersucht die letzten zurückgelegten Meter des Opfers. Er läuft, die Nase im Wind, konzentriert zirka hundert Meter. Ein Zeitungskiosk, mehrere türkische Zeitungen in einem Ständer. Daquin zeigt seinen Ausweis.

»Haben Sie vorhin, so gegen 14.00 Uhr, eine *Hürriyet* an einen großen Türken, so um die Fünfzig, verkauft?«

»Ja. Ist es der, der ein Stückchen weiter oben umgebracht wurde?«

»Die Neuigkeiten sprechen sich schnell herum. Also, was ist mit diesem guten Mann?«

»Er kommt fast jeden Tag um die gleiche Zeit vorbei.«

»Kennen Sie ihn?«

»Nicht wirklich. Guten Tag und Auf Wiedersehen. Das ist alles. Er kommt immer vom unteren Ende des Boulevards und geht dann weiter hier lang.«

»Gab es etwas besonderes heute?«

»Nein. Nichts.«

Daquin geht weiter den Boulevard hinunter, Richtung Oper. Auf seiner Linken, ein großes Café, *Le Gymnase*. Der Name wurde oft von Soleiman erwähnt. »Ich war im *Gymnase* … man sagt im *Gymnase* …« Das *Gymnase* ist mehr oder weniger das Stammcafé der Türken vom Sentier. Da ist es nur plausibel, dass Celik es öfters aufgesucht hat. Daquin geht hinein und trinkt einen Kaffee am Tresen. Sehr spezielle Atmosphäre. Alle Gäste sind Türken, die Gespräche sehr lebhaft, teilweise heftig, feindliche Blicke auf den Eindringling gerichtet. Es ist offensichtlich, dass alle vom Mord reden, aber niemand wird ihm darüber Auskunft erteilen. Daquin verzichtet deshalb darauf, Fragen zu stellen, und geht auf die Terrasse. Er setzt sich hin und bestellt einen weiteren Kaffee und beobachtet den Fußgängerstrom auf dem Boulevard. Rund um das Café stehen Bäume, Metallpfähle, Papierkörbe und ein Zaun wegen der Bauarbeiten etwas weiter unten, an dem ein dilletantisch gemachtes Plakat hängt, vor dem die Türken anhalten, um es zu lesen und darüber zu diskutieren. Daquin erhebt sich, zahlt und geht in Richtung Plakat, um es sich aus der Nähe anzuschauen. Es ist natürlich auf Türkisch, aber in der zweiten Zeile kann er ganz klar den Namen Osman Celik erkennen. Daquin streicht mit dem Finger drüber, der Leim ist noch frisch. Er geht in das *Gymnase*, fragt nach einem Messer, der Wirt reicht es ihm mit sichtbar schlecht gelaunter

Miene, aber ohne ihn nach einer Erklärung zu fragen. Daquin löst das Plakat vorsichtig ab, faltet es, steckt es in die Tasche und kehrt in das Café zurück, wo er das Messer dem Wirt zurückgibt. Man hätte eine Stecknadel fallen hören können.

17.00 Uhr, Passage du Désir

Attali, Romero und Lavorel gehen die gerade eingetroffene Akte über den Mord an Madame Buisson durch, der Concierge der Villa des Artistes. Eine Phantomzeichnung des Mörders. Klein, nur 1,60 bis 1,65 Meter groß. Sehr breite Schultern, dunkler Teint, kurze schwarze Haare. Kantiges Gesicht, hervorstehendes Gebiss, Adlernase, schwarzer Schnurrbart und schwarze, auseinander stehende Augenbrauen. Es gibt eine Liste von Zeugen, die man befragt hat, um dieses Phantombild zu erstellen. Es sind erstaunlich viele: Allein fünf Personen wollen den Mörder gesehen haben. Erster Autopsiebefund: ein einziger Messerstich, sehr brutal, von unten nach oben gezogen. Die Arbeit eines Profis. Ausbildung in einer Spezialeinheit? Die Waffe: ein Dolch mit schmaler, sehr langgezogener, gebogener Klinge, selten, sehr schwierig, damit umzugehen, aber alle damit zugefügten Verletzungen enden tödlich.

Als Daquin hinzukommt, beugt er sich ebenfalls über die Akte. Das sieht nach guter und schneller Arbeit aus. Unterschrieben von Conrad. Dieses Arschloch versucht, wieder einen Fuß in die Tür zu kriegen.

»Sie sehen geschafft aus Kommissar. Setzen Sie sich. Heute mache ich ausnahmsweise mal den Kaffee.«

Daquin setzt sich hin und entspannt sich. Es stimmt, er ist wirklich geschafft. Einen Blick auf die Uhr: In drei oder vier Stunden wird er Soleiman bumsen.

Lavorel beginnt:

»Eurorientcar gehört einem gewissen Kutluer, der eine ganze Reihe türkischer Firmen in Deutschland unterhält. Er selbst wohnt in Istanbul. Und im Firmenvermögen taucht wieder die Zypern- und Orientbank auf. Die französische Filiale wurde im Sommer 1979 eröffnet.«

Romero macht weiter:

»Eurorientcar hat Moreira gestern auch am Telefon erwähnt. Er hat mit einem gewissen Mehmet gesprochen. Er hat ihm von dem Besuch des angeblichen Gewerbeaufsichtsbeamten erzählt. Für ihn ist die Angelegenheit klar, es handelt sich dabei um einen schlecht getarnten Journalisten und er macht sich deshalb nicht allzu viele Sorgen. Dennoch will er sich einiger chemischer Produkte entledigen. Mehmet ist einverstanden, sie bis zum Abtransport bei sich zu lagern.«

»Mit Moreira und Eurorientcar haben wir die ersten definitiven Ansätze, die auf ein französisches Netz hinweisen. Weitere werden hinzukommen. Das Rauschgiftdezernat wird mit ihrer Überwachung beauftragt. Und Romero, Sie hören weiter die Telefongespräche ab. Und Sener?«

»Ich habe mich mit zwei Inspektoren des Rauschgiftdezernates zusammengetan, wir werden morgen beginnen.«

Daquin erzählt schnell von der Leiche auf dem Boulevard Saint-Denis. Nicht unbedingt in Verbindung mit unserer Sache, aber … heißer Kaffee, aber nicht stark genug.

Attali berichtet über die Familie von VL und die Diamanten.

»Warum Diamanten?«

»Weil sie sich vorsichtig, aber so schnell wie möglich aus der Angelegenheit herausziehen wollte. Dem Diamantenhändler zufolge ist das genau der Grund, weshalb man Diamanten kauft. Das Interessanteste aber ist, dass VL ihren letzten Kauf am Donnerstag, den 6. März, getätigt hat. Sie hat Steine im Wert von über 200.000 Francs gekauft.«

»Das ist viel Geld für ein unbekanntes Mannequin, selbst in New York.«

»Der Meinung bin ich auch. Wenn man nach und nach all das, was man über die Aktivitäten von VL rund um den 1. März weiß, zusammen nimmt, ergibt das Folgendes: Sie betritt den Ort des Verbrechens am Freitagabend. Sie macht sich schnell aus dem Staub nach New York. Sie kommt mit einer hübschen Summe wieder. Man könnte denken, dass sie etwas gesehen haben muss, oder noch besser, dass sie die Videokassette mit dem Mord drauf an sich genommen hat. Es muss eine Videoaufnahme vorhanden sein. Auch wenn wir uns bis jetzt kaum dafür interessiert haben. Und damit ist der Mörder erpressbar.«

»Baker?«

»Wenn Baker am 29. Februar in Paris gewesen wäre, hätte VL nicht nach New York fliegen müssen. Eher jemand, den beide, VL und Baker, kennen und gegen den sie sich verbünden, um ihn zu erpressen.«

»Interessante Theorie. Attali, Sie müssen mir VL wiederfinden. Lassen Sie das Haus ihrer Eltern überwachen für den Fall, dass sie dort ihre Diamanten abholen will. Allerdings gibt es noch keine Beweise dafür, aber man kann nie wissen. Lesen Sie sich die bisher gesammelten Zeugenaussagen noch einmal durch und statten Sie den Mannequins, den Freunden, vielleicht auch dem Sohn von Sobesky einen Besuch ab. Zeigen Sie ihnen die Fotos, die wir haben und zwar alle, sowohl die von den Türken als auch die der Mitglieder des *Club Simon* und versuchen Sie eine Spur, einen Anhaltspunkt zu finden, wo Sie VL suchen können.«

21.00 Uhr, Villa des Artistes

Daquin liegt ausgestreckt auf der Couch, in einem langen Hausmantel aus Seide, und liest einen Roman von Yaşar Kemal. Als Soleiman hereinkommt, steht er auf, geht ihm mit halb geschlossenen Augen entgegen und bleibt vor ihm stehen. Soleiman schließt die Augen. Er zittert. Daquin beginnt, ihn auszuziehen. Die Jacke, das Hemd. Er geht in die Knie, um ihm die Hose und die Schuhe auszuziehen. Er steht auf, stemmt ihn auf seine Schulter, geht ins Zimmer hoch und legt ihn dort auf die orangefarbene Bettdecke. Auf diesem Körper die Spuren wiederfinden, die ihn in den letzten fünf Tagen für Augenblicke überwältigt haben. Die glatte Haut, der krause Flaum auf seinem Rücken, der griffige und feste Hintern. Die Umrisse seiner Hüften, die Schulter, der Hals. Der glänzend schwarze Schwanz. Vertrautheit. Wissen, dass all das da ist, einfach so und sich dessen vergewissern. Die Lust wiederfinden.

»Öffne deine Augen, Sol.«

Soleiman mit großen offenen Augen kann der überwältigenden Lust nicht länger widerstehen.

Später, Soleiman liegt ausgestreckt auf dem Bauch auf der orangefarbenen Bettdecke. Daquin sitzt, den Rücken an die Wand gelehnt. Ein Tablett mit Crevetten, geräuchertem Lachs, Tarama, verschiedenen Brotsorten und Käse steht bereit. Dazu Weißwein. Eine Thermoskanne Kaffee.

»Es ist viel passiert in den vergangenen fünf Tagen, erzähl mir, was du herausbekommen hast.«

Und Soleiman erzählt von der Vollversammlung, von der Selbstmorddrohung – wären sie wirklich gesprungen? Wer weiß das schon? – vom Boykott, von den Verhandlungen, die sie wieder mit dem Büro des Ministers aufgenommen haben.

»Ihr habt gewonnen. Der Minister ist in die Falle getappt.«

»Ja, wir haben so gut wie gewonnen.«

Daquin legt seine Hand behutsam auf Soleimans Steißbein und dieser schmiegt sich vorsichtig an sie. Jetzt bin ich dran. Beschattung, Kameras, Morde.

»Ich habe noch einige Fotos für dich. Aber nichts wirklich Neues. Wird deine Liste bis Ende des Monats fertig sein?«

»Ja.«

»Und jetzt wirst du dich freuen. (Starker fester Druck seiner Hand.) Der Chef des Netzes ist wahrscheinlich ein Amerikaner, ein Mann von der CIA.«

»Das stimmt, das würde mich wirklich freuen. Hast du ihn?«

»Ich hoffe es sehr. Sol, was erzählt man sich bei euch über den Mord an Osman Celik?«

»Dass es Ağça war, der ihn getötet hat.«

»Daran habe ich auch schon gedacht. Habt ihr Beweise?«

»Nein.«

»Und warum hat er ihn getötet?«

»Was weiß ich (Soleiman zögert). Celik Osman hatte nichts mit den Drogenhändlern zu tun. Schon in der Türkei hatte er Ärger mit den Grauen Wölfen, sie haben seine Werkstatt in Brand gesteckt, weil er Geld an linke Organisationen überwiesen hat. Hier war er ein guter Meister. Er hat seine Arbeiter stets korrekt bezahlt und half aus, wenn einer von uns einen Vorschuss brauchte.«

Daquin greift nach einem Stück Papier, das neben dem Bett liegt.

»Was steht da drauf?«

»Warst du etwa der Bulle, der auf die Idee gekommen ist, dieses Flugblatt mitzunehmen? Im *Gymnase* spricht man von nichts anderem mehr. Nach der Personenbeschreibung, die mir der Wirt gegeben hat, hätte ich dich nicht wiedererkannt.«

»Also, was steht da?«

«Die Türken sollen nicht mit der Polizei kooperieren. Osman Celik hat mit ihnen kooperiert. Er ist tot. Dasselbe Schicksal wird jeden ereilen, der mit der französischen Polizei zusammenarbeitet. Und das ist die Unterschrift der Grauen Wölfe.«

»War er ein V-Mann?«

»Nein, auf keinen Fall.«

Soleiman ist erschrocken. Daquin muss lachen.

«Doch gerade du weißt ja, dass man sich in dieser Angelegenheit nie wirklich sicher sein kann.«

Soleiman mit leiser Stimme:

»Daquin, eines Tages bring ich dich um.«

Daquin schaut Soleiman, der immer noch ausgestreckt auf dem Bauch liegt, lange an. Sein braun gebrannter runder Hintern steht im Kontrast zu diesem sonst so langen und hageren Körper. Du hast den schönsten Hintern, den ich je gesehen habe.

17

Mittwoch, 19. März

7.00 Uhr, Villa des Artistes

Nachdem er gefrühstückt hat, legt sich Daquin auf die Couch, die Beine hochgelegt, *Europe 1* tönt aus dem Hintergrund. Er hat noch zwei Stunden Zeit. Nachdenken. Soleiman geht noch ein bisschen in der Wohnung umher, bevor er sich auf den Weg macht. Daquin nimmt ihn nicht mehr wahr.

Kashguri. Ein Gespräch. Noch ist es kein Verhör. Aber schon ein erster Zweikampf? Nein, eher die Kennenlernphase. Ich weiß noch nicht genug, um ihn in die Mangel zu nehmen.

Ich habe fünf Personnen: Sobesky, VL, Kashguri, Anna Berić und Baker. Sie sind alle im Rennen. Aber ich weiß nicht, in welcher Reihenfolge. Und ich kenne nicht einmal die Beziehungen, die sie untereinander haben. Sobesky kennt VL, Anna Berić und Baker. Aber Kashguri? Anna Berić kennt Sobesky und Kashguri. Und Baker? VL kennt Sobesky, Baker und Kashguri (sehr wahrscheinlich), aber Anna Berić? Gibt es Verbindungen zwischen Kashguri und Baker?

Daquin vertritt sich ein wenig die Beine. Er stellt fest, dass Soleiman bereits gegangen ist, trinkt einen Kaffee und überlegt weiter.

Von allen ist Kashguri als Persönlichkeit am schwierigsten zu fassen. Eine wichtige Stellung bei der Zypern- und Orientbank, die die Unternehmen von Kutluer und das Netz direkt oder indirekt finanziert. Aber unmöglich zu wissen, ob er auch persönlich mit drinsteckt. Außerdem ist das Thema zu gefährlich, um es nachher anzusprechen. Mitglied des *Clubs Simon*, das halte ich für sicher. Die einzigen Punkte, zu denen ich mehr herausfinden könnte: Kennt er VL, und hat sie durch ihn angefangen, Heroin zu rauchen? Hat er die jungen Thaimädchen missbraucht und was hat er am Abend des 29. Februar gemacht? Schließlich seine Beziehung zu Anna Berić, ist diese noch von Bestand und sieht er sie noch ab und zu? Aber das behalte ich in der Hinterhand:

Ich weiß nicht, wie ich es ausspielen kann.

Und Meillant? Kein Grund, ihn außen vor zu lassen. Es widerstrebt mir allerdings, ihn mir als Kopf der Bande vorzustellen, aber warum eigentlich? Er setzt sich sehr für Sobesky und Anna Berić ein.

Wenn ich ihm das zugestehe, blicke ich überhaupt nicht mehr durch. Wer macht was in dieser Geschichte? Mit Sicherheit ist nur klar, dass wir in eine neue Phase eingetreten sind, die ich folgendermaßen beschreiben könnte: Die Anführer des Netzes, wer es auch sein mag, haben begriffen, dass wir ihnen auf der Spur sind. Am wahrscheinlichsten ist, dass sie es von VL erfahren haben, und Baker und Sobesky müssten auf die eine oder andere Art und Weise mit drinhängen. Die Läden auf dem Faubourg Saint-Martin befinden sich in einer Art Ruhezustand, VL verschwindet, seit Freitag versucht man, mich in eine Falle zu locken. Und am Dienstag ist Celik abgeknallt worden. Das Ziel ist eindeutig: den Türken Angst machen, um zu verhindern, dass sie mit uns in Kontakt treten. In meinen Augen ist Celik ein V-Mann. Aber von wem? Und wer könnte das wissen? Es sieht nicht so aus, als wenn es allgemein bekannt wäre. Meillant treffen. Letztendlich ist dieser Mord eher eine gute Nachricht. Das heißt, dass Soleiman nicht entdeckt worden ist. Noch nicht.

Die andere gute Nachricht: die Lieferung der rumänischen Regenmäntel. Wenn ich mir das genauer überlege, dann führt der Weg von Bulgarien über türkische Firmen in Deutschland, vermittelt durch Eurorientcar, zur Zypern- und Orientbank. Und um dem ganzen die Krone aufzusetzen: schließlich zu Baker und zur CIA. Das sind mehr oder minder alle Zutaten, von denen auch Lespinois sprach. Und demnach sieht es so aus, als ob Sobesky das As im Spiel ist. Das ist viel für eine harmlose Lieferung Regenmäntel. Dabei kann man wohl zu Recht annehmen, dass diese gar nicht harmlos ist, und es sich entweder um eine Drogenlieferung oder um die Einrichtung einer Infrastruktur handeln könnte, die anschließend regelmäßig in Anspruch genommen werden soll. Ich stelle also fest, dass ich in einer Situation bin, wo das Ziel nur heißen kann, all jene festzunehmen, die irgendetwas mit dieser Lieferung zu tun haben, um mit Hilfe der verhafteten Personen an die führenden Köpfe heranzukommen. Ich muss nur noch den Chef davon überzeugen.

Die Neunuhrnachrichten auf *Europe 1*. Zeit sich anzuziehen und loszugehen.

9.30 Uhr, Passage du Désir

Noch Zeit, nach Istanbul zu telefonieren, bevor Kashguri eintreffen wird. Im französischen Konsulat ist Kutluer wohl bekannt. Er ist ein sehr reicher Geschäftsmann und jeder weiß, dass er Verbindungen zur türkischen Mafia unterhält, was aber kein Hindernis darstellt, in den höchsten Kreisen empfangen zu werden. Und um ehrlich zu sein, auch im Konsulat.

Telefonat mit der Frau des Institut Français in Anatolien.

»Madame, entschuldigen Sie bitte die Störung. Ich bin Kommissar Daquin, Pariser Rauschgiftdezernat. Ich rufe Sie auf Grund einer Empfehlung von Monsieur Dumas, Attaché des französischen Konsulats, an.«

»Ich kenne ihn sehr gut. Was kann ich für Sie tun, Kommissar?«

Eine sehr junge Stimme, die gerne lacht, ein leichter slawischer Akzent. Daquin stellt sich eine wohl geformte Blondine vor.

»Nachdem, was mir Monsieur Dumas erzählt hat, sind Sie gut mit John Erwin bekannt?«

»Kommt darauf an, was Sie unter gut verstehen. Ich bin regelmäßig bei ihm zum Abendessen eingeladen, gemeinsam mit ungefähr fünfzig anderen Personen.«

»Genau darum handelt es sich. Könnten Sie mir eine Liste seiner Gäste anfertigen?«

»Mit dem größten Vergnügen, aber ich kenne nicht all Leute namentlich.«

»Könnten Sie ihn nicht um eine Liste für einen Empfang im Institut Français bitten?«

Sie zögert etwas.

»Doch. Eigentlich schon.«

»Es interessiert mich nur das vergangene Jahr.«

»Verstehe. Ich werde es versuchen.«

Als Daquin auflegt, träumt er davon, eine kleine runde Blondine zu lieben. Er grinst. Das wäre mal etwas anderes.

Kashguri kommt genau um 10.00 Uhr. Ungefähr Daquins Größe, schlank, schwarze Haare und Augen, helle Haut, sehr fein geschnittenes Gesicht mit ebenen Zügen. Auf seine Art ein sehr schöner Mann. Nicht mein Geschmack, eher der von Lenglet. Bekleidet mit einem klassischen graublauen Anzug, englischer Schnitt. Dazu dunkelgraue Krawatte und ein hellblaues Hemd. Er setzt sich in den Sessel, den Daquin für ihn bereitgestellt hat. Die Arme auf den Lehnen und die Hände vor sich gefaltet, lange, wohl gepflegte, sehnige Hände, die den Eindruck von Stärke vermitteln.

»Monsieur Kashguri, danke, dass Sie gekommen sind. Ich wollte Sie wegen des Mordes, der am 29. Februar im *Club Simon* begangen wurde, sprechen. Sie sind dort Mitglied, wir befragen alle Mitglieder.«

Kashguri faltet die Hände und löst sie langsam wieder, ohne dabei Daquin anzusehen. Er beugt sich leicht nach vorn.

»Kommissar, ich habe mitnichten die Absicht, mit Ihnen Katz und Maus zu spielen. (Nicht der Hauch eines Akzents. Perfektes Französisch.) Ich spiele eine wichtige Rolle in den französisch-iranischen Beziehungen, die zur Stunde sehr komplexer Natur sind, wie Sie wissen ...«

»Was Sie jedoch nicht außerhalb der Gesetze unseres Landes stellt.«

»(Er lacht.) Natürlich nicht. Aber es bedeutet für mich sehr viel Arbeit. Deshalb habe ich auch nicht viel Zeit zu verlieren. Ja, ich bin ein großer Anhänger der käuflichen Liebe, was in Frankreich nicht verboten ist. Aber ich bin nicht bereit, Ihnen zu erzählen, unter welchen Umständen ich mich diesem Vergnügen hingebe.«

»Es ist auch gar nicht meine Absicht, Sie danach zu fragen. Meine erste Frage lautet: Können Sie bestätigen, dass Sie Mitglied im *Club Simon* sind?«

»Ja, das kann ich.«

»Welches Pseudonym verwenden Sie?«

»Das werde ich Ihnen nicht sagen. Sie dringen in mein Privatsphäre ein.«

»Ein Mord ist dort begangen worden …«

»Das ist kein Grund.«

»… am Abend des 29. Februar.«

»Aber ich will Ihnen gerne sagen, was ich am 29. Februar abends gemacht habe. (Er blättert in seinem Kalender, zeigt Daquin die Seite.) Um 16.00 Uhr habe ich an der Versammlung einer Gruppe französisch-iranischer Abgeordneter teilgenommen. Danach habe ich mit dem Vorsitzenden der Gruppe, dem Abgeordneten Bertrand, zu Abend gegessen.«

Daquin schaut sich die Seite genau an. 16.00 Uhr: *Gruppe FI.* Und 20.00 Uhr: *Bertrand.*

»Erinnern Sie sich noch, wohin Sie essen gegangen sind? Und um wie viel Uhr ungefähr?«

»Ja. Wir fuhren zusammen ins Lipp, wo wir gewöhnlich hingehen. Und zwar gegen 20.00 Uhr, nach der Versammlung, mit dem Taxi.«

»Ich werde es überprüfen.«

»Seien Sie diskret.«

»Natürlich. Ich wollte Sie ebenfalls darauf hinweisen, dass der Konsum gewisser Substanzen in Frankreich verboten ist.«

Kashguri sehr beherrscht, lächelnd, die Hände immer noch gefaltet.

»Was diesen Punkt anbetrifft, können Sie mir leicht fehlerhaftes Verhalten vorwerfen. Das ist eine Gewohnheit, die ich aus meinem Land kenne, wo diesbezüglich eine große Toleranz herrscht. Aber Sie wissen genauso gut wie ich, dass Sie in diesem Punkt mit vielen Leuten Probleme bekommen werden und letztlich nur wegen einer Lappalie.«

Er ist mit sich zufrieden, sicher, einen Punkt gemacht zu haben. Das ist der richtige Zeitpunkt, einen Bluff zu wagen.

»Kennen Sie Virginie Lamouroux?«

»Nein. Diese Person kenne ich nicht.«

In seinem Gesicht ist keine Regung zu bemerken. Daquin schiebt ihm das Foto von Virginie hin, das ihre Mutter Attali gegeben hat.

»Niemals getroffen?«

»Nein. Niemals.«

»Dennoch hat Virginie Lamouroux ausgesagt, dass sie in Ihrem Beisein das Rauchen von Heroin begonnen hätte.«

Da, ein leichtes Zucken. Daquin ist sich sicher. Kashguri lehnt sich wieder in den Sessel zurück. Sehr abgeklärter Tonfall.

»Hören Sie, ich kann nicht alle persönlich kennen, mit denen ich je einen etwas bewegten Abend verbracht habe. Diese Dame kenne ich nicht und ich möchte die Diskussion über meine bevorzugten Freizeitbetätigungen jetzt beenden.«

»Sehr wohl, Monsieur Kashguri. Ich danke Ihnen für dieses Gespräch.«

Kashgari ist überrascht, dass Daquin so schnell zum Ende kommt. Sie erheben sich beide, Daquin begleitet Kashguri bis zur Tür und kommt zurück, um sich wieder an seinen Schreibtisch zu setzen.

Er will mich auf die Spur von Bernard schicken. Sehr gut. Attali wird hingehen. Herauskriegen, warum er ein Interesse daran hat. Ich glaube, dass er VL kennt. Aber ich muss es beweisen können. Wenn ich es schaffe, steckt er bis zum Halse drin. Aber in was? Drogenhandel? Mord an dem Thaimädchen? Beides? Ist er es, den VL erpressen will?

12.00 Uhr, bei Mado

Daquin ist mit Meillant zum Mittagessen verabredet. Er holt ihn vom Kommissariat des 10ten Arrondissements ab. Die zwei Männer reichen sich die Hand. Seit der Zeit auf der Polizeischule haben sie sich nur noch selten gesehen. Das ist ... beinahe zehn Jahre her. Meillant hat sich nicht verändert. Klein, nicht unbedingt dick, eher gedrungen. Dreiteiler, weißes Hemd, dunkle Krawatte. Graue Haare, sorgfältig nach hinten gekämmt. Pomade? Ziemlich altmodisch. Was kann Anna Berić bloß an ihm finden? Daquin fühlt dieselbe Antipathie aufsteigen, die sie schon zu Schulzeiten voneinander trennte.

»Ich nehme Sie zum Mittagessen zu Mado mit. Ich habe dort einen Tisch reserviert. Kennen Sie Mado?«

»Nein.«

»Das ist eine Institution hier im Viertel, gleich um die

Ecke.«

Sie treffen bei Mado ein, halten sich gar nicht erst an der Bar auf und verschwinden stattdessen gleich hinter dem roten Vorhang. Mado kommt geschwind auf sie zu, küsst Meillant, reicht Daquin die Hand, hält einen Augenblick mit kennerhafter Miene inne und führt schließlich beide an einen ruhigen Tisch am Ende des Saales.

»Heute ist Cassoulet-Tag.«

»Perfekt, zweimal Cassoulet, einen Cahors und bring uns die beste Vorspeise, die du hast, damit wir nicht ungeduldig werden.«

Während Meillant das sagt, gibt er der Wirtin einen Klaps auf ihren beeindruckenden Hintern, diese bedankt sich mit einem Lachen und schaukelt in Richtung Küche.

Meillant erzählt Daquin detailgetreu Mados Karriere und schließt:

»Sehen Sie die ganzen Klunker, die Mado mit sich rumschleppt? Das ist alles aus echtem Gold und geschliffenen Steinen. Selbst die Brille, Diamanten und Platin. Sie hat kein Vertrauen zu den Banken und trägt ihr Glück lieber direkt bei sich. Auch beim Bumsen behält sie den ganzen Schmuck an, außer ihrer Brille.«

Meillant scheint sich wirklich auszukennen.

»Wussten Sie, dass Thomas hier die Spur zum Ballett Aratoff aufgenommen hat?«

Nein, Daquin wusste es nicht. Meillant hatte ihm also Thomas und Santoni geschickt, um über die Untersuchung auf seinem Terrain auf dem Laufenden gehalten zu werden. Wie konnte ich nur so naiv sein und das nicht schon früher begreifen? So tun, als wäre alles in Ordnung. Zum Glück ist das Cassoulet nicht allzu deftig.

»Meillant, kennen Sie Osman Celik?«

»Ja, gut.«

»Daran habe ich nicht gezweifelt. Können Sie mir ein wenig mehr über ihn sagen?«

»Ich habe ihm geholfen, ordentliche Papiere zu erhalten, vor zirka zwei Jahren, um eine Werkstatt zu eröffnen. Seitdem sind wir in Kontakt geblieben.«

»Sie wissen schon, dass er gestern umgebracht wurde?«

»Ja. Ich habe den Bericht der Kripo gelesen.«

»Haben Sie eine Vermutung?«

»Ein Vergeltungsakt. Osman Celik war ein Linker. Er hatte schon in Istanbul Probleme mit den Grauen Wölfen.«

»War er nicht mehr oder weniger direkt in Drogengeschäfte verwickelt?«

»Nein, nicht wirklich. Absolut nicht sein Ding. Kleine gewöhnliche Rangeleien im Sentier, ja, aber dafür wird man in meinem Viertel noch nicht umgebracht.«

Auf dem Rückweg lässt Daquin seine Gedanken ein wenig schweifen. Also war Celik doch ein V-Mann von Meillant. Soll ich es Soleiman sagen oder nicht? Und wer weiß noch davon?

15.00 Uhr, Passage du Désir

Zwei volle Stunden mit der Befragung zweier Mannequins verbracht, die mit Virginie Lamouroux gearbeitet haben. Thomas leitet die Verhöre, ein Inspektor der Sittenpolizei steht ihm zur Seite. Daquin sitzt in einem Sessel im Hintergrund und beobachtet, ohne einzugreifen. Man erfährt wenig Neues. Virginie Lamouroux hat einen Anrufbeantworter für ihre Arbeit benutzt. Attali hat ihn schon gefunden, er war bei Sobeskys Sohn installiert. Sie hat eine recht deftige Vermittlungssumme verlangt. Die Mädchen mögen sie gern, niemals eine miese Tour oder sonstige Konflikte. Schwieriger wird es, als es um die Drogen geht. Man muss etwas nachhelfen. Da sie über keinerlei Erfahrungen mit Polizeipraktiken verfügen, gehen sie leicht in die Falle. Die Kunden sind es, die die Drogen konsumieren. Sehr angesagt im Moment ist LSD. Sie beide auch? ... Ja, vielleicht, so ein bisschen, sehr geringe Dosis, eher Heroin. Alles von Virginie Lamouroux besorgt? Nein, nicht unbedingt. Und Kashguri? Alle beide haben ihn als Kunden gehabt, das Treffen wurde von Virginie arrangiert, wie die anderen auch. Ein eher ungewöhnlicher Kunde. Er kommt mit Freunden, während der ganzen Fickpartie bleibt er in einer Ecke und schaut zu, raucht und trinkt. Er hat sich nicht ein einziges Mal ausgezogen.

Santoni hat eine erfolgreiche Jagd hinter sich. Die sechs Abgeordneten und zwei Senatoren, die dem *Club Simon* angehören, sind alle Mitglieder der parlamentarischen Gruppe der französisch-iranischen Freundschaft, die insgesamt dreißig Abgeordnete umfasst. Vollständige Liste der Gruppe. Präsident: Gérard Bertrand. Seine Adresse: geschäftlich und privat, Avenue Bosquet, Nummer 57. Lob von Daquin.

»Bei einer Presseagentur habe ich ein gutes Foto von Bertrand gefunden. Soll ich es zur Mappe legen, die ich morgen mit nach München nehme?«

»Warum nicht. Aber im Augenblick nichts davon in die Berichte.«

Bei Romero herrscht am Ende des Nachmittags Ebbe auf ganzer Linie. Außer bei Moreira. Er hat mit einer gewissen Paulette telefoniert, um sie um falsche Papiere zu bitten. Seit dem Besuch der angeblichen Inspektoren des Gewerbeaufsichtsamtes haben seine Jungs eine solche Angst, dass es notwendig wird, sie zu ersetzen. Da es früher als vorgesehen passieren soll, ist der eigentliche Lieferant damit überfordert. Kann sie einspringen? Sie wird es versuchen.

Das Telefon, mit dem Paulette den Anruf entgegengenommen hat, steht in einer Werkstatt im Sentier, die einem gewissen Berican in der Passage de l'Industrie gehört. Dranbleiben.

18

Donnerstag, 20. März

8.00 Uhr, Passage du Désir

Konzentrierte Arbeitsatmosphäre im großen Büro. Daquin studiert die Zeitungen. Der Boykott der von der Regierung vorgeschlagenen Legalisierung durch die türkischen Sans Papiers ist der *Libération* eine Titelseite wert.

Bewunderung für Soleiman.

Romero bastelt an einem Bericht über das Netz von Sener.

Telefon.

»Théo?«

»Ja, Chef.«

»Rouen hat uns gerade angerufen. Sie haben eine nicht identifizierte Leiche gefunden, die Euch gehören könnte. Schicken Sie jemanden hin, um die Leiche in Augenschein zu nehmen?«

»Wie kommen Sie auf uns?«

»Eine Türkenvisage und Kleidung aus der Region von Istanbul. Rufen Sie Inspektor Petitjean vom Hauptkommissariat in Rouen an.«

Daquin legt auf.

»Romero, das ist Ihr Job. Nehmen Sie die Fotomappe mit, die wird Ihnen dort von Nutzen sein.«

9.30 Uhr, Brasserie Lipp

Die Flügeltüren der Brasserie Lipp sind weit geöffnet, ein Lieferant im Blaumann kommt mit leeren Flaschenkisten heraus und kehrt mit vollen zurück. Champagner. Attali sitzt auf der Terrasse, wirft einen Blick nach drinnen, unendlich viele Spiegel, helle Fliesen und dunkles Holz. Eine Frau ist gerade dabei, einen großen Strauß orangefarbener Lilien zu arrangieren. Nicht ein Gast. Nur ein Kellner ist da, schwarz gekleidet mit einer riesigen weißen Schürze bis zu den Knien. Er geht auf Attali zu.

Spüllärm und Stimmengewirr aus der Küche. Attali zeigt seinen Ausweis. Der Kellner holt seinen Chef. Ein ehrenwerter Herr, grauer Anzug, weißes Hemd, dunkle Krawatte.

»Ich habe einige Fragen an Sie, zwei Ihrer Gäste betreffend, Routinebefragung, Diskretion selbstverständlich.«

Die zwei Männer nehmen auf der großen offenen Terrasse Platz.

»Kennen Sie Monsieur Bertrand und Monsieur Kashguri?«

»Ja, sie sind Stammgäste.«

»Waren sie am Abend des 29. Februar hier?«

Der Mann geht zwei große Bücher hinter dem Tresen holen, die gleich neben den orangefarbenen Blumen liegen. Im ersten der tägliche Schichtplan der Kellner mit ihren Zeiten. Auf der anderen Seite haben die Angestellten entsprechend gegengezeichnet.

»29. Februar. Ich war an jenem Abend da. Um es Ihnen gleich zu sagen, ich kann mich nicht mehr genau daran erinnern.«

Zweites Buch: die Reservierungen.

»29. Februar. Monsieur Bertrand hat einen Tisch für zwei Personen reserviert, für 21.00 Uhr.«

»Warum sind all diese Reservierungen durchgestrichen?«

»Wir streichen die Namen durch, wenn die Gäste eintreffen«

»Das heiß, wenn Monsieur Bertrand nicht gekommen wäre, wäre sein Name nicht gestrichen worden.«

»Oder er hat per Telefon den Tisch wieder abbestellt. Wenn ein Gast abbestellt, streichen wir ihn auch, dann halten wir den Tisch nicht länger zurück.«

»Und das kommt vor, dass sich die Gäste noch die Mühe machen und telefonieren, um abzubestellen?«

»Ja, unsere Stammgäste legen Wert darauf, uns nicht auf der Reservierung sitzen zu lassen.«

»Wenn Monsieur Bertrand also den Tisch abbestellt hätte, dann wüssten Sie davon?«

»Ja.«

»Und daran können Sie sich nicht erinnern?«

»Nein. Das ist jetzt fast drei Wochen her. Monsieur Bertrand kommt mehrmals in der Woche. Wir haben täglich an die hundert Reservierungen, von denen zirka drei oder vier wieder absagen. Also ...«

»Könnten Sie die Kellner befragen, die an diesem Abend gearbeitet haben, und mich unter dieser Nummer anrufen, wenn sich jemand an etwas erinnern sollte?«

»Aber selbstverständlich, Herr Inspektor.«

Attali verlässt die Brasserie. Er weiß schon jetzt, dass das nicht weiter führen wird.

10.00 Uhr, Passage du Désir

Die Mannequins werden erneut verhört. Routine stellt sich ein. Thomas arbeitet wieder mit dem gleichen Inspektor der Sittenpolizei zusammen. Daquin, wie immer im Hintergrund, beobachtet weiter, ohne etwas zu sagen. Maud Matthieu. Langatmiges Verhör, aber es bestätigt zumindest die Aussagen von Lamergie.

Daquin langweilt sich. Man kann davon ausgehen, dass VL am Abend des 29. Februar im *Club Simon* war. Abgesehen davon, weiß keiner etwas über sie. Man tritt auf der Stelle, ich warte noch das letzte Verhör an diesem Vormittag ab und gehe dann zu einer anderen Sache über.

Dorothée Marty kommt herein. Eine schlanke, langbeinige Brünette. Glatte volle Haare, Pagenschnitt. Langer Pony, der die ganze Stirn bedeckt. Das Gesicht wirkt klein und kindlich, umrahmt von diesem dunklen Helm. Anmutig, stellt Daquin fest, der immer noch nicht ganz bei der Sache ist. Das Verhör beginnt. Wie die anderen. Daquin muss sich anstrengen, um aufzupassen. Und plötzlich bei der Frage »Kennen Sie Kashguri, hatten Sie ihn als Kunden?« versteinert sich ihre Haltung, keine Regung mehr in ihrem Gesicht.

»Ja.«

»Wer hat Ihnen den besorgt?«

»Virginie Lamouroux, wie die anderen auch.«

»Wissen Sie, ob sie ihn persönlich kennt?«

»Nein. Ich habe niemals mit ihr darüber gesprochen.«

Thomas wechselt das Thema. Dorothy Marty entspannt sich und nimmt wieder eine normale Haltung an. Das Verhör wird fortgesetzt. Unglaublich, dass weder Thomas noch der Inspektor von der Sittenpolizei etwas wahrgenommen haben. Keine guten Bullen. Oder aber, es ist ihnen vollkommen egal.

Ende. Dorothée Marty steht auf, unterschreibt ihre Zeugenaussage und macht sich zum Gehen bereit. Daquin steht auf. Die beiden Inspektoren sehen, wie er dem Mädchen die Tür aufhält und sie beim Ellenbogen fasst.

»Macht er sie jetzt an, Ihr Kommissar?« fragt der Inspektor der Sittenpolizei Thomas, der mit den Schultern zuckt, als wisse oder verstehe er es auch nicht.

»Mademoiselle, darf ich Sie zum Mittagessen einladen? Es ist Mittagszeit und ich würde gern ein wenig mit Ihnen plaudern, dieses Gespräch wäre natürlich rein inoffizieller Natur. (Dorothée Marty ist überrascht und zögert.) Sagen Sie ja. Sie riskieren dabei nicht viel und haben mein Ehrenwort als Kommissar.«

»Wissen Sie, ich esse normalerweise nicht zu Mittag.«

»Ich nehme Sie zu einem Italiener mit, der wird Ihnen gefallen. Wenn Sie wollen, bestellen Sie eben nur einen Kaffee.«

11.30 Uhr, Rouen

Kälte, Kacheln, Gestank. Der Leichnam liegt auf einer Bahre. Das Gesicht ist aufgedeckt. Blass, überall etwas aufgequollen. Unwirklich. Kein Toter, eher eine Maske.

»Das sind Verbrennungen, die vom Kalklöschen herrühren,« erklärt Petitjean. »Deswegen haben wir ihn schminken lassen, um seine Identifizierung zu vereinfachen.«

Romero legt seine Mappe auf den Tisch und holt eine Reihe Fotos heraus, geht sie durch und findet eins, das er Petitjean zeigt.

»Ja. Das ist er.«

»Gehen wir fort von hier.«

Sie entfernen sich vom Leichenschauhaus. Romero hat Toskana einstecken, diese kleinen italienischen Zigaretten, die er immer dabei hat, wenn er in ein Leichschauhaus geht: Die stinken noch heftiger als die Leichen. Er bietet Petitjean eine an, der ablehnt.

»Stört es Sie, wenn ich rauche?«

»Überhaupt nicht. Also?«

»Das ist eine kleiner türkischer Dealer, den wir vor zwei Wochen ausfindig gemacht haben, ein gewisser Celebi.«

12.30 Uhr, Restaurant Da Mimo

Klein Neapel. Daquin ist offensichtlich Stammgast hier. Kleiner Tisch ganz hinten, rotweiß kariertes Tischtuch. Daquin weist der jungen Frau den Platz mit dem Rücken zum Eingang zu. Er wählt für sie einen gemischten Vorspeisenteller aus, vegetarisch, mit Öl und Essig angemacht, und für ihn selbst eine Pizza Rughetta. Anschließend einen Teller gegrillter Fische. Einen kalten Orvieto wie immer und für Madame ein Contrex.

Die Verunsicherung des Mädchens ausnutzen, ihr keine Zeit lassen, wieder die Fassung zu erlangen.

»Erzählen Sie mir von Ihrer Beziehung zu Kashguri.«

Derselbe Panzer wie vorhin. Sie bemüht sich, ihn sich nicht anmerken zu lassen. Ein Lächeln.

»Ich habe nichts weiter dazu zu sagen.«

»Das ist nicht wahr. Sobald dieser Name fällt, nimmt Ihr ganzer Körper eine Abwehrhaltung ein. Ist es schief gelaufen?«

»Schon möglich. Na und wenn schon?«

»Erzählen Sie es mir. Wir sind hier nicht mehr in den Räumlichkeiten der Polizeibehörde. Sie möchten etwas loswerden und niemand wird Ihnen besser zuhören als ich.«

Dorothée nimmt das Gesicht in ihre Hände, um den Blicken Daquins auszuweichen.

»Woher wissen Sie das?«

»Ich höre Ihnen zu, sehe Sie an, achte auf Sie, das ist alles.«

»Er hat mich vergewaltigt, unter abscheulichen Bedingungen.«

Eine tiefe Stimme, monoton, die Hände immer noch vor dem Gesicht. Daquin lässt sie schweigen, wartet, bis sie sich gefasst hat. Sie hat den härtesten Teil geschafft, nun ist es an ihr, das Erzähltempo zu bestimmen. Dorothée kramt in ihrem Gedächtnis. Sie schaut starr auf ihren Teller. Immer noch derselbe Tonfall.

»Er hat mir eine hohe Summe vorgeschlagen, wenn ich den Abend bei ihm mit seinen Freunden verbringe. Ich habe ihn als Kunden ein paar Mal im *Club Simon* gesehen, er kam mit Freunden und schaute uns beim Vögeln zu. Das war alles. Ich glaubte, bei ihm zu Hause würde es genauso laufen. Ich war einverstanden.«

Erneute Pause, sehr lang. Daquin sagt nichts.

»Ich traf bei ihm zu Hause ein. Er war anscheinend allein und dankte mir für mein Kommen. Beide gingen wir in den Salon und rauchten ein bisschen Heroin. Mir wurde etwas schummrig. Er führte mich in ein Zimmer, irgendwo in seiner Wohnung. Es war kaum eingerichtet, nur ein großes Bett mit einem Gestell aus Messing. (Dorothée richtet die Augen zum ersten Mal auf Daquin.) Wissen Sie, wie die von früher mit einem Kopf- und Fußende aus Metall.«

»Ja, so eines hatte meine Großmutter.«

»(Dorothée schaut wieder auf den Teller.) In dem Zimmer waren zwei Männer, seine Kammerdiener. Sie haben mich gepackt, der eine hielt mich fest, während der andere mir buchstäblich die Kleider vom Leib riss. Ich fing an, zu schreien und mich zu wehren. Das amüsierte sie. Kashguri saß in einem Sessel und lachte. Ich war total eingeschüchtert, ich dachte, sie wollen mich umbringen und niemand wird mich jemals finden. Als ich ganz nackt war, haben sie mich mit Seilen am Bett festgebunden, ich lag auf dem Rücken, Beine und Arme auseinander gestreckt, und dann begannen sie, mich auszupeitschen.«

Langes Schweigen. Erinnerung an das erfahrene Leid.

»Als ich aufgehört habe zu schreien, haben sie mich losgebunden. Ich konnte mich nicht mehr bewegen, ich habe überall geblutet und dann haben sie mich vergewaltigt, einer nach dem anderen und schließlich beide zugleich. Ich wurde ohnmächtig. Ich glaube, währenddessen hat sich Kashguri selbst befriedigt. (Erneute Pause.) Danach hat mich einer der beiden verarztet, indem er auf die Wunden ein sehr stark riechendes Mittel schmierte. Dann haben sie mich in eine Art Laken gewickelt und mich zum Auto getragen und mich in meine Wohnung gebracht. Sie haben mich so liegen gelassen, mitten in der Nacht. Mit einem Bündel Geld. Ich habe sie nicht angezeigt. Ich habe mich allein gesund gepflegt. Ich arbeite nicht mehr, gehe nicht mehr aus und lebe von Kashguris Geld. (Nach einer Weile hebt sie schließlich die Augen von ihrem Teller. Ein junges Lächeln.) Es stimmt tatsächlich, Sie hören erstaunlich gut zu.«

Daquin würde ihr gern über die Wangen streicheln, aber das wäre zweifellos das Dümmste, was er in dieser Situation machen könnte. Ich werde Kashguri kriegen. So oder so, ich werde ihn in der Hand haben.

14.30 Uhr, Passage du Désir

Auf dem Schreibtisch eine Nachricht von Romero: »Der Tote ist Celebi, der kleine türkische Dealer und Komplize vom jugoslawischen Werkstattmeister. Ich werde gegen 20.00 Uhr wieder zurück sein.«

Celebi wurde hingerichtet: Bei dieser Neuigkeit macht es Klick.

Daquin schreibt einen Zettel für Attali und Lavorel: »Seien Sie um 20.00 Uhr im Büro.« Dann geht er nach Hause. Schenkt sich einen Kaffee und einen Cognac ein, legt sich auf die Couch, schließt die Augen und lässt die Gedanken schweifen.

15.00 Uhr, Nebengebäude der Nationalversammlung

Bertrand hat ein Treffen mit Attali akzeptiert. »Eine halbe Stunde, nicht länger, ich habe viel zu tun. Und ich möchte, dass Sie sich diskret verhalten. Weder der Türsteher noch meine Sekretärin sollen merken, dass Sie ein Polizeiinspektor sind.«

Ein modernes Gebäude: Marmor, Stahl, Holz, Teppichbelag. Echter Luxus. Wenigstens weiß man, was mit den Steuergeldern passiert. In die Polizeireviere werden sie jedenfalls nicht investiert.

Attali betritt das Büro von Bertrand, der aufsteht, ihm die

Hand reicht und ihm einen Sessel zuweist. Ziemlich groß, ein Rotschopf mit hellem Teint, Mitte Vierzig. Attali findet ihn auf Anhieb unsympathisch.

»Also?«

»Monsieur Bertrand, wir haben den Terminkalender von Monsieur Kashguri überprüft, demzufolge er den Abend des 29. Februar mit Ihnen verbracht hat.«

»Was liegt gegen Kashguri vor?«

»Es liegt nichts gegen ihn vor. Wir überprüfen im Rahmen einer Morduntersuchung – der Mord wurde am Abend des 29. Februar begangen – die Terminkalender einer Vielzahl von Personen.«

Bertrand weicht dem Blick Attalis aus und beißt sich auf die Unterlippe. Schweigen auf beiden Seiten. Befangenheit. Er schlägt seinen Terminkalender auf.

»Am 29. Februar habe ich eine Versammlung von Abgeordneten der französisch-iranischen Freundschaftsgesellschaft geleitet, zu der Monsieur Kashguri als Experte eingeladen war. Die Versammlung war gegen 20.30 Uhr zu Ende und anschließend sind wir beide in die Brasserie Lipp essen gegangen, was wir des öfteren tun. Meine Sekretärin hat einen Tisch reservieren lassen.«

»Sehr gut. Ich danke Ihnen Monsieur Bertrand.«

»Inspektor, die Beziehungen zwischen den Vereinigten Staaten und dem Iran sind im Moment sehr gespannt. Frankreich hat im Iran beachtliche Interessen. Es spielt eine bedeutende Rolle als Vertreter Europas und möchte, dass Europa eine Vermittlung und einen Dialog akzeptiert, um einen Abbruch der Beziehungen zu vermeiden. Monsieur Kashguri ist ein sehr geschätzter Verbündeter der französischen Diplomatie. Mehr brauche ich Ihnen dazu nicht zu sagen. Das bedeutet natürlich nicht, dass er das Recht hat, sich außerhalb der französischen Gesetze zu bewegen. Aber das bedeutet selbstverständlich auch, dass wir Sie bitten, mit äußerster Vorsicht zu handeln.«

Im Fahrstuhl sagt Attali laut und deutlich: Ich hasse ihn. Und dann muss er darüber lachen.

Die Straße liegt gut dreißig Meter über der Seine. Am Straßenrand ein weiträumiges Gelände, auf dem die Laster rangieren, die gerade ihre Kalkladungen in die Schuppen ausgeschüttet haben. Auf der anderen Seite eine Kalkfabrik, deren Schachtspeicher bis an die Ufer der Seine reichen. Dort, unterhalb der Speicher, legen die Schiffskähne an, um ihre Ladungen an Bord zu nehmen. Petitjean lässt Romero die Örtlichkeiten besichtigen.

»Den Angaben des Gerichtsmediziners zufolge wurde der Mann auf diesem Gelände durch einen Schuss aus nächster Nähe mitten ins Herz getötet. Ab 17.00 Uhr, wenn die Baggerfahrer ihre Arbeit einstellen, ist dieser Ort menschenleer. Der Mörder ist über den Zaun des Werksgeländes geklettert. (Er zeigt auf eine Stelle, an der der Zaun beschädigt ist.) Und er ist runter bis zu den Kalkspeichern gegangen, die Leiche hat er mitgeschleppt. (Er zeigt ihm die Spuren auf der Tonerde.) Anschließend lässt er den Leichnam in den Schacht Nummer 3 rutschen. Dann geht er wieder weg. Wenn die Leiche länger als 48 Stunden im Kalk, im Schacht oder auf den Kähnen geblieben wäre, wäre eine Identifizierung nicht mehr möglich gewesen. Aber ein Schiffskahn ist gekommen, um die Ladung aus dem Schacht Nummer 3 zu holen, das war am 19. März um 5.00 Uhr morgens. Der Matrose, der mehrmals am Tag hin- und herfährt, hat die Ladung alleine übernommen und nichts bemerkt. Wir haben das überprüft und es kann tatsächlich sein, dass die Leiche durch das Rohr, durch das die Ladung kommt, mit durchgerutscht ist. Anschließend ist der Kahn Richtung Zementfabrik nach Rouen gefahren, ungefähr dreißig Kilometer von hier, wo er gegen 8.00 Uhr entladen wurde. Um 9.00 Uhr haben wir die Leiche zu Gesicht bekommen. Keine Papiere. Nichts in den Taschen. Die Etiketten seiner Jacke, seiner Hose und von seinem Hemd waren herausgerissen. Er hatte keine Schuhe an. Die Identifizierung schien schwierig. Glücklicherweise habe ich, als ich hierher kam, um mich umzuschauen, einen Schuh wiedergefunden, den der Mann verloren haben musste, als man ihn im Schutz des Abhangs herschleppte. Zweifellos teure Schuhe, denn der Name des Schuhgeschäfts war im Inneren des Schuhs angegeben: Istiklal Caddesi, Istanbul. Von da aus habe ich mich bis zu ihnen durchgeschlagen. In weniger als 24 Stunden. Ich finde, das ist für uns kleine Provinzbullen gar nicht übel.«

Romero muss bei dem Gedanken lächeln, dass er nun ein Hauptstädter geworden ist.

20.00 Uhr, Passage du Désir

Attali und Lavorel spielen Dame. Daquin macht sich einen Kaffee, ohne ein Wort zu verlieren.

Romero kommt herein. Sehr schmutzig, denkt Daquin. Ein feiner weißer Staub bedeckt seine Haare, sein Gesicht, seine Hände und seine Kleidung. Seine Schuhe sind ebenfalls weiß. Er scheint das gar nicht zu bemerken, so aufgeregt ist er. Attali und Lavorel brechen ihr Spiel ab.

»Wir fangen mit Attali an«, sagt Daquin.

Attali erläutert das System der Tischreservierungen und Annullierungen. Also ist es ein mögliches Alibi, aber kein sicheres. Kleine Ansprache von Bertrand über die politische Bedeutung von Kashguri.

»Und dann das Unbehagen, das sich breit machte und das Gefühl, dass Bertrand mehr über den Ablauf der Ermittlungen weiß als ich.«

»War Bertrand zufrieden, dass er seinem Freund zu Hilfe eilen konnte?«

»Er hätte sein letztes Hemd hergegeben, um es nicht tun zu müssen.«

»Kashguri versucht also, Bertrand reinzuziehen. Was bekommt er dafür? Wir werden es herauskriegen. Lavorel?«

»Nichts Neues, außer einer Bestätigung: Der Franzose, der seinen Namen für den Kauf der beiden Läden zur Verfügung stellte, ist Angestellter bei Eurorientcar.«

Daquin sieht zufrieden aus.

»Und Sie Romero, berichten Sie uns genauer über Ihre sensationelle Entdeckung!«

Die Identifizierung, die Wiederherstellung, die nötig war, nachdem die Leiche im Kalk gelegen hatte. Aus nächster Nähe getötet, von vorn, eine Kugel mitten ins Herz. Nach der Tat beiseite geschafft. Das ist alles, im Moment jedenfalls.

»Was diesen Mord anbelangt, so will ich zwei Punkte festhalten. Erstens: Dieses Verbrechen scheint dem von Celik ähnlich zu sein. Ich weiß nicht, ob ich es Ihnen schon gesagt habe, aber Celik war ein V-Mann von Meillant und das war nur wenigen bekannt. Zweitens: Ebenfalls nur sehr wenig Leute wussten davon, dass wir Celebi ausfindig gemacht und einen Belastungszeugen gegen ihn hatten. Wir ermitteln in einer großen Drogengeschichte und das bedeutet viel Geld. Und viel Geld heißt viele Morde. Bis jetzt haben wir schon drei und dabei wird es nach unserem derzeitigen Ermittlungsstand nicht bleiben. Und Korruption. Korrupte Politiker, aber auch Bullen, beides. Denken Sie daran.«

Das hat gesessen. Totenstille.

»Romero, morgen nehmen Sie wieder Kontakt zum Attaché des Botschafters und zu Paulette auf und hören die Telefonbänder ab. Attali, Sie widmen sich wieder der Akte VL. Am Ende des Monats wird es bei Sobesky eine Lieferung Regenmäntel aus Rumänien geben. Ich möchte, dass wir bis dahin so weit wie möglich in unseren Ermittlungen fortgeschritten sind.«

Immer noch Schweigen. Daquin steht auf, zieht sich seine Jacke an, verabschiedet sich und geht.

19

Freitag, 21. März

8.00 Uhr, Avenue Jean-Jaurès

Romero schläft tief und fest. Das Telefon klingelt. Er hebt mürrisch ab. Schlechte Laune. Ein anstrengender Tag gestern, und nachdem Daquin korrupte Bullen angedeutet hatte, hat er die ganze Nacht nicht schlafen können. Was wollte er damit sagen? Unmöglich, das einfach so zu schlucken. Erst gegen 6.00 Uhr morgens ist er in eine Art komatösen Tiefschlaf gefallen, und das ist gerade einmal zwei Stunden her … Was für ein Job.

Die Stimme von Yildiz …

»Habe ich Sie geweckt, Romeo?«

»Ja.«

»Na gut, dann mache ich es kurz. Heute wird Turgut Sener wie jeden Monat seinen Diplomatenkoffer auf dem Flughafen Roissy abholen. Er fährt gegen 10.00 Uhr vom Büro, Boulevard Malherbes, mit einem Kleinbus der Botschaft los.«

»Yildiz, wann gehen wir zusammen essen? Sie fehlen mir.«

»(Sie lacht.) Rufen Sie an, wenn Sie bessere Laune haben.«

Romero steht auf. Eine kalte Dusche und einen Liter Kaffee. Das Chaos in seiner Wohnung kotzt ihn an. Ein kleines Häufchen weißer Staub am Stuhlbein, wo er gestern seine Sachen abgelegt hat. Schmutziges Geschirr steht überall herum. Ich muss aufräumen.

Ein sauberes Sweatshirt, das vorletzte, eine hellblaue Jeans, Turnschuhe, eine Lederjacke. Die Kollegen vom Rauschgiftdezernat aufsuchen.

9.30 Uhr, Beschattung

Die beiden Inspektoren Romero und Marinoni warten in einem ganz normalen R5, Boulevard Haussmann, zirka fünfzig Meter von der türkischen Botschaft entfernt. Marinoni ist guter Dinge und erzählt einen Witz nach dem anderen. Romero entspannt sich ein bisschen.

Ein weißer Kleinbus fährt vom Botschaftsgelände los. Nicht schwer, ihm zu folgen, zumal man weiß, wo er hinfährt und der Verkehr fließend ist.

10.30 Uhr

Der Kleinbus fährt auf einen Parkplatz des Flughafens Roissy, der dem Transit und dem Zoll vorbehalten ist. Romero lässt ihm einige Minuten Vorsprung, dann folgt er ihm auf das überwachte Gelände und zeigt seinen Polizeiausweis. Sener bleibt über eine Stunde im Zollgebäude, dann kommt er mit einem Lagerarbeiter und einer großen verplombten Holzkiste auf einem Gabelstapler zurück. Rangieren. Die Kiste wird in den Kleinbus geladen. Abfahrt. Der Kleinbus fährt los, verfolgt vom R5 mit den beiden Inspektoren. Ruhige Rückfahrt nach Paris.

12.15 Uhr

Der Kleinbus fährt in die Garage der Botschaft, Avenue de Lamballe.

Erneutes Warten. Marinoni geht in einem Café, ungefähr zwanzig Meter weiter, etwas trinken. Romero notiert auf einen Block die verschiedenen Aktionen an diesem Vormittag mit genauer Uhrzeitangabe. Danach löst er Kreuzworträtsel.

12.45 Uhr

Sener taucht wieder hinter dem Lenkrad eines marineblauen 205er mit Pariser Kennzeichen auf. Richtung Stadtzentrum. Um diese Zeit ist die Beschattung immer noch ein Kinderspiel. Sener parkt auf einem Zebrastreifen, Rue du Faubourg Saint-Denis, steigt aus und nimmt von der Rückbank eine Fnac-Plastiktüte, die eine rechteckige Schachtel zu enthalten scheint. Romero bleibt hinter dem Steuer sitzen, während Marinoni die Spur von Sener aufnimmt.

13.00 Uhr

Rückkehr von Marinoni.

»Sener hat sich an einen Tisch gesetzt, in der Brasserie *Flo*, Cour des Petites-Ecuries, mit einer schätzungsweise fünfzigjährigen Frau. Sie sahen aus, als würden sie sich gut kennen. Sie haben etwas zu essen bestellt und sind damit noch beschäftigt. Los, lass uns auch etwas essen gehen. Ich habe wirklich Kohldampf.«

Zwanzig Minuten, um eine warme Mahlzeit in einer Brasserie auf der Rue du Faubourg Saint-Denis zu verschlingen, und dabei gleichzeitig die Ecke und den Eingang zum Cour des Petites-Ecuries im Auge behalten. Danach spazieren sie gemütlich plaudernd auf dem Bürgersteig vor der Brasserie *Flo* entlang.

14.45 Uhr

Sener verlässt mit der Frau, die Marinoni vorhin schon aufgefallen war, das Lokal. Die Frau, ziemlich durchschnittlich, so um die Fünfzig, groß und etwas aufgedunsen, gefärbte kastanienbraune Haare und diskret geschminkt, schlicht gekleidet. Keine Zeit für Raffinesse, aber insgesamt gepflegtes Äußeres. Jetzt trägt sie die Plastiktüte von Fnac. In der Rue Faubourg Saint-Denis trennen sie sich ihre Wege. Er küsst sie flüchtig auf den Mund und dann, sehr vornehm, küsst er mit zweideutigem Getue ihre Hand.

»Ich schließe daraus, dass Sener der ehemalige Geliebte ist.«

»Scheint so.«

Sie biegt nach rechts ein, gefolgt von Marinoni. Sener geht zu seinem Auto zurück, steckt zerstreut seinen Strafzettel in die Tasche seines Regenmantels und fährt los. Romero folgt ihm ohne Schwierigkeiten.

15.25 Uhr

In der Rue de la Procession angekommen, parkt Sener erneut auf einem Zebrastreifen und verschwindet in den Büros der Einwanderungsbehörde. Romero parkt ebenfalls, wo er kann, und geht zu Fuß zum 205er, holt aus der Innenseite seiner Jackentasche eine selbst gebastelte Feile. Erinnerung an seine Jugendzeit in Marseille, ein paar Jahre ist es erst her. Er wirft einen Blick auf den Sekundenzeiger seiner Uhr, lehnt sich sehr geschäftig über das Deck des Kleinbusses, setzt die Feile in das Schloss, das schließlich aufgeht. Nachsehen: fünfundvierzig Sekunden. Gut. Trotz fehlenden Trainings noch unter einer Minute. Dennoch bedauert er etwas, dass seine Palette beschränkt ist: französische Autos und Volkswagen ... Er würde gern einmal die Amerikaner oder Japaner ausprobieren. Dazu war bis jetzt nie Gelegenheit. Er öffnet den Kofferraum. Leer. Romero schließt ihn wieder und kehrt zu seinem Auto zurück. Noch eine Stunde warten. Er langweilt sich ungemein.

16.35 Uhr

Sener kommt in Begleitung von Martens aus dem Gebäude der Einwanderungsbehörde. Das habe ich mir gedacht. Sie gehen zu Fuß fort. Romero folgt ihnen mit Abstand. Sie biegen nach rechts, dann nach links ab und halten vor dem R5 von Martens an, steigen ein, fahren los und lassen Romero im Regen stehen.

19.30 Uhr, Passage du Désir

Als Romero in das große Büro kommt, fängt Santoni gerade an, von seiner Reise nach München zu berichten. Er hat dort nur ein Dutzend Thaimädchen getroffen, die über Paris gereist sind.

»In der Schweiz und in Deutschland gibt es ein ganzes Netz von speziellen Nachtclubs, und sie bleiben kaum länger als sechs Monate in der gleichen Stadt. Sie haben kein Geld, gehen nie raus auf die Straße, reisen immer von einer Stadt zur nächsten, in Begleitung eines Betreuers, der ihre Papiere behält. Nach drei oder vier Jahren, wenn sie bereits ›alt‹ sind, gehen sie zur ›normalen‹ Prostitution über, oder bekommen ein Flugticket, um nach Hause zurückzukehren. Die Polizei und die Chefs der Nachtclubs tun so, als würden sie annehmen, dass sie zwanzig Jahre alt sind, nur weil es in den Pässen so steht, aber die Kundschaft, die täuscht sich nicht und es sind auf jeden Fall Männer, Pädophile, die in diese Clubs kommen. Das spart die Flugtickets bis nach Thailand … Die Clubs sind voll. Fahren wir fort. Von den zehn Kindern, die über Paris gereist sind, haben sieben im *Club Simon* ›gearbeitet‹ und sie haben fünf Mitglieder wiedererkannt. Den Kommissar in Rente, der immer da ist. Ohne Kommentar. Der Unternehmer Lamergie, der schon zugegeben hat, sie missbraucht zu haben. Zwei Abgeordnete. Und Kashguri. Aber er hat sie niemals gebumst. Er schaut zu, während es die anderen machen. In der Regel habe ich die Zeuginnen ihre Aussage unterschreiben lassen. Aber es wird äußerst schwierig werden, diese Mädchen einige Monaten später ausfindig zu machen. Soweit dazu. All das steht in meinem Bericht, die Zeugenaussagen sind beigelegt.«

»Saubere Arbeit, danke. Wir kommen hier mit den Mannequins nicht weiter. Thomas wird Ihnen davon erzählen. Nehmen Sie das Wochenende frei, Sie werden es dringend brauchen, um sich von dieser deutsch- schweizerischen Sauberkeit zu erholen.«

Daquin bleibt allein mit Romero zurück.

»Ich habe heute schon mit Marinoni telefoniert. Die Frau, die er seit der Brasserie *Flo* verfolgt hat, ist in Bericans Werkstatt in der Rue de l'Industrie, gegangen.«

Romero ist sehr überrascht.

»Diese Frau könnte Paulette sein. Die Freundin von Moreira.«

»Das ist durchaus möglich. Marinoni ist immer noch da. Und Sie?«

»Sener hat Martens in der Einwanderungsbehörde getroffen und ich habe sie verloren, als sie mit dem Auto von Martens losgefahren sind, so gegen 16.00 Uhr. Vorher habe ich, ganz inoffiziell natürlich, ein Auge in den Kofferraum von Sener geworfen. Er war leer. Hat Ihnen Marinoni von der Plastiktüte der Fnac erzählt?«

»Ja.«

»Ich habe in der Brasserie *Flo* keine Fragen gestellt. Ich habe auf grünes Licht von Ihnen gewartet. Wenn es gute Kunden sind, warnt der Wirt sie vielleicht.«

»Damit hatten Sie Recht. Vergessen Sie das *Flo*. Wir haben Besseres zu tun, Romero. Morgen in der Werkstatt von Berican.«

Vor Daquin liegt ein Fax, das ihm der Chef des Rauschgiftdezernates heute Nachmittag zukommen ließ. Die Antwort der Frau des Direktors vom Institut Français in Anatolien. Zirka fünfzig Namen. Hinter einigen persönliche Anmerkungen. »Meckerer.« »Dreckig.« »Schöner Junge.« Die Frau des Direktors hatte ihren Spaß. Ein einziger Name sagt Daquin etwas: Kutluer. »Schon ein gewisses Alter erreicht. Schade.«

Und schließlich, ganz unten:

»Beim letzten Abendessen von Erwin, am 15. März, habe ich mich lange mit einer Frau unterhalten, deren Name nicht auf der Liste steht, denn sie kam nur so vorbei, wie mir Erwin sagte. Anna Berić. Sie ist schön, intelligent, gute Manieren. Ihre Adresse kenne ich nicht.«

Madame, sollte ich eines Tages in Istanbul sein, werde ich mich erkenntlich zeigen.

20

Sonnabend, 22. März

7.30 Uhr, Passage de l' Industrie

Es ist schönes Wetter, noch etwas frisch, aber ein herrlicher Frühlingstag. Romero streckt seine Beine aus. Zufrieden auf der Terrasse eines Cafés mit Lavorel zu sitzen, nach einer durchschnittlichen Nacht mit einer durchschnittlichen Blondine. Lavorel hat die Mappe, die er noch schnell am Vorabend zusammengebastelt hat, mitgebracht: Handelsregister, Steuern, Sozialversicherung. Paulette ist Paulette Dupin, seit fünf Jahren Verwalterin der Firma, wohnhaft in der Rue Gallieni, 44, in Villemomble. Die Werkstatt floriert und scheint ein bisschen »ordnungsmäßiger« zu funktionieren als die meisten anderen im Sentier. Berican, der Meister der Werkstatt, hat sich vor acht Jahren in den Räumlichkeiten der Passage de l'Industrie niedergelassen – ein drei Räume umfassendes Atelier. Seit fünf Jahren gehören sie ihm, was absolut ungewöhnlich ist. Er hat fünf Angestellte angegeben, für die er regelmäßig Sozialabgaben abführt. In Anbetracht der Größe der Räumlichkeiten sind das wahrscheinlich weniger, als er tatsächlich angestellt hat. Er macht Gewinne, zahlt ein bisschen Mehrwertsteuer und Abgaben. In welchem Umfang ist eine andere Frage …

Romero ruft Daquin an. Man weiß immer noch nicht mehr über die Frau, der sie gestern gefolgt sind. Sie hat den ganzen Nachmittag in der Werkstatt zugebracht, aber Marinoni hat sie gegen 20.00 Uhr verloren: Sie ist aus der Werkstatt gekommen, ist in ein Taxi gestiegen und hat Marinoni einfach stehen lassen. Keine anderen Anweisungen als gestern. Grüße an Lavorel.

Sich vor Ort näher umschauen. Passage de l'Industrie, 2. Neben dem dunklen Treppenaufgang ein Schild: *Berican, zweite Etage rechts*. Ledergeruch im ganzen Haus. Dort, in der zweiten Etage rechts, hinter einer dieser für eine kleinbürgerliche Wohnung aus dem 19. Jahrhundert typischen Türen, Lärm, der auf emsiges Arbeiten hinweist. Stimmengewirr, Schritte, Maschinensurren, im Hintergrund tönt ein Radio in ausländischer Sprache. Blick aus dem Treppenfenster. Die Werkstatt scheint einen Durchbruch zum Nachbarhaus zu besitzen. Also Treppe hochgehen in der Passage de l'Industrie, 4. In der zweiten Etage links ist wahrscheinlich die andere Werkstatt. Kein Schild, kein Name an der Tür, aber der typische Maschinenlärm. Die beiden Werkstätten gehören zweifellos zusammen und diese hier dient als Rückzugsort für den Fall eines unerwarteten Besuchs eines Beamten des Gewerbeaufsichtsamtes.

Und nun, was machen wir jetzt? Ein wenig ratlos. Da gehen zwei Pakistani mit ihren Sackkarren die Treppe zu Berican hinauf und kommen dann wieder mit dicken, in Plastikfolie und mit braunen Klebeband eingewickelten Paketen heraus. Dreimal hin und zurück, die Sackkarren sind überladen. Die beiden Pakistani kämpfen sich mit bemerkenswerter Geschicklichkeit durch die Menge, die die Bürgersteige bevölkert, die zwei Inspektoren folgen ihnen. Anlieferung bei Berelović, Hersteller in der Rue Vertbois. Dann gehen die zwei Pakistani wieder. Im Laden machen zwei Männer die Pakete auf und holen Lederjacken hervor, die sie nach und nach an die Kleiderständer hängen. Überprüfen, zählen. Lavorel tritt ein.

»Ich würde gern einmal diese Jacke anprobieren.«

»Es tut mir leid, Monsieur, aber wir verkaufen nicht einzeln.«

Er geht wieder hinaus.

»Das sind Jacken von Ted Lapidus. Luxus innerhalb der Textilbranche. Soweit ich weiß, muss ein Kunde mindestens 5.000 Francs dafür hinblättern, für einen Mantel sogar 10.000 Francs. Bei solchen Preisen zahlt es sich aus, einige Tricks auf Lager zu haben.«

Beide gehen die Passage de l'Industrie hinauf. Romero setzt sich in ein ruhiges Café, um Zeitung zu lesen. Lavorel geht zu Berican, klingelt, wartet zwei Minuten. Klingelt erneut. Hinter der Tür hat der Lärm um einiges nachgelassen. Die Tür wird einen Spalt geöffnet. Es riecht stark nach Leder. Ein Riese erscheint im Türspalt, 1,80 Meter groß, breite Schultern, etwas Bauch. Ganz in schwarz gekleidet. Dunkler Typ, rasierter Schädel mit einem enormen grauen Schnurrbart. Beeindruckend.

»Monsieur Berican?«

»Das bin ich. Was wollen Sie von mir? (Fließendes Französisch, aber starker Akzent.)«

»Ich bin Journalist. Ich schreibe an einem Artikel über die Legalisierung der türkischen Arbeiter im Sentier. Ich würde gern den Meister dieser Werkstatt interviewen. Berelović, der Hersteller, den ich getroffen habe, sagte mir, dass Sie meine Fragen gern beantworten würden.«

»(Herzliches Lachen.) Warten Sie einen Moment.«

Berican dreht sich wieder um. In den Räumen ist es inzwischen fast still geworden. Einige Sätze auf Türkisch. Der Maschinenlärm und die Gespräche gehen weiter.

Dann zu Lavorel:

»Gehen wir etwas trinken, aber nicht lange, ich habe viel zu tun.«

Ein Café in der Rue du Faubourg Saint-Denis. Viele Leute, Männer südländischen Typs mit Schnurrbart. An der Bar wird eher Ouzo und Raki als Pastis gereicht. Und Kaffee. Laute Gespräche in verschiedenen Sprachen. Eine Gruppe versammelt sich vor den Spielautomaten. Man kann sie kaum sehen bei diesem Zigarettenqualm. Berican zieht Lavorel zu einem kleinen freien Tisch auf der Terrasse, man kann wenigstens wieder atmen. Berican ist guter Dinge.

»Die Runde geht auf meine Rechnung, was möchten Sie? Einen Pastis. Und einen Raki. Was wollen Sie wissen?«

»Was denken Sie über die Legalisierung? Werden die Türken gewinnen?«

»Ja. Seit ein paar Tagen glauben wir das alle.«

»Sie beschäftigen Leute ohne Papiere. Wenn sie Papiere kriegen, kann das doch nicht in Ihrem Interesse sein. Das würde dann viel teurer für Sie.«

»(Er lacht.) So läuft das nicht ab. Ich hatte auch lange Zeit keine Papiere, so wie die Streikenden. Ich bin 1960 aus der Türkei geflohen. Zehn Jahre lang habe ich hier ohne Papiere gearbeitet. Sie haben ja keine Ahnung, was das bedeutet. Ich habe mir den Schnurrbart abrasiert, die Haare hellbraun gefärbt. Ich bedauerte es, so groß zu sein. Ich nahm immer den Bus, nie die Métro. Und ich ging immer mit einem Fotoapparat um den Hals spazieren. Aber nichts zu machen, ich sah nun einmal nicht aus wie ein deutscher Tourist. Ich hatte jedes Mal Angst, wenn ich einen Fuß vor die Tür setzte. Angst. Das ist schon komisch, wissen Sie. Und so ist das Leben meiner Arbeiter heute. Ich habe Geld für ihr Komitee gespendet. Sobald ich kann, werde ich für alle Arbeitsverträge ausstellen.«

»Und werden Sie auch die Sozialabgaben bezahlen?«

»(Schulterzucken.) Ich will vor allem gute Arbeiter und ich will türkische Arbeiter. Ich vertraue nur den Türken. Seit Jahrhunderten arbeiten sie mit Leder, sie kennen sich aus. Aber Türken mit Papieren gibt es nicht. Momentan gebe ich viel Geld für meine Arbeiter aus, ich bezahle sie bar. Demnächst werde ich Lohnbescheinigungen ausfüllen und das wird etwas weniger Geld für sie bedeuten. Aber das ist auch schon alles.«

»Und Ihr Verwalter, sieht er die Sache genauso wie Sie?«

»Mein Verwalter ist eine Verwalterin. Eine langjährige Freundin. Ich habe sie vor gut fünfzehn Jahren kennen gelernt. Sie kümmert sich um die gesamte Buchhaltung der Werkstatt und vertritt uns gegenüber den Herstellern. Sie kennt die Werkstatt genauso gut wie ich. Ich bin für die Qualität der Herstellung, sie ist für die Verwaltung zuständig.«

»Glauben Sie, das ich sie interviewen könnte?«

»Nicht heute. Sonnabends ist sie nie da.«

»Können Sie sie mir beschreiben, damit ich ein Porträt von ihr in meinen Artikel mit einfließen lassen kann, das würde das Ganze lebendiger erscheinen lassen, wissen Sie.«

»(Lachen.) Sie ist nicht mehr ganz jung, so um die Fünfzig, glaube ich. Sie ist gut gebaut, kräftig und dennoch eine elegante Erscheinung, ich weiß nicht, was ich Ihnen noch dazu sagen soll. Sie ist zuverlässig. Ich gehe wieder an die Arbeit. Wollen Sie die Werkstatt besichtigen?«

»Ja, selbstverständlich.«

Berican steht auf und nimmt, ohne zu bezahlen, ein Tablett mit zwanzig Tassen Kaffee vom Tresen. Er hat ein Konto und alle seine Arbeiter trinken auf seine Rechnung ihren Kaffee. In der Passage wendet er sich Lavorel zu:

»Sehen Sie, solche Passagen wie diese hier, mit Werkstätten

überall, ähneln denen von Istanbul. Aber in Istanbul hätten Sie im Eingang einen kleinen Laden und ein liebenswerter Mensch würde Tee machen und ihn in die Werkstätten bringen. Das fehlt hier.«

Sie steigen die Treppe hinauf und öffnen die Tür der Werkstatt. Wieder dieser Ledergeruch, der einem fast den Atem nimmt. Viel Lärm: Maschinen, Gespräche, Radio. Geschäftiges Treiben. Der Meister ruft: Kaffeepause. Die Maschinen werden angehalten. Die Arbeiter kommen aus allen Ecken der Werkstatt herbei, um Kaffee zu trinken, dabei unterhalten sie sich. Berican stellt ihnen Lavorel vor. Freundliche Blicke und Lachen. Wir werden gewinnen. *Vorwärts*. Herzliche Atmosphäre.

Ein Rundgang durch die Räumlichkeiten. Typisch kleinbürgerliche Wohnung. Drei Zimmer zur Straße hinaus, Küche, Bad und Abstellkammer sind durch einen Flur getrennt. Nichts ist umgebaut worden, lediglich eine Unmenge von Kabeln hängt von der Decke herunter und Neonröhren beleuchten die Zimmer. Im ersten und größten Zimmer gegenüber der Küche steht ein riesiger Zuschneidetisch, an dem zwei Arbeiter beschäftigt sind. Und ein weiterer langer Tisch mit vier großen, schweren und sehr lauten Nähmaschinen. Im zweiten Zimmer vier lange Tische, mit Nähmaschinen bestückt. Im dritten Zimmer ebenfalls ein Tisch mit Nähmaschinen und drei kleinen Tischen mit leichteren Maschinen. Für die Feinarbeit, erklärt Berican. Fingerhüte, Knöpfe, verschiedene Accessoires. Und die Markenzeichen. Bei uns sind die Markenzeichen wichtig: Wir arbeiten für die bekanntesten Namen in der Prêt-à-porter-Branche. Jeder Arbeiter hakt auf einem Zettel nach und nach die Anzahl der erhaltenen Marken und die verwendete Anzahl ab. Am Ende des Zimmers, eine Tür zur Nachbarwohnung. Sie scheint verriegelt zu sein, aber … letztendlich interessiert mich das auch gar nicht so sehr, ich bin wegen ganz anderer Sachen hier, denkt Lavorel. Rückkehr durch den Flur.

Die Abstellkammer wurde zu einem kleinen Büro für die Verwalterin umfunktioniert. Äußerst spärlich möbliert: ein Metallschreibtisch, abschließbare Schubfächer, einige Regale, eine große Stehlampe, ein Sessel. Auf dem Schreibtisch zwei Hefte und die Plastiktüte der Fnac, wie sie Romero beschrieb, mit der

Kiste darin. Berican bemerkt sie im selben Moment wie Lavorel und wirkt leicht gereizt. Er holt seinen Schlüsselbund heraus und packt die Tüte in eines der Schubfächer des Schreibtisches. Sie kehren wieder zurück zum Flur. Küche und Bad sind mit Sandwichresten, Kaffeekannen, Tassen und Gläsern zugemüllt. Die Besichtigung neigt sich dem Ende entgegen. Berican und die Zuschneider gehen wieder an die Arbeit.

Lavorel grüßt in die Runde, lässt die Tür ins Schloss fallen und sucht Romero in seinem ruhigen Café auf, etwas oberhalb der Rue du Faubourg Saint-Martin. Besprechung.

»Paulette und die Frau von gestern sind der Beschreibung nach vermutlich ein und dieselbe Person. Wenn es illegale Geschäfte gibt, spielt Paulette diesbezüglich eine große Rolle, das ist sicher. Aber was für Geschäfte? Darauf weiß ich keine Antwort. Die Schachtel in der Fnac-Tüte befindet sich dort, ich weiß auch, wo genau, aber ich weiß nicht, was sie enthält. Ich würde heute Nacht gerne mal vorbeischauen. Was würde der Chef dazu sagen?«

»Er würde sagen: ›Lasst euch nicht erwischen.‹ Frag ihn trotzdem.«

Nach einem Steak mit Pommes und einem Bier nächste Etappe: Villemomble. Ein Sonnabendnachmittag, kaum Verkehr auf den Straßen. Lavorel und Romero tauschen Kindheitserinnerungen aus, die sich ähneln und von Marseille, Belle de Mai, bis Courneuve in Paris reichen. Romero fährt, während Lavorel den Stadtplan studiert. Rue Gallieni, 44. Zuerst einmal daran vorbeifahren. Danach sehen wir weiter. Villemomble, ein kleinbürgerlicher Vorort, aber die Rue Gallieni ist wirklich nobel. Keine kleinen Häuschen mehr sondern Villen, groß, mehrstöckig, Terrassen, Veranden und hinter den hohen Mauern richtige Gärten. Nummer 44. Ein hübsches weißes Haus, Ende des 19. Jahrhunderts erbaut, mit einem kleinen Türmchen, durch eine hohe Mauer und ein Eisentor gut gesichert. Schwierig, das Innere des Geländes auszumachen.

»Man könnte meinen, dass es nicht schlecht für Paulette Dupin zu laufen scheint. Was machen wir jetzt?«

Der Bahnhof ist nicht weit entfernt. Stopp in einem Café. Zwei Kaffee-Cognac. Romero wirft einen Blick in die Telefonzelle im Untergeschoss und kommt mit dem Telefonbuch zurück. Keine Dupin in Villemomble. Die zwei Inspektoren gehen rasch die Spalten durch, um herauszufinden, wer in der Rue Gallieni wohnt. Romero unterstreicht einen Namen mit seinem Fingernagel. Lavorel schaut hin: Yves Thomas, Rue Gallieni, 44.

18.00 Uhr, Passage du Désir

Daquins Gesichtszüge sind eingefallen, er sieht sehr müde aus. Romero und Lavorel sind gespannt. Attali platzt vor Ungeduld. Daquin lächelt ihm zu.

»Fangen Sie an, Sie sind der Einzige, der dazu Lust zu haben scheint.«

»Ich habe noch ein paar zusätzliche Details VL betreffend. Nachdem ich sie auf dem Kommissariat des 10ten Arrondissements gesehen habe, ist sie zu Julie La Tour gegangen, einem Hersteller, mit dem sie für eine Vorführung verabredet war. Sie hatte es sehr eilig, aber sie hat ihre Arbeit ordentlich gemacht. Sie hat sich so beeilt wegzukommen, man hätte glauben können, sie hat eine weitere Verabredung.«

»Das ist ja schon ein Fortschritt, Attali.«

»Aber ab da verliert sich ihre Spur, seitdem nichts mehr. Dieses Mädchen ist eigenartig. Viele Leute kennen sie, aber keiner ist in der Lage, wirklich etwas über sie auszusagen (eine Pause). Aber ich habe noch etwas anderes.«

»Daran haben wir nicht gezweifelt.«

»Sie haben mich beauftragt, die Fotos, die wir haben, so vielen Leuten wie möglich zu zeigen. Das habe ich gemacht. Ein Mannequin, eine gewisse Sophie Lambert, hat an den Abenden von Kashguri teilgenommen. Sie hat ganz offiziell das Phantombild des Mörders Ihrer Concierge wiedererkannt. Es ist einer der Kammerdiener von Kashguri, die zu allem bereit sind.«

Lange Pause.

»Wir haben kräftig im Topf gerührt … Wir wussten nicht, was wir suchen, aber schließlich haben wir es gefunden. Bravo, Attali. Das ist der erste belastende Beweis, um Kashguri weichzuklopfen. Aber er ist nicht ohne. Wenn sein Kammerdiener in seinem Auftrag handelt, ist es sehr wahrscheinlich, dass Kashguri eine aktive Rolle im französischen Netz spielt. Romero?«

»Paulette Dupin ist die Frau von Inspektor Thomas.«

Erneutes Schweigen.

»Ein Irrtum ist ausgeschlossen?«

»Ja. Wir haben den Familienstand überprüft. Ein Irrtum ist ausgeschlossen. Lavorel?«

»Und Paulette Dupin ist auch die Frau, mit der Sener zu Mittag aß. Aber ich weiß noch nicht, welche Rolle sie genau spielt. Das Paket, das Sener ihr gestern mitgebracht hat, befindet sich im Schreibtisch der Werkstatt von Berican. Wenn Sie es mir gestatten, würde ich heute Nacht nicht länger als eine Viertelstunde benötigen, um herauszufinden, was es enthält.«

»Das werde ich Ihnen natürlich nicht erlauben. Machen Sie es, ohne dass ich etwas davon weiß. Und lassen Sie sich nicht dabei erwischen. (Romero und Lavorel grinsen sich an.) Romero wird ihnen sicher dabei helfen. Er liebt es, Schlösser zu knacken, das erinnert ihn an seine Jugend. (Daquin denkt eine Weile nach.) Jetzt bin ich dran. Ich möchte noch einmal auf die Probleme der Korruption innerhalb der Polizei zu sprechen kommen. Ich könnte mir vorstellen, dass dies jetzt – nach den Entdeckungen von Romero und Lavorel – einfacher ist. Seit Donnerstagabend, als man die Leiche von Celebi identifiziert hat, habe ich viel nachgedacht. Besonders darüber, wie die Drogenhändler ihre Gegenoffensive seit einer Woche fahren. Ich halte erst mal fest, was sie gemacht haben. Sie haben den Handel in den Läden der Rue du Faubourg Saint-Martin gestoppt. Sie lassen VL verschwinden. Bringen einen V-Mann von Meillant um und damit den einzigen Türken, den wir mit Bestimmtheit und mit der Hilfe eines Belastungszeugen als Drogenhändler identifizieren konnten. Dann halten wir fest, was sie nicht gemacht haben. Sobesky, die Unternehmen von Moreira und Kutluer, der Typ von der Einwanderungsbehörde, der Botschaftsattaché, alle diese Leute machen weiter, als wäre nichts geschehen, während wir ihnen auf den Fersen sind. Eine Frage drängt sich mir geradezu auf: Wer sind die Bullen, die über das Erste Bescheid wissen und es an die Drogenhändler weiterleiten, aber alles andere nicht zur Kenntnis nehmen?«

Die Luft ist zum Schneiden. Daquin scheint auf eine Antwort zu warten. Attali murmelt:

»Sie sind der Chef.«

»Genau. Die Antwort lautet Thomas und Santoni.«

»Und warum nicht Meillant? Sie haben Beweise, dass er ein korrupter Beamter ist.«

»Stimmt nicht. Ich sehe Meillant nicht als einen korrupten Bullen. Meillant ist ein Machtmensch. Er will in seinem Viertel regieren und nicht nur Ordnung an der Oberfläche schaffen. Um zu regieren, muss man Kompromisse eingehen und sich am Rand der Legalität bewegen können. Man verhandelt immer über das, was man erhält. Gefälschte Papiere zu verkaufen, ist für Meillant ein Mittel, die Sans Papiers zu kontrollieren. (Schweigen.) Ich sehe, Sie verstehen mich nicht. Ich kann mich natürlich auch täuschen. Ich sehe ja ein, dass man ihn für einen Verdächtigen halten kann. Auf jeden Fall kann er das, was er über unsere Arbeit weiß, nur von Thomas und Santoni erfahren haben. Es sei denn, Sie Lavorel ...«

»Das ist doch idiotisch, Chef.«

»Das weiß ich auch. Ich habe es auch nur gesagt, um die Atmosphäre ein wenig aufzulockern. Ich habe also Donnerstagabend die IGS, die interne Polizeiaufsicht aufgefordert, eine dringende Nachforschung über Thomas und Santoni einzuleiten. Was wir heute erfahren haben, macht das vielleicht obsolet. Thomas unterrichtet die Dealer mit Hilfe seiner Frau und Sener, oder Moreira. Seine Frau kennt beide.«

»Sie haben nicht die Andeutung eines Beweises.«

»Sehr richtig. Aber wenn wir diese Geschichte zu Ende bringen wollen, müssen wir welche finden und zwar schnell. Lavorel, wenn Sie herausgefunden haben, mit was genau Paulette Dupin handelt, rufen Sie mich zu Hause an, egal zu welcher Uhrzeit. Und wir sehen zu, dass wir Montag eine Hausdurchsuchung durchführen können. Haben Sie alles verdaut? Dann können wir ja zum heiteren Teil unserer Arbeit übergehen. Die Zöllner haben mir Bescheid gegeben, dass das Lieferdatum feststeht. Die Warenlieferung wird am 4. April erfolgen, wahrscheinlich sehr früh morgens. In dreizehn Tagen also. Bis dahin müssen wir nur noch herausfinden, wer das alles in der Hand hat, Kashguri entlarven, VL wiederfinden, Licht in den Mordfall des Thaimädchens bringen, die korrupten Bullen entlarven und Anna Berić nach Hause bringen. Nichts leichter als das.«

2.00 Uhr, Villa des Artistes

Telefon. Daquin wacht nur mit Mühe aus einem komatösen Schlaf auf.

»Chef ...«

»Sind Sie es Lavorel ... Wo sind Sie? Zu Hause? Warten Sie einen Moment, ich muss mir nur schnell den Kopf unter kaltes Wasser halten.«

Daquin legt den Hörer hin. Soleiman ist da und liegt schlafend im Bett. Er hat ihn heute Nacht nicht kommen hören. Er hebt die Decke hoch und betrachtet ihn einen Augenblick. Den schwarzen Schwanz. Die scharfkantigen Züge seines Gesichts, so anders, wenn er die blauen Augen geschlossen hat. Eine verwirrende Mischung aus Unterwerfung und Aufbegehren.

Den Kopf unter dem Wasserhahn. Handtuch. Rückkehr zum Bett.

»Okay Lavorel, schießen Sie los!«

Nackt, mit dem Rücken zur Wand sitzend, das Telefon auf dem Bauch, den Hörer in der linken Hand, die Rechte auf dem Nacken von Soleiman.

»Die Kiste enthält Rollen mit den Markenzeichen von großen französischen Prêt-à-porter-Marken. Ted Lapidus, Yves Saint Laurent. Diejenigen, für die die Werkstatt arbeitet. Das ermöglicht Berican, Fälschung im großen Stil zu betreiben.«

»Ist das illegal?«

»Ja, völlig.«

»Und bringt das was ein?«

»Eine Menge.«

»Wenn wir Montag Morgen eine Hausdurchsuchung machen, können wir Beweise gegen Paulette finden?«

»Wenn wir früh genug da sind, ja. Diese Rollen mit den Markenzeichen sind zu wichtig, und es gibt zu viele davon, als dass sie sich herausreden könnten. Sie sind unter Verschluss in einem Schubfach ihres Schreibtisches.«

»Sind Sie sicher, dass wir sie mitnehmen können?«

»Ja, sicher. (Zögern.) Aber es gibt etwas, dass mir unangenehm ist.«

»Und das wäre?«

»Dass man nicht nur Paulette festnimmt, sondern auch Berican, und dass die Arbeiter dann auf der Straße sitzen. Ohne Anstellung. Genau in dem Moment, wo sie alle auf ihre Papiere hoffen.«

»Ich hatte Sie gewarnt, dass Sie im Sentier nicht viele Schlipsträger finden werden. Ich werde darüber nachdenken. Morgen Nachmittag (Blick auf die Uhr: 2.00 Uhr morgens), also heute Nachmittag in meinem Büro, damit wir die Hausdurchsuchung planen können?«

»Ich werde da sein.«

»Und haben Sie sich gut amüsiert?«

»Ein ziemlich kurzes und leichtes Vergnügen.«

»Wir werden versuchen, etwas Besseres für Sie zu finden. Gute Nacht.«

Auflegen. Er dreht sich zu Soleiman, der inzwischen aufgewacht ist.

»Du siehst fertig aus, Junge.«

»Ich bin es. Montag, Vollversammlung. Wir werden vorschlagen, die neuen Angebote des Ministers anzunehmen. Ich weiß nicht, was passieren wird. Die Türken mögen keine Kompromisse.«

Daquin legt Soleimans Kopf auf seine Schulter und streichelt mit der Zunge seinen Nacken.

»Du wirst deine Stimmen zusammenkriegen, Junge. Ich habe gehört, was man sich dieser Tage so in den Werkstätten erzählt. Man glaubt, dass du gewinnen wirst. (Tastet sich langsam an der Wirbelsäule entlang.) Ich habe ein Geschenk für dich. Montagmorgen werden wir den Meister einer Werkstatt festnehmen. Berican, Passage de l'Industrie, 2. Wenn die Arbeiter stark genug protestieren, geben wir ihnen ihren Chef zurück. (Gelangt am Steißbein an.)«

»Hör auf, Daquin. Ich verstehe nichts von dem, was du mir sagen willst.«

»Ich höre auf. Für den Moment jedenfalls. Geh mir einen Kaffee machen.«

Soleimann kommt mit einer Kaffeekanne und zwei Tassen wieder hoch. Setzt sich ans Fußende des Bettes. Daquin erzählt ihm von Bericans Werkstatt.

»Das Finanzdezernat wird die Verwalterin und den Meister der Werkstatt verhaften, es geht nicht anders. Aber es interessiert uns eigentlich nur die Verwalterin. Wenn die Arbeiter laut genug brüllen, stecken wir alles der Verwalterin in die Schuhe und geben euch den Meister zurück. Dann nimmst du ihn zur Vollversammlung mit, und die Werkstatt ist wieder geöffnet ... Kennst du Berican?«

»Ja. Er hat Geld für das Verteidigungskomitee gespendet. Das ist wirklich ein Geschenk, das du mir da anbietest. Was willst du im Gegenzug?«

»Nichts. Was ich will, das hättest du mir in jedem Fall gegeben. Ich will alles, was du über Sener herausfinden kannst. Meiner Meinung nach hängt er mit drin, aber ich habe noch keine Beweise. Und deinen Arsch. Sofort.«

21

Montag, 24. März

7.00 Uhr, Passage de l'Industrie

Wie jeden Werktag geht Berican die Treppe zu seiner Werkstatt hinauf. Auf dem Treppenflur vier finstere Gestalten, drei in Trenchcoats, einer in Windjacke. Panik. Die Grauen Wölfe, wie bei Celik Osman? Nein. Das sind keine Türken. Französische Polizisten? Sie zeigen ihm ihre Ausweise, ein Papier, das er nicht liest. Eine Hausdurchsuchung. Schweiß, der Blick wie vernebelt. Paulette hat geschworen, dass es niemals soweit kommen würde …

Berican geht mit den Polizisten hinein. Einer von ihnen bleibt an der Tür stehen. Allmählich treffen die Arbeiter ein. Sie werden in die Küche geschickt. Die Stimmung ist auf dem Tiefpunkt.

Schneller Rundgang durch die Werkstatt. Die Polizisten scheinen beinahe unaufmerksam. Die Spannung steigt, als sie zu den Maschinen für die Endfertigung kommen. Die Kontrollblätter der Markenzeichen: Ein Polizist sammelt sie sorgfältig ein. Aber eigentlich wollen sie nur den Schreibtisch der Verwalterin durchsuchen. Rechnungsbücher, Bestellungen, Rechnungen, alles wird herausgeholt. Ein Bulle setzt sich hin und fängt an zu blättern. In einem abgeschlossenen Schubfach die Markenzeichen der Modemacher und ein Verzeichnis der Ein- und Ausgänge. Schnelle Überprüfung: Es stimmt. Schubfach links unten, der Meister öffnet. Die Fnac-Plastiktüte. In der Tüte ein Karton. Im Karton zwei Rollen mit Markenzeichen, Yves Saint Laurent und Ted Lapidus. Jede mit zirka fünfhundert Etiketten.

»Und das, was ist das?«

Berican muss sich nicht besonders anstrengen, um vollkommen verstört auszusehen.

»Davon weiß ich nichts. Hier ist das Büro der Verwalterin. Ich bin immer in der Werkstatt.«

»Und wann kommt die Verwalterin?«

»Jeden Tag um 8.30 Uhr.«

»Warten wir auf sie. Setzen Sie sich!«

Ein Polizist nimmt die Aussagen der Arbeiter auf. Praktisch niemand hat Papiere, die Adressen sind erfunden und niemand kennt diese Tüte.

Kurz nach 8.30 Uhr kommt Paulette Dupin. Sie erbleicht beim Anblick der leeren Werkstatt und den zwei Unbekannten, die aus ihrem Büro kommen. Ein Blick zu Berican, der auf einem Stuhl sitzt. Er wird uns nicht aus der Patsche helfen können, aber scheint auch nicht zusammengebrochen zu sein.

Rechnungsbücher, erste Unregelmäßigkeiten kommen zum Vorschein.

Paulette zuckt mit den Achseln, ahnt schon, dass sie nicht deswegen hier sind.

»Und die Markenzeichen? Wozu dienen die?«

Paulette wirft Berican einen verstohlenen Blick zu.

»Diese Schachtel habe ich nie gesehen. Von mir ist sie jedenfalls nicht.«

»Sie war in Ihrem verschlossenen Schreibtisch, im Schubfach links unten, und Sie behaupten, sie nie gesehen zu haben?«

»Nein.«

»Diese Aussage werden Sie nur schwer aufrechterhalten können.«

Die Polizisten nehmen Paulette und Berican mit. Die Arbeiter werden gebeten, nach Hause zu gehen. Die Werkstatt wird geschlossen.

9.30 Uhr, Passage du Désir

Paulette Dupin und Berican sind getrennt voneinander in zwei kleinen Büros in der ersten Etage eingeschlossen. Während das Team der Finanzabteilung damit beschäftigt ist, sich auf das Verhör vorzubereiten, erstattet Attali Daquin Bericht.

»Das ist eine von der ganz zähen Sorte. Sie leugnet, diese Tüte je gesehen zu haben. Das ist meiner Meinung nach eine idiotische Verteidigung. Wir werden Einzelhändler finden, die

die falsche Markenware in Umlauf gebracht haben, vielleicht auch die Hersteller der Markenzeichen in der Türkei …«

»Kann sein, aber das ist die Sache der Finanzabteilung. Ich will, dass sie aussagt, und zwar schnell. Der Betrug ist mir egal, ich möchte die undichten Stellen rauskriegen. Wir müssen es wissen, bevor die Untersuchungshaft endet. Danach schaffen wir es nicht mehr. Sie werden am Verhör von Berican teilnehmen. Die einzige Sache, die uns interessiert, ist, dass er zugibt, die Tüte in den Händen von Paulette gesehen zu haben. Aber, wenn ich richtig verstanden habe, ist die Chance gering, dass er es tun wird. Ansonsten interessiert er uns nicht. Belasten Sie Paulette, waschen Sie Berican rein, so dass wir ihn gegen Ende des Vormittags wieder freilassen können.«

Verhör von Paulette im Büro von Daquin. Der Kommissar und der Inspektor der Finanzabteilung leiten das Verhör, Daquin schaut zu.

Paulette wird von einem Bullen in Uniform hereingeführt, setzt sich auf den Stuhl, den man ihr zuweist, und gibt sich Mühe, nicht in Panik zu geraten. Es stimmt, das hat sie nicht erwartet, nicht sie, die Frau eines Bullen, darauf ist sie nicht vorbereitet. Sie hat nur einen einzigen Gedanken: widerstehen, durchhalten, leugnen.

»Sie sind also die Geschäftsführerin von Bericans Werkstatt?«

»Ja.«

»Ein kurzer Blick in ihre Buchhaltung lässt zahlreiche Unregelmäßigkeiten erkennen. Die Werkstatt hat offiziell fünf Arbeiter angestellt, aber eigentlich sind mehr als zwanzig dort beschäftigt.«

»Das stimmt. Aber alle im Sentier arbeiten so. Haben Sie nicht von der aktuellen Legalisierung gehört, über die mit der Regierung verhandelt wird? Wir sind nicht die einzigen Betroffenen.«

»Kommen wir auf die Hausdurchsuchung von heute Morgen zurück. Dieses Paket mit den Markenzeichen …«

»Ich habe es noch nie gesehen.«

»Das habe ich kapiert. Es handelt sich also nicht um Markenzeichen, die Ihnen die Hersteller geliefert haben?«

»Nein.«

»Wozu könnten diese Markenzeichen dann dienen?«

»Keine Ahnung.«

»Madame, das nimmt Ihnen niemand ab. Nachdem Sie jahrelang diese Werkstatt verwaltet haben …«

»Ich habe nichts weiter dazu zu sagen.«

»Gut. Kennen Sie einen gewissen Turgut Sener?«

»Ja.«

»Wie haben Sie ihn kennen gelernt?«

»Die Botschaft hat bei uns Lederanfertigungen für die Inneneinrichtung bestellt. Er hat den Vorgang betreut. Bei dieser Gelegenheit habe ich ihn kennen gelernt.«

»Wann?«

»Vor drei Jahren.«

»Und Sie sehen ihn weiterhin regelmäßig?«

»Ja. Er ist ein Freund.«

»Sie haben mit ihm letzten Freitag bei *Flo* zu Mittag gegessen?«

»Ja.« (Überrascht.)

»Und er hat Ihnen die Fnac-Tüte gegeben?«

»Nein.«

»Wir haben Zeugen, Madame.«

»Sie irren sich.«

»Madame, wir machen morgen mit dem Verhör weiter. Eine letzte Frage: Was weiß Ihr Mann von Ihren beruflichen Aktivitäten?«

Paulette richtet sich auf, wie vom Blitz getroffen.

»Kommissar, wir haben eine Ehe mit Gütertrennung, und ich bin volljährig. Lassen Sie meinen Mann da raus.«

Paulette Dupin wird fortgebracht. Das ist ihr erster Tag in Untersuchungshaft.

Daquin hat wieder Hoffnung. Sie spielt die zähe Frau, vielleicht ist sie es auch. Aber ihre Verteidigungshaltung ist hoffnungslos, und ihr fehlt es absolut an Beweglichkeit. Wir können sie weichklopfen. Wir müssen auf Sener setzen. Laut Romero ist es gut möglich, dass sie ein Liebespaar sind. Sie um die Fünfzig, er zwanzig Jahre jünger, ihr muss etwas an ihm liegen.

9.30 Uhr, Passage de l'Industrie

Die Arbeiter haben sich am Fuße der Treppe versammelt. Es wird geraucht und man diskutiert mit Soleiman, der vorbeigekommen ist. Zuerst Hoffnungslosigkeit: keine Arbeit, keine Papiere. In der Lederbranche ist es noch schwieriger, wieder eine Anstellung zu finden als im Textilbereich. Jemand schlägt vor, in die zweite Etage zu gehen, die Tür aufzubrechen, sich die Maschinen zu schnappen, sie zu verkaufen und das Geld zu teilen, um durchzuhalten, bis sie wieder Arbeit gefunden haben.

»Das sind Gangstersitten!«, sagt Soleiman.

»Auf alle Fälle weißt du genau, dass die Bullen sie beschlagnahmen werden, wenn wir uns die Maschinen nicht schnappen.«

»Nein, kein Grund sich alles gefallen zu lassen, diese Zeiten sind vorbei. Wir kämpfen alle zusammen, wir ziehen vor das Kommissariat und fordern die Freilassung und die Wiedereröffnung der Werkstatt.«

»Das ist unmöglich. Sie werden uns einbuchten und zurück in die Türkei schicken.«

»Nein, Ihr werdet schon sehen. Das Komitee wird da sein und mit dem Minister telefonieren. Andere Türken werden uns unterstützen kommen.«

Soleiman spricht herzlich, mit großer Überzeugungskraft. Schließlich wird einstimmig die Entscheidung getroffen, gemeinsam loszugehen und die Freilassung von Berican zu fordern. Pause im Stammcafé, sich mit Raki Mut antrinken. Währenddessen telefoniert Soleiman mit dem Komitee. Alle verfügbaren französischen Aktivisten auftreiben, Treffen in einer knappen halben Stunde, Passage du Désir, ja, genau, vor dem örtlichen Kommissariat. Etwas mitbringen, um ein Transparent zu machen. »Ist Omar da? Gib ihn mir. Omar, lauf' schnell ins *Gymnase* und schicke alle Türken in die Passage du Désir, die dazu bereit sind. Es ist wichtig!«

Die Arbeiter von Berican sind verunsichert, als sie vor dem Gebäude des Kommissariats ankommen. Ein Moment des Zögerns. Vom anderen Ende der Passage trifft ein Dutzend französischer Aktivisten ein. Während Soleiman und ein Franzose sich anschikken, mit der Wache zu verhandeln, rollen drei andere Franzosen ein rotes Transparent aus, auf das sie mit weißer Farbe schreiben: »Die Arbeiter von Berican wollen arbeiten.« Soleimann und der Franzose wollen vom Kommissar empfangen werden:

»Welcher Kommissar?«

»Derjenige, der heute Morgen die Hausdurchsuchung in Bericans Werkstatt veranlasst hat.«

»Davon weiß ich nichts.«

Eine Rechtsanwältin, bekannt für ihre Angriffslust, bombardiert das Kommissariat mit Telefonanrufen. Sie will unbedingt Kontakt zu ihrem Klienten, Monsieur Berican, aufnehmen. »Was soll das heißen, unmöglich? Ich werde im Ministerium anrufen.«

Das Transparent ist an der Mauer gegenüber dem Kommissariat angebracht. Um viertel vor Elf kommen die Türken in kleinen Gruppen herbei. Bald skandiert eine kleine Menge von 250 bis 300 Personen einige Slogans auf Türkisch und auf Französisch. Lavorel schaut aus dem Fenster der dritten Etage.

Um halb Zwölf ruft der Chef des Ministerbüros auf dem Kommissariat an. Sie sollten großes Aufsehen vermeiden, gerade jetzt, wo sich die Verhandlungen erfolgreich dem Ende zuneigen. »Hat man besonders schwere Vorwürfe gegen diesen Monsieur Berican erhoben?« »Nein?« »Na, dann ...«

Am Mittag ist Berican frei und wird wie ein Spieler von Galatasaray nach einem Sieg über eine griechische Mannschaft mit Beifall, Pfiffen und Begeisterungsrufen empfangen. Fünf Minuten später löst sich die Menge auf und in die Passage du Désir kehrt wieder Ruhe ein. Lavorel steht noch immer an seinem Fenster, voller Bewunderung und fassungslos zugleich.

Die Nachricht über die Untersuchungshaft von Thomas' Frau hat sich auf dem Revier wie ein Lauffeuer verbreitet. Thomas, den es kalt erwischt hat, wurde plötzlich schlecht, und er gab dem Kommissar der Finanzabteilung Bescheid, dass er nach Hause gehen würde. Er wird morgen, am Dienstag, um 10 Uhr, als Zeuge vernommen. Santoni lässt sofort seine Arbeit liegen, um auf das Kommissariat des 10ten zu spurten, Meillant treffen, der sogleich anruft:

»Daquin, ich will Sie noch heute Vormittag sehen.«

»Kommen Sie gegen Mittag in mein Büro.«

Meillant trifft ein, als die Demonstration in vollem Gange ist. Er hat Schwierigkeiten, die Menge zu durchqueren, in der ihn weder jemand zu erkennen noch Rücksicht auf ihn zu nehmen scheint. Verblüfft und verärgert wohnt er der Freilassung von Berican bei. Außer sich vor Wut, geht er ins Büro von Daquin.

»Was bedeutet dieser ganze Zirkus? Haben Sie beschlossen, ganz allein Meister Propper im Sentier zu spielen? (Eine Handbewegung Richtung Fenster.) Oder beschaffen Sie sich auf diese Weise eine billige Anhängerschaft? Wozu? Nebenbei machen Sie noch einen der besten Inspektoren fertig, die ich je gekannt habe und der dreißig Jahre Diensterfahrung hinter sich hat. Und diese dreißig Jahre hat er mit mir zusammen verbracht. Bin ich es, auf den Sie es abgesehen haben?«

Daquin hat sich entschieden, den Versöhnlichen zu spielen: Für Meillant kommt das Schlimmste noch. Er erzählt ihm sehr ausführlich, wie sein Team über Sener auf Paulette gestoßen ist (das Abhören von Moreira lässt er vollkommen beiseite), ohne zu wissen, dass es sich um Madame Thomas handelte.

»Gut. Sei's drum. Aber warum so voreilig handeln? Sie glauben doch nicht allen Ernstes, dass das der einzige Etikettenschwindel im Sentier ist? Sie hätten mich unterrichten müssen, bevor Sie die Finanzabteilung einschalten.«

Schweigen.

»Die Entscheidung, einzugreifen, erfolgte aus Gründen, die nichts mit der Finanzabteilung zu tun haben und die ich Ihnen heute nicht mitteilen werde. Erst einen oder zwei Tage nach der Untersuchungshaft von Paulette Dupin.«

Die Situation ist Meillant vollkommen entglitten und er weiß es.

Wieder ist der große Saal des alten Gewerkschaftshauses in der Rue du Château-d'Eau überfüllt. Überall stehen Männer, zwischen den Stuhlreihen, auf den Gängen.

Der Enthusiasmus der ersten Tage, das Glücksgefühl der Zusammengehörigkeit auf der Straße oder im Gewerkschaftshaus, ist verraucht. Heute sind die Gesichter finster, gedämpfte Diskussionen, Spannung in der Stunde der Entscheidung. Diese Männer hauchen dem alten Gebäude einen utopischen Geist und eine Atmosphäre des 19. Jahrhunderts ein.

Soleiman betritt zusammen mit vier Franzosen und Turgut Sener, der zum ersten Mal als Botschaftsvertreter in Erscheinung tritt und bei den Verhandlungen dabei ist, die Tribüne. Sie setzen sich. Sener hält sich etwas abseits, blickt verlegen drein. Soleiman steht auf. Er spricht kurz und bündig auf Türkisch, laut und mit heiserer Stimme, ohne Mikro und rhetorische Schnörkel. Als er fertig ist, wendet er sich der Tribüne zu und übersetzt ins Französische, mit noch heiserer Stimme und einem sehr starken Akzent:

»Ich habe erklärt, wie weit wir in den Verhandlungen mit dem Minister sind. Wir sind gut vorangekommen. Gestern schlug er vor, alle Türken zu legalisieren, die vor 1976 gekommen sind, das sind knapp zehn Prozent von uns. Heute wurde das anvisierte Datum schon auf 1979 ausgeweitet. Das betrifft schon achtzig Prozent von uns. Sicher, das entspricht nicht ganz unserer Forderung. Aber wir sind sicher, dass wir in den Verhandlungen im Großen und Ganzen nicht mehr weiterkommen werden. Also müssen wir akzeptieren. Und schließlich werden wir um jeden einzelnen Fall hartnäckig kämpfen. Viele Punkte bleiben noch offen: Wohnraum, Arbeitsbedingungen in den Werkstätten, Arbeitsverträge. Vertrauen wir auf unsere gemeinsame Stärke! Wir werden an allen Fronten kämpfen und niemanden fallen lassen. Aber um weiter zu machen, müssen wir dem Minister Zustimmung signalisieren. *Vorwärts.*«

Keine Reaktion im Saal. Dann ein paar vehement vorgetragene Einwände gegen den Kompromissvorschlag. Soleiman übersetzt leise für die Tribüne. Im Saal gespannte Aufmerksamkeit, aber immer noch keinerlei Reaktion.

Berican erhebt sich. Er ist in den vorderen Reihen zu finden, von seinen Arbeitern umgeben. Er erzählt seine Geschichte. Wie er vor zehn Jahren Papiere erhalten hat, indem er die Botschaft, die Einwanderungsbehörde und die französischen Bullen bestochen hat. Seine Festnahme heute Morgen durch die französische Polizei, und schließlich seine Freilassung:

»Das ist das erste Mal, dass ich hier in Frankreich eine siegreiche kollektive Aktion der türkischen Arbeiter erlebe. Für mich ist das ein großer Tag, ich bin stolz, hier in Paris ein Türke zu sein. (Seine Stimme zittert vor Ergriffenheit.) Und wenn Soleiman sagt, dass er um jeden Einzelnen kämpfen wird, so glaube ich ihm, weil ich ihn heute Morgen kämpfen und gewinnen gesehen habe.«

Seine Arbeiter stehen auf und klatschen Beifall. Der ganze Saal erhebt sich, applaudiert, pfeift, gute fünf Minuten lang. Die Entscheidung ist gefallen und tatsächlich macht sich Erleichterung breit. Auf der Tribüne vermittelt Sener den Eindruck, als würde er gleich ohnmächtig werden.

Als wieder Ruhe eintritt, organisiert Soleimann eine ordentliche Abstimmung, mit erhobenen Händen, mit einem Wahlhelfer pro Reihe. Anschließend wählen all jene, die keinen Sitzplatz finden konnten. 1.754 Stimmen für die Ratifizierung des vorgeschlagenen Abkommens mit dem Minister, 217 Gegenstimmen. Angenommen. Lautes Stimmengewirr. Dann eröffnet Soleimann die Diskussion im Saal, Fragen und Antworten über alle praktischen Aspekte während der ersten Legalisierungsphase, die Morgen beginnen wird. Die Vollversammlung teilt sich in kleine Gruppen auf. Soleiman überall präsent, geduldig, unverzichtbar.

Die Vollversammlung ist zu Ende. Ein Strom von Türken ergießt sich in Richtung Place de la République. Romero hat Sener ausfindig gemacht, der allein und mit bedrücktem Gesichtsausdruck fortgeht. Er geht wieder die Rue du Château-d'Eau hinauf, überquert den Boulevard Strasbourg und betritt ein Ladenlokal, dessen Schaufensterfront bis zu einer Höhe von zirka zwei Metern mit dunkler Farbe überstrichen wurde. Ein Schild am Eingang: »Verein der Erleuchteten Arbeiter«. Romero geht in einen Hauseingang, genau gegenüber, stellt sich auf den Steinpfosten und streckt den Kopf vor. Es scheinen eine Menge Leute im Lokal zu sein und die Diskussionen wirken sehr angeregt. Seners Kopf taucht für einige Momente auf. Genickstarre. Romero klettert von seinem Stein herunter und wartet gut versteckt. Sener kommt erst zwei Stunden später wieder heraus. Allein und noch niedergeschlagener als vorher. Romero folgt ihm bis nach Hause, beobachtet die Wohnung, bis alle Lichter ausgehen. Keine weiteren Vorkommnisse.

22

Dienstag, 25. März

8.00 Uhr, Passage du Désir

Daquin geht schon seit einer halben Stunde in seinem Büro auf und ab. Er steht stark unter Druck, ein Druck, der sich bis zum 3. April noch steigern wird. Damit wird er sich abfinden müssen.

Romero ruft ihn an und erzählt ihm von Sener und dem Verein der Erleuchteten Arbeiter. Sener weiter beschatten.

Dann die Ankunft der beiden Inspektoren der IGS. Düstere Gestalten, finster dreinblickende Gesichter. Sie versuchen, das ein wenig zu überspielen.

»Madame Thomas hat ein Konto in der Schweiz.«

»Sie haben keine Zeit vergeudet …«

»(Süffisantes Lächeln.) Wir haben bezahlt. Wir hatten auch ein Tauschmittel. Das Konto von Madame Thomas ist ein Gemeinschaftskonto von Madame und Monsieur Thomas.«

»Das ändert alles. Wir können also Thomas in die Betrügereien seiner Frau mit reinziehen.«

»Das werden wir machen. Noch heute Vormittag. Wir wollten Sie davon in Kenntnis setzen. Thomas wird ab 10.00 Uhr in Untersuchungshaft sein.«

Als sie fort sind, ruft Daquin die Zentrale an.

»Was immer auch geschieht, ich will Meillant heute nicht am Telefon haben, verstanden?«

Der Chef des Rauschgiftdezernats am Telefon: »Daquin, kommen Sie sofort bei mir vorbei!«

8.00 Uhr, Komitee

Soleiman ist kaum zur Tür hereingekommen, da klingelt das Telefon. Ein Türke am anderen Ende.

»Wir waren gestern Abend bei der VV. Wir streiken, wir

brauchen die Hilfe des Komitees.«

»Wo?«

»Rue des Maraîchers, 24, im 20ten Arrondissement.«

»Ich komme, sobald ich kann.«

»Schnell! Wir haben gesagt, dass wir die Arbeit niederlegen und nun wissen wir nicht mehr weiter.«

9.00 Uhr, Avenue du Maréchal-Lyautey

Attali betritt in dunklem Anzug und Krawatte, in der rechten Hand eine Ledertasche und unter dem linken Arm ein Universallexikon, ein Wohnhaus in der Avenue du Maréchal-Lyautey, geht zum Fahrstuhl und drückt den Knopf für die fünfte und letzte Etage. Dort wohnt Kashguri. Der Fahrstuhl fährt nicht. Überrascht drückt Attali noch einmal. Immer noch nichts. Eine Männerstimme, von der man nicht weiß, woher sie kommt, ertönt in einem sehr rohen Französisch: »Geben Sie Ihren Namen und den Grund Ihres Besuchs an!«

Attali: »Ich heiße Lambert und verkaufe das Universallexikon.«

Die Antwort lässt nicht auf sich warten: »Danke. Wir sind nicht interessiert.«

Eine knappe halbe Stunde später befindet sich Attali wieder in der Eingangshalle des Gebäudes, zutiefst entmutigt, nachdem er auf jeder Etage eine Abfuhr nach der anderen hat einstecken müssen und nichts über die Bewohner in der fünften Etage in Erfahrung bringen konnte. Die Concierge, eine korpulente Frau um die Vierzig, in ein graues Wollkleid gezwängt, kommt aus ihrer Loge:

»Was machen Sie da, junger Mann? Hausieren im Wohnhaus ist verboten, da steht's.«

Attali macht ein Gesicht wie ein begossener Pudel. Dazu muss er sich nicht besonders anstrengen. Er zeigt ihr den Katalog des Universallexikons: die gesamte Kultur- und Menschheitsgeschichte und niemand wollte es haben.

»Das wundert mich nicht. Kommen Sie in meine Loge ein

Bier trinken. Das wird Sie wieder aufmuntern. Um diese Zeit habe ich nichts zu tun.«

Die Loge ist klein: ein Tisch, vier Stühle, ein Sessel, ein Kühlschrank, ein Fernseher. Die Wohnung muss woanders sein. Attali setzt sich.

»Das hat schon schlecht angefangen. Ich wollte den Fahrstuhl nehmen und habe auf die Fünf gedrückt.«

»Zu den Iranern.«

»Iraner, wie die im Fernsehen, die brüllen und die die amerikanischen Geiseln nicht freilassen wollen?«

»Genau. Unsere brüllen nicht, aber ansonsten sind es dieselben Wilden.«

Sie stellt das Bier auf den Tisch und setzt sich neben Attali. Sie hat schwielige Hände und gefärbte Haare. Warum setzt sie sich neben ihn und nicht ihm gegenüber?

»Sind Sie schon lange hier?«

»Acht bis zehn Monate. Das ist eine sehr feudale Wohnung, wissen Sie. Und der Kashguri, so heißt er, lebt dort allein mit vier Hausangestellten, zwei Männern und zwei Frauen. Was er mit denen treibt, weiß ich nicht.«

Träum ich oder rutscht sie tatsächlich mit ihrem Stuhl näher? Oh lieber Gott, was mach' ich bloß?

»Auf alle Fälle verlassen die Frauen, die Asiatinnen, niemals das Haus. Nicht ein einziges Mal in acht Monaten. Und die Hausdiener wechseln sich ab. Einer besorgt die Einkäufe oder ist der Chauffeur für Kashguri und der andere bleibt oben, um auf die Mädchen und die Wohnung aufzupassen. Mir ist das nicht geheuer. Was denken Sie darüber?« (Sie legt ihm die Hand auf das Handgelenk.)

»Da haben Sie Recht, so was ist nicht normal. Und niemand geht mal nach oben?«

»Ich jedenfalls nicht, die Lieferanten auch nicht. Aber es gibt oft Empfänge, am Abend. Selbst die Mieter aus dem vierten Stock haben aufgehört, sich zu beschweren. Eine schicke Gesellschaft übrigens, die zu seinen Empfängen kommt. (Sie lächelt ihn an und legt die andere Hand auf seinen Schenkel.) Geht's dir besser, mein Kleiner?«

»Ich trinke noch ein Bier.« (Sie geht eins aus dem Kühlschrank holen. Attali ist schweißgebadet.) »Und für die Empfänge funktioniert der Fahrstuhl genauso?«

»Ja.« (Sie setzt sich wieder hin, rückt ihren Stuhl an seinen Stuhl heran, so dass ihr Schenkel seinen Schenkel berührt.) »Die Leute geben ihren Namen an. Die Diener schauen auf der Gästeliste nach und lassen sie hochkommen. Man fragt sich, was die zu verbergen haben.« (Die Hand ist wieder auf seinem Schenkel, diesmal noch ein bisschen weiter höher, ganz nah an seinem Glied.)

Attali schnellt hoch, knallrot.

»Madame, entschuldigen Sie bitte, aber ich bin schwul.«

Er greift nach seiner Tasche und flüchtet, so schnell ihn seine Beine tragen.

9.00 Uhr, Rue des Maraîchers

Ein ebenerdiger Laden zur Straße, dessen Schaufenster mit Farbe verdunkelt sind. Soleiman drückt gegen die Tür und ist sogleich in der Werkstatt. Berge von Nähgarn, Maschinen, wie überall. Acht Türken ohne Papiere, vier französische Arbeiterinnen und ein kleines Männchen, schon recht betagt, so um die Siebzig, das vor Wut auf den Boden stampft. Als er Soleiman hereinkommen sieht, eilt er auf seinen Schreibtisch am Ende des Raumes zu, öffnet die Schublade und zielt mit dem Revolver in seine Richtung. Die Mädchen sind eingeschüchtert, die Türken zum Kampf bereit. Soleiman lacht, man würde meinen, es handle sich um eine turbulente Szene aus der Comedia dell' Arte.

Nach einer halben Stunde räumt der Meister seine Pistole weg und ruft auf dem Revier an.

»Ich bin überfallen worden.«

»Von wem?«

»Von zirka zehn Arbeitern.«

»Wo kommen die her?«

»Es sind meine Arbeiter.«

»Also, wo ist das Problem?«

»Es gibt einen Unbekannten unter ihnen.«

Soleiman mit kräftiger Stimme: »Ich bin der offizielle Vertreter des Verteidigungskomitees der Türken in Frankreich.«

Seitens des Kommissariats besteht nicht die geringste Absicht, sich einzumischen: »Bei einem Arbeitskonflikt müssen Sie schon selbst verhandeln!« Und es wird aufgelegt.

Soleiman lächelt und man beginnt miteinander zu reden. Der Meister, ein gewisser Gribsky, gesteht schließlich, dass er total ruiniert sei; er hat alles bei Pferdewetten verloren, sein Geld und auch die Löhne der Arbeiter. Er hat vor, mit der fertig gestellten Kleidung, die sich hinten in der Werkstatt stapelt, die Löhne zu bezahlen. Aber siehe da, die Türken blockieren die Lieferung, schon zweimal konnten die Auftraggeber ihre Bestellungen nicht entgegennehmen. Die Mädchen lachen ihn aus: Dieser alte Mistkerl setzt auf die Lieferung, um das Geld wieder beim Pferderennen verwetten zu können, jawohl! Die Türken informieren Soleiman, dass sie heute Nacht die Maschinen demontieren werden, um sich davon auszuzahlen.

Soleiman zum Meister:

»Verkaufen Sie ihre Werkstatt, ihren Mietvertrag, die Maschinen und das Lager. So können Sie die Löhne bezahlen und für Sie bleibt auch noch etwas übrig. Andernfalls, betrügerischer Konkurs, Maschinendiebstahl, alles kann passieren ... und dann bleibt Ihnen gar nichts mehr.«

Gribsky geht los, einen Abnehmer zu suchen. Die Arbeiter bereiten sich auf die Werkstattbesetzung vor. Ein Treffen wird für den nächsten Morgen im Sitz des Komitees vereinbart.

9.30 Uhr, Rauschgiftdezernat

»Theo, ich habe Ihre letzten beiden Berichte sehr aufmerksam gelesen, wie die anderen übrigens auch ...«

Daquin wartet.

»Diese Idee mit der Razzia während der Lieferung der Regenmäntel, ich habe darüber nachgedacht. Wir werden das Konzept zusammen ausarbeiten. Ich bin einverstanden, die Operation so durchzuführen. Aber seien Sie sich des gefährlichen Charakters dieser Aktion und der großen Anzahl von Risiken bewusst ...«

Immer noch keine Reaktion.

»Heute Morgen habe ich einen Anruf vom Ministerium erhalten. Gestern hat einer Ihrer Inspektoren zwei Abgeordnete kontaktiert, um sie um eine Unterredung zu bitten …«

»Ja, das war Inspektor Attali, auf meine Anweisungen hin.«

»Gut. Aber die Anweisungen des Ministers sind klar: Wir lassen die Sache mit den Abgeordneten fallen. Wir haben nichts gegen sie in der Hand … Und die dadurch frei werdenden Kapazitäten können Sie auf das türkische Netz konzentrieren.«

»(Lachen.) Einverstanden.«

»Sie protestieren nicht? Sagen Sie mir bloß nicht, dass ich mich nicht um die Sicherheit meiner Abteilungen kümmern würde.«

»Nein, Chef. Ich habe damit gerechnet. Ich bin nur überrascht, dass es nicht schon früher passiert ist. Ich werde mich daran halten. Aber ich würde gerne wissen, was der Minister zu Kashguri meint.«

»Ja. Darauf wollte ich ebenfalls zu sprechen kommen. Solange wir keine eindeutigen Beweise gegen ihn haben, lassen wir auch ihn in Ruhe. Derselbe Umgang wie mit den Abgeordneten.«

»In Ordnung. Ihre Anweisungen werden befolgt. Nichts, solange wir keine eindeutigen Beweise haben. Apropos, davon natürlich nichts im Bericht: Es gibt mehrere Personen, die, nachdem sie das Phantombild gesehen haben, einen der Kammerdiener von Kashguri als Mörder meiner Concierge eindeutig identifiziert haben. Was fange ich damit an?«

15.00 Uhr, Komitee

Das kleine fensterlose Büro ist voll mit Leuten. Soleiman kommt gerade aus der Rue des Maraîchers. Er trinkt Kaffee in der kleinen Kantine, etwas weiter hinten im Flur. Er ist glücklich.

Ein türkischer Arbeiter spricht ihn an:

»Ich heiße Yavouz. Der Meister schuldet mir 6.000 Francs. Er hat mich vor drei Tagen nach Hause geschickt und will mich nicht bezahlen. Das Komitee muss mir helfen.«

»Kannst du das beweisen?«

»Beweisen, wie sollte ich denn? Ich habe keine Papiere. Ich hatte noch nie einen Lohnzettel.«

»Lass uns zusammen hingehen. Aber nicht allein.«

Eine Gruppe von zirka fünfzehn Türken geht los und klopft verhalten an die Tür der Werkstatt. Der Meister öffnet ohne Misstrauen. Friedlicher Einmarsch, Yavouz an der Spitze. Der Meister der Werkstatt, ein Jugoslawe, flucht lauthals, greift nach einer Schere, um sich zu verteidigen. Zwei Arbeiter halten ihn fest. Die Spannung lässt nach.

»Sie schulden Yavouz 6.000 Francs.«

»Dem da? Ich habe ihn noch nie gesehen. Ich rufe die Polizei.«

Er greift nach dem Telefon und hat die Polizei am Apparat. Er spricht sehr schlecht Französisch. Der Bulle am anderen Ende der Leitung versteht kein Wort: »Ist nicht jemand in der Nähe, der besser Französisch spricht?«

»Ja.«

»Geben Sie ihn mir!«

Der Meister reicht das Telefon an Soleiman, der erklärt:

»Ein Arbeitskonflikt, wegen nicht bezahltem Lohn.«

»Gibt es Schlägereien?«

»Nein, überhaupt nicht.«

»Sehr gut, machen Sie das unter sich aus«, schließt der Bereitschaftspolizist und legt auf.

»Die Polizei wird nicht kommen«, sagt Soleiman zum Meister.

»Doch, sie wird kommen.«

»Na gut, dann warten wir eben.«

Man lässt sich nieder, spielt Dame, jemand geht Kaffee holen. Der Meister trinkt auch mit.

Nach zwei Stunden sieht der Meister ein, dass die Polizei nicht kommen wird. Vielleicht kennt er Yavouz ja doch. Ja, ja, er erinnert sich wieder. Vergangene Woche hat er hier gearbeitet. Man beginnt zu verhandeln. Der Meister schlägt 1.000 Francs vor, sofort und in bar. 3.000, nicht weniger. 2.000? 2.000 einverstanden. Handschlag. Yavouz ist begeistert. Alle gehen wieder. Der Meister schaut ihnen nach, wie sie die Treppe hinuntergehen. »Auf Wiedersehen, Herr Vorsitzender.«

23

Mittwoch, 26. März

9.00 Uhr, Komitee

Soleiman trinkt einen Kaffee mit ein paar Arbeitern, zwei davon aus der Rue des Maraîchers. Die anderen halten die Werkstatt besetzt.

Gribsky tritt ein, begleitet von einem schicken Libanesen, einem gewissen Hammad, der seinen Mercedes auf dem Bürgersteig vor dem großen Eingangsportal der Kirche geparkt hat. Er tätschelt die Wangen der Arbeiter, nennt sie meine Lieben und holt ein Bündel Geldscheine aus seiner schwarzen Tasche.

Telefonanruf. Ein Türke.

»Komitee? Schnell, Rue d'Hauteville … Der Meister will einen Türken entlassen …«

»Ich kann im Moment unmöglich von hier weg, ruf später noch mal an.«

Hammad besitzt Modeboutiquen im Sentier und an der Küste. Selbst zu produzieren, hätte seinen Reiz. Er würde den Laden gerne kaufen. Hart geführte Diskussionen um den Preis für die Maschinen, die Lagerbestände, die Löhne und den Mietvertrag. Weder Schriftstücke noch Rechnungsbelege. Schließlich werden sich Gribsky, Hammad und die Arbeiter einig. Eine Bestandsaufnahme wird von Hammad noch einmal durchgelesen, von Gribsky, den Arbeitern und Soleiman im Namen des Komitees unterzeichnet. Die Bündel Geldscheine wechseln den Besitzer. Alle gehen in das Café an der Ecke, um das Ereignis zu begießen, aber nicht ohne vorher den Mercedes zu bestaunen.

Soleiman geht zurück ins Büro. Telefon.

»Der Türke aus der Rue d'Hauteville. Alles in Ordnung, sie haben es unter sich geregelt, nicht nötig herzukommen.«

»Und wie haben sie es geregelt?«

»Na, der Meister hat dem Arbeiter mit der Schere in den Kopf gestochen und der Arbeiter hat ihm die Hand durchbohrt. Die Geschäftsführerin hat die Bullen gerufen. Der Meister hat gesagt, es wäre ein Unfall gewesen, die Bullen sind wieder gegangen. Alle beide sind im Krankenhaus und der Meister sagt, dass der Arbeiter seine Arbeit behalten kann.«

12.30 Uhr, Champs-Elysées

Sener geht die Avenue hinauf bis zum Kreisverkehr in Richtung Lido, begleitet von zwei Botschaftsangehörigen. Er ist viel zu sehr mit sich selbst beschäftigt, als dass er das schöne Wetter genießen könnte: Das Wasser steht ihm bis zum Hals. Am Montag wurde Paulette verhaftet, die Polizei hat die Botschaft um Erlaubnis gebeten, ihn zu verhören und seine politischen Freunde werfen ihm vehement vor, in Geschäfte verwickelt zu sein, die nicht der Sache dienen ... Dienstag wurde der Ehemann von Paulette verhaftet, ein Hauptinspektor. In wenigen Minuten hat er eine Verabredung, um zu versuchen, aus dem Geschäft auszusteigen und in die Türkei zurückzukehren. Das wird hart werden.

Marinoni geht auch die Champs Elysées hinauf, zirka dreißig Meter vor Sener, während Romero ihm aus zwanzig Meter Entfernung folgt, die Augen auf seinen Rücken geheftet. Eine Gruppe Italiener, die sich aus Spaß anrempeln, verdeckt ihn für einen Moment. Romero versucht, näher zu kommen. Als er ihn wieder erblickt, liegt Sener am Boden und seine zwei Begleiter beugen sich ratlos über ihn. Romero eilt hinzu. Sener liegt ausgestreckt mit dem Gesicht auf dem Boden, ein Schuss durch das linke Schulterblatt, eine Blutlache bildet sich und fließt den Rinnstein hinab. Romero steht wieder auf, schaut sich um, sieht nur Spaziergänger und Marinoni, der angerannt kommt. Er fragt die zwei Begleiter von Sener, was passiert sei, diese geben ihm zu verstehen, dass sie kein Französisch sprechen.

Romero lässt Marinoni auf das Eintreffen der Polizei warten, während er in eine Telefonkabine spurtet.

»Hallo, Daquin am Apparat.«

»Kommissar, Sener ist soeben wenige Meter vor mir abgeknallt worden, mitten auf der Straße und ich habe nichts gesehen.«

»Wo sind Sie?«

»Auf den Champs-Elysées.«

»Romero, sehen Sie zu, dass Sie schnellstens einen Pressefotografen finden. Es gibt Presseagenturen in der Gegend. Ich will ergreifende Fotos des Toten. Die Untersuchungshaft von Paulette endet in weniger als vierundzwanzig Stunden. Verlieren Sie keine Zeit!«

14.00 Uhr, Komitee

Die ersten Unterlagen mit Legalisierungsanträgen treffen ein und das kleine Büro platzt aus allen Nähten. Jede Akte wird genau geprüft. Wenn sie vollständig ist, behält das Komitee eine Kopie und heftet sie in den Ordnern ab. Erst danach reichen die Arbeiter sie bei der Einwanderungsbehörde ein. So kann das Komitee wirklich alle Entscheidungen der Verwaltung kontrollieren, Fall für Fall. Viel Arbeit. Aber Soleiman stürzt sich mit Enthusiasmus hinein. Er fühlt sich nützlich und stark. Die Angst ist weit weg. Das Telefon steht nicht still. Zwei türkische Aktivisten wechseln sich ab, Fragen zu beantworten und Auskünfte zu erteilen.

»Soleiman, für dich. Ein neuer Streik.«

Hassan, einer der Unterstützer des Komitees, am anderen Ende der Leitung. Seit einigen Tagen arbeitet er bei LVT, einer großen Werkstatt mit mehr als sechzig Arbeitern, mehr oder minder alle ohne Papiere. Jugoslawen, Afrikaner und ungefähr dreißig Türken. Der Meister ist ein Jugoslawe, ein gewisser Jenković. Die Türken haben ihn heute Morgen um einen Arbeitsvertrag gebeten, um sich legalisieren lassen zu können. Der Meister hat mit Entlassungen reagiert. Die Türken bleiben vor ihren Maschinen sitzen, ohne zu arbeiten. Würden sie aufstehen, würden sie durch die Jugos ersetzt werden.

»Die Ausländer arbeiten weiter, als wenn nichts wäre«, sagt Hassan. »Du musst herkommen, es droht gewalttätig zu werden.«

Soleiman sieht sich nach Unterstützung um. Am Telefon, bei den Akten, alle sind beschäftigt. Eine Schlange hat sich im Flur vor der Tür des Komitees gebildet. Pech gehabt, dann gehe ich eben allein dorthin.

Rue du Faubourg-Saint-Denis, ganz oben, in der Nähe der oberirdischen U-Bahn und unterhalb des Theaters *Bouffes du Nord*. Soleiman geht in die dritte Etage und betritt die Werkstatt. Er hat noch nie eine so große Werkstatt gesehen. Sechs Zimmer. Alle gehen zur Straße hinaus. Ansonsten Unmengen von Nähgarn, Maschinen, Neonröhren, wie überall. Genau in dem Moment, als er hineingeht, bricht eine Schlägerei zwischen Türken und Jugoslawen aus. Ein Jugo bricht zusammen, ein Scherenstich in den Oberschenkel. Es sieht nach einem blutigen Gemetzel aus. Der Meister, Soleiman und die Afrikaner gehen dazwischen. Die Scheren werden wieder auf die Tische gelegt. Zwei Jugos tragen den Verletzten in ein anderes Zimmer.

Jenković ruft auf dem Revier des 10ten an, dann wendet er sich an Soleiman:

»Ich habe die Polizei gerufen. Ich kenne den Kommissar. Er wird gleich da sein. Er wird alle Türken vor die Tür setzen. Ich lasse arbeiten, wen ich will. Und die da, von denen habe ich genug. Und Sie, Sie haben überhaupt kein Recht, hier zu sein.«

Soleiman schlägt vor zu diskutieren. Zwecklos.

Sirenen. Soleiman schaut aus dem Fenster. Drei kleine Polizeiwannen und ein Krankentransporter der Polizei halten vor dem Hauseingang. Gut dreißig Bullen in Uniform steigen aus, sowie drei Bullen in Zivil. Alle stürmen ins Gebäude. Man hört sie die Treppe hinaufrennen. Soleiman wird blass.

Die Bullen kommen in die Werkstatt. Drei von ihnen kümmern sich um den verletzten Jugo und tragen ihn auf einer Trage fort, ins Krankenhaus. Die anderen breiten sich in der Werkstatt aus und kontrollieren den Bereich zwischen den Gruppen. Ein Bulle in Zivil, klein und dick, die Fünfzig schon hinter sich, scheint die Befehle zu geben. Soleiman wendet sich an ihn:

»Ich bin hier als Vertreter des Verteidigungskomitees …«

»Du, du hältst die Fresse! Ich habe dich nicht nach deiner Meinung gefragt.«

Und er nimmt den Meister am Arm, schleppt ihn in die Wohnung gegenüber auf die andere Seite des Treppenflures.

Soleiman bittet die Türken der Werkstatt, ihm zu erklären, was passiert sei. Lachen. Gegenüber ist die Wohnung des Meisters. Der Kommissar kennt ihn gut, weil er jeden Freitagmittag kommt, um die Frau des Meisters zu bumsen, eine blonde Französin, genau in jener Wohnung gegenüber. Der Meister und der Kommissar sind auf du und du. Der Meister bezahlt und außerdem bumst der Kommissar seine Frau, keine Kontrollen in der Werkstatt, ein florierendes Geschäft.

Der Kommissar kommt wieder heraus, gefolgt von einem betreten dreinschauenden Meister. Ein kurzer Befehl, ein Wink an die Bullen, sich entlang der Treppen auf allen drei Etagen zu verteilen. Nur die Zivilbullen und zwei in Uniform bleiben in der Werkstatt.

»Jetzt ist genug mit dem Zirkus. Niemand wird entlassen. Alle wieder an die Arbeit, und zwar sofort. Der Erste, der von Arbeitsvertrag spricht, den buchte ich augenblicklich ein. Habt Ihr mich verstanden? Und du, Arschloch! (Er packt Soleiman bei den Haaren, bevor dieser überhaupt begreift was mit ihm geschieht. Die zwei Bullen drehen ihm die Arme auf den Rücken.) Dich erkenne ich wieder. Ich habe dich Montagmorgen in der Passage du Désir gesehen. Du wirst hier nicht noch einmal aufkreuzen und den Zorro in meinem Viertel spielen. Du wirst kriechend von hier verschwinden und wir werden dich hier nicht mehr wiedersehen, verstanden?«

Er zieht ihn bis zur Treppe, wo er ihn kopfüber hinunter stößt und ihm ein Bulle einen Arschtritt verpasst. Soleiman stürzt gegen das Geländer. Die linke Augenbraue platzt auf. Er sieht nichts mehr vor lauter Blut. Versucht wieder aufzustehen, sich am Geländer hochzuziehen. Zwei Schläge mit dem Schlagstock auf die Hände, ein Fußtritt in die Nieren. Er fällt die Treppe hinunter bis zur zweiten Etage, wo ihn ein Uniformierter mit einem Fußtritt in den Kiefer in die Senkrechte befördert. Auf Knien, ein Faustschlag in die rechte Schläfe, blutunterlaufene Augen und auch sein Mund ist voller Blut. Wieder wird er die Stufen hinuntergeworfen, versucht sich zusammenzurollen, landet auf dem Flur der ersten Etage. Am Hals hochgezogen, einen Tritt in die Eier von vorn, er hört sich brüllen. Kann nicht mehr atmen. Wieder auf die Treppe gefeuert, fällt er Stufe für Stufe hinunter, begleitet von Tritten in die Seiten. In seinem Kopf ein Höllenlärm. Von weitem hört er eine Stimme sagen: »Bringt ihn nicht um.«

Er liegt unten, völlig zerschunden. Ich kann nicht einmal mehr kriechen. Er spürt, wie er aufgehoben und getragen wird. Eine Tür fällt ins Schloss. Man legt ihn auf ein Podest, er kann die Beine nicht bewegen. Feuchte Handtücher, um das Blut von seinem Gesicht wegzuwischen. Ein stechender Schmerz in der Brust, er kann immer noch nicht richtig atmen, aber erkennt zwei Silhouetten, die sich über ihn beugen.

»Wer sind Sie?« (kaum ein Murmeln).

»Sie sind in Sicherheit, im Theater. Wir haben Sie schreien hören. Wir sind in das Haus gegangen und haben Sie dort aufgelesen. Sobald die Bullen weg sind, bringen wir Sie in ein Krankenhaus.«

Soleiman fängt wieder an zu atmen, ganz vorsichtig, in ganz kurzen Zügen. Schmerz.

»Nicht ins Krankenhaus, zu mir.«

»Aber Sie müssen behandelt werden.«

»Zu mir, jemand wird das machen.«

»Wo ist das, bei Ihnen?«

»Avenue Jean Moulin, im 14ten.«

16.00 Uhr, Passage du Désir

Seit Montag hat Daquin Paulette nicht mehr gesehen. Sie sieht fertig aus. Er steht auf, um ihr einen Stuhl hinzuschieben.

»Romero, erzählen Sie, was vorhin auf den Champs-Elysées geschehen ist.«

Romero erzählt ungeschickt. Paulette ist starr und bleich. Als er fertig ist, schiebt Daquin zwei große Fotos des toten Seners in ihre Richtung, auf dem einen sieht man ihn so, wie er hingefallen ist, das Gesicht nach links gedreht, auf dem anderen liegt er auf dem Rücken, so dass das Gesicht zu sehen ist. Daquin wartet. Paulette schaut die Fotos lange an. Ohne sich zu bewegen. Dann fährt sie zart über das Gesicht des Toten.

»Wer hat ihn getötet?«

»Ein bezahlter Killer der türkischen Drogenhändler, für die er arbeitete.«

»Warum?«

»Damit wir ihm keine Fragen mehr stellen können. Paulette, wussten Sie, dass er für diese Gang gearbeitet hat?«

»Nein.«

»Warum haben Sie dann alles, was Ihr Mann Ihnen erzählt hat, an ihn weitergegeben?«

»Keine Ahnung.« (Langes Schweigen. Paulette sitzt immer noch unbeweglich da.) »Ich war mir offensichtlich nicht im Klaren darüber, was ich tat. Ich dachte, dass man so besser unsere gemeinsamen Geschäfte regeln könnte.« (Wieder eine lange Pause.) »Und außerdem habe ich ihn geliebt.« (Pathetisch.)

»Sind Sie jetzt damit einverstanden, auf einige detailliertere Fragen zu antworten?«

Sie nimmt ihre Hand vom Foto und schaut Daquin an.

»Stellen Sie Ihre Fragen, ich habe nichts mehr zu verlieren.«

In weniger als einer Stunde ist alles geklärt. Der Handel mit den Markenzeichen: in der Türkei hergestellt, mit dem Diplomatenkoffer nach Frankreich gebracht. Weitaus weniger riskant, als sie in Frankreich anzufertigen. Die Höhe der Profite, das Konto in der Schweiz, die Einzelhändler. Und die langen vertraulichen Mitteilungen ihres Ehemanns (er kann Sie nicht leiden, Daquin). Alles, was sie an Sener weitergegeben hat. Paulette scheint jenseits von gut und böse zu sein. Es gibt nur noch eine Frage, die für sie zählt und auf die sie vergeblich eine Antwort in ihrer Erinnerung sucht: Hat Sener sie geliebt oder hat er sie nur benutzt?

18.00 Uhr, Villa des Artistes

Sich entspannen. Ein Essen zubereiten, das ein bisschen Zeit und Hingabe erfordert. Kalbsragout mit Lauch, dazu ein Nusssoufflee. Und danach die Liebe.

Daquin kehrt mit Tüten beladen, nach Hause zurück. Grüßt den Wachmann, der ihn komisch anschaut.

»Was ist los?«

»Also, Ihr … junger Mann ist übel zugerichtet nach Hause gekommen.«

»Wann?«

»Vor gut einer Stunde.«

Daquin geht rein, stellt die Tüten auf dem Küchentisch ab und geht zum Sofa. Soleiman liegt ausgestreckt auf den Rücken. Er zittert ab und an. Er sieht wirklich schlimm zugerichtet aus, das Gesicht ist total ramponiert. Blutspuren, eine aufgeplatzte Augenbraue, das Nasenbein liegt offen, die Lippen sind auf das Doppelte angeschwollen … Es wird ihm im Bett sicher besser gehen. Daquin hebt ihn hoch. Soleiman öffnet die Augen, erkennt Daquin und schließt sie wieder. Daquin trägt ihn ins Zimmer, legt ihn auf das Bett, zieht ihn aus und deckt ihn zu. Dann kramt er im Schrank seines Badezimmers und kommt mit einer ganzen Palette von Mitteln zurück: Nadeln, Faden, Verband und Pflaster. Zuerst das Gesicht reinigen, die Wunden desinfizieren. Er sitzt auf dem Bett, an der Seite von Soleiman. Sichere Handgriffe. Soleiman fühlt den Schenkel von Daquin an seinem Arm, seine Hände auf seinem Gesicht, gar nicht mehr bewegen, wieder einschlafen. Er hört Daquin sagen:

»Ich werde vier Stiche an der Augenbraue vornehmen. Ich glaube nicht, dass du viel davon mitbekommst.«

Er überlässt sich voll und ganz Daquin. Schmerz, Benommenheit, Hitze, die wieder aufsteigt.

»Sol, du hast zwei ausgerenkte Finger. Ich werde sie dir wieder einrenken. Das tut weh, aber nur für einen Moment. Bist du bereit?«

Soleiman öffnet die Augen, zwinkert. Stöhnt. Mit Heftpflastern bandagieren. Ein herrliches Gefühl der Erleichterung. Jetzt sind die Hände von Daquin auf seinem Körper. Seine Hände, so weich und doch so streng, wenn er ihn bumst. Gebrochene Rippen. Nichts zu machen, außer warten. Die Hoden, schmerzhaft angeschwollen. Keine Spur von blauen Flecken, aber das wird nicht lange dauern. Er streichelt seinen Rücken, die Hand auf seinem Penis. Eine große Schnittwunde am Knie, desinfizieren, Pflaster drauf, fertig.

»Ich werde dir drei Spritzen geben. Du brauchst dich nicht zu bewegen, ich schaffe es auch so. Hörst du? (Augenzwinkern.) Eine gegen Tetanus, eine mit Antibiotika und eine gegen die Schmerzen, für dein Wohlbefinden.«

»Nein, Daquin, die Letzte nicht.« (Müdigkeit, keine Lust zu sprechen, zu erklären, dass er am Schluss in der Türkei täglich Morphium nahm.) »Ich habe Angst vor einem Rückfall.«

»Wie du willst.«

Zwei Spritzen. Deckt ihn mit der Decke wieder zu, bleibt an seiner Seite sitzen, streichelt ihm durch die Haare. Soleiman öffnet die Augen, müdes Blau. Daquins Lippen an seinem Ohr. Ein Flüstern, ein Liebkosen. »Sol, würdest du gern, dass ich dich bumse? Zart, ganz zart ...« Augenzwinkern.

24

Donnerstag, 27. März

6.30 Uhr, Villa des Artistes

Soleiman öffnet die Augen. Er wacht aus dem Tiefschlaf auf. Hört Daquin unten Kaffee machen. Kurze Bestandsaufnahme: Alles tut ihm weh, aber anscheinend funktioniert alles. Er richtet sich auf. Ein Stöhnen: Er hat seine gebrochenen Rippen vergessen. Er steht auf und geht, so gut er kann, bis zum Bad. Im großen Spiegel: Das Gesicht fast bis zur Unkenntlichkeit entstellt, eine bandagierte Hand, ein Pflaster auf dem Knie, blaue Flecken am ganzen Körper. Urin normal. Ich bin noch einmal knapp davon gekommen.

Daquin, im Morgenmantel, bringt das Frühstück hoch. Rührei, Quark, Kaffee. Soleiman legt sich wieder hin und beginnt zu essen. Auf seinen Kiefer aufpassen, Knacken und stechender Schmerz. Daquin hat noch immer keine Frage gestellt.

»Weißt du schon, was mir passiert ist?«

»Nein, ich weiß überhaupt nichts.«

»Ich bin von den Bullen zusammengeschlagen worden. Von deinen Kumpels.«

Soleiman scheint so empört darüber zu sein, dass Daquin lachen muss.

»Du hättest ihnen sagen sollen, dass du mir gehörst und dass sie meine Erlaubnis brauchen, um dich anzufassen.«

Soleiman verschließt sich. Daquin beugt sich über ihn und küsst ihn auf den Hals.

»Entschuldige bitte, ich konnte einfach nicht widerstehen, das war so komisch, wie du das gesagt hast. Also los, ich höre dir zu.«

Nüchtern erzählt Soleiman die ganze Geschichte. Dann:

»Der Kommissar kannte mich schon, er hatte mich am Montag bei der Demonstration in der Passage du Désir gesehen. Ich hatte den Eindruck, dass er mich hasst.«

»Weißt du seinen Namen?«

»Nein.«

»Beschreib ihn mir!«

»Jenseits der Fünfzig. Nicht groß. Dick. Durchschnittsfranzose, der was zu sagen hat.«

»Im 10ten, das könnte durchaus Meillant sein.«

Ein langes Schweigen, jeder mit seinen Gedanken beschäftigt. Soleiman, auf dem Rücken liegend, bewegt sich ein Stück, um näher bei Daquin zu sein, legt den Kopf auf seinen Schenkel.

»Hör mir gut zu, Daquin. Das ist nicht das erste Mal, dass ich eins auf die Fresse kriege. Du kennst mein Leben, du kannst es dir vorstellen. Jedes Mal habe ich einfach nur versucht, zu überleben. Ich habe mich in einem Loch verkrochen und bin erst wieder herausgekommen, wenn ich keine Spuren mehr am Körper hatte. Aber jetzt ist es anders. Zum ersten Mal existiere ich in den Augen der Anderen, ich habe eine Geschichte. Ich bin ein Mensch. Verstehst du, was ich damit sagen will? (Daquin nickt.) Und all das hat dieses Schwein zunichte gemacht. Er hat mich gedemütigt im Beisein der Meinen. Ich habe keine Wahl. Entweder ich verschwinde wieder oder ich bringe ihn um.« (Hoffnungslosigkeit in den blauen Augen.)

Eine lange Pause. Daquin liebkost Soleimans linke Brust, die Brustwarze ist dunkel und hart. Ich liebe diesen Körper. Er tut mir gut.

»In beiden Fällen kannst du nicht gewinnen, Junge, und das weißt du auch. Geh die Sache anders an. Er hat dich gedemütigt, also mache es genauso, und zwar vor demselben Publikum. Er schlägt dich zusammen, weil er ein Bulle ist. Zwing' ihn, den Polizeidienst zu quittieren. Kannst du dir das Ansehen vorstellen, das du damit gewinnst?«

»Das liegt außerhalb meiner Möglichkeiten, das weißt du genau.«

»Da bin ich mir nicht sicher. Wir tun uns zusammen, du und ich, um Meillant fertig zu machen.«

Soleiman richtet sich auf, zieht eine Grimasse, Rippenschmerzen.

»Warum solltest du das machen?«

»Das passt mir gut in den Kram. Und ich sehe eine Möglichkeit, das mit dir zu schaffen. Bist du dabei? Ich warne dich, es wird riskant und schwierig sein.«

»Ich würde alles tun, um da wieder herauszukommen.«

»Wir sprechen heute Abend weiter.«

Daquin steht auf, geht ins Bad, rasiert sich und zieht sich an.

»Bleib heute im Bett. Du hast es nötig. Aber ruf im Komitee an, erkläre ihnen, was passiert ist und wie du aussiehst. Eine gewichtige Beschwerde an die Minister, sowohl an den Innen- als auch an den Arbeitsminister, würde gut ins Bild passen. Gib auch den Türken von LVT Bescheid, dass du noch am Leben bist, dass du sie brauchst, dass sie bei LVT bis Montagabend durchhalten sollen. Ich werde mich unterdessen in der Gegend der *Bouffes du Nord* herumtreiben, um zu sehen, was wir machen können. (Ein Kuss auf die Lippen, ein Lächeln, noch einen Kuss.) Im Kühlschrank findest du etwas zu essen. Ich überlasse dir mein Haus. Sei brav!«

10.00 Uhr, Türkische Botschaft

Der Botschafter, ein Mann in mittleren Jahren, Berufspolitiker, erhebt sich, um die beiden Inspektoren der Kriminalpolizei zu empfangen, die mit der Untersuchung beauftragt sind und von Romero begleitet werden. In der Art und Weise, wie er sie empfängt, weist er sie sofort in ihre Schranken: Sie sind ihm untergeben. Romero verkrampft sich.

»Äußerst bedauernswertes Ereignis. Unsere Dienste arbeiten natürlich mit der französischen Polizei zusammen. Für uns ist die Sache klar: Monsieur Sener ist durch die Kugeln derselben armenischen Terroristen getötet worden, die den Botschafter des Vatikans 1977 und unseren Botschafter in Bern am 6. Februar letzten Jahres ermordet haben.«

Er schweigt einen Moment bedeutungsvoll, dann wendet er sich Romero zu:

»Meine Mitarbeiter sagten mir, dass Sie mit einem Ihrer Kollegen zur Tatzeit vor Ort waren. Das könnte mich beunruhigen. Interessiert sich die französische Polizei für die Tätigkeiten eines unserer Diplomaten, ohne uns davon in Kenntnis zu setzen? Ich gehe nicht davon aus, da es sonst jede Menge Schwierigkeiten geben würde. Ich glaube vielmehr, dass Ihre Anwesenheit vor Ort dem Zufall geschuldet ist, und ich bin darüber sehr erfreut, denn das wird die Ermittlungen beschleunigen und die Verhaftung der Schuldigen ermöglichen.«

Romero bemerkt die Andeutung einer Verneigung.

Ein Büro wird den Inspektoren zur Verfügung gestellt, damit sie Tahar Bodrum und Dogan Carim, jene Männer, die Sener auf den Champs-Elysées begleitet haben, vernehmen können. Beide von gleicher Statur: groß, schwer, kantig, mit Schnurrbart. Männer der Tat. Grauer Anzug, sehr gut geschnitten, genau richtig, um einen Revolver zu verstecken, weißes Hemd, dunkle Krawatte. Funktion in der Botschaft: Kulturattachés. Seltsam, diese türkischen Intellektuellen. Sie sind beide seit 1979 in der türkischen Botschaft. Seitdem sehr freundschaftliche Beziehungen zu Sener. Gestern ein Spaziergang ohne klares Ziel. Das schöne Wetter ausnutzen auf der schönsten Avenue der Welt. Sener war nicht nervöser als sonst. Sie haben so etwas wie ein »Plock« gehört, wie das Platzen eines Luftballons. Sener ist zusammengesunken. Sie haben nicht begriffen, was passiert ist, haben sich über ihn gebeugt. Er war tot. Fassungslosigkeit. Als sie sich wieder aufgerichtet haben, sind Romero und Marinoni angerannt gekommen.

»Wie kann es sein, dass der Tote weder seinen Terminkalender noch seine Schlüssel, sondern nur sein Portemonnaie und seinen Ausweis dabei hatte?«

»Wir wollten nicht zu einem Arbeitstreffen gehen. Vielleicht hat er alles in seinem Büro gelassen.«

»Ihre Adressen, meine Herren?«

»Natürlich in der Botschaft, Inspektor.«

12.00 Uhr, Boulevard Haussmann

Systematische Durchsuchung des Büros von Sener in Anwesenheit eines Botschaftsangehörigen. Nichts. Nicht eine verdächtige

Spur. Ein Büro ohne Akten, ohne Post, ohne Terminkalender, ohne Adressverzeichnis. Die Inspektoren vernehmen die Sekretärinnen, die mit Sener zusammengearbeitet haben, seine engsten Kollegen: Er war ein tadelloser, pünktlicher und ruhiger Mensch.

»Hatte er einen Terminkalender, Akten?«

»Ja, natürlich.«

»Wo sind sie?«

Die Augen weit aufgerissen, sie würde ja gerne helfen, weiß aber nicht wie.

»Führt seine Sekretärin nicht seinen Terminkalender?«

»Nein. Monsieur Sener arbeitete auf eine sehr eigenwillige Art und Weise.«

12.00 Uhr, Passage du Désir

Daquin kommt pfeifend in sein Büro. Ein ausgedehnter Besuch in den Gebäuden der *Bouffes du Nord.* Er ist voller Ideen. Attali hat soeben seinen Bericht über die vergangenen zwei Tage beendet, die er mit der Überwachung von Kashguri zugebracht hat. Er hat äußerst schlechte Laune.

»Wollen Sie die internen Neuigkeiten? Ende der Untersuchungshaft von Paulette und ihrem Ehemann. Sie werden beide angeklagt. Können Sie sich das Wiedersehen vorstellen? Thomas hat seinen Dienst bei der Polizei quittiert und Santoni hat um Urlaub gebeten. Lavorel verfolgt die Angelegenheit Paulette Dupin weiter. Kurz und gut, nur wir drei bleiben für diese Riesenangelegenheit übrig und kommen nicht weiter. Übrigens, hier im Haus, grüßt uns niemand mehr ...«

»Was macht Sie so pessimistisch heute Morgen?«

Während Attali noch überlegt, was die beste Antwort auf diese anscheinend so einfache Frage sein könnte, klingelt das Telefon. Auf einen Wink von Daquin nimmt er ab.

»Büro Kommissar Daquin, Inspektor Attali am Apparat.«

Nach und nach hellt sich sein Gesicht wieder auf. Attali greift nach Zettel und Stift.

»Ich habe es notiert. Ich gebe dem Kommissar sofort Bescheid.« (Er legt auf und dreht sich zu Daquin.) »Die Bullen aus Mantes haben eine Leiche aus dem Wasser gefischt, die durchaus die von VL sein könnte. Sie warten im Leichenschauhaus auf uns, um sie zu identifizieren.«

14.00 Uhr, Square Nicolay

Nach Seners Büro seine Wohnung. Der unvermeidliche und aufmerksame Botschaftsmitarbeiter immer mit dabei. Hübsche Wohnung in der fünften Etage eines Gebäudes aus dem 19. Jahrhundert, mit Blick auf eine private ruhige Grünanlage. Ein kleiner Eingangsbereich, ein großer Raum zur Straße hin, zwei Zimmer. Altmodische Küche und Bad. Moderne, einfache und bequeme Möbel. Die Concierge machte den Haushalt für Sener. Auf die Bitte der Inspektoren geht sie mit ihnen in die Wohnung. Alles ist vorbildlich aufgeräumt.

»Wann sind Sie das letzte Mal hier gewesen?«

»Gestern Vormittag.«

Eines der beiden Zimmer dient als Büro. Auf dem Schreibtisch nicht ein Zettel, nichts.

»Sah das immer so aus?«

»Nein, gestern lag hier neben dem Telefon eine Art schwarzer Aktenordner mit seinem Telefonbuch und einem Notizblock.«

Die Inspektoren wühlen überall. Eindrucksvoller Kleiderschrank. Wenige Bücher. Keine Unterlagen.

»Akten? Nein, er hatte nicht viele hier. Manchmal brachte er ein oder zwei mit nach Hause, aber die nahm er am nächsten Morgen wieder mit.«

Nachdem die Hausdurchsuchung beendet, die Tür verplombt und der Mann aus der Botschaft fort gegangen ist, bietet die Concierge den drei Inspektoren einen Kaffee in ihrer Loge an.

»Erzählen Sie uns ein bisschen von diesem Monsieur Sener. Wie lebte er?«

»Das war ein guter Mieter. Er wohnte seit über einem Jahr hier. Keine Verspätung der Mietzahlung, die ich entgegennehme. Wenn alle Mieter so wären … Auch mich bezahlte er immer pünktlich. Und bei ihm gab es zwar zu tun, aber es war nie wirklich eklig. Wenn Sie wüssten, was man manchmal so sieht …«

»Frauen?«

»Eine. Viel älter als er. Nicht unbedingt schön. Eher Geschäftsfrau. Sie verbrachte zwei bis drei Nächte in der Woche hier.«

Paulette. Immer, wenn die Bilder von Paulette oder Thomas auftauchen, fühlt sich Romero unwohl.

»Keine anderen?«

»Wie soll ich es Ihnen sagen? Keine andere, die regelmäßig kam. Das ist alles.«

»Und die anderen Abende?«

»Entweder kam er spät nach Hause oder er empfing Freunde zu Besuch. Eigentlich nur Männer. Türken auf jeden Fall. Viele Schnurrbärtige. Sie aßen zu Abend, diskutierten, tranken, rauchten wie die Schlote und spielten viel.«

»Was?«

»Das weiß ich nicht. Würfel, Karten …«

»Um Geld?«

»Ja, ich glaube um viel Geld. Aber das ist nur eine Vermutung.«

15.00 Uhr, Mantes

Die Inspektoren der Kripo warten vor dem Krankenhaus in Mantes auf Daquin und Attali.

»Sieht schlimm aus die Leiche, Sie werden gleich sehen.«

Sie betreten einen kleinen Saal, in dem der Gerichtsmediziner arbeitet, alles weiß gefliest, Metalltisch, Fläschchen, Skalpelle und ein hartnäckiger Geruch, eine Mischung aus Verwesung und Desinfektionsmitteln.

Der Arzt richtet sich auf. Daquin und Attali kommen etwas näher. Attali schreit vor Entsetzen auf. Natürlich ist sie das, aber sie ist nicht mehr wiederzuerkennen. Das schöne Gesicht ist vom langen Aufenthalt im Wasser nicht nur bleich, aufgedunsen und vermodert, sondern auch erstarrt und von unerträglichem Leid verzerrt. Hervorgequollene Augen, der Mund weit geöffnet, die Gesichtszüge entstellt, der verrenkte Hals zeugt vom hoffnungslosen Unterfangen, sich loszureißen. Von was? Ein Blick auf den Körper. Die Haut ist vom Brustkorb bis zu den Knien aufgerissen, aufgeplatzt und verfault. Keine Brüste mehr, nicht eine freie Stelle ohne klaffende Wunde. Attali geht schwankend hinaus.

Daquin wendet sich an den Arzt, der ein Tuch über die Leiche deckt.

»Könnten Sie mir schon jetzt einige Informationen über ihren Tod geben oder muss ich den Bericht abwarten?«

»Ich kann Ihnen schon ein paar Sachen sagen. Der Mord ist ungefähr zwei Wochen her, schwierig, genauer zu sein, im Moment jedenfalls. Das Opfer war tot, bevor es ins Wasser geworfen wurde, vielleicht schon ziemlich lange vorher. Der Tod trat in Folge der Risse und der tiefen Wunden, die Sie gesehen haben, ein, man könnte meinen Peitschenhiebe. Genau! Sie wurde an den Handgelenken und Knöcheln festgebunden, zu Tode gepeitscht und von zwei Personen vergewaltigt, als sie noch am Leben war. Anschließend, nach Eintreten des Todes, wurde der Leichnam in einem Koffer verstaut und später ins Wasser geworfen. Man kann durchaus auf angenehmere Weise sterben.«

»Danke, Doktor.«

Daquin trifft auf Attali und die Inspektoren der Kripo, die vor dem Krankenhaus auf und ab gehen.

»Das ist sie, daran besteht kein Zweifel.«

»Das Gesicht schien mit den Informationen aus der Suchmeldung übereinzustimmen. Und nachdem uns der Doc mitteilte, dass sowohl das Alter, als auch das Datum des Verschwindens stimmen könnten, haben wir Sie angerufen. Wollen Sie die Akte?«

Polizeistation von Mantes. Kleines Büro. Die beiden Inspektoren reichen den Fundbericht über die Leiche an Daquin und Attali weiter. Ein Schiffer hat heute Morgen beim Anlegen am Ufer der Fabrik von Mantes festgestellt, dass er das Schlepptau nicht eingezogen hatte. Er holt es ein und sieht am Tau hängend einen Koffer aus Stroh, ziemlich ramponiert. Er holt ihn an Deck, öffnet ihn gewaltsam und findet die Leiche. Er wird ohnmächtig, und seine Frau ruft auf dem Kommissariat an. Name des Schiffers, Zeugenaussage, Adresse, Beschreibung des Leichnams im Koffer, alles vorhanden. Sehen wir uns den Koffer an.

Im Kellergeschoss der Polizeistation. Daquin bleibt bewegungslos stehen. Ich kenne diesen Koffer. Die Art und Weise, wie das Stroh geflochten ist, die Ecken aus Leder, das Schloss aus Kupfer, zur Hälfte herausgerissen. Das ist der Koffer, der sich im Zimmer von Anna Berić befand ... Einige bürokratische Formalitäten, dann verstauen Daquin und Attali den Koffer im Kofferraum ihres Auto, und Rückfahrt nach Paris. Attali fährt und sagt dabei keinen Ton.

»Was ist los mit Ihnen?«

»Ich glaube, ich fange an, dieses Mädchen zu verstehen. Sie wollte den erdrückenden Familienverhältnissen entfliehen, und Schweine wie Sobesky und Romero haben nichts anderes im Sinn, als ihr an die Wäsche zu gehen. Jemand anderes sein, an einem anderen Ort. Und ich, ich habe es nicht kapiert. Dieses zermarterte Gesicht, was für ein Horror! Das wird mich noch lange verfolgen.«

»Finden Sie den Mörder, das wird Ihnen helfen zu vergessen!«

»Kommissar, das ist unfair von Ihnen, mir so etwas zu sagen. Ich habe es mit allen Mitteln, mit ganzer Kraft versucht. Ich habe verhört und zugehört. Ich glaube, ich habe nichts unberücksichtigt gelassen. Aber nichts, nichts und wieder nichts. Das große Nichts. Ich bin unfähig.«

»Beruhigen Sie sich Attali. Ich glaube, ich habe eine Idee.«

Attali wirft ihm einen misstrauischen Blick zu und drückt aufs Gaspedal. Knapp 180 Stundenkilometer.

»Fahren Sie langsamer. Ich habe Angst im Auto, und ich werde zu Hause erwartet. Interessiert Sie eigentlich meine Idee oder nicht?«

»Natürlich.«

Daquin lehnt sich in seinem Sitz zurück und versucht, nicht auf den Tacho zu sehen.

»Alle Zeugenaussagen, die wir haben, von den Mannequins, den Thaimädchen, stimmen überein. Kashguri ist ein Voyeur. Ich weiß von einem Mannequin – durch ein vertrauliches Gespräch –, dass er bei sich zu Hause ziemlich spezielle Vorführungen organisiert, wo die Mädchen von den Kammerdienern an Hand- und Fußgelenken gefesselt, ausgepeitscht und dann gebumst oder vergewaltigt werden, ohne sie jedoch zu töten, während er sich in seiner Ecke einen runterholt. Ich weiß nicht, welcher Begriff in der Rechtsprechung dafür verwendet werden würde. Nach der Veranstaltung werden die Mädchen mit einem Packen Kohle zu sich nach Hause gebracht, und keine von ihnen hat bisher Anzeige erstattet. Das ähnelt ziemlich dem, was VL, die Kashguri kannte, widerfahren ist. Aber sie, sie ist daran gestorben. Zwei mögliche Hypothesen. VL nahm an einem der Abende teil, es ist schief gelaufen, Kashguri lässt die Leiche beiseite schaffen. Oder Kashguri hat gute Gründe, VL aus dem Weg zu räumen. Sie versuchte, ihn mit der Videoaufnahme aus dem *Club Simon* zu erpressen, oder sie stellt insofern eine Gefahr für das Netz dar, weil die Polizei ihr dicht auf den Fersen ist. Oder aus anderen Gründen, die wir nicht einmal erahnen können. Jedenfalls hat er sie umbringen lassen und sich nebenbei noch ein kleines sexuelles Vergnügen verschafft. Zugegeben, das alles ist nicht sehr konkret. Aber Sie könnten diejenigen kontaktieren, die VL an dem Morgen ihres Verschwindens getroffen haben, und dabei darauf achten, ob nicht eine Spur zu Kashguri führt. Manchmal ist es einfacher, zwei Personen ausfindig zu machen als eine.«

Einige Kilometer weiter:

»Chef, Mantes ist auf der Strecke nach Rouen.«

»Das ist unbestreitbar.«

»In der Seine, in einem Kahn, das ähnelt sich.«

»Aber sie ist nicht an einer Kugel ins Herz gestorben.«

16.00 Uhr, Hauptsitz der Kripo

Der mit dieser Angelegenheit beauftragte Kommissar hört sich den Bericht der beiden Inspektoren an, ohne etwas zu sagen. Dann reicht er ihnen eine Agenturmeldung der AFP. Sie lesen sie schweigend durch, bevor sie sie an Romero weitergeben.

Paris, den 27. März, 15.30 Uhr

Die AFP hat in ihrem Pariser Büro durch einen Boten folgendes Bekennerschreiben erhalten:

In Paris wurde soeben auf offener Straße ein türkischer Diplomat hingerichtet, wie schon ein anderer türkischer Diplomat zuvor in Rom. Wir werden uns solange mit der Waffe an der Vernichtung unseres Volkes rächen, bis die türkische Regierung ihre Verbrechen anerkennt.

Kommando der Armenischen Rächer

»Jetzt«, fährt der Kommissar fort, »werden wir uns in Ruhe mit der armenischen Spur befassen.«

Romero überrascht:

»Halten Sie dieses Bekennerschreiben etwa für echt?«

»Nicht unbedingt. Aber die Botschaft macht dicht, das ist offensichtlich. Diese Geschichte betrifft nur die Türken, die der Botschaft angehören. Und wir sind nicht befugt, bei ihnen Ordnung zu schaffen.«

20.00 Uhr, Rue des Pyrénées

Romero geht in der Wohnung umher, die ihm seine Cousine zur Verfügung gestellt hat. Drei sehr kleine Zimmer hinter dem Friedhof Père Lachaise. Zierdeckchen aus Spitze auf dem Fernseher, auf den Tischen ... Er ist mit Yildiz verabredet. Ein letzter Blick, alles ist fertig, Aperitif, Abendessen ... Klingeln. Er öffnet die Tür. Yildiz. Die Haare lediglich durch eine Spange zusammengehalten, ein schlichtes Baumwollkleid mit langen Ärmeln, türkisfarben, weiße Sandaletten. Wieder ein Kribbeln im Bauch. Er küsst ihr die Hand. Sie bleibt am Eingang stehen. Nervös.

»Wo ist Ihre Cousine? Sie hatte mir gesagt ...« (Sie hält inne).

»Yildiz, Sie beschämen mich. Sie sehen aus, als würden Sie glauben, ich wäre fähig, Sie anzuspringen.« (Kurzer Flash von

VL am Fuße einer dunklen Treppe … schnell weg damit. Achtung, der Abend könnte schwierig werden, deshalb keine störenden Bilder zulassen).

»Nein, natürlich nicht.«

Nur zögernd stellt sie ihre Tasche ab, betritt das Wohnzimmer und setzt sich auf das Sofa.

»Also?«

»Was möchten Sie trinken?«

Kurzer Blick auf den niedrigen Tisch.

»Einen Wodka Orange.«

Romero nimmt einen Whisky, setzt sich in einen Sessel auf der anderen Seite des niedrigen Tisches, lächelt ihr zu. Sie trinkt einen Schluck, immer noch beunruhigt.

»Was wollen Sie Romero?«

»Mit Ihnen in aller Ruhe sprechen. Es sind Sachen passiert … Und ich glaube, dass es durchaus möglich ist, dass ich von der Botschaft überwacht werde. Also, kein öffentlicher Ort. Ich will Sie nicht kompromittieren.«

»Antworten Sie mir aufrichtig. Sind Sie auf die eine oder andere Weise verantwortlich für den Mord an Sener?« (Sie sieht ängstlich aus).

»Gewiss nicht.«

»Ich hätte dem Botschafter von unserem Treffen erzählen sollen.«

»Bloß nicht.«

»Haben Sie ihn getötet?«

»Wer hat Ihnen das denn eingeredet?«

»Sie waren auf den Champs-Elysées.«

»Ich bin ihm gefolgt.«

»Ach so.« (Nicht überzeugt.)

Das ist der Augenblick. Nicht den Auftritt verpassen.

»Ich werde Ihnen sagen, was ich weiß und was ich über den Mord an Sener denke. Das bin ich Ihnen wohl schuldig. Erstens, ich gehöre nicht zur Finanzabteilung, sondern bin bei einer Antidrogeneinheit beschäftigt …«

Yildiz, die Augen gesenkt, trinkt ihr Glas aus. Er schenkt ihr nach.

»Seit fast drei Monaten arbeiten wir in Paris und Umgebung.

Und wir haben fast nichts gefunden, abgesehen von ein paar kleinen Dealern. Aber wir sind im Laufe der Untersuchung auf andere Netze gestoßen. Prostitution – das lasse ich zunächst beiseite. Und die Schneiderwerkstätten im Sentier (hier holt er aus und erzählt von Berican, Paulette und Sener. Glänzender Vortrag, Yildiz lacht, ist gerührt). Da kommen Sie ins Spiel und helfen mir, Sener zu verfolgen.«

»Sie haben mir immer noch nicht erzählt, wer ihn umgebracht hat und warum.«

»Ich bin mir dabei auch noch gar nicht sicher. Aber wir gehen davon aus, dass Bericans Werkstatt kein Einzelfall ist. Und dass es wahrscheinlich ein viel weiter gefasstes Netz von Markenpiraterie gibt, in dem Sener die Drehscheibe war. Seine Partner haben ihn umgebracht, noch bevor wir ihn verhören konnten.«

»Wegen der Markenpiraterie?«

»Das bringt letztendlich viel Geld ein. (Yildiz blickt ihn skeptisch an.) Und ich benötige weiter Ihre Hilfe.«

(Vorsichtig.) »Warum?«

»Die Botschaft verwischt alle Spuren, um einen eventuellen Skandal zu vermeiden. Aber zwei Personen wissen davon, und das sind Dogan Carim und Tahar Bodrum, die Sener auf den Champs-Elysées begleitet haben. Wir gehen davon aus, dass sie zu einem Geschäftstreffen gingen, das mit dem Handel im Sentier zu tun hatte. Wir haben sie verhört, aber das hat nichts gebracht.«

»Sie werden in der Botschaft festgehalten.«

»Das haben wir uns schon gedacht. Und deshalb brauche ich Sie. Wer sind diese beiden Männer? Wo wohnten sie bis gestern? Wer sind ihre Freunde, ihre Bekannten. Nur Sie können mir einen Anhaltspunkt geben, um weiterzumachen. Ohne Sie komme ich nicht voran und trete auf der Stelle.«

»Ich mache mir Vorwürfe, Romeo. Ich habe den Eindruck, falsch gehandelt zu haben. Und es hat ein böses Ende genommen.«

»Ich habe Sie darum gebeten, Sie haben nichts falsch gemacht. Sener war ein Intrigant. Für Geld tat er alles, und er wurde von seinen eigenen Freunden beiseite geschafft. Yildiz, helfen Sie mir!«

Eine Pause. Yildiz starrt auf ihr Glas, dreht es hin und her.

»Ich werde sehen, was ich tun kann. Morgen.«

Romero steht auf. Geht in die Küche. Er kommt mit einem Strauss Rosen wieder, geht vor ihr auf die Knie und legt ihn auf ihren Schoß.

»Yildiz, wollen Sie mich heiraten?«

Verblüffung.

Als die Cousine wie vereinbart gegen Mitternacht nach Hause kommt, brennt noch Licht und das Abendessen steht unangetastet in der Küche. Romero und Yildiz liegen tief schlafend in ihrem Bett. Ihr rotes Haar ausgebreitet auf dem Kopfkissen und Romero darin verfangen.

25

Freitag, 28. März

8.00 Uhr, Passage du Désir

Daquin macht Kaffee.

»Na, Romero, wie weit sind Sie?«

»Nicht sehr weit. Die Botschaft blockiert vollkommen die Ermittlungen und gibt sich nicht einmal Mühe, dabei besonders diskret vorzugehen. Die Kripo lässt die Sache fallen und tut so, als würde sie an ein armenisches Attentat glauben. Mein Kontakt in der Botschaft bringt nichts.« (Pause. Faszinierendes Bild von Yildiz' Brüsten, helle Brustwarzen, übersät mit Sommersprossen.) »Ich glaube sogar, dass Yildiz von Anfang an ein doppeltes Spiel gespielt hat. Sie hat mir solange einige Hinweise gegeben, wie der Botschafter hoffen konnte, dass wir ihm Sener auf die sanfte Tour vom Hals schaffen. Nun droht der Skandal zu groß zu werden, also totaler Black-out.«

»Und Sie sind dabei kein Risiko eingegangen?«

»Nein, gar keines.« (Ein Moment des Zögerns.) »Letztendlich hängt es davon ab, was Sie als Risiko bezeichnen. Ich habe sie gebeten, mich zu heiraten.« (Daquin wartet auf die Fortsetzung.) »Und wenn sie ja sagt, werde ich es tun.«

»Erklären Sie mir das, wenn das hier alles zu Ende ist?«

»Wenn das alles zu Ende ist, werde ich sie Ihnen vorstellen. Um wieder auf meine Sache zurückzukommen, mir scheint, der einzige Weg weiterzumachen, führt über Paulette oder Martens.«

»Paulette hat Selbstmord begangen. Sie hat sich gestern Nachmittag zu Hause aufgehängt. Thomas war nicht da und ist auch in der Nacht nicht zurückgekehrt. Als er heute Morgen nach Hause kam, hat er sie gefunden.«

Noch ein Schlag, der Romero zusetzt. Warum berührt mich diese Sache so sehr? Daquin fährt fort:

»Bleibt noch Martens. Sie können ihn verhören, wenn Sie sicher sind, dass er nicht zum Netz gehört. Sonst ist es zu gefährlich.«

»Meiner Meinung nach gehört er nicht dazu. Moreira kennt ihn nicht persönlich. Seine Kunden sind andere Leute. Er hat seine eigenen Geschäfte laufen. Vom Netz kennt er nur Sener.«

»Na, dann machen wir es so. Ihre beiden Gehilfen vom Rauschgiftdezernat, Marinoni und Rimbot, werden die Vernehmung führen, die Sie gemeinsam mit ihnen vorbereiten. Versuchen Sie, im Laufe des Tages damit fertig zu werden.«

9.30 Uhr, Rue Raynouard

Daquin hat Lavorel zu einer erneuten Hausdurchsuchung bei Anna Berić mitgenommen. Sie betreten die Wohnung. Daquin geht geradewegs ins Schlafzimmer, öffnet einen der Schränke. Der Strohkoffer ist immer noch da, am gleichen Platz. Erleichterung oder Enttäuschung?

»Lavorel, schauen Sie sich diesen Koffer gut an. Nur deswegen bin ich hergekommen. Haben Sie ihn vor Augen? Stroh, Ecken, Schloss, Maße?«

Schweigende Rückkehr in die Passage du Désir. Daquin und Lavorel gehen gleich in den Keller, wo die Sachen aufbewahrt werden, die die laufenden Ermittlungen betreffen.

»Hier ist der Koffer, in dem die Leiche von VL gefunden wurde.«

»Das ist der gleiche, den wir gerade bei Anna Berić gesehen haben. Daran besteht überhaupt kein Zweifel.«

»Als ich ihn gestern sah, glaubte ich, es wäre der von Anna Berić. Es ist nicht ihrer, aber er sieht genauso aus. Es ist schon verrückt, worüber wir alles mit dieser Dame sprechen müssen.«

10.00 Uhr, Rue des Jeûneurs

Attali geht zu Julie la Tour, jenem Hersteller, bei dem Virginie Lamouroux am Freitag, den 14., morgens gearbeitet hat, und wendet sich an den Chef.

»Es tut mir leid, Sie erneut stören zu müssen, aber gestern haben wir die Leiche von Virginie Lamouroux gefunden. Sie wurde am Nachmittag des 14. März umgebracht. Sie sind, unseres Wissens nach, die Letzten, die sie lebend gesehen haben. Also, jede Einzelheit ist wichtig, verstehen Sie?«

»Natürlich. Wie wurde sie umgebracht?«

»Zu Tode gepeitscht.«

»Nein!!! Ein Sadist?«

»Zweifellos.«

Der Chef ruft: »Wir schließen für eine halbe Stunde, alle in mein Büro!«

Da sind die Buchhalterin, die Sekretärin, zwei Verkäuferinnen, der Zuschneider, die Änderungsschneiderin, die Assistentin für die Accessoires und der Chef.

Attali wiederholt die Nachricht für alle. Betretenes Schweigen. Dann verkündet der Chef:

»Ich werde versuchen, den Freitagmorgen zu rekapitulieren. Wenn sich jemand auch nur an die kleinste Kleinigkeit erinnert, sagt er es. 10.00 Uhr Ankunft von Virginie. Sie ist immer pünktlich. Sie geht zusammen mit der Änderungsschneiderin hinauf in den Vorführraum. Die Modelle sind schon oben. Ich gehe ebenfalls hoch, gebe ihr die Reihenfolge der Modelle an und gehe wieder runter.«

Attali zur Änderungsschneiderin:

»Hat sie zu Ihnen etwas gesagt?«

»Ich glaube, wir haben einige Worte über die Modelle gewechselt, welche sie mag und welche nicht. Das ist alles.«

»Um 10.30 Uhr sind die Kunden eingetroffen, Japaner.«

»Kannte Virginie sie?«

»Nein, anscheinend nicht. Die Vorführung beginnt. Virginie ist gut, wie sonst auch. Sie ist kein großes Mannequin, aber bei Vorführungen im kleinen Stil, wie dieser, da ist sie ausgezeichnet, denn sie ist sehr … wie soll ich sagen … sie weckt den Wunsch, sie anzufassen und die Kleider mitzunehmen.«

(Attali sieht Romero, wie er sie unten an der Treppe vergewaltigt, und er …) »Ich verstehe sehr gut, was Sie meinen.«

»Ungefähr um 11.30 Uhr hatte sie alles vorgeführt. Die Japaner bitten darum, mehrere Modelle noch einmal zu sehen.

Gegen Mittag fängt sie an, etwas ungeduldig zu werden. Sie sagt mir, dass sie um 12.30 Uhr eine Verabredung zum Mittagessen hat. Sie hat immer Angst gehabt, zu spät zu kommen.«

»›Zum Mittagessen‹, sind Sie sicher?«

»Ja, das habe ich zumindest so in Erinnerung behalten. Fast zeitgleich hatten die Japaner genug gesehen. Virginie zieht sich schnell um und verlässt das Geschäft. Ich bleibe mit den Japanern oben.«

Die Sekretärin übernimmt:

»Sie kommt die Treppe herunter und sagt: ›Ich werde zu spät kommen.‹ Ich schlage ihr vor, ein Taxi zu rufen. Sie antwortet: ›Ich bin schneller zu Fuß.‹ Ich schaue auf meine Uhr, es ist fast 12.20 Uhr.«

Der Zuschneider fügt hinzu:

»Ich habe sie aus der Tür gehen sehen. Sie ging schnell in Richtung Oper.«

11.00 Uhr, Café Le Capucin, Métro La Chapelle

Daquin geht auf einen kleinen Tisch im hinteren Teil des Cafés zu. Ein großer kräftiger Kerl steht auf, um ihn zu begrüßen. Der Mann, dreißig Jahre, ein Draufgänger, kräftig, kantiges Gesicht und kurz geschnittenes Haar. Sie kennen sich vom Rugby. Neben ihm auf der Bank eine ganze Serie von Fotoapparaten.

»Noch einen Kaffee, bitte.«

»Worum geht es dieses Mal, Monsieur Mystérieux?«

»Ich nehme dich mit auf den Balkon einer leeren Wohnung in einem Gebäude in der Nähe. Ich sehe zu, dass ich dich dort hineinbringe, und du siehst zu, dich nicht bemerkbar zu machen. Von dort aus hast du einen ungestörten Blick auf ein Bett, eine Etage tiefer, wo zwischen 12.00 und 13.00 Uhr ein bumsendes Pärchen zu sehen sein müsste. Du machst mir ein paar Schnappschüsse, wie man so schön sagt.«

»Derer du dich bedienst, um die Hauptdarsteller zu erpressen?«

»Überhaupt nicht. Ich bediene mich derer allerhöchstens, um Druck auszuüben, damit Wahrheit und Gerechtigkeit siegen.«

»Und was bekomme ich dafür?«

»Ich biete dir an, bei der Festnahme des größten Drogenhändlernetzes, das jemals enttarnt worden ist, dabei zu sein. Ganz exklusiv.«

»Bist du dir sicher?«

»Soweit man sich bei einer derartigen Angelegenheit sicher sein kann. Das heißt, nicht besonders.«

»Einverstanden. Lass uns gehen und zahl' meinen Kaffee, Kommissar!«

13.00 Uhr, Passage du Désir

Daquin hört zu, Attali spricht:

»VL hatte eine Verabredung zum Mittagessen am Freitag, den 14. März. Ich weiß weder wo, noch mit wem. Aber etwa eine Viertelstunde von der Rue Jeûneurs entfernt, Richtung Oper. Es bleibt mir nur eine Möglichkeit: Ich nehme mir einen Plan des Viertels und markiere den Bereich, den ich in zehn oder zwanzig Minuten von Julie Latour aus erreichen kann, und klappere alle Restaurants in diesem Umkreis mit einem Foto von VL und Kashguri ab. Der Rest hängt vom Zufall ab. Denn angenommen, VL hat in dieser Gegend zu Mittag gegessen, dann ist die Chance nicht gerade groß, dass sich jemand daran erinnert. Aber eine andere Möglichkeit sehe ich nicht.«

»Einverstanden. Wir müssen vor allem die vornehmen und teuren Restaurants anvisieren. Und Sie sollten dabei Unterstützung haben. Doch das ...«

Rückkehr von Romero, der jubelt:

»Martens ist erschüttert von der Ermordung Seners. Er wusste nichts davon. Marinoni hat ihm gesagt, dass man seinen Namen und seine Adresse im Adressbuch von Sener gefunden hätte und dass sie das letzte Wochenende zusammen verbracht hätten. Er hat das bestätigt. Sehr kooperativ. Die zwei türkischen Intellektuellen kennt er. Vor ungefähr drei Monaten ist er zusammen mit Sener nach Enghien zum Pferderennen gefahren. Sie haben die beiden fraglichen Personen auf der Trabrennbahn getroffen und den Nachmittag mit ihnen verbracht. Als die Beiden gegen Ende des Nachmittags total besoffen waren, wurden sie von Martens und Sener mit dem Auto nach Enghien gebracht und vor dem Tor einer luxuriösen Villa abgeladen, von der Martens eine ziemlich genaue Ortsbeschreibung abgegeben hat. Das ist die einzige Spur, die uns bleibt, denn mein Kontakt zur Botschaft hat, wie vermutet, nichts gebracht. Sollen wir in dieser Richtung weiterbohren?«

Das Telefon klingelt. Der Wachposten am Eingang.

»Ein gewisser Alain für Sie, Kommissar.«

»Ja, ich erwarte ihn, schicken Sie ihn hoch.«

Alain kommt hereingefegt und wirft einen beigefarbenen großformatigen Umschlag auf den Schreibtisch.

»Du wirst deinen Spaß daran haben. Viel Glück und vergiss nicht, dich wie versprochen zu revanchieren.«

Er geht sofort wieder.

Daquin öffnet den Umschlag. Drei große Fotos. Keine Kunstwerke, aber scharf genug. Das erste: Meillant stehend, im Profil, einwandfrei wiederzuerkennen, lässt sich von einer dicken Blonden vor ihm auf Knien einen blasen, das Gesicht eingeklemmt zwischen seinen Beinen. Das nächste Foto: Die dicke Blonde, die Haare vor den Augen und mit baumelnden Brüsten, reitet den lang ausgestreckten Meillant. Hier ist die Identifizierung schon schwieriger. Auf dem letzten nimmt Meillant die kniende Frau von hinten. Sie klammert sich am Fußende des Bettes fest, schaut ins Objektiv, ihr Gesicht ist sehr scharf. Das alles in einer Stunde, er ist in Form, der Alte. Besser hätte es nicht laufen können.

Bild von Soleimans Körper, in allen Einzelteilen unter der Decke. Von Lust getrieben. Ich gehe nach Hause.

26

Sonnabend, 29. März

9.00 Uhr, Enghien-les-Bains

Nicht sehr schwierig, die Villa zu finden. Martens hatte gesagt: »Sie sind zu Fuß zur Trabrennbahn gekommen, mit den Nachbarn. Um sie wieder nach Hause zu bringen, fuhren wir ein oder zwei Kilometer. Sie bewohnen ein Seegrundstück am Ende einer Sackgasse, die an einem großen Schulgebäude aus Backstein entlangführt.«

Romero und Marinoni finden das Schulgebäude ohne Probleme auf einer Karte und fahren direkt dorthin. Sie fahren in die Sackgasse hinein. Martens hatte gesagt: »Ein sehr großes Haus, gut versteckt, ein schwarzes Tor, sehr hoch, mit Vergoldungen, die man kaum übersehen kann.« Das Haus befindet sich an der Kreuzung der Avenue Regina und der Avenue Château-Léon, pompöse Namen für zwei öde Sackgassen. Natürlich gut gesichert. Ein Zaun, überwuchert von Efeu, mehr als zwei Meter hoch, und dahinter Kastanienbäume, sorgfältig beschnitten. Man erahnt einen großen Garten und ein großes Haus aus Sandstein, Backstein und Beton, geschmacklos. Die Fensterläden stehen offen, das Haus scheint bewohnt, aber mehr ist nicht zu sehen. Der Zugang zum See ist ebenfalls durch einen Zaun gesichert. Weder Geschäfte noch eine Concierge in der Nähe. Und unmöglich, länger zu verweilen, ohne Aufmerksamkeit zu erregen. Einen Spaziergang um den See machen, damit man das Haus von der gegenüberliegenden Seite des Ufers aus betrachten kann.

Einige hundert Meter weiter verkündet das Immobilienbüro Gay, dass es auf luxuriöse Anwesen spezialisiert sei. Versuchen wir es.

Die beiden Inspektoren treten ein, stellen sich einer reizenden, jungen und blonden Frau vor, graues Kostüm, solide und tüchtig.

»Die Villa in der Ecke Avenue Regina und Avenue Château-

Léon? Das ist die Villa Léon.« Natürlich, die ist ihr bestens bekannt. »Die Agentur Gay verwaltet sie. Sie ist seit zwei Jahren an Monsieur Oumourzarov vermietet, einen türkischen Geschäftsmann. Sehr hohe Miete, die immer pünktlich bezahlt wird. Die Villa ist sehr schön, das ganze Hochpaterre dient als Empfangshalle, Salon, Speisesaal und Raucherzimmer. In der ersten und zweiten Etage an die zehn Zimmer, fünf Badezimmer. Blick zum See …«

»Was wissen Sie über Monsieur Oumourzarov?«

»Hm … nicht allzu viel.« (Sie blättert in ihren Unterlagen und zieht die der Villa Léon hervor.) »Auf seinem Formular gibt er an, Direktor einer Handelsfirma zu sein. Gehaltsbescheinigungen der Firma Turkimport, Hauptsitz in Istanbul. Und die Bank Parillaud hat seine Solvenz bestätigt. Wollen Sie die Adresse von Turkimport?«

»Selbstverständlich.«

Sie schreibt sie auf eine Karte der Agentur und reicht sie ihnen.

»Wie sieht er aus?«

»Um die Vierzig, von durchschnittlicher Größe, schlank. Braune Haare, ziemlich normal; letztendlich ein ganz gewöhnlicher Geschäftsmann.«

Die beiden Inspektoren gehen wieder hinaus.

»Lass uns am Seeufer etwas trinken gehen. Ich denke, wir sind nicht umsonst hierher gekommen.«

11.00 Uhr, Paris

Attali und Rimbot durchkämmen systematisch das Gebiet, in dem Virginie Lamouroux wahrscheinlich zum Mittagessen verabredet war. Daquin sagte: »Vornehme und teure Restaurants.« Aber was ist ein wirklich vornehmes und teures Restaurant? Das ist nicht immer leicht auszumachen. Lieber das Terrain etwas weiträumiger als zu eng absuchen. In jedem Restaurant zeigen die Inspektoren zuerst das Foto von Virginie, dann das von Kashguri, dann beide zusammen. »Kennen Sie die eine oder den anderen?« »Nie gesehen, weder die eine noch den anderen? Auch nicht beide zusammen? Wer von den beiden war am Freitag, den 14. März, zum Mittagessen da? Diese beiden Gesichter sagen Ihnen nichts?«

Es ist schwierig, Sonnabends in diesem Viertel. Viele Restaurants haben geschlossen. Sorgfältig notieren, welche sie schon besucht haben und wohin sie zurückkehren müssen. Die bereits untersuchten Straßen schwarz markieren. Und optimistisch bleiben.

18.00 Uhr, Passage du Désir

Kriegsrat in Daquins Büro. Alle sind anwesend, Romero, Marinoni, Rimbot, Attali und Lavorel, um den Chef versammelt.

Lavorel hat gut gearbeitet. In weniger als sechs Stunden und an einem Sonnabend einen fundierten Bericht über die Firma Turkimport:

»Turkimport ist eine sehr große türkische Im- und Export-Firma, die zweitwichtigste in diesem Bereich, spezialisiert auf Maschinen und Zubehör, den Import von Landwirtschaftsmaschinen und den Export von Agrarprodukten. Aktiengesellschaft mit Börsennotierung. Der Direktor ist ein General a. D. In seinen Kapitalanlagen taucht die Parillaud Bank auf, vermittelt durch ihre Filiale in der Türkei. Diese unterhält wiederum Verträge mit der Zypern- und Orientbank über eine gewisse Anzahl sehr umfangreicher Unternehmungen in der Türkei und im Libanon.«

Eine Pause, Lavorel geht geschickt vor, Volltreffer.

»Das französische Büro wurde vor zwei Jahren eröffnet. Es wurde von Anfang an von Ourmourzarov geleitet. Der Sitz befindet sich in La Défense, im Atlantikturm. Wir haben die Liste mit seinen Hauptgeschäftskunden im Im- und Export. Einige unter ihnen unterhalten auch Verbindungen zur Parillaud Bank. Wir werden es schwer haben, noch mehr herauszufinden. Über die tatsächlichen Preise zum Beispiel. Turkimport wird auf hoher Ebene als Unterstützung der französischen Präsenz im Nahen Osten angesehen.«

»Könnte man nicht eine Verbindung zu Kutluer herstellen?«

»Im Moment nicht. Außerdem ist es nicht sicher, ob überhaupt eine Verbindung besteht. Kutluer, Moreira, das sind Familienunternehmen, self made sozusagen. Hier geht es um internationale Waren- und Kapitalströme. Das ist eine ander Liga.«

»Wo werden die Waren umgesetzt?«

»Ein Teil über Roissy und der andere über Marseille.«

»Romero und Marinoni, Sie sind morgen, bei der Zollabfertigung in Roissy. Jede Information ist wichtig. Ich sage weder dem Richter noch meinem Chef vor Montag Bescheid. Ich werde versuchen, es so spät wie möglich zu machen. Wir haben uns durch den Mord an dem Thaimädchen blockieren lassen. Sehen wir, wie weit wir hiermit kommen.«

27

Sonntag, 30. März

10.00 Uhr, Villa des Artistes

Daquin ist noch im Bett. Wacht nur mühsam auf. Vom Lärm aus der Küche: Soleiman ist gerade dabei, das Frühstück vorzubereiten. Ein Lichtstrahl dringt durch die Fensterscheibe. Soleiman kommt mit dem Tablett hoch. Nackt. Große blaue und grüne Flecken auf dem Körper, das Gesicht noch sehr mitgenommen. Er stellt das Tablett auf das Bett.

»Komm und sag mir guten Morgen, Junge.«

Alle beide auf Knien, rund um den niedrigen Tisch, im unteren Zimmer. Ein großer Plan der Pariser Region. Fotos. Soleiman erzählt, Daquin schreibt mit. Für jeden Namen das entsprechende Foto und ein Zettel: Adresse, bekannte Aktivitäten, Beschreibung von Gewohnheiten und Besonderheiten, aus denen man vielleicht etwas schließen kann, eventuelle Verbindungen mit dem Verein der Erleuchteten Arbeiter oder den Läden auf der Rue Faubourg-Saint-Martin. Für jeden Namen ein Kreuz auf dem Plan. Soleiman setzt noch einige Namen auf die Liste hinzu, ohne Fotos. Insgesamt an die dreißig Personen. Daquin stellt ab und zu Fragen. Sie brauchen drei Stunden, bis sie fertig sind.

»Jetzt gehen wir die Aktion Meillant an!«

Daquin steht auf und holt aus dem Bücherregal einen großen Briefumschlag aus Packpapier, eingeklemmt zwischen zwei dikken Bänden. Er zieht die Fotos von Meillant heraus, der dabei ist, die Frau von Jenković, dem Meister der Werkstatt *Bouffes du Nord*, zu bumsen, und legt sie auf den flachen Tisch.

»Keine schlechte Performance.«

»Lachst du auch so, wenn du deinen Freunden Fotos von mir zeigst?«

Daquin setzt sich auf das Sofa, mit einem Mal ernst.

»Was ich dir vorschlage, ist für mich sehr riskant. Wenn du

diese Opfermentalität weiter vor dir herträgst, dann wirst du mit dem Typ, den du fertig machen sollst, Mitleid haben, weil du dich mit ihm identifizierst. Und dann wirst du fatale Fehler machen. Wenn du die Opferrolle nicht aufgeben kannst, sage es mir lieber gleich, Sol. Dann lass ich es bleiben.«

11.00 Uhr, Beim Zoll in Roissy

Dienst nach Vorschrift in der Abteilung Geschäftsabwicklungen.

Romero und Marinoni stellen sich vor: »Wir untersuchen den Drogenhandel zwischen der Türkei und Frankreich. Wir sind hier, um uns mit Spezialisten auf diesem Gebiet ganz informell zu unterhalten. Ist es denkbar, dass internationale Großhandelsfirmen hier regelmäßig Drogen durchschleusen?«

Im Büro ist ein Kommen und Gehen. Männer treten ein, gehen wieder hinaus. Die Zöllner bieten Kaffee an. Die Diskussion bleibt vage:

»Wissen Sie, wir reagieren nur auf Denunziationen. Die Entscheidungen werden auf höherer Ebene getroffen. Wenn die Firmen bekannt sind und die Transaktionen regelmäßig, wird nur ein geringer Teil davon überprüft.«

»Und welcher Teil, können die Firmen das im Voraus wissen?«

(Lachen.) »Ja und Nein, das hängt davon ab. Und schließlich haben wir Anweisung, die Lieferungen für einige französische Firmen sowie deren enge Handelspartner zu beschleunigen. Wir können aber auch die gegenteilige Anweisung erhalten und unangenehme ausländische Firmen einige Tage oder selbst einige Monate warten lassen, auch das ist schon vorgekommen.«

Es ist Zeit für einen Aperitif. Die Zöllner sind alle da. Die Firma Turkimport wird erwähnt. Ein Mann in den Vierzigern, bis dahin still, bearbeitet die Unterlagen. Mehr sagt er nicht dazu, aber kurze Zeit später kündigt er an, dass er um 13.00 Uhr Dienstschluss hat. Die beiden Inspektoren finden ihn wie zufällig auf dem Parkplatz. Er ist es auch, der sie anspricht:

»Wo können wir in Ruhe reden?«

»Sie kennen sich doch hier aus.«

»Hier gibt es gar nichts. Folgen Sie mir, ich nehme Sie mit ins Dorf, da wohne ich.«

Ezanville, einige Kilometer vom Flughafen entfernt. Altes Dorf der Region Ile-de-France, eingekeilt zwischen Einfamilienhaussiedlungen und Schlafburgen. Ein *Café-Tabac* voll mit Leuten in einer sonst ausgestorbenen Straße. Die Luft ist stickig. Der Zöllner stellt sich vor:

»Pascal Dumont. Warum interessieren Sie sich für Turkimport?«

Romero weiß nicht recht, was er darauf antworten soll.

»Dass wir uns für Turkimport interessieren, wäre zu viel gesagt. Das ist nur eine Firma von vielen.«

»Hören Sie auf. Ich bin nicht blöd. Sie haben ihren ganzen Sonntagvormittag geopfert, um wenigstens ein Ende des Fadens von Turkimport zu erwischen. Jetzt haben Sie eins. Also los. Ich habe sehr früh morgens angefangen und ich will so schnell wie möglich nach Hause.«

»Warum haben Sie Lust, den Bullen von Turkimport zu erzählen, und das noch außerhalb ihrer Dienstzeit?«

(Lächeln.) »Misstrauen, das ist normal. Aber Sie werden Risiken eingehen müssen.« (Dann, nach einer Pause:) »Ich bin jenseits der Vierzig, habe eine Familie, ein geregeltes Leben. Aber manchmal habe ich die Schnauze voll, wenn man mir sagt, ich solle mich beeilen und nicht so genau hinschauen. Wir Zöllner werden wie Idioten behandelt. Mein Bruder und einer seiner Freunde haben über die französische Kapitalflucht in die Schweiz gearbeitet. Zweifellos mit ziemlich unorthodoxen Methoden, aber mit dem grünem Licht ihrer Vorgesetzten. Solange sie Konten von französischen mittelständischen Firmen aufgedeckt haben, waren sie die Helden. Vor zwei Wochen haben sie eine Liste mit Namen von französischen Regierungsmitgliedern zusammengestellt. Drei Tage später sind sie in eine Falle getappt, die ihnen die Schweizer gestellt haben. Sie sind dort in Basel seit mehr als einer Woche im Gefängnis und alle lassen sie hängen. Nicht mal ein Wort in der Presse. Das Gerücht geht um, dass sie gegen Informationen über korrupte Bullen, die Konten in der Schweiz haben, ›ausgetauscht‹ worden seien. Wenn ich Ihnen bei Turkimport helfe, dann aus persönlicher Rache und beruflichem Ehrgefühl.«

Eine Pause. Romero und Marinoni reagieren nicht. Dumont fährt fort:

»Ich kann Ihnen sagen, wie die Unterlagen von Turkimport bearbeitet werden, wenigstens für den Export. Die Papiere sind immer in Ordnung. Lieferungen jede Woche, an die zwanzig Kisten. Wir kontrollieren immer die Erste, nie die Anderen. Seit zwei Jahren warte ich darauf zu erfahren, was sich in den Übrigen befindet.«

»Warum öffnen Sie sie nicht einfach?«

»Weil wir Anweisungen haben. Turkimport wird gedeckt.«

»Von wem?«

»Darüber weiß ich nichts Genaues. Das geht hinauf bis zur Regierungsebene, vielleicht sogar an unseren Geheimdiensten vorbei. Suchen Sie wirklich Drogen?«

»Sagen wir mal, ja.«

»Ich glaube, dass es eher um etwas anderes geht. Illegaler Technologietransfer oder ähnliches. Wegen der Art von Protektion, die sie genießen.«

»Wie laufen die Transaktionen bei Turkimport ab?«

»Jeden Montagmorgen treffen zwanzig Kisten ein. Zollkontrolle. Anschließend Transitbereich und dann wird die Verfrachtung auf die ganze Woche verteilt, je nach verfügbaren Plätzen, in Flugzeugen Richtung Istanbul. Turkimport hat keine eigenen Fluglinien. Gehen wir hinaus auf den Bürgersteig, ein bisschen Luft schnappen.«

Sie stehen neben den Autos.

»Verabreden wir uns für morgen Abend. Ungefähr 22.00 Uhr. Ich führe Sie in die Lagerräume des Transitbereichs, ich werde es so einrichten, dass man Sie dort in Ruhe lässt. Gegen 2.00 Uhr morgens komme ich Sie wieder abholen. Ist Ihnen das recht?«

»Uns ist es recht.«

28

Montag, 31. März

18.00 Uhr, Bouffes du Nord

Punkt 18.00 Uhr betritt Soleiman, begleitet von zwei Türken des Komitees, das Gebäude, in dem sich Jenkovićs Werkstatt befindet. Oben werden sie von den türkischen Arbeitern erwartet. Drei Minuten später öffnet Romero in der Arbeitskleidung der Telefongesellschaft ebenfalls die Tür des Gebäudes. Er geht auf eine dunkle Ecke unterhalb der Treppe zu, wo eine Unmenge von Leitungen – ungeachtet der Sicherheitsbestimmungen – zusammenlaufen, und die er vorher vorschriftsmäßig mit einem Spezialisten »repariert« hatte. Er schneidet die Leitung durch, auf der er eine rote Markierung gelassen hat. Jetzt verfügt Jenkovićs Werkstatt über keinen Telefonanschluss mehr.

Drei Etagen höher ist Soleiman gerade zur Tür hineingegangen. Daquin hat Soleiman gewarnt: »Das ist der heikelste Teil der Aktion. Verpatze deinen Auftritt nicht!« Die Türken stehen auf.

»Ich tue niemanden etwas zu Leide. Aber ich habe das Recht auf eine Auseinandersetzung von Mann zu Mann mit dem Schwein, das Arbeiter von Bullen zusammenschlagen lässt.«

Mit ganzem Einsatz spielen und auf Überraschungseffekt und Schnelligkeit setzen. Die Türken gehen die Tische durch und sammeln alles ein, was dort herumliegt und als Waffe dienen könnte, Scheren, Messer.

»Los, haut schon ab, es ist Zeit.«

Blick zum Meister, verdutzt, gelähmt in seiner Ecke. Die Afrikaner gehen als Erste los. Die Jugos folgen, ein bisschen bedrängt von den Türken. Romero hört sie über seinen Kopf hinweg die Treppe hinunterkommen, schaut auf seine Uhr und fängt an, die Zeit zu stoppen. Daquin sagte zehn Minuten.

Oben geblieben sind nur noch Soleiman und der Meister, von Angesicht zu Angesicht. Der greift wieder ein.

»Ich rufe die Polizei.«

»Versuche es, du hast keinen Telefonanschluss mehr.«

Der Meister stürzt zum Telefon, hebt ab: kein Ton. Wendet sich zur Tür.

»Lohnt sich nicht, sie wurde von den Türken abgeschlossen und du hast keine Schlüssel mehr.«

Der Meister wühlt in seinen Taschen: keine Schlüssel.

»Siehst du, also hör auf, rumzulaufen, sondern komm lieber her und sieh dir die Fotos an.«

Und Soleiman legt drei Fotos neben einer Maschine auf einen Tisch und geht einen Schritt zurück. Der Meister schaut sie an. Seine Frau, splitternackt, wie sie mit Meillant vögelt. Auf seinem eigenen Bett. Er ist total bleich.

»Hast du sie es niemals treiben sehen? Er ist ganz schön in Form, der Kommissar, hinter seiner Fassade des netten Familienpapas. Es würde mich wundern, wenn du es deiner Frau genauso gut besorgen könntest.«

Daquin hat gesagt: »Mach ihn vorher fix und fertig, bevor du ihn zusammenschlägst, das ist sicherer.«

Der Meister dreht sich in einem Anfall von Wut und Panik zu Soleiman.

»Was willst du von mir? Los, was willst du?«

Das ist der richtige Augenblick. Soleiman ist kein großer Schläger. Aber Daquin hat ihm eingeschärft: »Wenn er näher kommt, bedrohst du seinen Hals, als wenn du ihn erwürgen wolltest, damit er seine Aufmerksamkeit darauf richtet. Und dann holst du zu einem Fußtritt in die Eier aus. Verpass ihm einen einzigen Tritt. Wenn es zu einem Gegenschlag kommt, wird es problematisch.« Ein einziger Tritt. Der Mann krümmt sich schreiend zusammen, fasst sich zwischen die Beine. Unglaublich einfach. Wut und Groll freien Lauf lassen. Soleiman tritt dem auf dem Boden liegenden Mann in die Rippen, er muss sich überwinden und er weiß warum. Atme, Atme, sag dir, dass dir dieser Typ egal ist! Er packt ihn am Hemd, schleift ihn hinter sich her, setzt ihn mit dem Rücken an die Wand, hält ihn mit der linken Hand fest und verpasst ihm voller Wucht mit der rechten Hand drei Ohrfeigen. Eine Blutspur auf seiner Hand.

Unten: Die zehn Minuten sind abgelaufen. Romero schließt das Telefon wieder an, zieht die Arbeitskleidung wieder aus. Er

geht hinaus, setzt sich in einen Zivilstreifenwagen auf der anderen Seite der Kreuzung beim Taxistand. Von dort aus beobachtet er das Gebäude.

Jenković ist weichgeklopft. Er atmet schwer, leidet, Blut rinnt aus dem Mund, das Bild seiner Frau vor Augen. Er versteht nichts von dem, was ihm widerfährt, er hat Angst zu sterben. Soleiman fängt an zu reden:

»Du, du interessierst mich überhaupt nicht, ich will den Kopf von Meillant. Du wirst mir sofort sagen, wie viel du Meillant bezahlt hast, wie lange schon und welchen Gefallen er dir im Gegenzug dafür tut. Wenn du dich weigerst zu reden, werde ich morgen früh allen deinen Arbeitern die Fotos zeigen und in allen Cafés, in denen sich Jugoslawen aufhalten. Deine Frau kann sich immerhin einen Kundenstamm als Nutte aufbauen, aber du kannst nur noch deine Koffer packen.«

»Seit fünf Jahren.« (Er spuckt aus, die Spucke blutdurchzogen, die Augen geschlossen.) »Ich bezahle 1.000 Francs im Monat. Ich werde gewarnt, wenn es eine Kontrolle vom Gewerbeaufsichtsamt gibt. Und wenn mir ein Arbeiter Probleme macht, nimmt Meillant ihn fest. Danach ist der Junge artig. Seitdem ich zahle, habe ich keine Sorgen mehr.«

Daquin hat ihm gesagt: »Halte den Druck die ganze Zeit so aufrecht, dass er weiter Angst hat, dass er keine Zeit hat, wieder zu sich zu kommen.« Soleiman richtet sich wieder auf, greift nach einem Holzstuhl und zerschlägt ihn mit voller Wucht auf dem Zuschneidetisch. Dann nimmt er ein Stuhlbein und nähert sich dem Mann, der immer noch auf dem Boden sitzt.

»Kannst du dir vorstellen, dass ich dir damit alle Glieder zerschmettern kann? Du bist allein. Deine Frau wurde von den Bullen vorgeladen. Und sie wird dort genauso lange bleiben wie ich hier. Niemand ist in der Wohnung gegenüber. Du verstehst, worauf ich hinaus will?« (Der Meister schaut ihn an.) »Du nimmst das Telefon und rufst Meillant an.«

»Das Telefon geht nicht.«

»Doch, jetzt geht es wieder.« (Soleiman stellt den Apparat auf den Boden neben den Meister und hebt mit dem Fuß ab. Man hört den Ton. Soleiman legt wieder auf.) »Siehst du. Und Meillant ist in seinem Büro. Er wartet auf deinen Anruf. Sieh zu, dass du ihn hierher kriegst. Ich lasse ein Band mitlaufen und gehe ins Zimmer nebenan. Ich will, dass Meillant von der Summe spricht, die er erhält. Ich will ihn sagen hören, dass er korrupt ist.«

»Das kann ich nicht machen.«

Keine Zeit, den Satz zu beenden. Soleiman packt seine linke Hand, legt sie auf die Tischkante und schlägt mit dem Stuhlbein drauf. Die Hand springt auf, der Meister schreit. Nichts bewegt sich im Haus. Er ist schweißgebadet, heult. Sehr leise Stimme:

»Ich rufe an. Gib mir das Telefon.«

Soleiman hält ihm den Apparat hin. Jenković erreicht Meillant sofort. Soleiman lässt ihn nicht aus den Augen.

»Ich bin zusammengeschlagen worden … die Aktivisten vom Komitee … Fotos und sie wissen Bescheid … Ich bin allein, ich habe Angst, kommen Sie, ich kann mich nicht mehr bewegen … Meine Frau wurde von der Polizei vorgeladen wegen Buchhaltungsgeschichten … Ja, bitte schnell.«

Auf dem Kommissariat legt Meillant besorgt den Hörer auf. Ihm gegenüber sitzt Lavorel, er ist gekommen, um darüber zu sprechen, wie der Transfer von Schwarzgeld zwischen den Herstellern und den Werkstätten zu stoppen sei.

»Ich kann nicht bleiben, tut mir leid, ein Notruf.«

»Das ist nicht so schlimm. Das kann ich gut verstehen, wir sehen uns später. Es eilt nicht.«

Lavorel kehrt wieder in die Passage du Désir zurück, wartet auf Daquin.

Jenković hat aufgelegt.

»Gut so, braver Junge!« (Soleiman wischt mit einem Finger die Tränen aus dem Gesicht des Mannes, der am Boden liegt. Daquin hat ihm gesagt: »Kümmere dich um ihn, bis Meillant kommt. Das wird lange dauern. Er darf nicht wieder zu sich kommen.«) »Sag mir, was du Meillant sagen wirst, wenn er kommt!« (Der Meister schwitzt, antwortet nicht. Soleiman greift nach seiner gebrochenen Hand und drückt zu. Erneutes Brüllen.) »Was wirst du ihm also sagen?«

»Dass ich ihn bezahle und dass er mich dafür beschützen

muss.«

»Was will ich hören?«

»Ja, er hat Geld erhalten, ja, er wird mich beschützen.«

Soleiman lässt schnell ein winziges Aufnahmegerät in einer Nähmaschine verschwinden.

»Wenn ich das Band habe, gebe ich dir die Fotos, und du siehst mich nie wieder. Wenn etwas schief geht, zirkulieren die Fotos im gesamten Sentier, und meine Kumpels zertrümmern dir den Rücken mit der Eisenstange. Bist du noch in der Lage, das zu begreifen?«

Der Meister deutet ein Ja an.

Soleiman beugt sich über ihn. Er muss an den eiskalten Winter 1978/79 in Istanbul denken, an eine Gruppe aufgedrehter junger Männer, die Homos schlagen, und er am Boden gegen eine Wand gedrückt. Derjenige, der ihn mit Füßen tritt, beugt sich über ihn, fasst an seine Eier und brüllt: »He, er hat ja noch welche.« Und dann nichts mehr, ein schwarzes Loch.

Soleiman lächelt, greift mit seiner Hand in Jenkovićs Schritt. Panischer Blick. »Hab' keine Angst, du wirst nicht sterben, jedenfalls nicht sofort.« Ein flinker Griff, die Hand, die sich um ein Ei schließt, eine kurze Drehung und der Meister wird ohnmächtig.

Soleiman richtet sich wieder auf, geht auf die Eingangstür der Werkstatt zu, holt den Schlüsselbund des Meisters heraus, öffnet die Tür, steckt ihn wieder in die Tasche und hört, ob jemand die Treppen heraufkommt.

Auf der anderen Seite der Kreuzung sieht Romero, wie Meillant das Gebäude betritt. Erstaunlich. Es sieht aus, als würde diese verrückte Geschichte tatsächlich funktionieren. Er lässt zwei Minuten verstreichen, die Uhr in der Hand, dann tritt er ohne Hast ins Haus, geht in die dritte Etage und wartet auf dem Treppenflur.

Soleiman hört Meillant heraufkommen. Er schließt die Tür wieder, durchquert das Zimmer, streicht im Vorbeigehen durch die Haare des Meisters, der immer noch bewusstlos ist. »Komm' wieder zu dir! Jetzt geht's los.« Und geht in das nächste Zimmer. Daquin ist da, sitzt auf einem Tisch. Lächelt ihn an. Sie gehen nach hinten in die Wohnung, öffnen die Dienstbotentür, schließen sie ab und warten auf dem Treppenflur. Meillant misstrauen, er ist ein alter Hase.

Meillant kommt herein, geht direkt auf Jenković zu, der bewusstlos an der Wand lehnt, das Telefon neben ihm auf dem Boden. Er untersucht ihn flüchtig: ein bisschen rosa Spucke entlang der Mundwinkel, die linke Hand gebrochen, die Hoden des Meisters angeschwollen, dem guten Mann wurde wirklich hart zugesetzt. Meillant vergewissert sich, dass er nicht tot ist, und macht ein schnelle Runde durch die Wohnung: Man kann nie vorsichtig genug sein. Niemand. Und die Dienstbotentür ist verschlossen. Kehrt wieder zu Jenković zurück, der langsam zu sich kommt. Meillant hockt sich neben ihn.

»Was ist mit dir passiert?« (Jenković schaut sich panisch um.) »Wir sind allein, du kannst reden.«

»Der Typ von damals, den Sie die Treppe hinuntergeworfen haben. Er ist wiedergekommen, mit seinen Kumpels, nachdem die Werkstatt geschlossen war.« (Nimmt nur schwer seine Atmung wieder auf.) »Sie haben mich zusammengeschlagen.« (Meillant wartet auf die Fortsetzung.) »Sie haben Fotos von Ihnen, im Bett mit meiner Frau.« (Er schluchzt.)

»Was wollen sie damit machen?«

»Sie im ganzen Viertel zeigen, wenn ich nicht bezahle. Kommissar, wenn die Fotos in Umlauf kommen, bin ich ein toter Mann.« (Meillant denkt, dass auch er nicht besonders gut dabei wegkäme.) »Kommissar, ich habe Ihnen jeden Monat 1.000 Francs bezahlt, seit fünf Jahren.« (Jenković greift mit einer Hand nach Meillants Jacke.) »Wissen Sie das noch? Sie haben es doch nicht vergessen?«

»Ja, ich weiß es.«

»Sie werden mich doch jetzt nicht fallen lassen?«

»Lass mich los und beruhige dich. Nein, ich werde dich nicht fallen lassen. Wann musst du bezahlen?«

»Morgen früh, um 7.00 Uhr, hier.«

»Und wie viel?«

»30.000 Francs.«

»Nicht gerade unverschämt, also werden sie wiederkommen. Morgen früh werde ich mit einigen Männern da sein. Wir werden sie festnehmen, uns die Fotos mit Gewalt nehmen und sie schnell aus Frankreich abschieben. Es wäre doch gelacht, wenn man ungestraft Leute erpressen kann, die ich beschütze. Jetzt werde ich dir helfen, nach Hause zu gehen, wo sich deine Frau um dich kümmern wird, sobald sie zurück ist.«

Ein Geräusch im Nebenzimmer. Meillant hebt den Kopf und sieht Daquin im Türrahmen stehen. Er erhebt sich, ohne ein Wort. Daquin ruft Romero, der eintritt.

»Nehmen Sie diesen Typen fest, bringen Sie ihn aufs Revier, nehmen Sie seine Aussage auf und dann ab ins Krankenhaus.«

Romero nimmt Jenković mit, während Daquin das Aufnahmegerät aus der Nähmaschine holt und in seine Tasche steckt. Meillant sitzt auf der Tischkante.

»Ich habe einen Hinterhalt befürchtet. Ich habe nicht gedacht, dass er von Ihnen kommen würde. Was wollen Sie?«

»Wollen Sie nicht zuerst wissen, was ich alles gegen Sie in der Hand habe?« (Meillant schweigt.) »An und für sich nichts wirklich Schlimmes, aber alles zusammen macht sich ziemlich schlecht, vor allem jetzt, da die Verhandlungen über die Legalisierung der türkischen Arbeiter in vollem Gang sind.«

Daquin legt eine Kopie der entwendeten Kontoauszüge von Martens und die Fotos von Meillant mit Madame Jenković neben Meillant auf den Tisch.

»Sie verkaufen regelmäßig Papiere an die Sans Papiers im Sentier, echte und falsche. Sie lassen sich von einigen Meistern in den Werkstätten für Ihre Protektion bezahlen. Sie stehen Thomas und seiner verstorbenen Ehefrau sehr nahe, die momentan beide keinen guten Ruf bei den Polizeibehörden haben. Dass Sie letzten Mittwoch, ebenfalls an diesem Ort, ein Mitglied des Verhandlungsteams mit dem Minister verprügelt haben, möchte ich gar nicht erst erwähnen, sondern komme gleich zu den Aktivitäten Ihrer Geliebten: Anna Berić …« (Das hat gesessen.) »Sie ist eine Schlüsselperson in Ihrem System aus gefälschten Rechnungen und Schwarzgeld, von dem das Sentier heute lebt. Nicht zu vergessen der Mord an ihrem Zuhälter. Und sie ist die Frau Ihres Lebens. Das ergibt eine ziemlich dicke Akte, finden Sie nicht?«

»Daquin, hören Sie auf damit. Was wollen Sie?«

»Zwei Sachen. Ihre Kündigung. Und die Rückkehr von

Anna Berić.«

Lange Pause. Er denkt nach.

»Warum meine Kündigung?«

»Um mir den Rücken freizuhalten.« (Was würde er sagen, wenn ich antworten würde: um meinem Liebhaber einen Gefallen zu tun?)

Erneut Stille.

»Und was geben Sie mir dafür?«

»Einen ehrenwerten Ruf, einen Lebensabend in Wohlstand und Zufriedenheit: Ich behalte alles für mich, was ich weiß.«

»Und Anna?«

»Anna wird, bevor sie Ihnen folgen kann, für einige Monate, maximal für ein Jahr ins Gefängnis gehen. Ich glaube nicht, dass sie das wirklich erschrecken wird.« (Argwöhnischer Blick von Meillant: Kennt er sie?) »Das Sentier ändert sich, Meillant. Sehr sogar. Es ist der richtige Zeitpunkt, um abzutreten.«

Meillant schaut auf seine Uhr: 19.00 Uhr. Nimmt das Telefon. »Den Polizeipräsidenten …« »Er ist nicht mehr da, aber sein Abteilungsleiter?« … »Sehr gut, den Abteilungsleiter. Meillant am Apparat …« Er kommt gerade vom Röntgen. Die Gesundheit spielt nicht mehr mit. Sehr angeschlagen von der Geschichte mit Thomas. Bittet um vorzeitige Pensionierung und möchte gern Urlaub nehmen, bis alle Formalitäten erledigt sind. Morgen beim Direktor vorbeikommen. Sehr gut, er wird da sein.

»Was Anna betrifft, dass muss sie selbst entscheiden. Ich gebe Ihnen die Antwort in einer Stunde, in Ihrem Büro auf dem Kommissariat.«

Während Meillant abtritt, bleibt Daquin mit einer gewissen Bewunderung zurück.

Soleiman hat unterdessen Jenkovićs Werkstatt durch die Dienstbotentür verlassen. Er fühlt sich sehr unwohl. Nur nicht daran denken. Wir sehen morgen weiter. Unmöglich, Daquin heute Abend zu treffen. Er geht die Rue du Faubourg-Saint-Denis bis zu den Boulevards hinunter. Die Nacht mit irgendeinem Mädchen verbringen.

22.00 Uhr, Roissy

Die Lagerräume sind voll mit Handelsware, aber menschenleer. Spärliches und fahles Licht. Romero und Marinoni tragen Blaumänner, zwei mustergültige Namensschilder und eine große Kiste Werkzeuge. Dumont hat sie bis zu den Kisten von Turkimport begleitet. »Die Sicherheitskräfte machen jede Stunde eine Runde. Die Letzte ist gerade vorbei. Vergleichen Sie ihre Uhren. Sie müssen aufhören zu arbeiten, bevor Sie sie kommen hören, und sich an diesem Ort verstecken, genau zwischen diesen vier Kisten. Heute Abend haben sie ihre Hunde nicht dabei. Viel Glück und gutes Gelingen.«

Die Kisten öffnen, kein Problem. Die erste Lage des Frachtguts durchwühlen auch nicht. Es wird sicher schwieriger sein, weiter vorzudringen. Und heikel, sie wieder ordentlich zu verschließen. Man kann sich noch so mit dem Hämmern zurückhalten, die Schläge dröhnen trotzdem. Drei Kisten in der ersten Stunde. Versteck. Romero und Marinoni schwitzen. Und wenn Dumont … Die Runde ist vorbei. Weiterarbeiten. Die vierte Kiste. Der Deckel springt auf. Füllstoff beiseite legen. Eine Palette mit Patronen, wie es aussieht für Maschinengewehre.

Marinoni umarmt Romero.

»Versuchen wir zu sehen, was darunter ist?«

»Nicht nötig. Und auch nicht bei den anderen Kisten. Genug riskiert.«

Wieder schließen. Ein unauffälliges Kennzeichen, alle Werkzeuge einsammeln und wegräumen. Im Versteck warten. Dumont wird um zwei Uhr kommen. Romero schläft ein.

29

Dienstag, 1. April

9.00 Uhr, Café Gymnase

Soleiman erwacht nur langsam aus dem Tiefschlaf. Das Mädchen ist fort. Umso besser. Sie hat einen kleinen Zettel neben dem Bett auf dem Boden liegen lassen: »Kaffee zum Wiederaufwärmen auf dem Herd. Wenn du gehst, lass einfach die Tür hinter dir ins Schloss fallen. Bis bald?«

Er steht auf. Eine Art Kater. Umgebautes Dienstmädchenzimmer, Rue du Faubourg-Poissonnière, recht symphatisch. Durch die zwei kleinen Fenster dringt Sonne und Licht herein. Er macht den Kaffee warm und trinkt ihn, lang ausgestreckt, im Sonnenlicht. Das tut gut. Er schaut auf die Uhr. 9.00 Uhr, er muss los. Nicht nachdenken, die Zeit an sich vorbeiziehen lassen. Er zieht sich an, geht und lässt die Tür ins Schloss fallen. Die Boulevards. Ein bisschen weiter, das *Gymnase*. Warum nicht? Ein bisschen Wärme im türkischen Kokon suchen, das kann helfen. Soleiman drückt die Cafétür auf. Die Gespräche verstummen. Die Türken erheben sich. Beifall, Pfiffe, Freudenschreie, Parolen. Soleiman kann es kaum glauben. Die Neuigkeiten verbreiten sich schnell im Sentier: Nach den Schlägen, die er sich letzte Woche eingefangen hat, hat er nun Jenković ins Krankenhaus geschickt und den Kommissar des 10ten in Frührente. Er ist ein Held. Jeder will ihm auf die Schulter klopfen, ihm einen Kaffee oder Raki ausgeben. Und Mitglied im Komitee werden. Soleiman setzt sich. Ihm ist schwindlig.

9.00 Uhr, Passage du Désir

Romero ist mit Daquin allein im Büro. Waffenteile, Munition. Illegal. Schutz von ganz oben.

»Wir haben uns wieder einmal ganz schön in die Nesseln gesetzt. Hat Ihr Zöllner eine Ahnung, wo diese Teile landen werden?«

»Ja, aber genau weiß er es nicht. Zuerst einmal Istanbul. Danach … Diese Teile sind weit verbreitet. Vielleicht Iran, um die internationale Blockade zu umgehen? Wir brauchen einen Spezialisten für diese Fragen, der uns mehr dazu sagen kann.«

Daquin macht zwei Kaffee, die sie stillschweigend trinken.

»Wie damit umgehen? Falls es sich um Waffenhandel dreht, wird uns die Geschichte sowieso entgleiten. Es bestehen vielleicht finanzielle Verbindungen zu Drogen, aber sie sind wahrscheinlich zu komplex, um sie an die Öffentlichkeit zu bringen. Die Verbindung zum Mord an Sener hingegen ist ziemlich offensichtlich. Wir müssen diesen Oumourzarov in die Ecke drängen. Wir werden ja sehen, was wir aus ihm rauskriegen können. Wie soll es weitergehen?«

»Ein Unfall kann schnell passieren. Wenn der Inhalt einer Kiste auf den Boden fällt, wird es schwierig sein, nicht zu erfahren, was sich darin befindet.«

»Und wann kann das passieren?«

»Morgen, wenn wir wollen, spätestens übermorgen.«

Telefon.

»Guten Tag, Kommissar, Lespinois am Apparat. Wie geht es Ihnen?«

»Sehr gut, Monsieur Lespinois.«

»Ich bin gerade mit Lenglet zusammen und wir reden über den Mittleren Osten, wohin ich heute Abend fliege. Er sagte mir, dass Sie sich sehr für iranische Drogen interessieren.«

»Ich interessiere mich tatsächlich dafür. Wie sehr … ist mir selbst noch nicht ganz klar.«

»Die dortige Situation ändert sich gerade. Die Partei der islamischen Revolution startet eine große Kampagne gegen Drogen und Drogenabhängige. Das ist ziemlich ungewöhnlich für die Kulturlandschaft dieses Landes. Wissen Sie, unter dem Schah hatten die Alten, die über 60jährigen das Recht auf ihre kostenlose Dosis Opium, vom Staat ausgegeben. Ich denke, dass ist vor allem ein Mittel, um die zu eliminieren, die damit Handel treiben und die dem prowestlichen Clan angehören. Die Islamisten werden zweifellos den Handel wieder an sich reißen und anschließend die Summen auf ihr eigenes Konto transferieren.

Mit ziemlicher Wahrscheinlichkeit werden also die derzeitigen Drogenhändler und ihre Verbündeten im Ausland nicht mehr lange etwas davon haben. Ich dachte, dass Sie diese Information, die noch nicht im Umlauf ist, interessieren könnte …«

»Sehr sogar, Monsieur Lespinois. Und ich danke Ihnen, dass Sie mich angerufen haben. Grüsse an Lenglet und gute Reise.«

Er legt auf.

»Seien Sie froh, Romero. Sie sind eine wichtige Figur in diesem Stellungskrieg, den sich die großen internationalen Banken gerade liefern. Nur wenigen Leuten wird diese Ehre zuteil.« (Romero versteht gar nichts mehr.) »Die Bank France-Méditeranée versucht den Platz der Parillaud Bank in der Türkei und im Mittleren Osten einzunehmen, der zum Teil auf der Allianz zwischen Bank-, Drogen- und Waffengeschäften basiert. Was wir hier tun, kann Parillaud dort schwächen und die France-Méditerranée wird sich uns gegenüber sehr erkenntlich zeigen. Was sollen wir Ihrer Meinung nach machen? Kommen wir also wieder auf unsere Angelegenheit zurück. Ich mache heute für meinen Chef und für das Gericht den Bericht über die Beziehungen zwischen unseren beiden Bodygards der Botschaft und Oumourzarov fertig. Ich bitte um Amtshilfe, um den Firmensitz und das Haus von Oumouzarov durchsuchen zu können. Sie wird mir verweigert werden. Aber wenn die Kiste herunterfällt, haben wir eine kleine Chance, an der Geschichte dranbleiben zu können. Und wenn Sie dorthin gehen, um die Kiste fallen zu sehen, nehmen Sie einen Pressefotografen mit. Hier die Adresse und Telefonnummer eines sehr guten Freundes von mir, der mir ab und an einen Gefallen tut. Diskretion garantiert. Rufen Sie ihn an und und berufen Sie sich auf mich.«

11.00 Uhr, Opernviertel

Es ist breits der dritte Tag, an dem Attali und Rimbot die umliegenden Restaurants abklappern. Erstes Restaurant, *Le petit Riche*, Rue Le Peletier. Die Kellner sind gerade mit dem Eindecken fertig, der Raum ist noch sehr dunkel. Ein Kellner ruft den Oberkellner, der ihnen keinen Platz anbietet, sein Unwillen ist deutlich zu bemerken. Erstes Foto: VL. Nie gesehen. Zweites Foto: Kashguri. Attali weiß, dass er noch nicht über soviel Erfahrung wie Daquin verfügt, aber er könnte schwören, dass dieser Typ lügt, wenn er antwortet, er kenne ihn nicht.

»Wer hatte am Freitag, den 14. März, um die Mittagszeit Dienst?«

»Ich kann mich nicht erinneren.«

Attali wird lauter, die Kellner spitzen die Ohren:

»Passen Sie auf, wenn Sie uns für blöd verkaufen, können wir sehr unangenehm werden und Sie wegen Mittäterschaft belangen. Ich erinnere Sie daran, dass wir in einem Mordfall ermitteln. Dieses Mädchen wurde umgebracht, kurz nachdem sie mit diesem Mann zu Mittag gegessen hatte. Geben Sie mir die Liste mit allen Kellnern, die an diesem Tag anwesend waren!«

Der Oberkellner brummt vor sich hin, verschwindet eine Viertelstunde und kommt mit der geforderten Liste zurück. Attali nimmt sie und gleicht die Namen mit denen der anwesenden Kellner ab: Drei von ihnen waren am 14. März während der Mittagszeit da.

»Ich werde sie einen nach dem anderen vernehmen. Wo kann ich mich hinsetzen? Dieser Tisch dort würde sich sehr gut eignen.«

Er lässt einen Tisch ganz hinten im Raum freiräumen.

»Inspektor, Sie werden meinen ganzen Dienst durcheinander bringen.«

»Im Gegenteil. Ich werde sehr schnell fertig sein.«

Es ist ein gewisser Judicelli, der dritte Kellner, der offiziell Kashguri und Virginie Lamouroux wieder erkennt.

»Ich habe sie bedient. Sie saßen an diesem Tisch dort.« (Er zeigt auf einen Tisch weiter hinten, nicht weit von dem entfernt, an dem sie jetzt sitzen.) »Sie sahen aus wie ein normales Pärchen. Ich hätte sie überhaupt nicht wahrgenommen, wenn die Frau nicht während des Essens ein Glas mit Rotwein auf die Hose des Mannes verschüttet hätte. Ich weiß nicht, wie das passiert ist, ich habe es nicht gesehen. Mir war gerade ein voller Teller in der Küche heruntergefallen. (Blick zum Oberkellner, gut, er ist weit weg.) Also ich erinnere mich daran, wie ich gedacht habe: ›Aber wir haben doch Freitag, den 14. und nicht den 13.‹ Ich habe mich beeilt, den Schaden zu beheben. Was mich schockiert hat, war das Verhalten des Mannes. Sehr gut erzogen, er hat nichts gesagt, aber man hat seine unterdrückte Wut regelrecht gespürt, beeindruckend. Er zitterte. Das erscheint überzogen für einen Weinfleck auf einer Hose. Glauben Sie, dass er sie deswegen getötet hat?«

18.00 Uhr, Villa des Artistes

Daquin kommt aus der Dusche, er rasiert sich vor dem Spiegel über dem Waschbecken. Er erblickt Soleiman an der Badezimmertür. Daquin schaut ab und an zu ihm hinüber. Soleiman sieht entspannt aus, fast glücklich, wie er ihn noch nie zuvor gesehen hat.

»Ich habe dich nicht kommen hören. Es scheint dir besser zu gehen heute Abend …«

»Daquin, wenn du wüsstest …« (Soleiman erzählt von seinem Triumph heute Morgen im *Gymnase.*) »Und den ganzen Tag war es so. Ich habe eine Runde durch die Werkstätten gemacht. Die Leute grüßen mich auf der Straße, begleiten mich ein Stück, bieten mir Kaffee an …« (Er beginnt sich auszuziehen).

»Nur Kaffee?«

(Lächeln.) »Nicht nur Kaffee. Heute auch ziemlich viel Raki. Freudenschreie in den Werkstätten, Beifall … Gestern Abend wusste ich nicht, was ich davon halten soll. Das ist das erste Mal, dass ich einen Typen verprügelt habe. Mir war zum Kotzen, so angeekelt war ich, und ich hasste dich.«

Er steigt in die Badewanne und nimmt eine Dusche.

Daquin holt sich einen Kaffee aus der Küche, trinkt ihn im Badezimmer ans Waschbecken gelehnt und betrachtet Soleiman, der unbeweglich unter der voll aufgedrehten Brause steht. Er hat zwei Typen abgeknallt, aber einem Mann, der am Boden liegt, zwei Ohrfeigen zu geben, das zerreißt ihm das Herz. Nun gut …

»Komm' raus da, Sol!«

Daquin nimmt ihn in die Arme. Berührt seinen nassen Körper. Er drückt ihn gegen das Waschbecken. Die zwei Männer stehen vor dem Spiegel. Sie sind gleich groß, aber Daquin ist viel kräftiger. Eine Hand in den Haaren, er hält ihm den Kopf hoch.

»Schau dich an, Sol, während ich dich bumse.«

Soleiman, zur Hälfte unter der Decke, ist schon eingeschlafen, als Daquin sich anzieht. Dunkelrotes kragenloses Hemd, vornehmer grauer Anzug von Hollington. Ein Blick in den Spiegel. Gut. Er beugt sich über das Bett.

»Ich werde heute Nacht nicht nach Hause kommen.«

Er küsst ihm den Hals. Heute war es Unterwerfung. Wann kommt die Auflehnung?

21.00 Uhr, Roissy

Das Flugzeug aus Marrakesch via Casablanca, in dem sich Anna Berić befindet, landet wie vorgesehen um 20.30 Uhr. Daquin erwartet sie am Schalter der Flughafenpolizei. Die Passagiere kommen schubweise heraus. Daquin erkennt sie wieder. Groß, schlank, halblange schwarze Haare. Sie trägt eine beigefarbene Safariweste und einen dazu passenden Leinenrock. Eine braune Bluse, wahrscheinlich Seide, Sandaletten und eine Tasche aus braunem Leder.

»Madame Berić?«

Sie dreht sich zu ihm um. Dunkelblaue Augen, gebräunte Haut, keine Schminke. Er geht auf sie zu, küsst ihr die Hand und stellt sich vor:

»Kommissar Daquin.« (Erstaunt, ein verhaltenes Lächeln.) »Haben Sie Gepäck?«

»Ja, einen Koffer.«

»Ich begleite Sie.«

Er nimmt ihren Koffer. Sie passieren die Schalter der Flughafenpolizei und gehen schweigend bis zum Dienstwagen, der genau vor der Tür geparkt ist. Daquin legt den Koffer in den Kofferraum, öffnet ihr die Tür, setzt sich ans Lenkrad und fährt los.

»Wohin bringen Sie mich, Kommissar?«

»Zuerst einmal zum Abendessen. Ich habe einen Tisch im *Pouilly Reuilly* reservieren lassen, ein sehr gutes Bistro in Pré-Saint-Gervais. Die französische Küche wird Ihnen während dieses langen Monats gefehlt haben.« (Anna Berić schaut ihn wortlos an.) »Anschließend bringe ich Sie nach Hause. Wir sind morgen früh um 8.00 Uhr mit Inspektor Lavorel verabredet, der sich mit Ihrem Fall genauer beschäftigen wird.«

»Bin ich schon so gut wie verhaftet?«

»Ja. Ist es Ihnen lieber, wenn ich Sie sofort auf das Kommissariat bringe?«

Keine Antwort. Sie schaut Daquin an, der gelassen fährt. Nicht schneller als 80 Stundenkilometer am Stadtrand von Paris. Meillant hat mir gesagt: »Ein verschrobener Homo.« Und ich stoße auf einen schönen Kerl der verführerischen Sorte.

»Ich verstehe nicht ganz. Sie erpressen Meillant, damit ich wiederkomme und Sie mich einsperren können. Und kaum, dass ich angekommen bin, baggern Sie mich an ... und Sie sind doch wohl gerade dabei, mich anzubaggern, oder?«

»Ich baggere Sie nicht an. Ich verhalte mich wie ein verliebter Mann.«

» Sie sind in mich verliebt?«

»Ja.«

»Dann sind sie mir wohl eine Erklärung schuldig.«

»Als ich Ihre Wohnung durchsucht habe, wusste ich bereits, dass Sie eine starke Frau sind, was auf mich sehr anziehend wirkt. Und dann gefällt mir Ihre Wäsche, ihre Feinheit und ihr Duft. Ihr Kaffee. Ihr bezauberndes rotes Kleid. Letzten Sommer habe ich eines gesehen, das Ihrem sehr ähnelte, in Venedig, in der Auslage der Boutique von Santo Stefano. Präsentiert von einem eigenartigen Mannequin, einer Schaufensterpuppe aus Holz mit dem Kopf des Prinzen von Venedig.«

Sie halten vor dem *Pouilly Reuilly*, einem Bistro in einer schmalen und ausgestorbenen Straße von Près-Saint-Gervais. Ein lang gezogener Raum, ins Auge fallende gelbe Tischdecken, schwarz-weiß gekleidete Kellner, eine herzlich lachende Wirtin. Sie setzten sich an einen Tisch nahe der Tür und bestellen zwei Kelche Champagner.

Anna Berić setzt sich auf die Bank und schließt für einen

Moment die Augen. Ich war mir bewusst, dass ich ein gefährliches Spiel spiele. Aber ich habe diesen Daquin falsch eingeschätzt. Pierre, hilf mir! Sie öffnet wieder die Augen.

»Genau dort habe ich es gekauft, dieses Kleid. In Venedig. Bei Santo Stefano.«

Riesengroße Augen. Daquin schaut sie an, dann vertieft er sich wieder in die Speisekarte. Eine gewaltige Lust, mit ihr zu schlafen. Sich nicht gehen lassen. Heute Abend Haltung bewahren.

»Zweimal pochierte Eier in Sauce, zweimal Kutteln und einen frischen Brouilly dazu. Ich habe Sie mir in diesem Kleid vorgestellt und Sie daher auf dem Flughafen wieder erkannt. Aber Ihre Augen haben mich überrascht. Ich hätte nicht gedacht, dass sie blau sind. Ihr Wohnzimmer hat meine Neugierde geweckt, wegen der geschmacklosen Einrichtung, Ihr Schreibtisch hingegen hat mir gefallen. Und ich war wahnsinnig eifersüchtig auf diesen O. …«

Er holt aus seiner Jackentasche die Anthologie der persischen Dichter, schlägt die erste Seite auf: »27. Januar 1958, eine unvergessliche Begegnung.« Unterzeichnet: »O.« Anna Berić legt die Hand auf das Buch. Gerührt. Daquin nimmt ihre Hand und küsst die pochenden Adern auf ihrem Handgelenk.

»Verzeihen Sie mir, dass ich es ausgeliehen habe, ich gebe es Ihnen wieder zurück. Aber erzählen Sie mir, wie Sie Osman Kashguri kennen gelernt haben.«

Anna Berić lehnt sich zurück. Das Gefühl, vollends die Selbstbeherrschung zu verlieren, und das auch noch als angenehm zu empfinden. Die pochierten Eier sind außergewöhnlich gut.

»Was wissen Sie von meinem Leben?«

»Ein paar Details. Dass Sie das kriegerische Europa zu Fuß im Alter von zehn Jahren durchquert haben. Die Tante, die sich für die Deutschen prostituierte und die Sie in Belleville aufgenommen hat. Ihr Zuhälter, der Sie mit dreizehn Jahren auf den Strich geschickt hat. Und der umgebracht wurde, als Sie dreiundzwanzig waren.«

»Insgesamt wissen Sie eine ganze Menge.« (Denkpause.) »Der Beruf gefiel mir nicht. Eines Tages erwartete ich einen

Kunden vor dem Café, im Beisein meiner Tante. Ein junger Mann hält an, zwischen achtzehn und zwanzig Jahre alt, ein ziemlich gut aussehender Junge mit guten Manieren, wie meine Tante sagen würde. Er fragte mich, ob er mir zuschauen könnte, wie ich mit einem anderen Kunden schlafe. Ich sagte nein, das sei nicht mein Ding. Und was ist ihr Ding? Und ich weiß nicht, was in mich fuhr, aber ich antwortete: Griechische Tragödien. Er griff das sofort auf und rezitierte den ersten Vers der Prophetin Kassandra aus *Agamemnon*. Ich übernahm die Fortsetzung. Zu jener Zeit sagte ich mir – während ich eine Nummer schob – die tragischen Griechen auf. Das waren die einzigen Texte, die mir halfen, durchzuhalten. Wir gingen zusammen hoch und widmeten eine Stunde der Poesie. Er ging sehr schnell zu den persischen Dichtern über, die ich überhaupt nicht kannte. In Persisch und auf Französisch. Sie haben mir sehr gefallen. Er ist oft wiedergekommen …«

Eine Geschichte, die sie noch niemandem erzählt hat, nicht einmal Meillant. Die Kutteln werden serviert. Und plötzlich die Angst, vielleicht morgen schon im Gefängnis zu sitzen, und für wie lange?

»Stoßen Sie mit mir an, Daquin?«

»Und schließlich hat mir Ihr Koffer aus Stroh, unten in Ihrem Schrank, ebenfalls zu denken gegeben. Die Verarbeitung des Strohs, die Schönheit des Schlosses, die ledernen Ecken. Er hat einen Geruch von früher, von weit weg. Auch ein Geschenk von Kashguri?«

»Was wollen Sie aus mir herauslocken? Dass ich ihn weiterhin treffe? Na gut, ich sage es Ihnen: Er ist einer meiner besten Freunde geblieben. Er ist eine ziemlich beeindruckende Persönlichkeit.«

»Und der Koffer?«

Anna trinkt ihr Glas Wein sehr langsam aus, die Augen auf Daquin gerichtet.

»Als er 1979 wieder aus dem Iran zurückkehrte, waren seine Bücher, seine Wäsche und all die kleinen Gegenstände in solchen Koffern verpackt. Ich war gekommen, um ihn bei seiner Ankunft zu begrüssen. Ich fand diese Koffer wunderbar. Er hat mir einen davon geschenkt. Jetzt sagen Sie mir aber, wie haben

Sie mich eigentlich ›wieder gefunden‹?«

Daquin erzählt von der Polizeiakte, dem alten Richter, den Aschenbechern, der Herberge in Bas-Bréau. Anna staunt. Als Dessert gibt es Pflaumen in Armagnac.

»Und was die Leiche in meiner Werkstatt betrifft, die ja alles ausgelöst hat, haben Sie den Mörder gefasst?«

»Nein, noch nicht. Warum sind Sie fortgegangen? Die Leiche scheint dort doch durch Zufall hingekommen zu sein?«

»Normalerweise unterschätze ich die Polizei nicht. Ich dachte, dass es gut möglich wäre, dass im Laufe der Ermittlungen meine Masche auffliegen würde. Ich wollte mich in Sicherheit bringen. Mir erscheint das nachvollziehbar.«

»In Marrakesch?«

»Um diese Zeit ist es dort sehr schön.«

»Sicher. Doch warum nicht in Istanbul?« (Keine Antwort.) »Darf ich Sie nach Hause bringen?«

Im Auto:

»Noch eine Frage, Daquin. Meillant sagte mir, dass Sie Männer lieben.«

(Breites Lächeln.) »Ich liebe auch Männer. Warum?«

Keine Antwort.

Der Wagen hält in der Rue Raynouard vor Anna Berićs Haus. Daquin rührt sich nicht. Anna Berić schaut ihn an.

»Was wird jetzt passieren?«

»Sie gehen hoch.«

»Und Sie?«

»Wenn Sie wollen, gehe ich mit. Wenn nicht, warte ich hier auf Sie. Auf jeden Fall fahren wir morgen gemeinsam auf das Kommissariat, Passage du Désir.«

Die Hand auf dem Arm von Daquin.

»Kommen Sie. Ich würde Ihnen gern einen Kaffee anbieten, zumal Sie meinen so schätzen.«

30

Mittwoch, 2. April

7. 30 Uhr, im Auto, Richtung Kommissariat

»Weißt du, was wir von dir erwarten?«

»So ungefähr.«

»Wir wollen wissen, wie die Gewinnverteilung zwischen den Herstellern und dir funktioniert. Mit Beweisen. Und einige Informationen darüber, was mit dem dreckigen Geld geschieht. Wirst du sie uns geben?«

»Ja.«

Eine Pause. Das Auto steckt in einer Unterführung am Seine-Ufer fest.

»Wen schützt du, Anna?«

»Meillant. Das weißt du genau.«

»Nicht nur.«

Anna schaut nach vorne und sagt nichts. Daquin nimmt den Faden wieder auf:

»Bis meine Ermittlungen über das türkische Netz abgeschlossen sind, werde ich für dich Untersuchungshaft beantragen und auch bewilligt bekommen.« (Schweigen.) »Wenn du mit der Finanzabteilung – wie vorgesehen – zusammenarbeitest, werde ich keine besonderen Anstrengungen unternehmen, um mehr zu erfahren als das, was ich ohnehin schon über deine Rolle in den Drogengeschäften weiß. Aber für den Fall, dass ich doch auf einige stichhaltige Beweise stoßen sollte, die du mir unangenehmerweise vorenthalten hast, will ich nicht dastehen wie ein Blödmann.«

Schweigend fahren sie durch den morgendlichen Berufsverkehr bis zur Passage du Désir. Auf dem Boulevard Strasbourg angekommen, dreht sich Anna zu Daquin, Lachfältchen um die Augen.

»Du erinnerst mich an jemanden, Daquin. Aber ich war jung. Und frei.«

12.00 Uhr, Daquins Büro

»Fassen wir zusammen. Die LKW werden Morgen, Donnerstag, an der französischen Grenze ankommen. Die Zöllner werden sich bemühen, gegen 4.00 Uhr morgens bei Sobesky zu sein. Die Regenmäntel werden ausgeladen. Das dauert ungefähr zwei Stunden. Eine Einheit des Rauschgiftdezernats wird sich verdeckt bereithalten und je nachdem, was passiert, reagieren. Aber wir werden nicht sofort in den Laden reingehen. Einmal entladen, fahren die LKW zurück ins Depot von Eurorientcar nach Gennevilliers. Dort wird der Chef die weiteren Operationen leiten. Er nimmt alles fest, was sich bewegt und durchsucht die LKW. Ab 6.00 Uhr morgens Festnahme von Moreira und etwa dreißig Türken, deren Namen ich auf einer Liste zusammengestellt habe. Ich hoffe, Oumourzarov ebenfalls dingfest machen zu können. Aber das ist alles andere als sicher. Eine weitere Einheit beschattet die LKW, die nach Le Havre fahren und ist einsatzbereit, je nachdem, was wir in Paris finden. Insgesamt werden 250 Polizisten im Einsatz sein. Bis dahin werde ich die Haftbefehle vorbereiten. Ich werde die vorliegenden Auskünfte nutzen und das hinzufügen, was die beauftragten Einheiten, die die Unternehmen Moreira und Kutluer beschatten, noch herausbekommen werden. Das Ganze werde ich noch mit dem Chef besprechen. Im Notfall könnt Ihr mich oben erreichen. Aber ich rate Euch, einen Tag Urlaub zu nehmen, den werdet ihr brauchen.«

»Und wir, was machen wir Freitagmorgen?«

»Deshalb habe ich Euch herbestellt. Attali, Sie überwachen mit einer Einheit Sobesky. Romero mit der anderen Einheit Moreira. Und ich verhafte Kashguri. Lavorel, Sie kommen mit mir!«

31

Freitag, 4. April

Am sehr frühen Morgen

Der Anfang des Abends war schrecklich. Warten. Unmöglich, Sol anzufassen. Die Nerven zu angespannt, Daquin hat den Kopf nicht frei. Jetzt ist es knapp 1.00 Uhr. Zeit, sich fertig zu machen. Er sucht seine Dienstwaffe in einem Fach in der Küche inmitten anderer Utensilien, die er nicht oft benutzt, wie den Pürierstab oder den Löffel für die Eiskugeln. Soleiman musste lachen. Danach ist er eingeschlafen.

Daquin geht hinaus auf die Avenue Jean Moulin. Er fühlt seine Pistole in der Jacke, er mag das nicht. Bewaffnet zu sein, vermittelt ihm immer das Gefühl eines möglichen Scheiterns. In dieser Nacht beschleicht ihn genau dieses Gefühl. Ein geräumiger Zivilstreifenwagen mit Funk, zwei Inspektoren vorn, Daquin steigt hinten ein, Richtung Avenue Maréchal-Lyautey. Sie treffen unbemerkt bei Kashguri ein. Parken am Straßenrand, zirka zwanzig Meter vom Gebäude entfernt. Der Polizeifunk läuft ununterbrochen, leise rauschend. Das Warten beginnt.

3.24 Uhr

»Bosphore vier an alle Bosphore-Einheiten:

Der LKW-Konvoi hat sich geteilt, auf der Höhe Brie-Comte-Robert. Zwei LKW fahren in Richtung Paris. Wir übernehmen wie ausgemacht die, die Richtung Norden fahren.«

3.30 Uhr

Sie sind zu viert im Auto. Attali fährt. Halt vor der Ausfahrt, genau gegenüber der Boutique von Sobesky. Parisot steigt aus, öffnet das große Eisentor, das Auto fährt rein und kommt ganz hinten im Hof zum Stehen. Kommissar Raymond, der die Einheit leitet und Attali schließen das Tor wieder und gehen dahinter in Deckung. In Augenhöhe ausgeschnittene kleine Blumenmuster im Eisentor. Ein ideales Versteck, wenn man sich nicht bewegt.

Ein eigenartiger Ort zwischen Stadt und Land. Auf der rechten Seite die letzte Reihe Pariser Wohnhäuser, auf der linken Seite die ersten Bäume vom Wald *Bois de Boulogne*, aneinandergereihte und zurechtgestutzte Bäume. In der letzten Etage des Gebäudes sechs große Fenster, sehr viel Licht, einige sind offen. Musik dringt ohne Pause heraus. Eine Musik, die Daquin nicht kennt, zweifellos aus dem Iran und danach Jazz.

»Keith Jarrett.«

»Was sagen Sie da, Kommissar?«

»Das ist eine Scheibe von Keith Jarrett, da oben. Erkennen Sie nicht das Klavier?«

Die Inspektoren wechseln einen kurzen Blick.

Silhouetten zeichnen sich auf der Seites des Waldes ab. Zwei Jugendliche versuchen, die Aufmerksamkeit der drei in ihrem Auto wartenden Männer auf sich zu ziehen. Der Eine ist sehr schlank, strahlt eine Mischung aus Provokation und Furcht aus. Daquin ist neugierig. So ähnlich muss Sol in Istanbul gewesen sein. Die beiden Inspektoren fühlen sich unwohl.

»Verzieht Euch, ihr Arschlöcher!«

Den Ausgang des Gebäudes und den Parkplatz überwachen.

Daquin gießt sich einen Kaffee aus der mitgebrachten Thermoskanne ein. Von Zeit zu Zeit ein Pärchen, das wahrscheinlich von Kashguri kommt und fortgeht, dunkler Anzug, langes Kleid. In der Avenue fahren die Autos im Schritttempo, nur Männer, die allein am Steuer sitzen. Lichthupe, Stopps, Blicke, Gesten. Die drei Männer tun so, als wären sie nicht da. Die Autos fahren langsam wieder an. Ein Inspektor macht ein Nickerchen.

Zweiter Kaffee.

Um 3.30 Uhr kommt ein Mädchen in schwarzem langen Kleid und kurzem weißen Jäckchen aus dem Gebäude. Sie schaut nach links und rechts und überquert die Straße. Daquin gibt ihr ein Zeichen. Sie läuft auf das Polizeiauto zu, steigt zu Daquin nach hinten ein. Dorothée Marty, mit ihrem schwarzen

Haar und dem Pagenschnitt sehr blass. Die beiden Inspektoren schauen sie im Rückspiegel an.

»Ist er immer noch oben?«

»Ja. Er hat mich gerade eben an der Tür verabschiedet.«

»Was macht er jetzt?«

»Er plaudert und geht von einem zum anderen. Er legt die Platten selbst auf.«

»Raucht er, trinkt er?«

»Nein, er macht nichts Besonderes. (Ein Zögern.) Man hat den Eindruck, er würde warten. Vielleicht auf Sie?«

4.13 Uhr

»Bosphore zwei an alle Bosphore-Einheiten:

Die zwei LKW sind an ihrem Ziel eingetroffen. Die Ausladen wird in Kürze beginnen.«

4.30 Uhr

»Bosphore eins an alle Bosphore-Einheiten:

Lagerräume unter Kontrolle. Alles ruhig.«

4.32 Uhr

Attali gibt dem Kommissar ein Zeichen, alle beide ziehen sich geräuschlos zu dem auf dem Hof geparkten Auto zurück.

»Es gibt ein unvorhergesehenes Problem. Ich kenne die meisten Männer, die die LKW ausladen. Das sind die Türken von unserer Liste. Sie werden also nicht da sein, wenn unsere Freunde um 6 00 Uhr eintreffen. Was machen wir nun?«

5.00 Uhr

»Bosphore eins an die Einheiten 6 bis 32:

Alle, die nachher ihr Ziel nicht vorfinden, müssen Kontakt mit Bosphore zwei aufnehmen, um neue Anweisungen zu erhalten.«

5.45 Uhr

Kommissar Nanteuil und Romero steigen am Boulevard Suchet vor der Wohnung Moreiras aus. Große, sehr moderne und luxuriöse Anlage. Moreira wohnt im zweiten Haus im Erdgeschoss mit Garten. Nanteuil und Romero gehen auf und ab und warten, bis es 6.00 Uhr wird. Ein Blick zum Inspektor, der im Auto geblieben ist und Polizeifunk hört. Keine Vorkommnisse. Gehen wir hinein.

Sprechanlage. Sturmklingeln, um den Hauswart zu wecken.

»Polizei, öffnen Sie, schnell!«

Der Hauswart öffnet, erschrockenes Gesicht. Der Kommissar zeigt seinen Ausweis. Sie rennen zum zweiten Gebäude. Erdgeschoss links. Klingeln. Nichts. Noch einmal. Eine verschlafene Frauenstimme:

»Wer ist da?«

»Polizei. Öffnen Sie, Madame!«

Totenstille hinter der Tür. Romero hält krampfhaft sein Ohr an die Tür, bis es weh tut. Sehr schwach, aber deutlich hört er, wie eine Glastür aufgeschoben wird. Per Handzeichen zum Kommissar: Er haut ab, nach hinten raus.

»Öffnen Sie oder ich schieße die Tür auf!«

Sie öffnet. Die beiden Bullen rennen sie um, durchqueren im Laufschritt die Wohnung, die Glastür und den Garten, immer hinter ihm her. Am Ende eine Mauer mit hohem Zaun. Klettern. Und auf der anderen Seite ein tiefer Graben von einer stillgelegten Eisenbahnlinie. Eine ganz frische Rutschspur und rechts am Ende des Grabens die Silhouette von Moreira im Bademantel, der über die Schienen in die Dunkelheit rennt.

»Ist er das?«

»Ja.«

Sie lassen sich alle beide fallen. Hartes Aufschlagen.

»Stehen bleiben, Polizei!«

Moreira rennt weiter. Vor ihm, in zirka fünfzig Meter Entfernung, ein Tunnel. Die zwei Bullen nehmen, so schnell sie können, die Verfolgung wieder auf. Moreira schafft es, den Abstand aufrechtzuerhalten. Der Tunneleingang rückt näher.

»Stehen bleiben oder ich schieße!«

Ein Schuss in die Luft. Und dann hält der Kommissar an, die Knie durchgedrückt, die Arme nach vorn gestreckt. Romero macht es ihm nach. Drei Schüsse. Moreira bricht zusammen, das Gesicht auf dem Boden. Nanteuil und Romero, die Waffe in der Hand, stehen neben der Leiche, ernüchtert. Oberhalb des Grabens klammert sich – nur als Silhouette zu erkennen – eine Frau an den Zaun.

5.50 Uhr

Es ist noch dunkel. Die Operation beginnt. Ein Inspektor bleibt im Auto und hört Polizeifunk. Eine kleine Einheit überwacht den Eingang des Parkplatzes. Sie gehen zu sechzehnt in das Gebäude. Zwei Inspektoren gehen durch die Dienstbotentür und folgen einem langen Flur, der zum Innenhof führt. Man kann nie wissen. Daquin bleibt neben dem Fahrstuhl zusammen mit zwei Inspektoren – so um die Vierzig und an Schlägereien gewöhnt – und dem Elektronikspezialisten, der schon vor zwei Wochen bei ihm gearbeitet hat. Gestern war er hier, um fachgemäß eine Fahrstuhlpanne zu reparieren, und während einer guten Stunde hat er die Anschlüsse der Stromkreisläufe in der Fahrstuhlkabine so präpariert, dass man direkt bis in die fünfte Etage fahren kann, ohne einen Schlüssel zu benötigen. Die anderen Bullen, ungefähr zehn Mann, steigen mit Lavorel an der Spitze die Treppe hoch.

Daquin und die zwei anderen Schlägertypen wechseln ein paar Worte, um das Warten zu überbrücken, und stellen dabei fest, dass sie alle drei Rugby spielen. Das Walkie-Talkie rauscht.

»Wir sind an der Tür angekommen.«

»Okay.«

Die Einheit von Daquin blockiert den Fahrstuhl. Der Spezialist geht an die Arbeit. Schraubt die Platte ab, die die Kabel schützt. Die Unterhaltung dreht sich weiter um Rugby. Der eine ist Stürmer, der andere spielt in der zweiten Reihe, Daquin in der dritten. Der Spezialist verbindet die Anschlüsse, gibt Daquin ein Zeichen: alles in Ordnung. Und verlässt den Fahrstuhl.

Walkie-Talkie: »Unten sind wir fertig, jetzt ist es an Euch da oben.«

Lavorel klingelt, klopft an der Tür.

»Öffnen Sie, Polizei!«

Es ist schwer auszumachen, was hinter der Tür vor sich geht, zumal die Tür gut gepolstert ist. Eine Stimme mit sehr starkem Akzent:

»Was wollen Sie?«

»Polizei, das ist eine Hausdurchsuchung, öffnen Sie!«

Ein Schatten im Spion. Ein Inspektor zeigt einen Ausweis.

»Monsieur Kashguri ist nicht da, wir können nicht aufmachen.«

Walkie-Talkie, leise: »Ihr seid dran, der Fahrstuhl.«

Daquin blinzelt seinen beiden Gehilfen zu, auf in den Kampf, und drückt den Knopf zur fünften Etage. Der Fahrstuhl fährt los. Es gibt keine Zwischentür. Die zwei Iraner sind wahrscheinlich bewaffnet. Der heikle Moment ist das Eintreffen des Fahrstuhls bei Kashguri.

Die Inspektoren vor der Tür klingeln weiter, sprechen sehr laut, hauen mit den Füßen immer lauter gegen die Tür. Sie kündigen an, dass sie das Schloss durchschießen werden. Einer von ihnen zieht die Pistole …

Daquin und der aus der zweiten Reihe rennen aus dem Fahrstuhl heraus, der Stürmer deckt sie. Die zwei Iraner drehen sich um, bevor sie, in die Beine getroffen, zusammenbrechen.

»Gut getroffen!«, sagt der Stürmer, als wären sie beim Training.

Daquin nimmt seinen Iraner ohne Rücksicht hoch und dreht ihm ohne Rücksicht einen Arm auf den Rücken.

»Polizei, öffne diese Tür, los beeil' dich!«

Es stimmt, er ähnelt dem Phantombild. Aber der andere auch.

Rue des Vinaigriers, ein ziemlich baufälliges Gebäude. Inspektorin Danièle Ribout, eine kleine energische rothaarige Frau, geht schweigend zusammen mit ihrem Freund Inspektor Saval die Treppe hinauf. Seit langem sind sie zusammen in einem Team, unnötig zu reden, sie verstehen sich auch so. Sie macht eine Geste: wie üblich? Er nickt mit dem Kopf, einverstanden. Sie kommen in der dritten Etage an. Gut gepolsterte Tür und mit einem Spion ausgestattet. Saval drückt sich an der Wandseite entlang. Danièle Ribout stellt sich genau vor den Spion und klingelt zweimal hintereinander. Schritte hinter der Tür. Sie setzt ein erschrockenes und hilfloses Gesicht auf.

»Helfen Sie mir, bitte! Ich bin allein, ich wohne genau unter Ihnen und hatte einen Wasserrohrbruch. Ich weiß nicht, was ich machen soll.«

Die Tür öffnet sich einen Spalt. Die beiden Inspektoren stürmen mit dem Revolver in der Hand in die Wohnung.

»Polizei, bleiben Sie, wo Sie sind!«

Jedes Mal eine kleine Genugtuung. Rache an den Machos.

Die Tür ist offen. Die Bullen dringen in die Wohnung ein. Vier Inspektoren übernehmen die zwei Iraner. Daquin deutet auf die zwei Türen und die Innentreppe, die zum Eingang führen.

»Beeilen Sie sich! Drei Gruppen. Finden Sie vor allem Kashguri!«

In dem riesigen Wohnzimmer sind nicht mehr viele Leute. An einem Spieltisch sammeln fünf Männer hastig die zerknitterten Spielscheine ein, die auf dem Tisch herumliegen. Drei hübsche junge Frauen versuchen, durch den Flur zu flüchten. Vergebens. Und Bertrand schläft auf einem Kanapee. Zwei junge asiatische Mädchen in schwarzen Kleidern und mit weißen Servierschürzen stehen wie gelähmt neben dem Buffet, das bereits zur Hälfte abgeräumt ist. Gleich werden sie anfangen zu weinen.

»Polizei, niemand rührt sich!«

Daquin und drei Inspektoren stürmen das Herrenzimmer.

Niemand. Mit gezogener Waffe in das nächste Zimmer. Dort ziehen sich Männer und Frauen, sechs insgesamt, in aller Eile wieder an. Überall liegt Kleidung herum, verschmiertes Makeup, entblößte Körperteile. Überraschung, Unruhe. Niemand zeigt sich in dieser Situation von seiner vorteilhaftesten Seite. Die Bullen lachen. Aber Kashguri ist nicht zu finden. Der Rest der Wohnung ist menschenleer.

6.38 Uhr

»Bosphore zwei an Bosphore eins:

Das Entladen neigt sich dem Ende zu.«

6.41 Uhr

Attali zuckt zusammen: Er hat den Türken wieder erkannt, der sich soeben hinter das Lenkrad eines der beiden LKW gesetzt hat. Noch ein Türke ist zu ihm eingestiegen, und die LKW fahren los. Beinahe instinktiv:

»Ich muss ihnen folgen.«

Auf dem Hof macht sich Panik breit. Der Kommissar koordiniert per Funk die reibungslose Festnahme der Türken, die über das ganze Viertel verteilt sind. Sie so weit weg wie möglich von Sobesky festnehmen.

Attali verlässt das Gebäude, folgt dem Gehweg, biegt zwei Straßen weiter nach links, findet eine Zivilstreife mit einem Kollegen, der den Funk abhört. Setzt sich zu ihm.

»Machen wir schnell, dann haben wir vielleicht eine Chance, die LKW wieder zu finden.«

7.30 Uhr

»Bosphore zwei an Bosphore eins:

Wir haben die LKW an der Porte de la Chapelle wieder gefunden. Wir bleiben dran.«

7.17 Uhr

»Bosphore zwei an Bosphore eins:

Einer der LKW fährt bei Gennevilliers ab, zweifellos Richtung Eurorientcar. Der Andere bleibt weiter auf der A86, wir folgen ihm.«

7.20 Uhr

»Bosphore zwei an Bosphore eins:

Der LKW biegt bei Nanterre ab.«

7.28 Uhr

»Bosphore zwei an Bosphore eins:

Der LKW ist auf den Hof einer Autowerkstatt gefahren, Rue de l'Avenir, in Nanterre. Wir warten auf Anweisungen.«

7.43 Uhr

Der Chef des Rauschgiftdezernats geht zu Fuß am *Café du Réveil social* vorbei. Attali, am Tisch neben dem Fenster, bezahlt seinen Milchkaffee und verlässt das Café. Sie gehen die Straße wieder hinauf und diskutieren dabei.

»Ich lasse die Hälfte der Einsatzkräfte, die ich in Gennevilliers hatte, nach Nanterre kommen. Was halten Sie davon?«

»Das kann ich nicht einschätzen.«

Sie gehen an der Autowerkstatt vorbei. Die Fassade sieht ziemlich dreckig und heruntergekommen aus. An der Seite ein Durchgang und dahinter ein weitläufiger Hof, auf dem jämmerliche Schrottkarren stehen. Sie gehen bis zum Polizeiauto, das am anderen Ende der Straße hält. Ein junger Inspektor macht eine Erkundungstour und kommt wieder:

»Ich bin problemlos hineingekommen. Der LKW ist auf dem Hof, die Fahrerkabine ist hochgeklappt und der Mechaniker, ein alter Opa, ist dabei, den Motor wieder flott zu machen. Ich habe nicht gesehen, was er gemacht hat. Die beiden Türken sitzen etwas weiter entfernt und rauchen. Ich habe morgen einen Termin vereinbart, um meine Karre reparieren zu lassen. Keinerlei sichtbare Nervosität.«

»Das ist ein bisschen enttäuschend.«

»Wir müssen dennoch hingehen und nachsehen. Drei Inspektoren mit Attali. Personenüberprüfung. Wenn die Türken auf der Liste stehen, nehmt Ihr sie fest. Und schaut Euch den LKW genau an. Der Rest unserer Männer hält sich in der Nähe bereit, um einzugreifen. Halten Sie Ihre Dienstwaffen und Ihre Walkie-Talkies bereit, man kann nie wissen.«

Die Inspektoren betreten den Durchgang und nähern sich dem Alten, als er gerade eine rechteckige Eisenplatte aufschraubt.

»Polizei, wir möchten Ihnen einige Fragen stellen!«

Der Alte wirft die Platte Attali an den Kopf, der fällt um, die zwei Türken springen auf und schießen aus ihrer Jacke heraus. Attali, am Arm getroffen, sucht Schutz hinter den Rädern des LKW. Überall Schüsse um ihn herum.

Walkie-Talkie: »Alle zur Werkstatt, Waffen bereithalten!«

Genau in diesem Moment kommen die Lieferwagen der Firma Morora langsam angefahren und beginnen, ordentlich auf dem Hof einzuparken, gefolgt von ungefähr fünfzehn Inspektoren im Laufschritt mit gezogener Waffe. Das Chaos ist unbeschreiblich.

Als der Chef es schafft, wieder die Führung der Operation zu übernehmen, befinden sich alle Fahrer der Lieferwagen, unschuldige Marokkaner, sichtbar verstört, mit Handschellen in der Werkstatt. Die Türken und der alte Mechaniker sind verschwunden. Attali kommt wieder auf die Beine und hält seinen blutenden linken Arm fest. Vor ihm der abgeschraubte Tank des LKW: ein Riesenloch, Zugang zum doppelten Boden, und da, sorgfältig übereinander gehäuft, Tüten mit weißem Pulver.

8.10 Uhr

»Bosphore eins an alle Bosphore-Einheiten:

Wir haben das Pulver. Viel. Grünes Licht an alle Einheiten.«

Epilog

Libération, 13. Mai 1980:

»Seit Sonntag liegen erste Ergebnisse des zweiten Wahlgangs der iranischen Parlamentswahlen vor. Die Partei der islamischen Republik von Ayatollah Béhechti hat die Wahlen gewonnen ...«

Donnerstag, 15. Mai, 19.00 Uhr, Rue du Château-d'Eau

Seit zwei Tagen dauern die Studentendemonstrationen in der Nähe von Jussieu an. Erhöhte Polizeipräsenz rund um das Unigelände. Das Gerücht geht um, es habe einen Toten gegeben. Das Viertel um den Bahnhof Gare de l'Est ist ruhiger und die Rue du Château-d'Eau wie ausgestorben, wenn nicht ein Motorrad mit hoher Geschwindigkeit dort eingebogen wäre. Zwei maskierte Männer. Sie halten bei laufendem Motor vor dem Verein der Erleuchteten Arbeiter an, der zu dieser Zeit gut besucht ist. Der Beifahrer steigt ab, lässt die Hand in die Gepäcktasche gleiten, aus der er eine Maschinenpistole holt. Breitbeinig dastehend, schießt er eine Salve in das Schaufenster, das unter ohrenbetäubendem Lärm in tausend Scherben zerbirst. Drinnen haben sich alle auf den Bauch geworfen. Der Schütze hebt das Visier seines Helmes, brüllt ein paar Sätze auf Türkisch und feuert von Neuem los. Dann springt er auf den Rücksitz des Motorrads, das losfährt und verschwindet. Die Polizei ist wenige Minuten später vor Ort.

Freitag, 16. Mai, 8.00 Uhr, Passage du Désir

Daquin hat sehr schlechte Laune. Seit über einem Monat tritt er auf der Stelle. Sicher, er hat einen großen Coup gelandet. Das ganze Netz ist zusammengebrochen, inklusive der französischen Verbindungen und Finanzgeschäfte. Aber Kashguri hat sich aus dem Staub gemacht, ohne auch nur eine Spur zu hinterlassen. Die Ermittlungen haben ergeben, dass er einen Renault 5 besaß, geparkt auf dem zweiten Parkplatz seines Wohnhauses, der auf den Boulevard Suchet führt, und den er sehr wahrscheinlich benutzt hat, um am 4. April gegen 4.00 Uhr morgens zu verschwinden. Um die Ankunft der Lieferung zu überwachen? Das Autokennzeichen wurde an alle Polizeieinheiten weitergegeben, aber es bleibt unauffindbar. Alle Papiere von Kashguri wurden genau geprüft und seine Bekannten verhört, ergebnislos. Der Mann hat sich in der Nacht vom 3. zum 4. April schlicht und ergreifend in Luft aufgelöst. Oumourzarov, der sich an dem Abend bei Kashguri befand, wurde noch am gleichen Nachmittag freigelassen. Mit Entschuldigungen. Nichts kann gegen Sobesky vorgebracht werden. Der Mord an dem Thaimädchen ist immer noch nicht aufgeklärt. Und heute Nacht ist Soleiman nicht nach Hause gekommen, um mit ihm zu schlafen. Er fehlt ihm, obwohl es ihm schwer fällt, sich das einzugestehen.

Daquin geht schnell die verschiedenen Notizen durch, die auf seinem Schreibtisch liegen und findet darunter auch eine von der Bezirksdirektion: Der Sitz des Vereins der Erleuchteten Arbeiter wurde gestern Abend unter Beschuss genommen. Schüsse in die Decke. Zwei leicht Verletzte durch die zerbrochene Fensterfront. Laut Zeugenaussagen war der Schütze ein gewisser Soleiman Keyder, Aktivist in einer linksradikalen türkischen Gruppierung; die im Lokal anwesenden Personen hätten ihn eindeutig wieder erkannt, als er das Visier seines Helmes hochschob und ihnen zuschrie: »Kein Fußbreit den Faschisten in diesem Viertel. Zieht um, sonst werden wir das nächste Mal jemanden erschießen!« Suchanzeige.

Erste Reaktion von Daquin: Heute Abend packe ich ihn am Schlafittchen und verabreiche ihm eine ordentliche Tracht Prügel. Zweite Reaktion: Wenn ich das machen will, bräuchte ich zwei Bullen, die ihn suchen gehen. Das riecht nach Abschied.

Freitag, 16. Mai, 9.00 Uhr, Pfarrgemeinde Saint-Bernard

Soleiman trifft erhobenen Hauptes und gelassenen Schrittes ein. Es ist schönes Wetter, den Türken hat die gestrige Aktion sehr gefallen. Zweihundert Meter vor der Kirche nimmt ihn ein

Franzose, der schon ungeduldig auf ihn gewartet hat, beim Arm und schiebt ihn in das nächste Café.

»Die Bullen suchen dich. Es gab heute Morgen um 6.00 Uhr schon eine Hausdurchsuchung bei Thévenard, der deine Post entgegennimmt. Und zwei Bullen lauern auf dich gegenüber der Kirche. Die Faschisten behaupten, dass du es warst, der das Lokal ihres Vereins unter Beschuss genommen hat.«

»Na und?«

»Wir wollen nichts wissen. Für uns ist diese Geschichte eine Provokation der Bullen oder Faschisten und Punkt. Das ist alles. Wir bringen dich für einige Zeit aufs Land, die Zeit wird alles Weitere regeln. Keine Diskussion, Soleiman. Wir können solchen Ärger nicht gebrauchen, gerade jetzt nicht, wo die Legalisierung fast durch ist.«

»Aber ich diskutiere ja gar nicht.«

Telefonanruf. Zehn Minuten später ein Auto. Zwei französische Genossen vom Komitee sitzen vorn. Soleiman steigt hinten ein. Umständliche Fahrt durch ganz Paris: Es gab tatsächlich einen Toten in Jussieu, deshalb geht es im Quartier Latin hoch her. Es müssen viele Umwege gefahren werden, um Polizeikontrollen zu vermeiden, die sich vor allem an den großen Ausfallstraßen befinden. Soleiman, weit nach hinten gelehnt, hat plötzlich Angst, in Begleitung zweier Bullen zu Daquin gebracht zu werden.

Um 11.30 Uhr endet die Reise vor einem hübschen Steinhaus in einem kleinen Dorf nahe des Naturschutzgebietes Vexin français in der Normandie. Ein großes Hòlzportal. Dahinter das Haus, geschützt vor neugierigen Blicken, ein sehr großer Garten voller Blumen und Obstbäume. Eine dicke Frau aus Mauritius mit einem breiten Lächeln kommt aus der Küche.

»Maria, das ist der junge Mann, den wir Ihnen anvertrauen.«

»Der ist süß. Keine Sorge, ich werde mich gut um ihn kümmern.«

»Gut. Dann lassen wir euch jetzt allein. Wir telefonieren heute Abend.«

»Fahrt noch nicht los. Ich habe keine Klamotten, kein

Geld …«

Wie ihnen begreiflich machen, dass er sich verloren fühlt und Maria ihm Angst macht?

»Wir haben dir doch gesagt, dass wir uns um alles gekümmert haben. Maria wird die Einkäufe erledigen und kochen. Du kannst hinaus in den Garten gehen, aber nicht in das Dorf. Wir haben Klamotten für dich mitgebracht, du wirst alles in deinem Zimmer vorfinden.«

Soleiman schaut dem abfahrenden Auto nach. Maria macht das Tor wieder zu. Es geht ihm alles ein bisschen zu schnell, er hat Mühe zu folgen.

»In einer Stunde ist das Mittagessen fertig«, sagt Maria.

Soleiman lächelt ihr zu. Wenigstens in dieser Hinsicht wird sich nicht viel ändern. Es ist schön draußen. Ein paar Schritte im Garten, dann legt er sich auf die Wiese in der Sonne und schläft ein.

Sonnabend, 17. Mai, 22.00 Uhr, im Sancerre

Es sind nicht mehr viele Leute hier. Daquin und Steiger sind die Einzigen auf dieser kleinen intimen, mit Holz verkleideten Terrasse, private Atmosphäre. Sie essen gefüllte Lammschulter, ein Genuss. Dazu einen frischen Brouilly. Nach einem langen Gespräch über den Mittleren Osten kommt die Unterhaltung wieder auf die kürzliche Aushebung des türkischen Netzes.

»Ihre Freunde sind nicht gerade kooperativ. Das ist frustrierend. Ich habe nicht einmal Baker in seiner Zelle verhören dürfen.«

»Sie wissen doch, dass er umgebracht wurde.«

»Ja, so heißt es zumindest. Umgebracht unter der Dusche durch einen Junkie. Da wurde wohl beim Sterben etwas nachgeholfen? Oder fängt er in Südamerika eine neue Karriere unter anderem Namen an?«

(Steiger zögert ein bisschen.) »Sie haben ja keine Vorstellung, von dem Orkan den Sie im Mikrokosmos der amerikanischen Geheimdienste ausgelöst haben.«

»Doch, ich kann es mir vorstellen. Man könnte beispielsweise glauben, dass Baker immer noch für die CIA gearbeitet hat. Dass er immer noch dem Klan angehört hat, der entschieden hat, die Drogen gegen den Kommunismus und die Sowjetunion einzusetzen. Wenn so etwas ans Tageslicht kommt, provoziert das immer ein wenig Unordnung. Diejenigen, die gegen den Drogenhandel sind und stattdessen eher die klassischen Methoden bevorzugen, können davon profitieren. Schließlich glaube ich, dass sie Baker aus dem Weg räumen mussten.«

»Das ist nicht einmal das Unangenehmste dabei. Diese Art von Konflikt zwischen den rivalisierenden Einheiten ist ein großer Klassiker innerhalb der CIA und sie wissen damit umzugehen. Nein, Baker hat dem Image der CIA weitaus größeren Schaden zugefügt. Noch während er weiter gelegentlich für den Geheimdienst gearbeitet hat, zog er einen äußerst lukrativen Handel mit blutigen Pornovideos auf, der auf sein eigenes Konto ging: Folter und Verbrechen live, Authentizität garantiert. Und den Grundstock dieses Handels bildeten Liveaufnahmen der Folterungen iranischer Oppositioneller gegen das Shahregime, die der iranische Geheimdienst, der Savak, in Teheran ausübte, während Baker dort stationiert war. Man sagt, dass er sie selbst gefilmt hat. Zu sehen waren Menschen, die auf erhitzten Steinplatten bei lebendigem Leibe verbrannt wurden, und andere, die man lebendig zerstückelte. Von den kollektiven Vergewaltigungen an Frauen und Kindern im Beisein ihrer Väter und Ehemänner mal ganz abgesehen. Dass ihre Funktionäre mit den Folterern in der ganzen Welt zusammenarbeiten, daran schienen sich die Amerikaner zu gewöhnen, aber dass sie damit einen Pornovideohandel aufziehen, das war schon schwieriger zu akzeptieren. Und schließlich wollte die CIA kein Risiko eingehen.«

Daquin ist wie gelähmt:

»Und ich habe von alledem nichts gewusst … Finden Sie das normal? Nun weiß ich aber, was Virginie Lamouroux in New York gemacht hat. Franck, ich muss diese Kassetten schnellstmöglich haben!«

»Ich wußte nicht, dass Sie auf so etwas stehen.«

Daquin lächelt ihm zu.

»Herr Ober, zwei Kelche Champagner. Was nehmen Sie zum Dessert?«

Sonntag, 18.Mai, 1.00 Uhr, Villa des Artistes

Daquin schläft tief und fest, als das Telefon klingelt. Er hebt ab, wirft einen Blick auf die Uhr. Viertel vor eins. Er setzt sich an die Wand, nackter Oberkörper, bis zur Taille zugedeckt.

»Ich höre.«

»Soleiman.«

Ein unwillkürlicher Blick auf die wohlgeformte Blonde neben ihm, die langsam aus dem Schlaf erwacht, ganz schön zerknittert.

»Daquin, ich weiß, dass Ali Agça in Frankreich ist.«

»Los, erzähle!«

»Er ist hier, um den Papst zu töten.«

»Was? Langsam. Es ist spät, ich habe schon geschlafen.«

»Ich bin auf dem Land. Ich habe nichts zu tun. Ich verbringe meine Abende dösend vor dem Fernseher. Ich höre nicht wirklich hin, aber man spricht von nichts anderem mehr: Auf allen Kanälen der Papst in Paris, Ende des Monats. Und heute Abend habe ich mich plötzlich an etwas erinnert. Agça ist im November 1979 aus dem Gefängnis entwischt, genau zu dem Zeitpunkt, als der Papst eine Reise durch die Türkei unternahm. Er schrieb an *Milliyet*, dass er aus dem Gefängnis ausgebrochen sei, weil er den Papst als Symbol des Westens umbringen wolle oder so ähnlich. Ich erinnere mich nicht so genau, weil ich zu jener Zeit selbst auf der Flucht war, und dann schien es mir so abwegig, aber du wirst es überprüfen können. Vielleicht gibt es einen Zusammenhang, vielleicht aber auch nicht. Hörst du mir noch zu?«

»Natürlich.«

»Adieu, Daquin.«

Montag, 19. Mai, 8.00 Uhr, Passage du Désir

Lavorel, im dunklen Anzug mit Krawatte und Aktenkoffer, kommt in Begleitung des Kommissars der Finanzabteilung, um Daquin seinen Bericht über die beschlagnahmten Papiere bei Kashguri zu bringen. Er ist schrecklich ernst und präzise. Daquin setzt sich aufrecht hin und macht das Spiel mit.

»Kommissar, Sie werden anhand von Kashguris Papieren feststellen, dass wir uns jetzt eine konkrete Vorstellung von der Tätigkeit der Zypern- und Orientbank machen können. Sie finanziert sowohl den Waffenhandel in die Türkei und den Libanon als auch den Unterhalt des türkischen Netzes. Sie dient auch als Bankdepot sehr bekannter Drogenhändler in Syrien und im Libanon. Dieses Schwarzgeld, überwiesen von europäischen Unternehmen, die mit ihr im Nahen und Mittleren Osten zusammenarbeiten und von denen die wichtigste die Parillaud Bank ist, dient ihr zum Teil dazu, Schmiergelder und diverse Provisionen zu finanzieren. Der andere Teil dieses Geldes wird von der Parillaud Bank durch Investitionen im Mittleren Osten reingewaschen. Alle Einzelheiten finden Sie im Bericht. Aber nichts von diesen Papieren erlaubt uns zu beweisen, dass Kashguri noch auf andere Art und Weise in das türkische Netz verwickelt ist. Geldgeber, ja, aber ob er auch der Leiter des Ganzen ist, bleibt offen.«

»Ich danke Ihnen für Ihre präzise und gute Arbeit. Welche Konsequenzen wird der Bericht haben?«

Lavorel schweigt, wirft einen Blick in Richtung seines Kommissars, der fortfährt:

»Da wir unter uns sind, können wir Klartext reden, wahrscheinlich keine. Das Gesetz untersagt uns, gegen die Banken vorzugehen, die Schwarzgeld reinwaschen. Und wer würde es wagen, die Parillaud Bank auch nur anzutasten?«

»Noch ein Wort zu Anna Berić, Lavorel. Wie weit sind Sie in dieser Angelegenheit?«

»Sie hat mir, wie vereinbart, alle Informationen gegeben. Wir werden jetzt die in Frage kommenden Hersteller vorladen. Das wird langwierig, aber wir werden bei horrenden Steuernachzahlungen landen.«

»Sie bestätigen mir also, dass man nichts in den Unterlagen von Kashguri findet, was Anna Berić in Zusammenhang mit dem türkischen Netz bringen würde?«

»Nein, nichts. Anna Berić tritt nur insofern in Erscheinung, als dass sie die Zypern- und Orientbank benutzt, um das Geld außer Landes zu schaffen, was übrigens nicht wenige Hersteller tun.«

»Ich glaube, dass wir wohl akzeptieren müssen, sie wieder auf freien Fuß zu setzen. Was meinen Sie?«

»Ich glaube, wir können es schlecht verhindern. Ihre Anwälte haben es vor zwei Tagen beim Richter beantragt. Ich habe meine Meinung dazu bis heute für mich behalten.«

»Von meiner Seite spricht nichts dagegen. Ich kündige Ihnen dennoch an, dass ich sie beschatten lasse und dass der Richter schon die Erlaubnis zum Abhören gegeben hat.«

Montag, 19. Mai, 11.00 Uhr, Rauschgiftdezernat

Gipfeltreffen. Chef des Rauschgiftdezernats, Innenminister, Kriminalpolizei, Personenschutz. Daquin gibt einen Bericht über Ali Agça ab. Er hat sich für einen strikt chronologischen Bericht entschieden: Beschattung der Imbissläden, Fotos, Identifizierung, damit seine Präsenz in Frankreich und die Verbindung zum Drogenring beweisen. Bericht der türkischen Polizei. Drei der Morde von Drogenhändlern in Auftrag gegeben, Überzeugung, dass sie durch Ali Agça ausgeführt wurden, denn der *modus operandi* sieht danach aus.

Nach dem 4. April nichts mehr. Daquin erläutert die zermürbende Arbeit, die getan werden musste, um eine beweiskräftige Akte gegen die Drogenhändler und die französischen Dealer, an die sechzig Personen insgesamt, anzulegen, die Mörder von Virginie Lamouroux und Madame Buisson: die Handlanger von Kashguri. Die schwierige Rekonstruktion der Finanzkreisläufe anhand der Unterlagen von Kashguri. Die ergebnislose Suche nach diesem Kashguri in ganz Frankreich, an die zehn Personen verhört, nichts. Das jähe Scheitern der Ermittlungen gegen die Firma Turkimport, der nichts nachzuweisen ist. Und der Vollständigkeit halber, die beiden Inspektoren, die mit ihm von Anfang an zusammenarbeiteten und genauestens über die Aktenlage Bescheid wissen, sind für einige Zeit nicht einsatzfähig: Attali wegen leichter Verletzung und Romero ist in Folge des Todes von Moreira einer Ermittlung des IGS unterstellt. Glücklicherweise schießt er schlecht! Kurzum, er hat wenig Zeit gehabt, um sich um Ali Agça zu kümmern. Wiederaufnahme der Ermittlung vor einigen Tagen. Erster Schritt, den Bericht der türkischen Polizei vervollständigen, der äußerst lückenhaft ist. Lektüre der türkischen Presse. Und an dieser Stelle reicht Daquin eine Übersetzung eines Briefes von Ali Agça an *Milliyet* vom November 1979 herum, in dem er erklärt, warum er ganz sicher den Papst, Befehlshaber der Kreuzritter, töten wird. Lange Diskussion über Nationalisten, Islamisten, Anti-Westler. Vielleicht ein wenig phantastisch. Aber ingesamt glaubhaft.

Dann Ernüchterung. Der Papst kommt am 31. Mai in Paris an. Noch zwölf Tage Zeit, um Ali Agça wiederzufinden oder die Gewissheit zu erlangen, dass er Frankreich verlassen hat.

Libération, 20. Mai:

Scharfrichter betäubt

»Der Ayatollah Sadegh Khalkhali gab am Sonntag in Radio Teheran bekannt, dass er seine Arbeit als Chef der iranischen Rauschgiftbehörde wieder aufgenommen hat … Der Ayatollah hatte am 14. Mai – vier Tage nach seiner Berufung – seinen Rücktritt als Leiter aller Dienste der Rauschgiftbehörde bekannt gegeben, mit der Begründung, dass er seine rechtlichen Machtbefugnisse unzureichend finde. Der iranische Präsident, Monsieur Abolhassan Bani Sadr, hatte ihn vergangenen Freitag gebeten, seine Haltung noch einmal zu überdenken. Der Ayatollah Khalkhali wies auf seinen ersten Erfolg hin, die Beschlagnahme von 900 Kilogramm Opium und die Festnahme der Drogenhändler durch seine Mitarbeiter.«

Dienstag, 20. Mai, 8.00 Uhr, Roissy

Attali fliegt nach New York. Der FBI versucht die live gefilmten Mörder und Opfer auf den mehr als dreihundert Videokassetten zu identifizieren. Jene, die in Teheran aufgenommen wurden, sind als »Geheimsache« eingestuft worden, aber zu allen anderen wird Attali freien Zugang haben, und ein Agent des FBI wird ihm beim Aussortieren helfen.

Daquin fliegt für zwei Tage nach Istanbul. Erstes Treffen mit der türkischen Polizei, lange hinausgezögert wegen der unterschiedlichen Einschätzungen des Mordes an Sener. Doch seit dem 14. Mai ist es möglich, da die französische Regierung offiziell die Verantwortung der armenischen Terroristen anerkannt hat. Zwei Tage, um der türkischen Polizei alle Informationen zu liefern, die sie sich über das türkische Netz nur wünschen kann. Und alles, was möglich ist, über Ali Ağça herausfinden.

Romero fährt ihn zum Flughafen.

»Romero, sehen Sie zu, wie Sie zurechtkommen. Aber wenn ich wiederkomme, möchte ich, dass die Türken Ağça herausgerückt haben. Uns ist schon Kashguri durch die Lappen gegangen. Einer reicht, zwei sind zuviel.«

Romero im Rauschgiftdezernat mit einem Dutzend Inspektoren. Ergebnisse müssen her, egal wie.

Die Elite des Personenschutzes und des Innenministers gehen erneut alle vorgesehenen Sicherheitsvorkehrungen für den Papstbesuch durch.

Mittwoch, 21.Mai, 22.00 Uhr, Roissy

Romero, unrasiert, erschöpft, zerknitterte Kleidung, holt Daquin ab. Der Flughafen ist wie ausgestorben. Daquin wirft einen kritischen Blick auf Romeros Aussehen, scheint aber besserer Stimmung zu sein als am Vortag.

»War es schön in Istanbul?«

»Schön. Schöne Stadt.« (Ein wehmütiger Gedanke an die Frau des Direktors für anatolische Studien, an das kleine Hotel, ganz mit Holz verkleidet, am Fuße der Hagia Sophia, die Möwen in den Glockentürmen, die dunkle Schwere der Basilika vor dem hellen Himmel, die Gesänge der Muezzin.) »Ich habe Polizisten getroffen, die Ağça kennen. Angeblich brennt er darauf, den Papst umzubringen, und ist schlau genug, es auch durchzuführen. Aber er ist nach Aussagen der Bullen ein miserabler Schütze, das erkärt auch, warum er immer aus nächster Nähe schießt. Das lässt uns wiederum eine Chance. Nach seinem Ausbruch vergangenen November, hat er sich in Deutschland niedergelassen. Sie vermuten ihn immer noch dort. Ansonsten keine wirkliche Spur. Und Sie?«

»Wir haben die Verhöre wieder aufgenommen. Seit gestern Morgen haben wir nicht mehr geschlafen. Ergebnisse: Mittwoch, den 5. März, an dem Tag, als das Foto gemacht wurde, scheint Agça aus Deutschland in Paris einzutreffen. Anschließend ist er völlig untergetaucht. Die Türken denken, dass er gar nicht in Paris ist. Vielleicht ein wichtiges Detail: Er spricht kein Wort Französisch. Wir haben die zwei Männer identifiziert, die rund um das *Gymnase* Flugblätter über den Tod von Osman Celik geklebt haben und haben sie weichgeklopft. Es ist Agça, der Celik umgebracht hat. Sie waren da, um abzulenken und seine Flucht abzusichern. Davon hat er nicht einmal Gebrauch gemacht. Er ist am gleichen Abend mit dem Auto und einem gewissen Celebi, dem kleinen Dealer, dessen Leiche ich in Rouen identifiziert habe, wieder fortgefahren. Die Entscheidung Celik und Sener hinzurichten, wurde vom Chef des Netzes in Frankreich getroffen, den niemals auch nur ein Türke gesehen hat. Er war der Einzige, der Kontakt zu Agça hatte. Er teilte seine Befehle den beiden türkischen Chefs der Imbissläden brieflich und postlagernd mit, geschrieben auf Türkisch. Wenn sie etwas mitzuteilen oder zu fragen hatten, so lief das über Moreira und Kutluer.«

»Gut abgesichert.«

»Sieht so aus. Die Türken wussten nicht, dass Celebi umgebracht wurde und haben auch nicht verstanden, warum. Das ist alles, was wir nach zwei Tagen ununterbrochenen Verhören herausbekommen konnten. Das sind keine Weicheier. Wir sind müde, aber die auch.«

»Nachdem was ich dort mitbekommen habe, scheinen sie brutale Verhöre gewohnt zu sein. Glauben Sie, es ist noch mehr aus ihnen rauszuholen?«

»Ich glaube nicht.«

Donnerstag, 22. Mai, 8.00 Uhr, Passage du Désir

Der Erste, der eintrifft, ist Attali. Er hat sich mühsam einen Fernseher und einen Videorekorder beschafft und die Kassette vorbereitet. Abgespannt, müde, ziemlich benommen von dem, was er während der letzten zwei Tage gesehen hat, wartet er auf die Anderen. Romero, Lavorel und schließlich Daquin kommen herein und setzen sich um den Tisch.

Attali macht den Fernseher an und legt die Kassette ein.

Das Mädchen ist da. Kindlich, aber mit stumpfen Blick sitzt es vollkommen nackt auf dem Rand dieses großen weißen Bettes, mitten im Zimmer, umgeben von Spiegeln. In einer Ecke steht ein antiker Lehnsessel aus der Zeit Ludwigs des XV. und weiter hinten ein Kühlschrank, nicht größer als ein Tisch. Darauf Wassergläser, Sektschalen, Weingläser und anderes.

Sie wippt leicht mit den Beinen, während sie singt. Ein Mann kommt herein. Auch er ist nackt. Sie betrachtet ihn aufmerksam, schätzt ihn ab. Er ist um die 45 Jahre alt, Stiernacken, fett, mit kleinem Hintern und dünnen Beinen, ein wenig kahlköpfig, aber dafür eine echt rot behaarte Brust. Sie lacht ihn an und macht eine Handbewegung in seine Richtung. Mit gierigem Gesichtsausdruck stürzt er auf den Kühlschrank zu, so als würde er beim Langsamerwerden das Gleichgewicht verlieren. Er öffnet ihn und schenkt sich großzügig einen Whisky ein: »Willst du trinken, Kleines?« Er erhebt das Glas in ihre Richtung. Die Geste ist etwas zu schwungvoll, er verschüttet den Whisky auf den dichten weißen Teppich. Ohne ein Wort zu sagen, schüttelt sie den Kopf, immer noch lächelnd. Er trinkt, lässt das Glas auf den Teppich fallen, geht auf sie zu und lässt sich lachend auf das Bett fallen. Sie dreht ihn auf den Bauch und setzt sich auf seinen Rücken. Im Vergleich zu ihm wirkt sie unglaublich zerbrechlich. Sie beginnt ihn, schnurrend wie eine Katze zu massieren, um einen Rhythmus zu finden. Er lässt sie gewähren, brummt vor Vergnügen und ermutigt sie: »Streichle deinen lieben Papa«. Sie legt sich auf ihn und beißt ihm in den Hals, knabbert an seinen Ohren. Er wälzt sich gemächlich hin und her, gibt einige kaum vernehmbare Laute von sich und krallt seine Finger in den Teppich.

Sie dreht ihn auf den Rücken. Er sieht zufrieden aus. Behutsam massiert sie sein Glied. Der Mann stützt sich auf seine Ellenbogen. Er betrachtet den kleinen Körper, der Mühe hat, das

Gleichgewicht zu halten. Er dreht sich zu den Spiegeln und lacht hinein. Er grunzt. Sie ist still, ganz für ihn da. Sie konzentriert sich voll auf ihre Aufgabe. Der Gesichtsausdruck wird aufmerksamer, das Lächeln ein wenig starr. Sie lauert auf die Reaktionen des anderen, wartet ab.

Plötzlich fühlt sich der Mann beobachtet. Er scheint wie aus einem langen Schlaf zu erwachen, aber seine Augen wirken glasig. Das Mädchen lässt ihre Hände langsam nach oben auf die Männerbrust gleiten und beginnt zaghaft, ihn zu zwicken. Sein anfängliches Grunzen schlägt in ein missbilligendes Stöhnen um. Er richtet sich auf. Sie fällt rücklings auf das Bett. Panische Angst ergreift ihn. Seine Augen sind weit aufgerissen. Er schreit: »Sie wird mich töten!« Die Hände vor den Augen, krümmt er sich zusammen, dann tritt er mit den Füßen nach dem Mädchen. Sie fragt: »It's a game?«, noch immer lächelnd, jedoch ein wenig verängstigt. Sie weicht seinen Fußtritten aus und versucht ihn zu beruhigen, indem sie ihn wieder auf das Bett zurückschiebt, seine Brust und Schultern streichelt. »Remember I'm your baby.« Aber er schreit wieder: »Werde nicht größer, werde nicht größer!« Dann packt er sie am Hals, schüttelt sie, wirft sie auf das Bett und drückt zu, fester und fester. »Du wirst mich nicht kriegen!« Sie wehrt sich ein wenig, nicht sehr, wird von der Masse seines Körpers förmlich erdrückt. Sie kann nicht mehr schreien. Ein, zwei Minuten, dann wehrt sie sich überhaupt nicht mehr.

Die Kassette ist zu Ende.

»Also ist es Bertrand.« (Romero und Daquin werfen sich einen Blick zu.)

»Dieses fette Schwein ist auf einen miesen Tripp gekommen.«

»Ich habe eher auf Kashguri getippt.«

»Er muss glotzend in einer Ecke gehockt haben und mit Heroin zugeknallt gewesen sein. Dann kommen beide wieder zu sich. Dann lesen sie die Leiche auf, die sie in irgendetwas einwickeln. Das Mädchen ist ganz klein. Sie verlassen den *Club Simon* und nehmen die kleinen Nebenstraßen, nachts vollkommen menschenleer, um die Leiche so weit weg wie möglich zu entsorgen, ohne aber die Rue du Faubourg-Saint-Martin zu überqueren, die belebter ist. Sie gehen in das letzte Gebäude, finden die Tür der Werkstatt von Bostić nicht richtig verschlossen vor, verstecken die Leiche unter den Hosen und lassen die Tür beim Fortgehen ins Schloss fallen. Die Kleider werfen sie irgendwo weg oder geben sie der Heilsarmee. Und da sie nur mit Mühe wieder von ihrem Tripp herunterkommen, vergessen sie die Videokassette. VL kommt vorbei und steckt sie ein. So oder so ähnlich muss es sich zugetragen haben.«

»Kann uns Bertrand zu Kashguri und Ali Agça führen?«

»Wartet! Das ist noch nicht alles. Ich muss Euch noch sagen, wo ich die Kassette gefunden habe. Die Videokassetten von Baker wurden vom FBI in drei Gruppen eingeteilt: erste Gruppe, die Kassetten, die in Teheran aufgenommen wurden, ›Geheimsache‹, das wurde mir erspart. Zweite Gruppe, die ›kommerziellen‹. Ich habe mit einem Agenten des FBI zusammengearbeitet, der mir beim Aussortieren half. Alles, was Jungs betraf, wurde beiseite geräumt, denn ich suchte ja den Mörder eines Mädchens. Ich habe an die hundert Kassetten im Schnellverfahren durchgesehen. Ich wusste nicht, dass solche Sachen möglich sind … Ein Mädchen, dessen Geschlecht und After mit dem Rasiermesser aufgeschnitten wurde … das will ich auch nicht weiter ausführen. Am Ende des Ganzen nichts. Dann sagte mir der Typ vom FBI, dass es noch eine dritte Gruppe gäbe, Privatkassetten von Baker, die er nicht für den kommerziellen Vertrieb reproduzieren ließ und von denen das FBI denkt, dass sie ihm als Druckmittel oder zum Erpressen dienten. Ungefähr zwanzig insgesamt, die Szenen im Allgemeinen viel softer, banales Fremdgehen, homosexuelle Liebe.«

Daquin lacht.

»Das ist zweifellos jene Gruppe, in der ich mich beinahe wieder gefunden hätte.«

»Dort wären Sie in sehr guter Gesellschaft. Anscheinend gibt es auch eine Kassette mit der Ehefrau eines französischen Ministers. Es war mir nicht erlaubt, sie anzusehen. Und genau in dieser Gruppe habe ich die Kassette von Bertrand gefunden.«

Schon seit einigen Minuten warten alle gespannt auf das Ende. Eine kleine Pause, um die Nachricht zu verdauen.

»Wenn Bertrand in den Augen Bakers genügend Bedeutung besaß, um Druck auf ihn auszuüben, bedeutet das, dass er eine tragende Rolle im Netz haben könnte.«

»Das könnte folgendes ergeben: VL kommt im *Club Simon* vorbei, wo sie mit Kashguri verabredet ist. Das Studio ist leer. Sie findet ein Kassette, die vor Ort geblieben ist und bringt sie Baker, dessen kleine Geschäfte ihr bekannt sind, ohne zu wissen, wer Bertrand ist. Baker kauft die Kassette und lässt VL umbringen, um Bertrand zu schützen.«

»Was mich an dieser Version stört ist, dass zuviel dem Zufall geschuldet ist.«

»Und bis jetzt sind wir nicht einmal sicher, ob Kashguri zur Tatzeit im Club war.«

»Wir sind nicht sicher, aber es ist mehr als wahrscheinlich. Er ist der Abonnent. Und ihn haben die Thailänderinnen wieder erkannt.«

»Man kann es aber auch ganz anders interpretieren: VL arbeitet schon seit langem mit Baker zusammen. Sie schlägt ihm vor, Sobesky zu benutzen, weil sie ihn für naiv genug hält, und ist in dessen Haus geblieben, um ihn im Auge zu behalten. Auf Anweisung von Baker stellt sie Bertrand eine Falle und verabredet sich mit ihm im *Club Simon*. Erinnert Euch: Sie verlässt Sobeskys Sohn wegen einer wichtigen Verabredung. Sie kümmert sich darum, dass er das mieseste Zeug zu schlucken bekommt und so ganz sicher auf einen schlechten Tripp kommt. Wenn das bis zu einem Mord führt – umso besser. Während Bertrand mit der Leiche zurechtkommen muss, fliegt sie mit der Kassette nach New York.«

»Und es ist Bertrand, der sie durch Kashguri umbringen läßt.«

»Oder der sie à la Kashguri umbringen läßt. Kashguri hat Bertrand im Griff, da er über den Mord an der Thailänderin Bescheid weiß. Das ist die Nachricht, die er ihm durch uns zukommen lässt, in dem er ihm ein Alibi für den Abend des 29. Februar gibt. Reaktion von Bertrand: Er hat Kashguri im Griff, da er ihm den Tod von VL zuschiebt.«

»Wie bringst du das mit dem Mittagessen am 14. März in Einklang?«

»Als Baker durch den Anruf von Attali erfährt, dass ihm die Polizei auf den Fersen ist, lässt er seine treue Komplizin von Kashguri umbringen.«

»Auf alle Fälle haben wir uns nicht genug mit Bertrand beschäftigt.«

»Uns wurde auch befohlen, es nicht zu tun.«

»Sie wissen sehr gut, dass das kein hinreichender Grund ist. Ich habe mich zu sehr auf Kashguri fixiert. Wir hätten über die Vergangenheit von Bertrand ermitteln müssen. Ich bin sicher, dass wir ihn in den 70er Jahren irgendwo zwischen Teheran und Istanbul finden werden, verwickelt in die Machenschaften der CIA. Vielleicht ist er ein Mitglied unserer eigenen Geheimdienste. Jetzt werden wir Zeit haben, das alles auszugraben. Wir beginnen damit, und lassen ihn wegen Mordes verhaften. Aber er ist Abgeordneter und genießt parlamentarische Immuninität. Das wird sicher schwierig werden.«

Während Daquin mit dem Chef des Rauschgiftdezernats telefoniert, macht Romero für alle Kaffee.

Es ist schon nach 17.00 Uhr, als Daquin und seine Einheit bei Bertrand vorstellig werden. Den ganzen Tag mit Telefonanrufen zugebracht. Die waren notwendig, damit Daquin die Erlaubnis erhält, den Abgeordneten sofort zu verhören, bevor er angeklagt und verhaftet werden kann. Schließlich wurde Kontakt zur Sekretärin im Parlament aufgenommen. Nachdem er gegen 15.00 Uhr einen Telefonanruf erhalten hat, ist Bertrand augenblicklich nach Hause gegangen, mit dem Hinweis, dass er unter keinen Umständen gestört werden möchte.

»Von wem kam der Anruf?«

»Das kann ich Ihnen nicht sagen. Ein Mann mit ausländischem Akzent.«

Fahrstuhl. Die Tür der Wohnung ist verschlossen. Klingeln. Nichts. Daquin lässt nach der Concierge suchen. Sie öffnet. In seinem Büro findet er Bertrand auf dem großen Ledersessel zusammengesunken mit einer Kugel im Kopf, die Pistole auf dem Boden. Die Ermittlungen ergeben Selbstmord.

Wer hat angerufen oder anrufen lassen? Ein Politfreund? Ein Bulle? Anna Berić? Erwin?

Freitag, 23.Mai, 15.00 Uhr, Passage du Désir

Ein flüchtiger Blick in die *Libération:*

»... Man hätte es sich denken können, dass der Scheich Khalkhali eine augenscheinlich bescheidene Aufgabe gewissenhaft und glänzend erfüllen würde, jedenfalls bei einem Mann, der beschlossen hat, die Feinde des Islam auszurotten. Zwanzig Hinrichtungen am Mittwoch, neun am Donnerstag: Der Scheich hat seine Bewunderer nicht enttäuscht ... Die dreißig Verurteilten wurden beschuldigt, Teil einer internationalen Bande zu sein, die Drogen überall im Iran verkauft haben soll und die Verbindungen zu Konterrevolutionären im Ausland unterhalten habe.«

Attali, ziemlich mitgenommen von seiner New York Reise, hat um einige Tage Urlaub gebeten, die er in Anthony bei seiner Familie verbringt. Romero hat auch einen Tag freigenommen. Die Mitarbeiter des Personenschutzes haben die zwei Kammerdiener von Kashguri ausgequetscht, jedoch vergeblich. Daquin ist allein in seinem Büro mit den Kopien von Bertrands Papieren beschäftigt. Ohne sich groß Hoffnungen zu machen. Das Ende solcher Geschichten ist immer bitter, aber diesmal fühlt er sich wirklich entmutigt. Kashguri und Agça sind verschwunden, im Moment gibt es nicht den Hauch einer Spur. Baker tot in New York, er hat ihn nicht einmal sehen können. Bertrand hat Selbstmord begangen oder jemand hat nachgeholfen, bevor er ihn festnehmen konnte. Eine Schlappe nach der anderen.

Romero erscheint an der Bürotür.

»Chef, kann ich Sie kurz stören?«

Daquin nickt.

Romero geht zur Seite und läßt eine Frau mit hellem Teint, goldbraunen Augen und hochgesteckten roten Locken eintreten. Fasziniert steht Daquin auf.

»Chef, ich möchte Ihnen Yildiz vorstellen, wir werden heiraten und ich möchte Sie bitten, mein Trauzeuge zu sein.«

Nachdem sie wieder fort sind, klappt Daquin seine Unterlagen zu und beschließt umgehend mit dem Wochenende zu beginnen.

Die Mitarbeiter des Personenschutzes stehen unter Druck.

»Alle Sicherheitsmassnahmen wurden noch einmal überprüft und verstärkt. Wir haben zwei Möglichkeiten. Erstens, Agça spricht kein Französisch, und da wir fast alle Leute, die er in Paris kennt, verhaftet haben, wird er sehr auf sich alleine gestellt sein. Alle übrigen Aktivisten und die Lokale der türkischen Rechtsradikalen in Paris lassen wir beschatten, zur Zeit noch ergebnislos. Zweitens, Agça ist ein miserabler Schütze. Wenn wir es schaffen, den Papst während der ganzen Zeit von der Menge möglichst fern zu halten, können wir die Katastrophe verhindern. Wir haben Ortswechsel mit Hubschrauber und Auto vorgesehen. Die Zugänge werden stark kontrolliert: durchkommen nur mit Einladung oder Passierschein. Wir haben 20.000 freiwillige Pfadfinder aufgeboten, außerdem 3.000 Bereitschaftspolizisten und fünfhundert Inspektoren in Zivil. Es gibt zwei heikle Momente, in denen wir den Papst nur schwer auf Distanz zur Menge halten können: das Treffen mit der polnischen Gemeinde auf den Champs-de-Mars und der Besuch in Saint-Denis, wo der Papst die Immigranten treffen wird … Verstehen Sie?«

»Zum Glück ähnelt Agça eher einem Immigranten als einem Polen.«

»Für Saint-Denis haben wir den Stadtrat informiert, der die Ordnungskräfte des örtlichen Kommissariats alarmiert hat.«

»Na also, dann ist ja alles in Ordnung.«

»Alle Polizeieinheiten in Frankreich haben ein Foto von Agça erhalten. Nur wir haben immer noch keins. Und Sie?«

»Von meiner Seite nichts. Um es gleich zu sagen, seit dem Tod von Bertrand fällt mir nichts mehr ein. Und ich habe irgendwie keine rechte Lust mehr.«

Telefonanruf vom Chef des Rauschgiftdezernats. Er wurde gerade informiert, dass der Iran offiziell die Ausweisung von Kashguri als Drogenhändler gefordert hat. Daquin macht sich einen Kaffee und, in seinen Sessel gelehnt, stellt er sich Lespinois vor, der in diesem Moment geschickt vorgehen muss. Gemeinsam mit den Islamisten gegen die Parillaud Bank. Wie die CIA in Afghanistan gegen die Sowjets … Der Drogenhandel als ein nicht zu vernachlässigender Bestandteil inmitten konfuser Strategien. Und plötzlich eine Idee. Er vertieft sich in seine Unterlagen, findet die Adresse und Telefonnummer von Oumourzarov wieder, ruft ihn in seinem Büro in La Défense an. Die Sekretärin. Warten.

»Ouzoumarov am Apparat. Was wollen Sie von mir, Kommissar?« (Leicht aggressiver Tonfall.)

»Ich würde Sie gerne treffen und mit Ihnen reden. Ich handle im Alleingang, vollkommen inoffiziell und, um ehrlich zu sein, habe ich darüber auch nicht meine Vorgesetzten informiert, die mir auch sicher nicht erlaubt hätten, mit Ihnen zu telefonieren.«

Langes Schweigen.

»Morgen, 19.00 Uhr zum Aperitif bei mir zu Hause. Die Adresse kennen Sie.«

Dienstag, 19.00 Uhr, Enghien-les-Bains

Daquin klingelt. Ein Surren und das beeindruckende schwarze Eingangsportal öffnet sich, er tritt ein. Eine Hausangestellte in schwarzer Hose und weißer Jacke kommt ihm entgegen »Monsieur erwartet Sie im Garten!« Sie führt ihn zum Seeufer. Dort unter einem Kastanienbaum ein Gartentisch mit Stühlen auf dem Rasen. Hinter den Bäumen der graublaue See. Steinmauer, Wasserplätschern. Oumouzarov erhebt sich, um ihn zu empfangen, und reicht ihm die Hand. Absolut typischer Geschäftsmann, jung und dynamisch. Daquin erinnert sich daran, ihn schon einmal gesehen zu haben, am 4. April, in der Wohnung von Kashguri, dann in den Räumlichkeiten des Rauschgiftdezernats, bevor er freigelassen wurde, nachdem der Verteidigungsminister energisch interveniert hatte.

»Kommissar, sehr erfreut Sie unter, sagen wir, für mich akzeptablen Bedingungen kennen zu lernen. Sie haben mir in der letzten Zeit einige Probleme bereitet, aber viel mehr noch Ihrer Regierung. Sind Sie derjenige, der die englische Pressekampagne in die Wege geleitet hat, die den Verstoß der französischen Regierung gegen das Waffenembargo für den Iran kritisiert?«

»Nein, ich habe damit nichts zu tun. Meine Regierung macht, was sie in diesem Bereich für richtig hält. Ich habe Ihre Wege nur gekreuzt, als Carim und Bodrum, die Sie gut kennen, in Verdacht kamen, am Mord an Sener beteiligt gewesen zu sein.«

(Verärgert.) »Seitdem die französische Polizei die Verantwortung armenischer Terroristen zugegeben hat, ist die Angelegenheit beendet. Also deshalb sind Sie ja wohl nicht gekommen?«

»Natürlich nicht.« (Bei der Erinnerung an Sener ist es Yildiz, die er sieht. Hinreißend. Doppeltes Spiel, hatte Romero gesagt. Wenn nicht gar ein Dreifaches?) »Ich bin gekommen, um Ihnen zwei Informationen zu übermitteln, über die ich gerne mit Ihnen diskutieren würde. Zuerst einmal fordert der Iran gerade offiziell die Ausweisung von Kashguri. Wissen Sie, was das bedeutet?«

Der Diener kommt mit einem Tablett Gläser und einer Wasserkanne mit Eiswürfeln sowie einem Korb voller Getränke.

»Stellen Sie das alles hin und lassen Sie uns allein. Was darf ich Ihnen anbieten?«

»Einen Wodka mit Eis, danke.«

»Also ... was bedeutet das Ihrer Meinung nach?«

»Dass die Islamisten definitiv die prowestlich Eingestellten und die Gemäßigten hinauswerfen, und dass sie dennoch nicht um sie herumkommen, weil sie sie für ihre Geschäfte brauchen. Es wird bald ein Handicap sein, Geschäfte mit der Parillaud- oder der Zypern-und Orientbank zu machen.«

Oumourzarov schenkt die Gläser ein und trinkt schweigend.

»Und Ihre zweite Information?«

»Kashguri hat von den Diensten eines türkischen Extremisten Gebrauch gemacht, der hier in Frankreich zwei seiner Landsmänner umgebracht hat, und von dem ich denke, dass er auch Sener auf dem Gewissen hat. Er heißt Ali Agça. (Oumourzarov reagiert nicht.) Wir gehen davon aus, dass dieser Ali Agça den Papst während seiner Parisreise umbringen will.«

Überrascht stellt Oumourzarov sein Glas ab.

»Im Ernst?«

»Ja, ich befürchte es.«

Und Daquin erzählt kurz vom Brief in *Milliyet* und seinem kürzlichen Besuch bei der türkischen Polizei.

»Ich gestehe Ihnen, dass es mir schwer fällt, das zu glauben. Aber bedenken Sie: Für den Fall, dass es so ablaufen könnte, wäre das ein sehr harter Schlag für gewisse türkische Interessen in Frankreich. Um es frei heraus zu sagen, ergibt das zwei gute Gründe, weswegen Sie riskieren, sich in der unbequemen Position eines Sündenbocks wieder zu finden.«

»Kommissar, ich bereue nicht, Sie getroffen zu haben, ich langweile mich nicht eine Sekunde in Ihrer Gesellschaft. Sagen Sie mir jetzt, warum Sie da sind, außerhalb ihres leidenschaftlichen Interesses, dass sie den Türken in Frankreich entgegenbringen.«

»Sie werden es mir nicht glauben wollen.« (Gefühl der Abwesenheit und der Angst, einen Fehler zu begehen.) »Meine Frage ist sehr einfach. Erinnern Sie sich an irgendetwas, selbst Unwichtiges, das in den Diskussionen, die Sie mit Kashguri geführt haben, erwähnt wurde, was mir helfen könnte, Kashguri oder Agça zu finden? Eine Anspielung, einen Scherz, egal was?«

Ein langes Schweigen. Die beiden Männer trinken schlückchenweise ihre Gläser aus, betrachten den glitzernden See. Ein sehr schöner Frühlingsabend.

»Kashguri hat niemals von Agça gesprochen. Aus dem einfachen Grund, weil er ihn nicht kennt. Nur ein Mensch hat mir von Agça erzählt und das ist Bertrand.«

Oumourzarov lässt Daquin die Nachricht verdauen und nimmt den Faden wieder auf:

»Das war hier, er saß auf Ihrem Platz. Er hat mir von ihm erzählt, wie von einem merkwürdig Erleuchteten.« (Gleichgültiger Tonfall.) »Und er sagte mir, dass hier in Frankreich seine einzigen Bekannten die katholischen Fundamentalisten wären. Da ich durch und durch Atheist bin, musste ich darüber lachen. Aber vielleicht hat das einen Bezug zu Ihrer Geschichte von der Ermordung des Papstes. (Ein Glas Weißwein.) Wollen Sie mit uns zu Abend essen? Meine Frau wäre sehr erfreut, Sie kennen zu lernen.«

Daquin löst eher Skepsis als Enthusiasmus beim Personenschutz aus.

»Bei den katholischen Fundamentalisten suchen? Was sind Ihre Quellen?«

»Keine benennbare Quelle.«

»Wir haben keine Unterlagen über die Fundamentalisten. Und was kann ein nationalistischer Türke und Islamist wohl mit katholischen Fundamentalisten zu tun haben?«

»Schwer einzuschätzen, es geht ja nicht um meinen Kulturkreis. Machen Sie damit, was Sie wollen.«

Gewissheit, dass sie nichts damit anfangen werden.

Soleiman betritt die Räume des Kommissariats. Er kommt, um die Angelegenheit wegen des Angriffs auf den Verein der Erleuchteten Arbeiter ein für allemal zu klären. Die Aktion wird mittlerweile als eine Provokation der türkischen Rechtsradikalen eingeschätzt. Ein Büro in der zweiten Etage, ein Inspektor hinter der Schreibmaschine nimmt die Zeugenaussage auf. An genau diesem Tag, zu genau dieser Uhrzeit war er im Hauptsitz des Komitees, umgeben von zahlreichen Zeugen. Unterschrift. Soleiman geht hinaus. Vor der Tür schaut ihn ein junger Bulle in Zivil neugierig an.

»Monsieur Keyder?«

»Ja, das bin ich.«

»Kommissar Daquin möchte Sie gerne kennen lernen und bittet Sie, bei ihm im Büro vorbeizukommen.«

Ärger, Hitze, Angst. Habe ich damit gerechnet?

»Ich komme.«

Dritte Etage. Die verglaste Tür, er erkennt sie wieder. Als wäre es gestern gewesen. Fasst mit der Hand über seine Oberlippe. Den wachsenden Schnurrbart fühlen, Vertrauen fassen. Der junge Bulle geht wieder fort. Daquin sitzt hinter seinem Schreibtisch, sieht ihn hereinkommen. Er gehört mir nicht mehr. Das ist noch meine Jacke, aber da ist schon der Schnurrbart.

Soleiman setzt sich. Daquin nimmt eine Akte aus dem Schubfach seines Schreibtisches und schiebt sie ihm hin.

»Das ist die Orginalakte der türkischen Polizei, die dich betrifft. Wenn du eines Tages nach Hause zurückkehren willst, kannst du das jetzt problemlos machen.«

Soleiman wagt nicht, daran zu glauben. Legt die Hand auf die Akte.

»Wie hast du das gemacht?«

»Das ist meine Sache.«

Soleiman öffnet die Akte, blättert sie durch. Ihm wird fast schwarz vor Augen.

»Es gibt keine Fotos. Ich habe sie nicht als Andenken behalten, es gab darin einfach keine.«

Soleiman ist unfähig, auch nur ein Wort zu sagen. Steht auf, nimmt die Akte, steckt sie in die Jackentasche und geht überstürzt hinaus.

Mittwoch, 28. Mai, 12.00 Uhr, Pfarrgemeinde Saint Bernard

Pressekonferenz. Das Komitee verkündet offiziell den Erfolg seiner Aktion und den Beginn der Legalisierung der Arbeiter im Sentier. Die Gewerkschaftsverbände sind vertreten, viele Journalisten von Presse, Funk und Fernsehen. Soleiman führt den Vorsitz auf der Tribüne. Er ist der Held des Tages. Die Akte, immer noch zwischen Jacke und Hemd, gibt ihm das Gefühl von Freiheit.

Aufregend. Vier Monate, die mein Leben verändert haben. Hier kennt mich niemand. Für sie bin ich lediglich ein Aktivist. Eine denkende und redende Maschine, das ist alles. Ich werde das Sentier als einen Ort der Geborgenheit in Erinnerung behalten, die Atmosphäre in den Straßen, den Cafés, den Werkstätten. Und die Erinnerung an Daquin. Seine Hand. Seine Ausstrahlung. Seinen Blick.

Mittwoch, 28. Mai, 15.00 Uhr, Passage du Désir

Daquin am Telefon. Er sucht Gesprächspartner, die französische Fundamentalisten kennen und die in der Lage sind, ihm davon zu berichten, und das in einer Sprache, die er versteht. Letztendlich stößt er auf die Jesuiten. Eine Verabredung wird für den nächsten Morgen mit einem Verantwortlichen des Ordens und dem Pressesprecher des französischen Bischofsamtes vereinbart.

Donnerstag, 29. Mai, 12.00 Uhr, Passage du Désir

Daquin hat alle zusammengetrommelt. In Abwesenheit von Lavorel fasst er seinen Bericht für Romero und Attali ein bisschen erholt, aber mit wenig Schwung zusammen. Er liefert ihnen schnell die Spur zu den Fundamentalisten, ohne Quellen zu nennen. Höfliche Skepsis. Er stellt ihnen eine Zusammenfassung der diversen fundamentalistischen Strömungen vor, zumindest das, was er davon heute Morgen verstanden hat. Sie machen sich fleißig Notizen, jedoch ohne Enthusiasmus. Schließlich landet er bei der Frankreichkarte, wo er die fundamentalistischen Aktivitäten eingetragen hat, mit verschiedenen Farben für die diversen Denkströmungen. Von rosa für die der Orthodoxie nahe Stehenden bis zu dunkelrot für die gegenüber dem Vatikan am feindseligsten Eingestellten.

»Gut. Wir sind zu dritt. Die anderen Polizeieinheiten interessieren sich nicht für meine Idee. Sie übrigens auch nicht, aber ich bin Ihr Vorgesetzter. Wir haben nur Zeit, um eine einzige Operation durchzuführen. Wohin fahren wir?«

Attali beugt sich über die Karte, plötzlich interessiert.

»Nach Rouen, das ist klar.«

»Ich bin einverstanden, nach Rouen. Der Pater Juan Roth Gomez leitet dort eine fundamentalistische Pfarrgemeinde. Er wurde von Monseigneur Lefebvre zum Priester berufen, aber er hat Ecône verlassen, weil er die Gemeinde als zu gemäßigt empfand. Er steht der Gruppe der Vacanisten nahe, die den Papbst seit dem zweiten Konzil als Ketzer sehen. Er ist Spanier. Er ist viel durch Europa gereist und hat sich erst kürzlich in Deutschland aufgehalten, woher sein Vater ursprünglich stammt. Auf dem Weg nach Rouen die Leichen von Celebi und VL. Rouen, nicht weit von Paris entfernt. Wenn Agça irgendwo ist, dann dort. Und der Papst trifft morgen in Paris ein. Romero, rufen Sie

Ihren Freund Petitjean an. Wir werden ihm heute Nachmittag einen Besuch abstatten. Unterdessen rufe ich den Chef an. Und dann lade ich Euch zum Essen ein, um die Stimmung etwas zu heben. Für eine Kleinigkeit auf die Schnelle reicht es.«

Donnerstag, 29. Mai, 17.15 Uhr, Rouen

Daquin und sein Team kommen mit einem Zivilwagen vor einem kleinen einfachen Haus in einer ruhigen und menschenleeren Straße an. Petitjean hat getan, was er konnte, um ihnen einige Auskünfte zu erteilen, aber schließlich weiß niemand etwas über dieses Haus und seine Bewohner, einen Priester und seine alte Haushälterin. Gewiss, flammende Predigten am Sonntag in der Pfarrgemeinde ganz in der Nähe. Es scheint, als würden einige Gemeindemitglieder jede Woche extra aus Paris kommen, um sie zu hören. Aber der Priester führt offensichtlich ein Leben ohne Vorkommnisse, und er hat einen ehrenwerten Ruf bei den Kaufleuten in der Gegend.

»Wir haben keine Wahl. Wir müssen uns langsam herantasten. Attali, Sie haben eine Viertelstunde, um die Hinterausgänge und einen Ort zu finden, von wo aus Sie sie überwachen können. In einer Viertelstunde gehen wir rein. Wenn sich innerhalb von zehn Minuten nichts tut, folgen Sie uns nach.«

Romero steigt aus dem Auto, um eine zu rauchen.

Daquin klingelt. Eine alte, etwas dickliche Frau mit schwarzer Bluse und Filzpantoffeln, die Schwierigkeiten beim Laufen hat, macht ihnen auf.

»Madame, wir sind von der Polizei und würden gern mit dem Pater Roth Gomez sprechen.«

»Kommen Sie herein, meine Herren. Er ist im Wohnzimmer, um seine nächste Predigt vorzubereiten.«

Sie bringt sie in das Wohnzimmer. Daquin gibt Romero ein Zeichen, schnell eine Runde durch das Haus zu machen. Das Wohnzimmer ist klein, mit Blick zum Garten, von dem man nur einen Teil sieht, viele Kräuter und drei Apfelbäume. Schweres Mobiliar, billige Nachahmung im Stil Heinrich II. Auf dem großen Tisch ein Stapel Bücher, zwei Blöcke Papier und ein Dutzend verschiedenfarbiger Stifte. Als sie eintreten, erhebt sich der Mann. Jung, groß, kräftig, eine schwarze Mähne, sehr heller Teint. Und einen Blick …

Irre, denkt Daquin. Er trägt ein Priestergewand.

Die alte Frau stellt sie einander vor.

»Mein Vater, Polizisten möchten Sie sprechen.«

»Nehmen Sie Platz, meine Herren. Was kann ich für Sie tun?« (Spanischer Akzent.)

»Kennen Sie Ali Agça?«

»Natürlich.« (Er faltet die Hände.) »Er ist mehr als ein Freund. Sagen wir, ein geistiger Bruder.«

»Ist er hier?«

»Nein, im Moment nicht. Er ist für einige Tage fortgegangen. Aber er war bis letzten Dienstag hier. Warum all diese Fragen? Ist ihm ein Unglück zugestoßen?«

In diesem Augenblick kommt Romero herein und deutet Daquin an, dass das Haus leer ist.

»Nein, nicht dass wir wüssten. Hat er Ihnen von seinem Wunsch erzählt, den Papst zu töten?«

»Monsieur, leider haben wir keinen Papst mehr. Und darin besteht unser ganzes Leiden.«

»Bitte keine Wortspiele, ich spreche von Papst Johannes Paul II.«

»Der, den Sie Johannes Paul II. nennen, ist ein Ketzer, ein Geheimagent im Dienste des Kommunismus. Wenn ihn jemand umbringen würde, so wäre dies kein großes Unglück. Seit dem so genannten II. Konzil des Vatikans haben die Kommunisten einen ganzen Teil der katholischen Kirche unterwandert. Glücklicherweise …«

Attali kommt ins Wohnzimmer und beugt sich zu Daquin: Der R5 von Kashguri ist im Garten geparkt.

»… sind wir die wenigen verbliebenen Verfechter des wahren Glaubens, die frühere Kirche wird wieder auferstehen, Sie werden sehen. Ich selbst stehe Gott zur Verfügung. Ich werde machen, was er mir befiehlt, um einer wahrhaftigen Kirche wieder zu ihrem Recht zu verhelfen.«

»Natürlich, mein Vater. Daran habe ich nicht einen Augenblick gezweifelt. Und kennen Sie auch Osman Kashguri, einen Freund von Ali Agça?«

»Der Name sagt mir nichts. Aber jemand ist vor ungefähr einem Monat gekommen, der von einem Freund Alis geschickt wurde. Leider war dieser Mann ein Handlanger des Teufels.«

»Was ist aus ihm geworden?«

»Ich habe ihn im Garten begraben.«

»Wie das?«

»Wo hätte ich ihn denn sonst beerdigen sollen? Doch nicht etwa in geweihter Erde?«

»Selbstverständlich. Aber, wenn Sie ihn beerdigt haben, heißt es letztlich doch, dass er tot ist?«

»Gott hatte Mitleid mit ihm.«

»Mein Vater, ich stelle das göttliche Mitleid nicht einen Augenblick lang in Frage, aber können Sie ein bisschen präziser werden?«

»Dieser Mann hat mich, nachdem er mit Ali gesprochen hatte, um Gastfreundschaft gebeten. Ich habe sofort gesehen, dass das Böse bereits in ihn gefahren war. Und ich hatte Angst, dass er einen schlechten Einfluss auf Ali ausüben könnte, der ein Vertreter der reinen Lehre ist. Aber die Kirche ist ein Refugium. Ein Gottesmensch kann nicht Hilfe und Beistand ablehnen, wenn ein Sünder darum bittet. Ich habe ihm das Zimmer neben dem meinen gegeben. Am Anfang ging es ganz gut. Aber dann ist er in einen Trancezustand gefallen. Schweißausbrüche, Zittern. Er sah aus, als würde er sehr leiden. Das war das erste Mal, dass ich einen vom Teufel Besessenen aus der Nähe gesehen habe. Ich habe ihn gebändigt, an das Bett gebunden, ihm Weihwasser gebracht und mehrmals am Tag für ihn gebetet. Plötzlich fing er an zu schreien. Ali und ich haben ihn geknebelt. Ich wollte nicht, dass die Nachbarn erfahren, dass bei mir ein vom Teufel Besessener wohnt. Eines Morgens, als ich für die erste Segnung in sein Zimmer kam, fand ich ihn tot vor. Ich habe Gott gedankt, dass er ihn von seiner Qual erlöst hat. Ali hat mir geholfen, und wir haben ihn im Garten begraben.«

»Agça wusste, dass er an seinem Bett festgebunden war?«

»Natürlich. Er hat sich mehrmals mit ihm unterhalten, damit er sich ruhig verhält.«

»Hat Agça Ihnen nicht gesagt, dass er heroinabhängig war, und kamen Sie niemals auf die Idee, einen Arzt zu rufen?«

»Der Arzt des Leibes kann nichts tun, wenn die Seele krank ist. Und seine Seele war sehr krank. Die Droge ist das absolute Böse. Glauben Sie mir, wenn meine Gebete und Segnungen ihn nicht retten konnten, denn meine Seele ist rein, heißt das, das nichts zu machen war.«

»Wann wurde er von seinen Leiden erlöst?«

»Vergangenen Sonntag, genau vor der Messe. Und ich habe ihn vor der Vesper begraben.«

»Könnten Sie uns zeigen, wo Sie die Leiche begraben haben?«

»Warum? Ich habe ihn sehr würdevoll begraben und alle notwendigen Riten vollzogen. Im Übrigen ist Gott barmherzig.«

»Daran zweifle ich nicht. Da Sie aber seinen Namen nicht wissen, müssen wir ihn identifizieren, um seine Familie zu informieren. Vielleicht möchte sie auch für ihn beten.«

»Sie haben Recht. Folgen Sie mir!«

Unter einem Apfelbaum stehend, betrachtet Daquin lange Zeit den Leichnam von Kashguri, der ausgebreitet auf der Wiese liegt. Gekleidet in ein merkwürdiges weißes, sehr weites Schlafgewand, das ihm bis zu den Knien reicht, am Hals und an den Handgelenken zugeknöpft. Zweifellos von der Haushälterin. Er wurde in ein weißes Laken eingewickelt und unter einer dünnen Schicht Erde von fünfzehn Zentimetern unter einem blühenden Apfelbaum begraben. Schrecklich abgemagert, wie mumifiziert, halblange Haare, schwarze Augenringe, die Haut mit grünlichen Flecken übersät. Qualen. Ein drogenabhängiger Penner auf Entzug. Einzig die Hände haben sich kaum verändert. Über der Brust verschränkt, lang und schmal, vermitteln sie noch einen Eindruck von Stärke, wie an jenem Tag im Büro. Daquin vergräbt die seinen tief in den Hosentaschen. Er fühlt sich lebendig. Zwangsläufig.

Neben ihm zündet sich Romero eine kleine Toskana an.

»Das ist das erste Mal, dass ich ihn sehe.«

»Er hat nicht mehr viel mit demjenigen zu tun, den ich getroffen habe. Ein schöner Mann, ziemlich beeindruckend. Ich muss Anna über seinen Tod informieren. Vielleicht möchte sie für ihn eine Beisetzung arrangieren, sagen wir, eine ganz normale. Romero, rufen Sie die Polizei in Rouen an, damit wir so schnell wie möglich von diesem wahnsinnigen Priester wegkommen. Ich fühle mich hundeelend hier.«

Freitag, 30. Mai, 17.00 Uhr, Champs-Elysées

Die Menge drängt sich die Avenue entlang, um den Heiligen Vater zu sehen. Nun, die Menge … von einer Menge kann keine Rede sein. Lediglich ein paar Reihen Schaulustiger befinden sich hinter den Absperrungen auf jeder Seite der Avenue. Auf den breiten Gehwegen wurde der Verkehr und das Parken verboten, Zivilstreifen fahren die Champs unaufhörlich auf und ab. Alle zwanzig Meter ein Bereitschaftspolizist zur Menge gewandt. Pfadfinder überall. Die Sicherheitsmaßnahmen sind umgesetzt worden.

Warten. Ein Hubschrauber landet auf der Place de l'Etoile. Der Papst steigt aus. Eineinhalb Stunden Verspätung. Auf Anweisung des Personenschutzes. Er steigt in ein Auto mit offenem Verdeck, fährt stehend die Champs hinunter, begrüsst die Menge. Vivat! Die Leute bekreuzigen sich. Im selben Moment, auf der Höhe des Kreisverkehrs, bremst ein Polizeiauto scharf. Zwei Inspektoren steigen aus, die Waffe im Anschlag. Sie haben gerade einen auf einem Transformator sitzenden Mann gesehen, der aufstand und sich auf einen Baum schwang, eine Sporttasche über der Schulter. Mehrmaliges Pfeifen, die Zivilbullen und Pfadfinder kommen von allen Seiten herbeigelaufen. Der Mann fällt vom Baum herunter. Ein Inspektor schießt in die Luft. Zwei weitere Schüsse folgen als Antwort. Gedränge. Zwei Pfadfinder und ein Schaulustiger werden leicht verletzt. Der Mann ist in der Menge verschwunden. Im Baum bleibt die Sporttasche mit einer alten deutschen MP 44 zurück. Später wird man darauf die Fingerabdrücke von Ali Agça finden. Die Chance, mit diesem Waffentyp aus dieser Entfernung den Papst zu töten, war nach Aussagen der Spezialisten gering. Alarmiert durch den Schusswechsel erkundigt sich ein Reporter der AFP bei einigen Inspektoren. Ein einzelner Schütze, er sei entwaffnet.

Agenturmeldung der AFP: *Ein Terrorist hat versucht, auf den Papst zu schießen.*

Erstaunen und Erregung in den Redaktionen. Der Pressedienst der Polizei wird mit Anrufen überhäuft. Energisches Dementi. Es handle sich um ein sehr unglückliches Missverständnis. Wir haben einen »Schützen« verhaftet, das heißt einen Taschendieb und keinen Terroristen. Schusswaffengebrauch gegen einen Taschendieb? Die Presse erklärt den Vorfall mit der Nervosität der Ordnungskräfte.

*

Im Sentier sind alle Arbeiter ohne Papiere legalisiert worden. Aber die Ausweise trafen anfangs nur langsam ein. Dann, als die Legalisierung gerade in vollem Gange war, fand der Militärputsch in der Türkei statt. Und alle haben von der starken Repression dort gesprochen. Letztlich haben wir unseren Erfolg nicht gefeiert. Aber das ist das Einzige, was ich an diesem Frühling 1980 bedauere.

15 Jahre später

Ali Agça hat es nicht geschafft, am 13. Mai 1981 in Rom den Papst zu töten. Auch der wahnsinnige Priester nicht, der ihn mit einem Bajonett am 12. Mai 1982 in Fatima angegriffen hat.

Daquin hat Soleiman nie wieder gesehen.

Anna Berić und Pierre Meillant leben auf den Bahamas, wo sie sich langweilen.

Von nun an kommen aus der Region des Goldenen Halbmonds 70 Prozent des in Europa konsumierten und 20 Prozent des für den nordamerikanischen Markt bestimmten Heroins. Damit ist sie eine ernstzunehmende Konkurrenz für das Goldene Dreieck (Burma, Thailand, Laos).

Zumindest Zeuge sein

Gespräch mit Dominique Manotti

Wann haben Sie angefangen zu schreiben und warum?

Ich habe im September 1993 angefangen. Da war ich bereits 50 Jahre alt. Ich habe nicht gerade jung begonnen. Natürlich hatte ich als Historikerin bereits Artikel verfasst und meine Doktorarbeit geschrieben. Es war nicht das erste Mal, dass ich ein Blatt Papier beschrieb, aber das erste Mal, dass es sich um einen Roman handelte. Das hat tieferliegende Gründe. Ich gehöre einer politisierten und aktivistischen Generation an. Zur Zeit des Algerienkrieges war ich eine Jugendliche, damals fing ich an, mich zu engagieren. Ich war dann in diversen politischen Bewegungen aktiv, zunächst gegen den Algerienkrieg, dann in politischen und gewerkschaftlichen Gruppen. Ich war lange Jahre Gewerkschafterin, aber als Mitterrand 1981 gewählt wurde, bin ich richtig verzweifelt. Viele Leute haben an die linke Regierung geglaubt, ich keinen einzigen Moment. Natürlich habe ich auch im zweiten Wahlgang für Mitterrand gestimmt, allerdings bin ich am 10. Mai nicht zur Bastille gegangen. Zunächst war Mitterrand für mich niemals ein Mann der Linken. Dann war ich damals in der CFDT aktiv, also habe ich mitbekommen, was intern so passiert. Ich war sicher, dass alles mit einer Katastrophe enden würde. Wenn man mehr als 20 Jahre lang aktiv war, hört man nicht von heute auf morgen auf, aber innerhalb von zwei bis drei Jahren verließ ich die Gewerkschaft und seitdem habe ich nichts mehr gefunden, wo ich mich engagieren könnte. Ich habe wieder mehr als Historikerin gearbeitet, doch sehr lustlos. Die historische Forschung soll eigentlich dazu beitragen, die politischen Aktionen zu untermauern. Aber als sie dies nicht mehr tat, wurde sie mir ziemlich gleichgültig. Ich bin auf das 19. Jahrhundert spezialisiert, aber ich interessierte mich nicht mehr besonders für die Gedanken des französischen Unternehmertums im 19. Jahrhundert. Es waren ziemlich schwierige Jahre. Ich lebte so lustlos dahin. 1993 kam ich im August nach Paris zurück, um an einem Artikel zu arbeiten, den eine historische Zeitschrift für Oktober oder November bestellt hatte. Ich bin die ganze Nacht durchgefahren, war müde und konnte nicht unmittelbar anfangen zu arbeiten. So nahm ich recht zufällig ein Buch aus meinem Regal. Es war *LA Confidential* von James Ellroy. Ich hatte nichts von ihm gelesen und wusste nichts über ihn. Und dann bekam ich einen richtigen Schock ... wie ein Knall. Also las ich alles, was auf Französisch zu bekommen war, und als ich die letzte Seite des letzten Buches gelesen hatte, sagte ich mir: Wenn man so etwas starkes schreiben kann, ist es einen Versuch wert. Ich werde schreiben.

Sie haben vom Algerienkrieg und von den Mitterrandjahren gesprochen, aber 68 gar nicht erwähnt. War die Revolte oder die verpasste Revolution von 68 auch ein Auslöser für Sie, Romane zu schreiben?

Nein. 68 war ich Lehrerin an einem Gymnasium, wo niemals etwas geschah und auf einmal wurde das Gymnasium bestreikt. Das war ein außergewöhnlicher Moment. Dann habe ich in Vincennes unterrichtet, seit der Existenz des Centre Expérimentel. Auch diese Jahre waren außergewöhnlich. Doch sehe ich keine Beziehung zwischen meinem Schreiben und 68. Im Moment jedenfalls noch nicht. Ich schreibe über den Verlust und die Katastrophen, aber nicht über die erfüllten Zeiten. Vielleicht werde ich eines Tages über diese Periode schreiben, doch jetzt reizt es mich nicht.

Was ist von 68 geblieben?

Ich glaube nicht viel außer – und das ist allerdings von Bedeutung – die Freiheit im Privatleben. Die Verhütung, die Abtreibung, mehr Rechte für die Frauen, Toleranz in sexuellen Fragen, die staatlichen Normen und die staatliche Überwachung spielen im privaten Bereich keine große Rolle mehr. Doch auf sozialer und politischer Ebene ist es anders. Was ich innerhalb der Universität erlebt habe, war die langsame Zerstörung all dessen, was 68 ausmachte. Dies wird heute durch die Sklerose und die Krise der französischen Universitäten deutlich. Ich habe es am eigenen Leib gespürt im Centre Expérimentel von Vincennes, als die Rechte versuchte, alle Neuerungen, die aus 68 entstanden waren, zu vereiteln, und dann die langsame Rückkehr der neuen Generationen zu den hierarchischen Praktiken der Mandarine. Wenn die Ordnung überall wieder eingekehrt ist, sind Reformen nicht mehr möglich und es nützt nichts, gegen die Unbeweglichkeit zu wettern.

Diese Blockade gilt durchaus für die gesamte französische Gesellschaft. Es gibt nur noch sehr Wenige, die gewerkschaftlich organisiert sind. Es sind weniger als neun Prozent und die kommen vor allem aus dem öffentlichen Dienst. Nach den zehn Millionen Streikenden des Mai 68 und für jemanden wie mich, eine Gewerkschafterin mit Haut und Haaren, die an die Möglichkeit glaubte, dass die große Masse der Arbeitenden sich bewegt, ist das ein harter Schlag. Und dazu wird Frankreich durch die Gesetze von Sarkozy und Perben zum Polizeistaat. Die gesellschaftlichen Reaktionen sind sehr schwach, fast nicht vorhanden. Wenn Sie 68 erlebt haben, das große Verlangen nach Freiheit, das die Bewegung getragen hat, macht die Apathie Angst. Nein, von 68 bleibt nicht viel, nur die weibliche Emanzipation.

Ist die Tatsache, dass der französische roman noir links ist, nicht auch ein Ergebnis von 68?

Nicht der gesamte *roman noir* ist links. Doch findet man viele 68er, die die Hoffnungen der Epoche nicht »verraten« haben, viel mehr als in anderen Berufsgruppen.

Ist die Schriftstellerei für Sie eine politische Praxis oder eher ein Rückzug aus der Praxis?

Ich bin nicht mehr aktiv, weil ich in Frankreich keine Organisation finde, die zu dem passt, woran ich geglaubt habe und wozu ich beitragen wollte. Ich habe eine »schwarze« Sicht auf die Dinge, weil ich glaube, dass meine Generation die sozialen Veränderungen, die ich wollte und von denen ich träumte, nicht mehr erleben wird. Die nächste Generation vielleicht, aber meine nicht. Schreiben bedeutet für mich die Fortführung meines

Engagements in einer anderen Form, weil die vorherige Form nicht mehr existiert, aber es ersetzt keinesfalls das politische Engagement, der Mangel bleibt. Aber es ist eine Lebensform, es motiviert mich, weiter zu leben. Wenn ich Morgen, wie durch ein Wunder, auf eine Aktionsform treffe, die dem entspricht, was ich erhoffe und woran ich glaube, würde ich sofort wieder anfangen, politisch zu arbeiten.

Aber ein Roman ist etwas anderes als ein Flugblatt. Einen Roman schreiben, heißt Personen zum Leben zu erwecken, ganz unterschiedliche Personen, d.h. Situationen erfinden, kein Flugblatt schreiben. Es ist mir bewusst, dass ein Teil meiner intellektuellen Bildung aus der leidenschaftlichen Lektüre von Romanen herrührt. Also gibt es da einen wechselseitigen Einfluss.

Ich lese Ihre Romane als historische Chronik der 80er Jahre, denn die 80er Jahre liegen nun 20 Jahre zurück. Welche Rolle spielt die Geschichte überhaupt in Ihrer Literatur?

Geschichte spielt in meiner intellektuellen Bildung eine zentrale Rolle. Ich bin Historikerin, ich habe das mein ganzes Leben gemacht, ich arbeite an der Fiktion, wie ich an der Geschichtsschreibung gearbeitet habe und außerdem finde ich die Vorgehensweise eines Krimischriftstellers dem von Historikern sehr verwandt. Der Historiker konstruiert und stellt die Spuren, die Indizien zusammen und schreibt von da ausgehend einen rationalen Bericht, er verleiht den Spuren und Indizien einen Sinn. Die Schriftsteller des *polar*, zumindest diejenigen, die mir nahe stehen, gehen ungefähr auf die gleiche Art und Weise vor, wobei sie ihre Phantasie etwas mehr spielen lassen. Allerdings spielt die Phantasie auch eine beachtliche Rolle beim Verfassen einer historischen Analyse.

Meine Arbeitsmethoden ähneln sehr den gerade beschriebenen. Zunächst suche ich mir ein Thema. Dann lese und recherchiere ich für mindestens ein halbes Jahr, ohne zu sehr einzugrenzen. Ich lese Zeitungen, Bücher, ich mache Interviews. Für *Les années fric* (Die Jahre des Geldes, ein preisgekrönter *roman noir* über die Mitterrand-Jahre, E.M.) wollte ich eine Geschichte über den Waffenhandel zwischen 1980 und 1990 erzählen.

Ich bin dabei von einem Fall aus dem Jahr 1985 ausgegangen. Dann habe ich die Zeitungen dieses Jahres gelesen, um mich in die Atmosphäre der Zeit hineinzuversetzen. In diesem Augenblick begannen sich Silhouetten, Szenen abzuzeichnen. Ich habe einen kaufmännischen Angestellten eines großen Waffenunternehmens interviewt, das war erstaunlich entspannt und amüsant. Dann die im Elysée akkreditierten Journalisten. Und ich erstellte mir eine Bibliographie über die zu lesenden Werke. Aber ich arbeite nie in Archiven, soweit geht es dann doch nicht, das würde mich zuviel Zeit kosten.

Wie ich meine Themen aussuche? Mein erster Roman *Hartes Pflaster* war die Fortsetzung meiner politischen Arbeit. Ich war als Gewerkschafterin direkt in den Streik des Sentier 1980 verwickelt. Als ich mich entschlossen hatte, einen *roman noir* zu schreiben, kam das Thema wie von selbst. Er musste während dieses Streikes spielen, ich musste eine geschriebene Spur dieses Streikes hinterlassen. Nach diesem ersten Buch war ich nicht sicher, ob ich weitermachen sollte. Man riet mir, es zu tun. Also nahm ich mir vor, über meine politische Desillusionierung zu schreiben, die Mitterrand-Jahre zwischen 1980 und 1990, als sich Frankreich sehr veränderte: Die Linke verliert sich, indem sie alle Traditionen übernimmt, die Sozialisten rehabilitieren die Unternehmen. Es waren Jahre der Korruption, in denen das Geld König war. Die Dezentralisierung verbreitet und streut die Korruption, die dadurch wesentlich eher toleriert wird: Die korrumpierten Politiker werden systematisch wiedergewählt. Ich hatte Lust, eine Chronik dieser korrupten Gesellschaft zu schreiben. Es handelt sich dabei selbstverständlich um ein sehr traditionelles Thema des *roman noir*.

Das Thema meines letzten Romans ist die französische Gestapo im Jahr 1944. Ich bin 1942 geboren – also habe ich überhaupt keine persönliche Erinnerung an diesen Krieg. Allerdings habe ich eine sehr starke Erinnerung an die große Stille, die auf diesen Krieg folgte. Ich wollte wissen, welche Gründe es für diese Stille gab, was sich dahinter verbarg: hinter der breiten Unterstützung für Vichy und die deutschen Besatzer, hinter dem langen Flirt der Masse mit dem Nazismus, den vordergründig zu verbergen De Gaulle und die Résistance lange Zeit ermöglichten.

Schließlich sind meine Themen keine historischen Themen, es sind politische Themen. Ich versuche, eine politische Geschichte meiner Generation zu verfassen.

Welche Rolle spielt das Subjekt in Ihren Romanen?

Das Subjekt ist fundamental für meine Romane. Ein Roman ist nur dann spannend, wenn die Individuen lebendig sind. Es sind Leute, die man trifft, mit denen man spricht, die man sympathisch oder unsympathisch findet, die man hasst, begehrt, liebt. Es muss lebhaft zugehen, es geht um Individuen nicht um Abstraktionen. Beim Aufbau meiner Romane forsche ich zuerst und lese, und erst wenn ich von dieser Epoche und meinem Thema durchdrungen bin, kommen die Personen. Sie sind zwar immer sehr von ihrem Kontext geprägt, doch meine spezifische Arbeit besteht darin, diesen Personen Leben einzuhauchen.

Sind diese Individuen Ideenträger, transportieren sie Hoffnungen auf Veränderung oder sind sie nur die Zeugen einer verlorenen Zeit?

Mit dieser Frage berühren Sie ein schwieriges Problem meiner Romane. Meine Persönlichkeiten sind aktiv, Hoffnungsträger, aber auch verzweifelt. Aber die positiv gezeichneten Personen sind eher Zeugen als Akteure. Das entspricht sicherlich meiner eigenen aktuellen Position, zumindest Zeuge zu sein.

Der Erfolg des Front National bei den Wahlen und im Leben seit 1983 wurde in vielen polars thematisiert. Glauben Sie, dass diese Art von Literatur ein Mittel im Kampf gegen den Aufstieg des Faschismus sein kann?

In meinen Romanen kommen keine bestimmten politischen Gruppen vor, also auch nicht der Front National. In *Hartes Pflaster* erzähle ich von einem Arbeitskampf, in meinen anderen Texten interessiere ich mich für die großen Skandale und die Korruption der traditionellen Parteien. Ich habe wenig über den Front National geschrieben, denn ich glaube, um über etwas zu schreiben, sollte man sich wirklich gut auskennen und ich kenne ehrlich gesagt den Front National eigentlich nicht. Der Front National ist ein wichtiges Phänomen, aber ich verstehe die Menschen nicht, ich weiß nicht warum sie sich für den Front National entscheiden. Ich kann mich eher in einen Großunternehmer oder einen korrupten Politiker der UMP hineinversetzen, die sich sehr sicher fühlen und ein reines Gewissen haben, so als würden sie über den Gesetzen stehen. Sie wären wirklich entrüstet, sich vor einem Richter rechtfertigen zu müssen. Sie gehen davon aus, dass die Gesetze für die Armen gemacht sind, die Arbeiter, die Immigranten. Sicherheit bedeutet für sie, den Diebstahl von Handys und das Abfackeln von Autos zu unterbinden. Sie haben niemals das Handy ihrer Nachbarin gestohlen, niemals Brot in der Bäckerei mitgehen lassen oder eine Auto geklaut. Sie stehlen Millionen, aber es handelt sich um abstraktes Geld, um schlichte Geldtransfers auf Bankkonten. Wem stehlen sie denn dieses Geld? Die Kommissionen, die sich mit den taiwanischen Fregatten befassten, die Betrügereien von Executive Life und dem Crédit Lyonnais, wem wurde das weggenommen? Niemandem. Also hat die Justiz dabei nichts verloren. Und sie sind schockiert, wenn sie verurteilt werden, sind sich sicher, im Recht zu sein. Ich schaffe es, Romanfiguren aus ihnen zu machen, weil ich verstehe, wie sie funktionieren. Die Leute des Front National entziehen sich meinem Verständnis.

Richten Sie sich an ein bestimmtes Publikum?

Nein und ich denke auch nicht an ein Publikum, wenn ich schreibe. Ich gehe nicht davon aus, von einem breiten Publikum gelesen zu werden. Zunächst, weil die Bücher nicht von einem breiten Publikum gekauft werden. Aber mehr kann ich dazu nicht sagen.

Warum haben sie eine journalistische, historische und dichte Erzählform gewählt?

Das kommt von meiner historischen Tätigkeit. Ich würde gerne anders schreiben. Aber es geht nicht. Für mich existieren ein

Ereignis oder eine Person erst dann, wenn sie datiert und lokalisiert sind. Genau wie in der Geschichtsschreibung. In der Geschichtsschreibung existiert eine Quelle erst dann, wenn sie datiert und analysiert ist. Und bei mir verhält es sich so, dass das, was am 6. Juni 1944 geschieht, anders abläuft, als wenn es am 7. oder am 5. Juni passiert wäre. Damit meine Phantasie in Gang kommt, muss ich wissen, wann etwas geschieht. Die Tatsache, dass meine Texte bis heute datiert sind und dass ich davon nicht abstrahieren kann, hängt mit meiner Denkform zusammen.

Jean-Patrick Manchette behauptete in seinen Chroniques, dass der roman noir zu einer literarischen Form des 19. Jahrhunderts zurückkehrt. Finden Sie diese Bemerkung zutreffend?

Da ist was dran. In unseren Romanen gehen wir zur Geschichte zurück, zur Anekdote, zu den Subjekten. Das ist eigentlich ziemlich klassisch. Wir sind Geschichtenerzähler. Daeninckx hat darüber geschrieben. Sie bezeichnen das als eine Rückkehr zu den Schriftstellern des 19. Jahrhunderts? Vielleicht, nach dem *nouveau roman* oder den sehr persönlichen Romanen der aktuellen Literatur und der Thematisierung des Privatlebens. Balzac bleibt für mich eine Referenz, eine Lektüre meiner Jugend, die mich sehr geprägt hat. Aber seine Schreibweise unterscheidet sich sehr von meiner. Ich glaube, dass die stärksten Einflüsse von der amerikanischem Literatur und dem amerikanischem Kino des 20. Jahrhunderts kommen.

Repräsentieren die polars für Sie eine linke dissidente Literatur im Vergleich zur aktuellen Literaturproduktion?

Dissident ja, links auch. Doch darf man auch nicht zu sehr verallgemeinern. Es gibt eine ganze Reihe von Autoren, die mehr oder weniger mit der 68er Bewegung flirteten, die die gleiche Vergangenheit erlebten. Doch die Jüngeren, die nicht über die gleiche Vergangenheit und Kultur verfügen? Ich bin nicht überzeugt davon, dass die Dissidenz mit dem literarischen Genre zu tun hat, eher mit der Geschichte derjenigen, die schreiben.

Begreifen Sie diese Autoren als Schule, Gruppe oder Strömung?

Eine Strömung ja, eine Schule nein, denn es gibt keine Sitzungen oder kollektiven Diskussionen. Ich glaube auch nicht, dass jemand Lust auf eine Schule hätte.

Wie würden Sie diese Strömung nennen?

Verzweifelte Dissidenten?

Das Gespräch führte und übersetzte Elfriede Müller.

NOIR

ist das Signet einer neuen Reihe im Verlag Assoziation A, die sich ausschließlich dem *roman noir* widmet. Eine in Frankreich sehr erfolgreiche zeitgenössische Form, Geschichte zu erzählen. In dieser Reihe erscheinen nur solche Krimis, die noch nicht auf Deutsch veröffentlicht wurden, aber in Frankreich so links wie erfolgreich sind.

Bisher erschienen

Frédéric H. Fajardie

Rote Frauen werden immer schöner

Aus dem Französischen von Barbara Heber-Schaerer
192 Seiten
ISBN 3-935936-22-2

»Rote Frauen werden immer schöner war ein Slogan der 68er-Bewegung, der einen Zusammenhang zwischen weiblicher Ausstrahlung und dem richtigen politischen Bewusstsein herstellt. Frédéric H. Fajardie, neben Jean-Patrick Manchette und Jean-François Vilar einer der großen Erneuerer des französischen Kriminalromans, entwirft ein ebenso romantisches wie kompromissloses Bild jener Zeit, in der einschneidende gesellschaftliche Veränderungen in greifbare Nähe gerückt schienen. Indem er seinen Helden die Ereignisse zwei Jahrzehnte später Revue passieren lässt, gelingt es Fajardie, seinen Krimi als Roman Noir auf höchstem Reflexionsniveau zu erzählen. Freddys Geschichte ist anrührend, mitreißend und auch in stilistischer Hinsicht völlig überzeugend, was wir nicht zuletzt der engagierten Übersetzung verdanken.
Der beeindruckende Auftakt einer neuen Krimireihe mit Anspruch!

Hannes Riffel / amazon.de